古谷鏡子

命ひとつが自由にて

歌人・川上小夜子の生涯

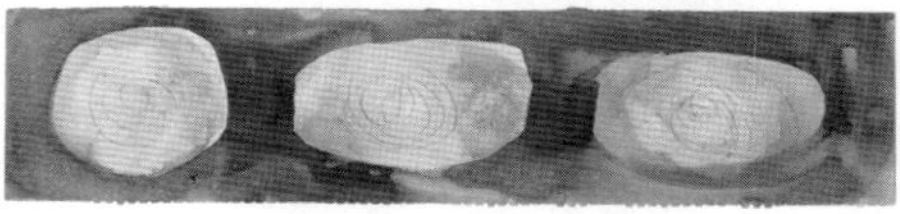

影書房

命ひとつが自由にて
——歌人・川上小夜子の生涯

目次

I

凡例

1　引用文、引用歌の旧仮名遣はそのままとしたが、新字体を使用した。なお現在あまり使用されていない読み方については、ふりがな（ルビ）を付した。
2　固有名詞（氏名、書名、地名など）はできるかぎり新字体を使用しているが、例外もある。
3　文中にご登場いただいた方々の敬称は、煩雑さを避けるため省略させていただいた。
4　記載年については、基本的には西暦年を記したが、便宜的に元号を併記してある箇所もある。

1　はじめに

一九五一（昭和二六）年四月二四日、ひとりの女歌人が死んだ。享年五五。もう半世紀以上もまえのことだ。

私はなぜこの稿を〈死んだ〉という言葉ではじめなければならないのか。ある生涯の物語がここからはじまろうというときに、その生の終ったところから書きはじめることにためらいがないわけではない。しかし私には〈死んだ〉という言葉を通過しなければ何事もはじまらないような気がしているのである。五五歳という年齢は、いまになってみれば早過ぎる死であったかもしれない。あるいは人の死に、早過ぎる死というものはあっても、遅過ぎるということはないのかもしれないが、いずれにしろ業なかばのもぎとられるような死であったことは事実だ。そして残された人は、生きてしまった人のその早過ぎる死のなかを生きつづけなければならない。

没後五〇年、同時代の歌人たちの大半は生きのびて、多くの仕事を残し、それから死んでいった。功成り名をなした者、したたかな変貌をとげた者もある。敗戦後まもない頃の荒廃と混乱の時期から、高度に発達した経済大国、安定し管理された国家体制へと移行してゆくなかで、個人の危機はかえって深まったのかもしれないが、詩歌といわず、あらゆる文化現象が咲きにぎわったように見えた時期もあった。抒情の質も当然のことながら変貌せざるをえない。その変貌の相は意識的な変革もあれば、時代の現象に押し流されるように変わってしまった部分もおおきかったにちがいない。そのことは、明治時代以降、短詩型文学、特に短歌が、変化しながらひとつの流れをたどってきて、やがて戦争のただなかに投げこまれ、国家の意志に従ってきた時代を経て、〈詩とは何か〉をあらためて問われるうえでも、また文化現象としても、変貌せざるをえない時代を迎えたことを意味する。一九五一年というのはその戸口に立たされた時期である。

早逝した芸術家について、かれらが生きていたならばどのように変ったか、いまどのような仕事をするだろうかなどと考えることはほとんど無意味である。おそらくひとはみな未完成の仕事を残し、中途半端のままに死んでしまう。中断され残された作品がその作家の全体像をつくりだすのである。それにしても五五歳で生涯を終えたこの女歌人の短歌を読みかえしてみると、いかにもひとつの曲がり角をとおって次の道程にさしかかろうとしている、まさにそのときにもぎとられてしまったという感が深い。それは、彼女の個人的な生活が第二次世界大戦とその戦後という歴史の現実にからんで、抒情の質を揺さぶられ、変化を迫られ、彼女自身必死の思いでどこか別の世界にまるごと脱出しようとあがいている途次であったと思えるからだ。その様相は短歌作品にありありと見え、生きることと歌をつくることとがそれぞれ独立したふたつの道ではなかった明治・大正期の女の生きざまそのものに似通っているし、同時に短歌のありようの一面を示唆していると言えよう。そしてまたこのような社会の動きや個人の生活と短歌の関係のなかからは、短歌における次のような問題が引きだされてくる。

そのひとつは、短歌が、三十一文字の言葉のむこうに、作者自身の身体そのものともいうべき姿を浮き彫りにしてしまうことである。その時々の心の在りようや感情にかぎらず、作者そのひとの立居振舞や生活の実態までがそのまま見えてくる。読者が身近なひとであれば、日録あるいは生活の記録として読むことも可能だ。古来、旅の経験、近親者の死、恋愛、家族への愛情などは抒情詩の主要な題材であって、それらが身近な題材であればこそそこにこめられた真摯な思いや悲しみからすぐれた作品が生まれたのも事実だが、短歌という表現体は実生活を離れては成り立たないのだろうか。ということは虚構《フィクショナル》な短歌がありえないかということでもあり、また逆に虚構の作品を日録として読んでしまうことで誤解を生ずることもありうるということでもあり、さらに言えば短歌の詠まれた状況を知ることがその歌の心をより深く知ることになるのかということでもあるのだが。このようなことのすべてをひっくるめて、実生活に即し実生活から生まれた短歌が実生活や単なる状況をこえて〈詩〉に結実するためには何が必要かという問題も、そこから引きだされてこよう。

第二の問題は以上のこととも無関係ではないが、詩歌における感性の在りようをあらためて問わなければならないということである。短詩型文学では虚構による観念の表象化や概念の言語化よりも、具体的で直接的な経験の感性それ自体の言語化を通してしか、時代との関わりかたも詩人自身の生きざまも見えてこないからである。だから時代の重みが大きく個人にのしかかってくるとき、個々の詩人の感性のある側面の脆弱さはあらわになり、感性自体が問いなおされることになるのかもしれない。(これらの問題が短歌に限定されないことはいうまでもないことだが。)

一九五一年四月二四日にはふたつの出来事があった。

ひとつはいわゆる桜木町事件である。午後一時四〇分ごろ国電（JR）桜木町駅ホーム手前で、赤羽発桜木町行五両編成の電車が火災を起し、乗客一〇六人が焼死、九六人が重軽傷を負うという痛ましいものであった。事故を起した車輛は三鷹事件のそれと同型のモハ六三型とよばれ、戦争中の生産車のため電気系統にも欠陥があった、といわれている。この車輛の窓は、三段式で中段が固定されていたため多くの乗客は窓からの脱出が不可能となって、惨事を大きくしたのである。ラッシュ時の異常な混雑のためにたちまち割れてしまうガラスさえ修理不能で、板張りの窓や扉という事態解消のために採用された窓であり、一方窓からの乗り降りというような戦後的な風景もなくなったのである。

多くの人命がうしなわれ、川上小夜子の急死の報を新聞で知った人のなかには桜木町事件にまきこまれたのではないかと思った人もあった。この電車事故が戦災都市の復興期端緒の象徴的な惨事であったとすれば、もうひとつの出来事は歌人川上小夜子にとって、圧倒的にひとつの時代の終焉を告げるものであったろう。彼女の最初の師であった前田夕暮の葬儀である。川上小夜子は、一九一六（大正五）年九月普通社友として白日社に入社（「詩歌」大正五年一〇月号参照）、一一月号より川口慶子の本名で短歌が掲載されはじめる。川上小夜子の筆名は後日師、夕暮の命名によるものであった。

前田透作製の年表（『日本の詩歌』中公文庫版）によれば前田夕暮の昭和二六（一九五一）年の項は次のようである。

（六十九歳）一月、主治医急逝、「自然療法」に入る。死期近いのを知り、遺詠「わが死顔」をつくる。四月十一日、「詩歌」五月号編集後記を妻に口授後症状悪化、十八日夕より昏睡、二十日午前十一時三十分、東京都杉並区荻窪一丁目一六四の自宅「青樫草舎」に永眠。（以下略）

前年からすでに持病が悪化していて、夕暮自身も周囲もその死の近いことを覚悟していたようであるから、夕暮死去の知らせに小夜子があわてふためくことはなかったろう。しかしたとえ覚悟のこととはいえ、彼女がどんな気持でこの葬儀に参加したか、その夜彼女自身が冥界へ旅立つことになろうとは知りうべきことではなかったが、最初の師の死に際していくばくかの感傷もまじえて、ある感慨を抱いたことは想像できる。生きながらえていれば、後日、師についての回想の文章も書きのこしたであろう。だが私たちは、彼女がどんな気持で師の死を見送ったか、ついに聞くことはなかった。

もう一つ、これは川上さんの死の当日のことであるから、記憶はいつそうなまなましい。かねて「歌人クラブ」の誌上に歌をくれといわれていたが、ぼくはもう、歌もあまり作れなくなつたし、作れたら、しばらくノートに書きとめるだけで、どこにも発表したくないように思つていたときであつたから、せつかくながらと断つたのである。たまたま前田夕暮の告別式にゆく途中とある町角で、式からかへる女性たち数人に出あつた。その中に北見志保子さんも川上さんもいた。何かにぎやかに立話をしていたところらしく、ぼくのすがたを見て、川上さんが、からだを少女のように動かしながら、また歌のことを頼むので、ぼくは、マア、ぼくの歌などどうでもいいでしようとわらつた。是非いただきたいのです、ね、ね、先生というような、老人のぼくにとつてはもう縁遠いようなねだり方をされるので、ぼくが黙つていると、「これを最後にいただかせて下さい」といつたことばを、いまになつても忘れられない。（後略）

（土岐善麿「『最後の』日」・「林間」一九五一年九月追悼号）

増子《ましこ》（ママ）の浜田庄司や京都の河井氏などの陶器を売る店が荻窪にあり、たまたまその店に立ち寄つたとき、備えつけてある記念帖に、数人の歌人の署名筆跡が並んでおり、その中に川上さんのもあつた。店の主人の話では、その前日に、前田夕暮氏の告別式の後で、それらの歌人の人々が陶器の店に寄られたとのことであつた。

川上さんの筆跡を見ながら、私は、しばらく前に歌集『光る樹木』を贈られたことや、新潟の筆を作る人を川上さんが紹介して寄越されたことなど思い出して、川上さんにもだいぶん永くお会いしないでいるな、と考えた。（後略）

（片山敏彦「川上さんの追憶」・「林間」追悼号）

後日書かれた二氏の文章からは、前田夕暮の告別式の帰路の様子が見えてくるようだ。しかしそれは数人の女たちの日常的な風景のようで、特別な感慨をあらわすものではない。もうひとつの文章がある。

北見さんが食事の仕度に立つて行つたあと、前田さんの話が出て、川上さんは、川上小夜子といふ名は前田さんがつけてくれたのだといふことを楽しさうに話してゐるうちに、いきなり両手で頬を押へて立上りながら、聴き取りにくい小さな声で「一寸」と言つて出て行つた。（中略）なかなか帰つて来ない。北見さんも出て来ない。女中さんも顔を見せない。木俣君と私とは腹がへつてたまらない。（後略）

（長谷川銀作「臨終のきわ」・「林間」追悼号）

午後十時十分という死亡時の二時間まえのことである。その日、前田邸の葬儀のあと、いったん阿佐ヶ谷の自宅に帰って着替えたのち、「日本歌人クラブの会計やその他事務上の仕事」のために、長谷川銀作、木俣修とともに中目黒の北見志保子宅へ行き、その「面倒な」仕事が終わった直後の有様である。この文面からあえて勝手な想像をすれば、ほとんど生涯の仕事となることになる歌の道へはいろうとしていた若年のころの記憶が「楽し」げによみがえってきていたのかもしれない。そしてそれが、生前の普通の会話の最後の話題であったと考えると、不思議な気持になる。

2　はじまりはどこにあったか

一九一六（大正五）年川上小夜子は白日社に入社して前田夕暮に師事し、多少の曲折を経るにしても、以後三十数年にわたって歌人としての道を歩くことになるわけだが、その頃、短歌をはじめるのと前後して小説も書いていたらしい——というより小説家を志していたといったほうがいいのかもしれない。その頃、というのは〈小説〉を書いて雑誌に投稿していた時期が、白日社に入社する前だったか、あとだったか、はっきりしなかったからである。「『あぶり出し』という題で小説を書いて或る雑誌に出して賞に入つた事があつた。その頃は小説家になると一生懸命であつたのが短歌の方へ変つていつたのである。」（横溝みつ子「姉の少女時代」・「林間」追悼号）と彼女の妹が書いているが、私もまた、かつて小説を書いていたこと、投稿作品が入賞して、賞品としてロシア文学の翻訳書の幾冊かをもらったことなどを直接本人から聞かされていた。第二次大戦中空襲下の東京の家で、疎開まえの一時期学校にも勤労動員にも行かず、それらの本を読みあさり、ゴーゴリの『検察官』や『死せる魂』の奇妙な世界に踏みこんでしまったことが、私にとって幼いなりの文学体験の原点のひとつになっていることは否定できない。

いまになって考えてみると「小説を書いていた」と彼女が言ったのか、「小説家になりたかった」と言ったのか、私には思い出せない。小説家になりたかったのに、という表現ならば、小説家になれず歌人になってしまったという悔悟や諦めのニュアンスを含んだものと理解できるし、ただ小説を書く、ということだったら、短歌を作りながらいつからでも書きはじめることができる。（事実、二百字詰原稿用紙数枚に、小説の冒頭のような田舎の家の若い女の描写ではじまる文章が残されているのを、没後すぐのころ私は見ている。晩年になって、自伝的な小説を書き残しておきたいと考えていたと思われるが、その後私はその書きかけの原稿用紙を見失ってしまった。）小説家になれそうもなかったから短歌をはじめたということと、小説も短歌も、ひっくるめて〈文学〉に生涯の夢を託してみようということとのあいだには、多少のニュアンスの相違と同時に時間的なずれも感じられる。それこそ娘時代の甘い夢みたいな思いこみであったにせよ、一九一六（大正五）年彼女は二十歳（満年齢）にすぎなかったのだから、あるいは二十歳にすぎなかったから、その年「文学に志して上京」というふうに言うこともできたのかもしれない。だが先年、作家尾崎翠の年譜を読んでいて、同じ時期の同じような表現に出会い、私は、その時代を生きていたある種の女たちに共通する夢と気負いのようなものの断面にふれた思いがしたのであった。それにしても「文学に志して上京」とは、いまにして思えばなんと古風な言いまわしであろうか。むろんいまでも「歌手に志して」とか「漫画家を志して」上京ということがあるのだから、当時としてはあたりまえのことで、むしろ明治時代以降そうやってどれほど多くの青年たちが東京に集まり、文化の中心圏を形成していったことか。

とにかく私はながいあいだ、何編かの小説をどこかの雑誌に投稿したりしたあとで、彼女が白日社に入社したと単純に思いこんでいた。

それにしてもどういう小説を書いていたのか。大正初年のころ、まだ自然主義作家の文壇における隆盛はつづいていて、当時の投稿小説欄の選者には徳田秋声の名が方々に見られ、秋声が文壇の雄として確固とした地位を占めていたことが推測できる。（そういえば川上小夜子が入選したときの選者も徳田秋声だったと聞いたことがあるような気がする。）一方で与謝野晶子ら明星派の影響をうけ、かれらの短歌によって文学への眼をひらかれていったとしても――当時の文学青年の大半がそうだったかもしれない――小説（散文）では多分に自然主義的な描写に傾いていたであろうことは想像に難くない。まして二十歳そこそこで書いた〈小説〉といえば、よほどの才能でもないかぎり、少女期の域を脱していない習作程度のものと考えたほうがいい。といってもその時期彼女がどんな内容のことをどんなふうに書いていたか、いささかの興味はあったが手掛りはなかった。

歌誌「覇王樹」のなかでそのことにふれた飯田莫哀の文章にであったのは、私が彼女の評伝を書こうと思い立ってからであった。「覇王樹」の合本はずっとわが家の本棚にあって幼いころから見慣れたものであったにもかかわらず、私はついぞ開いてみようとも思わなかった。そして彼女の没後二十数年、他の書籍類といっしょに物置にしまわれたままであった。もっと以前に、あるいは彼女の生前にその内容を知ることがあったら、私はそこで、彼女があえて公言しなかった多くの事実に遭遇していたことになるのだから、それらのことについて直接問いただすこともできたはずであった。何事も、時がこなければなるようにはならないものかもしれない。飯田莫哀の文章は次のように書きはじめられている。

　僕は随分久しい間投書家の仲間にゐた。一九一八（大正七）年六月白日社へ入る前まで——古い詩歌を調べて見ると慶子さんはそのづつ《ママ》と先き一年も前に入社してをられることがわかる。あの処女文壇といふ雑誌が廃刊になる年のたしか五月号か六月号を東京堂の店頭で買つて来た時口絵に投書家の面影が二三のつてゐたうちに慶子さんや谷ちゑ子さんがあつた。そのころ慶子さんは川口の姓を名のつてゐられた。私が慶子さんの名前を知つたのはこの処女文壇がはじめてであつた。（「覇王樹」一九二二年一一月「親思ひの小西夫人」）

「覇王樹」では「歌と人の印象」という欄をもうけ、毎号社友、同人のなかからひとりを選び、数人が執筆しているが、この一文もそのなかのひとつであった。小西慶子とは川上小夜子の結婚後の当時の本名である。「詩歌」時代に前田夕暮から頂戴した筆名が「詩歌」解散後「覇王樹」に移ってからも用いられたのはごくあたりまえのことで、本名が使用されているのは一九二二（大正一一）年一月号の「覇王樹」消息欄に「自今本名小西慶子を用ふ」と記されてから、一九二五（大正一四）年「覇王樹」退会までの期間にかぎられている。「覇王樹」以外のところではどうだったか。たとえば「覇王樹」のその同じ号に「大鵬」という歌誌からの転載として採られている短歌には川上小夜子の名が用いられているが、一九二三（大正一二）年七月「潮光」の広告文には小西慶子となっているから、やはりその期間は本名を通用させていたのだろう（その時点ではふたたび筆名にもどるとは考えていなかったかもしれないが）。それにしてもなぜ筆名の使用を諦めたのか。小夜子が小西憲三と結婚したのは一九二〇（大正九）年三月であるから、二年近く経ってからの改名の事情を、勝手な憶測で埋めることもできないわけではない。たとえば小西憲三が「覇王樹」誌上に〈夫君〉としてではなく、作品も姿もある人物として登場してくるのは、その前年の一九二一年である。そのまた前年の二〇年一〇月三一日に開催された菊の日の歌会記事とそのときの歌一首が、一九二一（大正一〇）年一月号中に見える。同年二月の「覇王樹」主催者橋田東声の歌集『地懐』の出版記念会にはそろって出席している（一九二一年四月号口絵写真）。彼が準同人に推薦されたのは一九二三（大正一二）年一月号社告によるから、それまでは社友として「覇王樹」の活動に積極的に参加し、行動をともにしていたことになる。その辺にどのような合意や納得、または軋轢があったかなかったか知るすべもないが、夫憲三の「覇王樹」参加と彼女の本名使用とのあいだにまったく関係がなかったとは言いきれないと思う。

話をもとにもどそう。飯田莫哀の一文によって、私は未見の彼女の〈小説〉なるものの手掛りを得たが、それはほんとうに手掛りに過ぎなかったのである。私自身の遅々とした仕事のせいばかりではなく、目的の資料に到達するまでにそれからなお数年を要したのだから。「処女文壇」の名は国会図書館や近代文学館の蔵書中にも『日本近代文学辞典』の雑誌の部の項目中にも見当らなかった。明治時代後期から大正期にかけては、同人誌、投稿誌、また一種の啓蒙的要素をふくむ文芸誌の発行数は非常に多いように見える。その数の多さと現れてはたちまち泡のように消えてしまう状況には、第二次大戦後を髣髴とさせるものがある。しかし投稿誌や、投稿欄に多くの誌面を割いている文芸誌の存在はこの時期に特徴的なことだったかもしれない。「秀才文壇」「女子文壇」のような誌名からも察せられるが、それらの投稿専門誌が投稿青年、特に地方在住のかれらにとって中央文壇へ出るための一種の登竜門になっていたことも事実らしい。しかし同時にかれら文学青年たちを投稿という方法で文壇への夢を持たせてひきつけ、雑誌の販路をひろげることも目的であったようだ。巻頭には入賞者の写真と紹介。女性むけの雑誌の場合には、啓蒙的な要素がいっそう強くなり、いわゆる名流夫人や富裕な家庭の令嬢の写真を載せて、きらびやかで贅沢な雰囲気とともにかれらの社交生活や文化、学問における自由な雰囲気をも伝える。「秀才文壇」や「女子文壇」はそのなかでも長期間ゆるぎない地位を保っていたものと思われる。

「秀才文壇」文芸誌、投稿雑誌。一九〇一（明治三四）年一〇月～一九二三（大正一二）年八月（関東大震災で廃刊か）。文光堂発行。小川未明や前田夕暮が編集者だった時期には、中央文壇と地方との接触をとおして新しい文芸の創造をめざそうともしたらしいが、創刊以来一貫して文芸一般に関する巾広い投書専門誌であった（近代文学館編『日本近代文学辞典』に拠る）。そして一九一六（大正五）年頃の投稿欄をみると、小説（一五〇行以内）徳田秋声、長詩（四〇行以内）川路柳虹、短歌（三首以内）前田夕暮、俳句（三句以内）荻原井泉水などとなっていて、入賞金（小説一等三円、二等二円五十銭……）はすべて図書切符であった。他に評論、書簡文、散文、画などもあって、これが当時の投稿欄のおおよその形式だったようである。投稿青年であった飯田莫哀は「秀才文壇」一九一七（大正六）年六月号で投稿欄から本欄へと昇格している。

ここから多くの女流文学者が巣立ったといわれる「女子文壇」は投稿専門誌というより、先にも書いたように啓蒙的性格の女性むけ文芸誌であったようだ。一九〇五（明治三八）年一月創刊、女子文壇社発行。一九一三（大正二）年八月、編集に携わっていた河井酔茗の退社とともに廃刊。その後「処女」と改題され、巻号数もそのままひきつがれて一九一三（大正二）年九月から一九一六（大正五）年五月まで発行されたが、内容も縮小され、むしろ投稿に主眼がおかれるようになったようだ。投稿規定に、一、女子にかぎる。二、政治時事に渉るべからず。三、当選者は写真至急送付されたし、というような項のあるのが特に目につく。さまざまな雑誌の投稿欄の選者（小説）であった徳田秋声は「処女」においても一九一四（大正三）年ごろから選者としてその名を見ることができる。その「処女」もまた一九一六（大正五）年五月号をもって廃刊となるが、その最終号に水守亀之助なる名で「経営上の事情」と同時に「風俗壊乱といふ忌はしい名目の下に二度の発売禁止をうけ」「最早『処女』といふ名では到底文学的の作品を掲載することが」ほとんど不可能になった、「若い女に文学物はいけない！　さう言つて了へば、もう仕方がありません……」という主旨の「告別の辞」が掲載されている。具体的にどういう事実があったかは知りようもなかったが、とにかく「処女」は一九一六（大正五）年五月に廃刊になった。そしてこの廃刊の時期が、私に混乱をもたらす原因のひとつになったのである。飯田莫哀が「処女文壇といふ雑誌が廃刊になる年の五月号か六月号」とだけ書いている年について、私は白日社入社以前の一九一六（大正五）年とかたく思いこんでしまっていたのだが、それは「処女」の廃刊時期と一致していた。つぎに「処女」の小説欄の選者も徳田秋声であったこと、さらに谷ちゑ子という投稿者の名と文章があったことなどが、「処女文壇」というのは「女子文壇」と「処女」を混同させた飯田莫哀の記憶ちがいか書きちがいではなかったかと、「処女文壇」という雑誌の存在を確認できなかった私に考えさせてしまったのである。国会図書館の予約閲覧のための小さな別室で、頁をめくるうちにばらばらになってしまいそうな、そのために禁複写の「処女」の最終号にに目を通し終えて、ああこれで手掛りの糸が切れたと思ったのはいつのことだったろう。私はついに「処女」のなかに川口慶子（よし子）の名を見ることはなかった。国会図書館収蔵の「処女」には幾冊かの欠本（たとえば一九一六年四月号）があって、もしそれら欠本のなかにあったとしたらなどと考えると、文学に踏みこもうとしているひとりの女の、最初の一歩かもしれない投稿小説を見る機会は失くなったと思わざるをえなかった。

それから、長いあいだの関心事をとうとうみつけることができなかったという確認のためのような図書館通いの日が続いたあと、まるで忽然と水面に泛びあがったというように、鮮明に、それは私の眼前に姿をあらわした。

「あぶり出し」川口与詩子、「処女文壇」一九一七（大正六）年第一巻第一号、誌友文壇小説欄。翌六月号の口絵には入選者の写真と筆跡。（たしかに谷知恵子の写真もあって、飯田莫哀の記述そのままであった。）この写真には見覚えがある。多分故郷の町の写真館で妹と撮ったものでういうういしさに溢れた、私の好きな一枚であった。昭和女子大学近代文庫蔵の「処女文壇」は一九一七（大正六）年五月（第一巻第一号）から八月までの四冊である。だから「処女文壇」がこの年に廃刊になったかどうかはわからない。

「処女文壇」発行所処女文壇社、編輯兼発行者加藤好造、小説欄選者徳田秋声。創刊号にもか

かわらず多数の応募作があったが、すぐれた作品がなく、当選作をとるのに苦労したと選者秋声の評するその小説欄の当選作に、ともかく川口慶子の「あぶり出し」は入賞したのであった。小説は三円以下の図書切符とあるから、百三十頁前後の「処女文壇」が一五銭の時代に、彼女は投稿によって相応の賞品を手にしたのであろう。二号には先述のように写真と筆跡。三号には「無題」と題する作品が二段組の小さめの活字で二席目に掲載され、四号では最後の選に残った二〇編ほどのなかに「或る夜」川口与詩とあって、「恋する女の或る夜の心持を書いてある。男に恋してゐながら、自分の誇りを傷つけまいとする女の心持も相當に出て居る。この人の筆はいつもながらすつきりして居る。」という秋声の批評文がある。秋声はどの号にもかならず選後評を書いているが、実はこの掲載されなかったぶんの批評がもっともいいようにみえた。

それは如月の下旬の或る日であつた。嫂が大きい方の娘を連れて下町に買物にいつた留守をあづかつて、せき子は赤坊を負んぶして縁側をあちこちしてゐた。長らくお天気が好くて三月の末頃でもある様にポカポカした日が幾日も続いてゐて、其日も大変に好く晴れた日であつた。日光の充満した空は、銀の延板に淡《うつ》すり淺黄をかけた程に、キラキラと輝かしく光つてゐた。小鳥の声がチチチとあちこちで聞えてゐた。せき子は此頃悩まされてゐる自分の生涯の分水嶺に立ってゐることも忘れて、一日〳〵と幸福な春に向つてゆく大自然の様に惚恍《ママ》りしてゐた。
――とホト〳〵と枝折戸を叩く音がした。

「あぶり出し」の書き出しの部分である。このあとこの小説はせき子という若い娘が「穢い身装をした老爺」からあぶり出しの辻占を買うことになるが、みすぼらしい無知な老人の辻占に自分の恋愛問題の可否を託したことにやりきれない腹立たしさと自嘲の念を感じているという筋立てで、ドストエフスキーの『貧しき人々』などを読んでいるような、自我にめざめた知的なはずの娘の心理的葛藤を描こうとしたものである。秋声はこれを評して、達者だが「態度に余裕がない。題材に對してもう少し離れた態度をとる必要がある」と書いているが、私には、そういう表現の問題以前に、この娘の周辺で起こっている事実関係は推察できないにしても、鬱屈した気分をもてあましている若い女の情念のようなものだけは伝わってくる。自由に憧れながら、その自由がどのようなもので、何をしたら手にすることができるのか、自由を束縛しているものが何か、というようなことまでには目の向いていかない——ただそのような自由が男と女の自由な関係のなかにはあると信じたがっている若い女の鬱屈した気分は、明治後半期の青年たちをとらえた時代風潮の一側面で、当時の自然主義文学はそういう風潮のうえに成り立ち、またそういう風潮を助長したといえるかもしれない。

三号に掲載された「無題」もまた自由を主題にした男と女の話と考えてもよいが、恋人に会いに近郊のY町から東京に出てきた若い女が、喧噪の大都会と、そのなかのみじめな孤独感や男の強い視線に圧倒され、そういう種々の圧迫感から自由になりたい、静かなところで「自分の仕立てた恋の清さ」に浸っていたいと願う気持を書いたものである。「男の思ふ通りにならなかった誇りといふもの」が窺われないと秋声に評されているのは、そういう誇りを通すだけの強い自恃心を作者もまた持ちあわせていなかったからだろう。たえず揺れうごいている、まだ何事かを憧れているだけのような若い女の心と、彼女をとりまいている世界とのあいだに生じるかすかな軋み――そこにはうっすらと自意識の影がさしているようにもみえる。

3 「蟷螂の斧」

三千字にもみたない習作を二編読んだだけで、当時彼女が考えていたことや心理状態の全体を推測することは無理だろう。しかしその片鱗と、それらの習作のところどころに挿入されている小さな事実から彼女の生活の一部を想像してゆくことはできる。一九一六（大正五）年、すなわちこれらの習作が「処女文壇」に掲載される前年に、彼女は「文学に志して上京」し、九月には白日社（「詩歌」）に入社している。社友名簿に、「横須賀　川口慶子」となっているところをみると、そのころ横須賀衛戍病院勤務であった薬剤官の次兄丁次郎宅に滞在していたと思われる。丁次郎の家ではその年一〇月次女誕生、後年、当時四歳だった長女和歌子の言によれば出産の手伝いに来ていたのではないかというから、それを表向きの理由に上京させてもらったのだろう。その頃の写真を、私は最近になって和歌子からもらった。嫂のマツが赤ん坊を膝にのせ、和歌子をはさんで慶子がすわっている。マツは黒紋付の羽織、赤ん坊も晴着を着せられているから、お宮参りの日の記念写真か。幼女のまえに羽子板が置いてあるから正月かもしれないが、いずれにせよ一九一七（大正六）年一月頃のものである。二、三輪の花をつけた梅の枝と、掛軸の下がった床の間、日に灼けて少々ささくれたように見える畳、座布団をならべ膝を寄せあって正座している家族をすこし高い角度から俯瞰するようにカメラを構えたのは、赤ん坊の父親の丁次郎だろう。それにしても写真のなかの二十歳の慶子はなんとあどけない表情をしていることか。半開きの唇、上目づかいにカメラを見ているおっとりとした丸顔。隣のおかっぱの幼女と大差ない。彼女はまだ「夢みる少女」のうちに属していたのかもしれない。「あぶり出し」の場面設定はおそらくこの丁次郎宅滞在中の日々の暮らしにもとづいていると推測できる。

　与謝野晶子女史の偉大さは、自分が年をとり人生のおほかたを過した今になつて、ますます強くひびいて感じられて来るのである。少女の頃には只一途にみだれ髪、恋ごろ《ママ》もの情熱に惹かれて影響をうけた。決して子規の写実によつて、歌に引き入れられた私ではなかつた。それが時流にのつていつか晶子とは遠い道を歩くことになつた。さうした小さい自分を省るとき晶子は益々大きく浮びあがつてくるのである。アララギ派の全盛の頃昭和の初期であつたらうか、私は蟷螂の斧といふ一文を書いて晶子を批判した事があつた。蟷螂の斧は対晶子の場合永久に蟷螂の斧である。私が少女の頃、初上京の時伴つて下すつた歌人が、晶子の崇拝者で、又昵懇の人であつた。九州からの長い旅路を歌を詠み合つて旅をしたのであつた。（「冬柏」特集晶子と近代抒情、一九五〇年二月、傍点引用者）

「蟷螂の斧といふ一文」とあるのは、歌誌「草の実」大正一五年二月号に掲載された「明星一派の人達へ」というサブタイトルの時評めいた文章である。小夜子はそこで正月の新聞に載った「元日や人のいみじき文□《ママ》の表紙に手をはおく心地する」という晶子の歌を引いて『みだれ髪』時代とすこしも変わらぬ調子であると批難し、それに追随する女性歌人が今も多いと嘆いているのである。しかしこの批判の文にさえあえて「蟷螂の振りあげた斧」と題さねばならなかったところに、彼女のうしろめたさのようなもの、あるいは謙虚さを感じとってやらねばならないかもしれない。そして後年、その当時の自分をふりかえって、「時流にのって」と書かざるをえなかったことも考慮にいれる必要があろうか。「草の実」時代を回想する文章のなかで水町京子は、小夜子が、杉浦翠子や岡本かの子に対しても手きびしい批判の一文を書いていることを紹介し、主として「草の実」の批評面を引き受けていたのは、彼女が「その器であつたからで、拾ひ読みしてみても卓見が随所に見られる」と書いている。（「林間」追悼号）

慶子は女学校の三、四年のころ田舎の家で兄姉たちの残した『みだれ髪』などに読み耽り、ついには漢、儒学者であった父親に火鉢のなかに投げ入れられてしまったと書いている。九州からの道中詠みあった歌というのはもちろん明星風の歌であった。

彼女の初上京は、九月の白日社入社以前、すくなくとも一九一六（大正六）年八月前であろう。福岡県八女郡三河村高塚（現八女市）から汽車と連絡船を乗り継いで、はるかな道中は二十歳そこそこの娘にとって感動的なものであったろう。その道中の同伴の先達歌人がだれだったか、男性か女性かというようなこともわからない。後年になって、それもかなり記憶が曖昧になってしまった妹満子が、帰途蒲池《かまち》さんという人（多分男性）といっしょだったというような話を聞いたことがあると話してくれた。その満子宅にはカマチと裏書きされた一枚の短冊があり、その歌には白藤と署名されているという。白というのは、花の名と組みあわせ、白萩が晶子、白百合＝山川登美子、白梅＝益田（茅野）雅子というふうに明星の女性歌人に冠せられた愛称であった。白藤は「明星」初期のころ活躍していた中浜いと子の愛称と同名である。目についた彼女の歌をあげておく。

梅かをるおぼろ月夜に大きなる仏もいます鎌倉の里（「明星」一九〇〇年五月）

この歌のむこうには、なんとなく、のちの晶子の「鎌倉や御仏なれど釈迦牟尼は美男におはす夏木立かな」の一首が立ちのぼってくるような趣がある。

引用した先の文章につづけて、その同道した先達歌人は車中での晶子ばりの慶子の歌を賞賛し、彼女のために寛、晶子の短冊をたくさん頂戴してきてくれたと、彼女は書いている。蒲池と書いてカマチと読ませる姓は八女郡には多いそうだが、短冊の裏書きのカマチさんが川口家とどういう関係にあった人だったのかは皆目わからない。歌集にしろ短冊の類にしろ、短歌に関するものはすべて姉慶子からもらったもののはずだと妹満子はいうが、その事実もはっきりしない。この短冊の白藤が中浜いと子だという確証ももちろんない。

川口慶子（川上小夜子）は一九一〇（明治四三）年八女郡福島高等小学校を首席で卒業し、八女郡立教員養成所に入所（二年間）、卒業後いったん忠見尋常小学校の代用教員となるが、翌年父深造の従弟にあたる熊本高等工業学校校長川口虎雄宅に寄寓して、熊本市内の尚絅《しょうけい》高等女学校四年に編入学、卒業は一九一五（大正四）年であった。教員養成所は男女共学で毎日のように試験があってきびしい勉強だったこと、代用教員の給料が月九円だったことなどを、私は慶子の姉妹から聞いた。養成所のこと、また代用教員時代に彼女がどんな教師であったかというようなことを私が直接聞いた記憶はない。『みだれ髪』や『恋衣』に読み耽って父親の叱責をうけたとしたら、この頃ではなかったろうか。田舎の厳格でつつましい家庭に育ち、謹厳でなければつとまらなかったであろう養成所から代用教員時代の若い娘にとって、あでやかな都会文化のなかに開花した、自由奔放でかなりきわどい性の情感にあふれた技巧と官能の詩篇はどのような意味をもったであろうか。彼女たち姉妹がまだ小学生だったころ、東京帝国大学在学中の三兄丙三郎は夏休みの帰省のたびに巾広のリボンを土産にしてくれたり、「少女世界」を毎月東京から送ってくれたりしていたというし、その後も「文章世界」や「女学雑誌」などを読んでいたというから、田舎住いの少女としては都会的雰囲気の一端ぐらいには触れていたかもしれないが、それと『みだれ髪』が与えたであろう衝撃とは異なる。「甘い情熱に酔はされたといふ意味で一生懸命」になり「『おとめのあこがれ』とかいふセンチメンタルな心」から晶子の歌をまねたというだけのことだったろうか。

円地文子は「私のまだ少女時代、私の兄や叔父に当る年代の青年たちの晶子に対する憧憬や傾倒は、ちょっと言葉に言いあらわせないほど烈しいものがあった。（中略）明治の中期から大正の初期へかけての青春は、一般の青年男女にとって、今から思えばかなり窮屈な、貧相なものだっ

たように思われるが、そうした時代環境の中にいる彼らにとって、

その子二十櫛にながるる黒髪のおごりの春のうつくしきかな
やは肌のあつき血潮にふれも見でさびしからずや道を説く君
罪おほき男こらせと肌きよく黒髪ながくつくられし我れ
（『みだれ髪』）
鎌倉や御仏なれど釈迦牟尼は美男におはす夏木立かな
（『恋衣』）

などの晶子の歌に表現された、不羈《ふき》奔放で同時に柔軟艶冶《えんや》な女性の面影は、彼らの近い過去に、かつて見たことのない、知性と、官能とを、十二分に具えた眩しいものであったに違いない。」と当時を回想し解説している。（中公文庫『日本の詩歌』解説）男と女の受けとりかたの相違はあろう。また円地自身が指摘するように、若すぎた少女たちには「眼もあやな」表現の底に「清らかで逞しい性感が歌われていること」には気付きようもなかったかもしれない。しかし慶子が短歌を作りはじめたのは「その頃」からであり、「直きに明星一派の歌を離れて仕舞つてゐた」とはいえ、それから「引き続き歌を止めはしなかつた」のであるから、『みだれ髪』や『恋衣』（あるいはそれを頂点とする明星派の作品）に触発されて、短歌という形式から文学の世界にのめりこんでゆくはめになったと言ってもそれほど間違ってはいないだろう。

晶子の歌及び文学活動の全体が後世に与えた影響は、詩歌におけるロマンティシズムをはじめとする文学の領域にとどまるものではなかった。文学史的にいっても『みだれ髪』自体がそれに先行する島崎藤村の『若菜集』などの諸作品や思潮と無縁であったわけがなく、また同時にそれは、その後明治四十年代に最盛期をむかえる日本の自然主義文学における、自我の確認を恋愛の

官能的側面や情念の解放にもとめようとするロマンティックな傾向にまで引きのばして考えることもできるが、そのような滔々たる時代の、そして個々人の内面では多分に鬱屈していたであろう時代の流れのなかのある頂点を示す象徴的な出来事として『みだれ髪』はあったと考えられる。兄や姉達の残した『みだれ髪』と慶子が書いているのは、当時熱狂的にそれを享けいれたのがかならずしも都会の文学愛好者にかぎられなかったことを示しているが、そのような享受のされ方は、時代の風潮と相俟って、思想的にというより多分にひとびとの、特に女たちの意識の底辺に影響を与え、生き方そのものをすこしずつ変化させていったのではなかろうか。後年の「青踏」の発刊(一九一一年)や女性解放の運動もその流れのなかにある。

慶子が、文学以外の領域でも、たとえば「青踏」に拠った先達の女たちの思想と行動にどのような関心と共感を寄せていたかということは詳らかではない。「青踏」は女性だけの手になる女流文芸誌として創刊されたわけだが、当時女性の自立はむろんのこと、法律的にもきわめて不平等な扱いをうけていたなかで、特権的な階層や特異な才能にかぎられていたとはいえ、文学の世界だけが女性に開かれていたといえるのかもしれない。だから彼女たちは文学をとおして自己を解放し、社会的な発言の場を得ていったのであるが、彼女たちの自由恋愛や急進的な行動は世間一般からの批難の的となり、「青踏」も一九一六(大正五)年二月号をもって廃刊となっている。したがって慶子が「青踏」の新しい女たちの発言や行動を知ったとしても、それは、世間一般の声もふくめて、僻遠の地から仰ぎみる眩しい存在であったにちがいない。しかし私が子どものころ、尾竹紅吉(富本一枝)という名前を何度か聞かされた記憶があるから、なんらかの共感を寄せるべき先達だったのだろう。

4 「詩歌」の頃のこと

さやさやと心を寒み秋の風山の木になる頃とはなりぬ
秋の雨おのれさみしとみる空をぬれつつ鴉むれわたりゆく
冬山のうす日だまりの草の上にもだして子等と座りけるかも
来ぬ人をけふも待ちけり山陰の薄日あたれる門べに立ちて
（大正五年一一月号）
はしゐして物縫ふわれのそびらよりかげりてゆきぬ日はさびしけれ
青々と霜の下より麦芽ふく黒き真土のほのにほひかな
（大正六年二月号）

慶子が白日社に入社したのは一九一六（大正五）年九月中（「詩歌」大正五年一〇月号社友名簿による）であるが、「白日社詠草」欄にはじめて掲載されたのが一一月号の二首で、六年二月号の四首は二回目である。慶子（小夜子）にしてみれば活字になった最初の作品だろう。小夜子が「詩歌」に入社した経緯については、彼女自身記しているように、横須賀の次兄宅に滞在中、「町の本屋で偶然みつけたのが『詩歌』であった」（「草の実」四巻五号・一九二八年）とのことである。前田透著『評伝前田夕暮』に拠ると、「詩歌」は「大正三年から五年にかけて最も充実」

し「量的にも社友六百、支社五十を数え、発行部数は千部をこえていた」というから、目にふれる機会も多く、手にいれやすかったのだろう。また「秀才文壇」などの短歌欄選者としての前田夕暮の名は地方の文学好きの人々のあいだに浸透していたのかもしれない。

投稿歌について、主宰者前田夕暮あるいは他の選者の手がどの程度加えられたものか、もとのかたちがどのようであったか、は発表された歌から判断することはできない。しかし「さびしさ」の気持を託しただけの素朴な叙景歌にすぎない、これら慶子の最初の作に明星派風の影さえ見えないのは、選者が「詩歌」の詠草として、そのような模倣の痕跡を消し去った結果かもしれないが、明星派風の歌の調べと発想で培われてきた若い女の感情表現から、それら模倣の痕跡を拭い去れば、そこには素朴で平凡な風景しか残らなかったというのがほんとうかもしれない。彼女はまだ自分の現実のなかの固有の風景をもっていなかったといえよう。内部の声や思いが心情の直接的表現としてではなく、外界の風景に託されたイマジネールな表現として表出されるためには、精神的にも技法的にも、また感性の面でもなおいっそうの鍛練と成熟が必要なのである。

明治短歌史のなかで一般的にそのように位置づけられている前田夕暮と若山牧水の自然主義について、前田透は、キリスト教や自由民権運動の影響と挫折、また閉塞の時代の屈折した自己解放などに、当時の小説を中心とした自然主義文学との共通点をみとめながらも、それと同一の規準で短歌の自然主義作品をえらびだすことの危険性を指摘している(前掲書)。短歌の、特に夕暮の自然主義は「通例人の意識・生活」を根底におく「空想的であるより現実的」な発想に主眼があるが、「神秘派的傾向」から「清新な浪漫的心情の表白までを含めて、『自然人生に対する交渉』」、「自己内部の自然」を「直接に」「正直に」表出したものであるとする。もっともこの傾向は『収穫』（一九一〇・明治四三年）の特徴的性格であって、大正五年慶子（小夜子）が白日社に入社したころは『収穫』『陰影』を経たのち、さらに『生くる日に』（大正三年）によって大きく飛躍、転換をはかり終えたのちの時期である。

　入日あかし農夫が負へる枯草に火を放ちなば慰むべきに
　きちがひの眠れる部屋にあかあかと狐のかみそり一面に生えよ
　あかい、あかい、あかいと女きちがひがきちがひ文字を書きてゐにけり（『生くる日に』）

一九一三（大正二）年第六回白樺美術展覧会以来、ゴッホに強く触発されて、夕暮は監獄や精神病院を見学し、ひまわり、太陽、赤のイメージの溢れる狂熱的な歌を多く作ったという。「凄味のある芸術」「凄いほど痛ましい人間の叫び」の表現を求めていた歌人の内的必然性に、ゴッホやゴーギャンの絵がきっかけを与えたのだろうが、これらの歌からは、斎藤茂吉『赤光』（大正二年）の「死にたまふ母」連作中の「のど赤き玄鳥《つばくらめ》ふたつ屋梁《はり》にゐて足乳根《たらちね》の母は死にたまふなり」「星のゐる夜ぞらのもとに赤赤とははそはの母は燃えゆきにけり」のような歌、また『あらたま』（大正六年）の「あかあかと一本の道とほりたりたまきはる我が命なりけり」などが自然に思いおこされる。夕暮の見学した精神病院は茂吉が医長をつとめていた巣鴨病院ということだから、両歌人のあいだに交流があったのは当然だが、「あかい」という言葉をめぐってどのような流れがあったかは、いまここで私の言及できるものではない。ただ夕暮の歌の喚起する赤のイメージが、内面からほとばしりでる狂気をはらんだ、むしろ攻撃的な情動であるのに対して、茂吉のそれは内面にむかって沈潜してゆくもののように、私にはみえる。これらの歌を当時の慶子は読んでいたのだろうか。一九一六（大正五）年一一月号、六年二月号に白日社詠草欄に採ってもらったあと、三月号で慶子は三十九人集に加えられ、以後目次に名前が見えるようになるが、そのときの六首のうちの一首目は次のようであった。

寒椿あな咲きにけり赤々とわが思はぬに咲きにけるかも

「赤々と」とか「白々と」というような色彩をあらわす、どちらかといえば日常的に使用される五音の副詞が歴史的に短歌のなかでどのようにつかわれてきたかよく知らないが、鮮明な映像効果をあたえるそのような言葉を、当時の歌壇をリードしていた両歌人が同時期まるで相渉るように使用し、その後もかれらの門下にある人々が安易に用いているのはどういうことだろうか。たしかに慶子のこの歌のなかの「赤々と」は生きている。それは「あな咲きにけり赤々と」と重ねられた「あ」及び「寒椿」にはじまるア音の連続する音調と、「咲きにけり」をくりかえす下句の意外性の感動が「赤々と」を充分に生かしているからだろう。そのことは同頁の「あかあかと燃ゆる炭火に手をかざすつまの顔こそほのにあからめ（木元愛三）」のような歌とくらべてみても理解できる。

犬ひとつ走りてゆきし一すぢの道白々と光るなりけり
房州の遠山々のけむりたれかなしみに追はれ来ぬる海ぎし

この号には右のような、穏やかな絵画的風景のなかにみずみずしい情感の感じられる歌もあって、前号までの歌とくらべても急速な上達のあとがみえる。

熟れ麦の匂ひほのかに立ちこむる家なつかしくかへり来にけり　（一九一七年七月号）

この歌も私は好きだ。素朴なありのままの情景であろうが、家に辿りついたときの安堵の気持がのびやかに伝わってきて、心あたたまるようなひろがりが感じられる。

この歌にあるように慶子はこの年の春、福岡県八女郡三河村高塚の父母の家に帰るが、横須賀の次兄宅に滞在中、「詩歌」に歌稿を送っていただけではなく、前田夕暮のもとを訪ねて直接教えを乞うていたようでもあった。「前田先生のお子様に」と註記された歌（一九一七年八月号）も残っている。師から受ける直接の指導や面会日に同席する同門の若い歌人たちの影響は大きかったにちがいない。また横須賀から東京市外西大久保白日社への上京の経験が、「処女文壇」三号（一九一七年七月）の投稿小説の背景になっていることもたしかだろう。

一九一七（大正六）年五月号七首、七月号五首、八月号五首のあと一一月号六首（以上三十人集）をはさんで、彼女の歌はタイトルを付して発表できる二段組のほうへ昇格し、一二月号には川上小夜子の筆名で、飯田莫哀とならんで一段組十五首が掲載されている。入社以来約一年、これはあたりまえの道筋であったのか、それとも思いがけなく早い新人歌人への仲間入りだったのか。私にはいささか早過ぎるステップのように見えるが、それは「詩歌」を新進の紹介の場とし、新人を育てることも目的としていた夕暮の当時の方針に沿ったものだったのだろうか。一九一八（大正七）年一月号の消息欄には「川上小夜子さんは郷里で病気をしてゐたがもう軽快した」という記事もある。

煎薬の味（八首・一九一七年九月）栗の芽（八首・一〇月）タイトルなし（六首・一一月、黎明集）ここまで川口慶子（よし子）名。寂寥（一五首・一二月）寂しき日（一〇首・一八年一月）生柴の枝（一七首・二月）母（一二首・三月）枕紙（一〇首・四月）みとり疲れ（一七首・六月）野茨の花（一一首・七月）胡瓜の香（一七首・八月）新壁（一六首・九月）別離（九首・一〇月）が小夜子（慶子）が第一次「詩歌」に在って、終刊までに同誌上に発表した歌である。計一八五首。題名からも推察できるように、彼女はこの間郷里の家で、老いるにつれ気難しくなってゆく父、病床にある母、結婚まえの妹とともに過している。熟れ麦の匂い、蜜柑畑、野茨の白い花がこぼれて、櫨《はぜ》の木原がつづく——夏の日射をさえぎる木陰、櫨紅葉、冬には葉を落とした櫨の枝越しに遠く雪の光るなだらかな山脈が望まれ、紙干し場の紙が白く光っている。のちに彼女は北原白秋の故郷の櫨紅葉の写真について書いているが（「多磨」昭和一一年六月）、この頃彼女は、白秋の歌とは関係なく、自身の身近な風景として櫨の木の歌を多く作っている。家の裏手には車井戸があって下働きの女がそこで水を汲み、時にはその下働きの女といっしょにささやかな自家用の畑に出て麦を刈り、そらまめを収穫する。そんな穏やかな八女平野の風景と、自然のなかに育まれている人々のくらしが、彼女の歌をとおして見えてくる。家のなかには病む母のための煎じ薬の匂いが漂い、往診の医者の手洗いの水に映る空の色にあまり長くはないであろう母の命を思う悲しみを見、友人、知人からのたまさかの便りを心待ちにしながら歌を作っている日々。一八五首のうちには若い女の恋歌ともみえる歌もある。

停車場のぞめきの中に夢のごとわかれ来りて一年をへぬ

土くさくみるかげもなき一にんのをみなを捨てて君はゆくらん

その身をばいとひ給へと世のつねの言葉かはしてわかれぬ二人

わかれにきその日の雨のしめやかにけふもひと日をふりくらしつる（大正七年七月～十月）

前節で、慶子（小夜子）初上京のときの同伴者について、妹満子所有の短冊に裏書きされていたカマチ（蒲池）姓の男性かもしれないという満子の話を書いたところ、かつて熊本に在住していた阿木津英からたいへん貴重な示唆をいただいた。

広島出身、戦後「多磨」「コスモス」に所属し、作品、評論の両面で活躍していた蒲池由之（一九一三～八〇）の項に「肥後細川藩の由緒ある家系と新派和歌の草分け的存在であった父・蒲池白萍《はくひょう》の影響により、儒教思想を根底にした理念的作品世界を展く」（三省堂『現代短歌辞典』）とある、蒲池白萍と関係があるかもしれないというのである。慶子の父深造は朱子学派の儒者であり、彼の従弟虎雄は熊本在、慶子自身も熊本の女学校を卒業するなど熊本との縁は深かったのだから、具体的なつながりは詳らかではないにしても、蒲池白萍のことは考慮にいれなければならないだろう。しかも私の家に残されていた短冊類のなかにくずしかたによって〈白萍〉とも〈白藤〉とも読める署名のものをみつけたのである。「なにとなくたゞなにとなくいひしらぬつよきちからのわれをおしおす」というのがその短歌である。

この時期の歌をもうすこし挙げてみる。

わが踏むは野辺の枯草はるばると遠山脈に雪光るみゆ

櫨の葉の落ちもつくせば木の間より紙すく村の紙ほせる見ゆ

さやさやと櫨の垂り実の鳴るからに空には風の吹きてかあらむ
戸開くれば月ほのぼのと流れ入り今の我が身のかなしさ堪へず
夏衣竿にほしつつしづやかに流るる雲のかげに見入りつ
夏草の青き匂ひはほのかなり今日もおなじき道ゆきにけり
母を診て医師が洗ひし手洗ひの水にうつれる青き夕空
日かげればまたもさびしき一すぢの暗きなげきの身をはしるかな
麦青む畑のほそ道身はひとり誰はばからず泣きにゆきにけり
病みてますはゝその母は癒えがたし世は春ゆきて夏となりにけり

前半の歌は八女の風景を思い起こさせる自然詠であり、あとのほうはその風景のなかで、死を目前にした母親にたいするほとばしるような哀傷の歌である。ほとばしるような哀傷の思いといっても、これらの歌のなかではむしろ直接的な感情は抑えられ、風景のなかに身をおいて、風景との対比あるいは水に映る空の色に託してうたわれているから、かえって悲しみが透明な情感をともなって読むものの心にひびいてくるように思われる。哀傷歌や挽歌が抒情詩のおおきな要素であるとはいえ、前回とりあげた恋歌めいた歌のそっけなさにくらべてその違いが歴然としていると見るのは私の個人的な思いこみにすぎないのだろうか。

前田夕暮は「詩歌」一九一七（大正六）年六月号に初学者のための「短歌講話（一）」という欄をもうけ、三十一音律の短歌が「三十一文字の散文」や類型的、概念的表現に陥ることなく、独創的で「作者のほんとのみづみづしい生きた感傷の表現」の詩となるようにと桜を題材にして懇切に説明している。

ここにとりあげてみた慶子（川上小夜子）の歌はたしかに夕暮の指摘するような作者独自の「みづみづしい」「感傷の表現」と考えてよいだろう。しかし彼女が川上小夜子の筆名で二段組掲載に昇格したのちも、彼女の歌には「戸開くれば」や「日かげれば」の歌のように「さびしき」「かなし」「悲し」「わびし」など、感情を直接表現する言葉が多用されていることをどのように考えたらよいのだろう。それは風景自体をある心理的な類型のなかに閉じ込めてしまう結果になっていないだろうか。気になるところである。一方「雪光る」「月の光」「流るる雲のかげ」「日かげ」「水に映る空」のような、光るもの透明なもの、一瞬動いて消え去るもの、「風」「草の匂ひ」「胡瓜の香」のようなとらえどころのないものに惹きつけられてゆく傾向がみられる。この傾向はのちのちまで彼女の歌の特質の一面を担うものとなっていると思われるが、そのような彼女の抜き難い志向性は穏やかな八女平野の風景や自然とのかかわりのなかで生まれたものか否か、いずれ解明してゆかねばならないことだろう。

「詩歌」第六巻第一一号、すなわち慶子の歌がはじめて採りあげられた号に、萩原朔太郎は前田夕暮の第四歌集『深林』（大正五年九月刊）を評する文章を寄稿しているが、そのなかで朔太郎は夕暮について「氏はヱルアアレンの徒である。大きな荒つぽい力で太陽の方へぐんぐんのびてゆく向日葵のやうな、恐ろしい強い生活力をもつた奴だ」とし、斎藤茂吉については「あのひとはストリンドベルヒの格だ。近代分明の病毒をうけた、おそろしい過敏な（むしろ病的に近い）神経の所有者である。氏の感情は甚だしく繊細で複雑してゐる」と比較したあと次のように書いている。

前田氏は強い生命の歌人である。（中略）そのリズムは素撲《ママ》で線が太い。そこから押し出す感動はさかんなものだ。（中略）

前田氏は自然と同化し、自然の中に自己を融合させることが出来る人だ。自然を愛し、自然と融合するといふことはだれにでも出来るやうで、実はだれにでも出来ないことだ。私のごときはまるで自然とは愛のない人間だ。私は夢の中の風景なら愛することが出来る、けれども現実の自然は愛することが出来ない。自然はあまりに冷酷すぎる。（中略）

前田氏は実に自然をよく凝視することの出来る人だ。その樹木に対する愛憐の情のごとき、まことにしんめんたるものである。然るに樹木のごとき私に於ては苦しいものだ、私は手を伸ばして樹木に触れやう《ママ》とする、併し樹木は私を逃れてゆく。私にとつて自然はむしろ『愛』でなくして『恐怖』である。

（「『深林』を読みて感ずる所あり」）

少々ながい引用になったが、朔太郎が夕暮の歌について積極的に評価しながら、その自然観と対比させるようなかたちでいかにも朔太郎らしい独自の自然観を語っていることがおもしろい。また夕暮についても茂吉についての評価にしても、直観的な断定ではあろうが、かなり本質をついているのではなかろうか。朔太郎が山村暮鳥、室生犀星ら多くの詩人とともに「詩歌」に積極的に寄稿していたことはあらためていうまでもないことだが、この前後の時期に「詩歌」に発表された詩篇だけでも「天上縊死」「竹」「恋を恋する人」「雲雀の巣」「笛」など（以上『月に吠える』一九一七年・感情詩社・白日社刊）「薄暮の部屋」「青猫」「月夜」など（以上『青猫』二三年・新潮社刊）がある。

朔太郎をはじめとするこれら詩人の詩篇や論評を、慶子が読んでいなかったとは言えない、むしろ熱心に読んでいたと考えるのが自然だろう。後年、彼女は、文芸誌「望郷」の執筆依頼のために中村真一郎を、当時彼が寄寓していた岳父佐々木好母医院にたずねた折、玄関の間いっぱいに熱帯魚を飼育していた好母医師を、彼は「詩歌」の詩人だったと、一種のなつかしさをこめて同伴していた私に教えてくれたくらいなのだから。「成育」と題して五〇年に発表された熱帯魚の連作（『光る樹木』所収）はこのときの情景によっている。

朔太郎ら「詩歌」の詩篇を彼女がどのように読んでいたか、そのようなことについて小夜子が書き残したものはない。

まだ歌をつくりはじめて間もない小夜子の歌を師前田夕暮の作とならべて考えるのは無茶な話かもしれないにしても、『生くる日に』の境地をなかば脱して「人生的な味わいに深入りして行こう」（前田透）としていたいわゆる『深林』的な自然詠でさえ、夕暮の歌にはつよい造型性がある。たとえば

冬の日のまあかく空にしづむころ白き印度の孔雀を見たり
子供らは土手にひそまり空をみるまた一人きてならびけるかな
夜ふかく窓をあくればながながと残雪《ゆき》は地上によこたはりゐし

のびろなる空地《あきち》ながむるここちして我が来しかたの眼にうつりくる

これらの歌には鮮明な映像としての魅力とそれを支えている強い生命力を感じとることができる。小夜子の歌にもとめることのできないものである。

5　生家のことなど

一九九〇年五月、私は姉珠子（小夜子長女）と福岡県八女郡三河村高塚（現八女市福島町）をたずねた。そこには小夜子が誕生の翌年（一八九七年・明治三〇年）から一九二〇（大正九）年結婚のため上京するまで、そのほとんどを暮していた家がまだ残っているというのだ。

五六年ごろ私は一度そこをたずねている。そのときは小夜子の妹である満子夫婦が戦時疎開のあとそのまま隣村の古川村に、村長職の旧家を継いで住んでいたので、叔母の案内であった。川口家の墓地をたずねた記憶もなく、付近の家並や、そこにいたるまでの道筋なども私の記憶からまったく脱落していて、刈り込まれた肩の高さほどの生垣の内側に藁葺の家がひっそりと静まりかえっていた光景だけが残像のようにあざやかだ。道沿いの生垣の左手に、生垣に沿ってやや下りぎみの小道があり、その先を草をわけて小川が流れていた。昔この川は庭のなかを流れていたと叔母が話してくれたが、庭の小川で家鴨といっしょに泳いだことは、慶子が私たちにくりかえし語った幼年時代の幸福な思い出でもあった。川口家の家督を継いだ次男丁次郎の没後（一九四三年）、その任地鳥取から引き揚げてきた妻マツが娘たちと戦後もしばらくはそこで暮していたというから、私がはじめて訪ねたときは人手にわたって間もないころだったのかもしれない。いずれにせよ一介の教育者、漢学者にすぎなかった川口深造が十人の子女を育て、当時としてはそれぞれ最高に近い教育を受けさせるためには、家屋敷の一部をすこしずつ手放していったとも考えられるが、子どもたちが家を離れ、一九二一年の深造の没後も、二十数年間は管理維持されていたことはたしかだ。

最初に訪ねたときから三十有余年。家はその極みまで荒れていた。生垣はブロック塀にかわり、道も簡易舗装されて、向い側にはあたらしい家並ができていた。藁葺屋根はたぶん葺きかえられることもなく、青いトタンの鞘《さや》をすっぽりとかぶせられ、家のまえの電柱の上方にかささぎが大きな巣を作っていたのが印象的だった。庭のほうから見るだけなら入ってもいいと、迷惑気ではあったが、現在の住人のおかみさんらしい人が私たちを庭に招じいれてくれた。庭先の石組、板戸だけの回り縁、書院作りの丸窓、その先の厠と手水鉢――どこもかしこもささくれ、破れ、すすけて黒ずみ、壁には落書きのあとがあり、そのうえ衣類や布団などが乱雑に放りだされたままで、そこに住んでいる人の投げやりな生活が見えて、家の荒れようも納得できるものだったが、家の間取や構造、庭の石組みなどは写真で見慣れたものであった。写真には、晩年の深造を中心に孫もいれて家族が集まり庭で撮ったもの、病みあがりの慶子（小夜子）が障子の内側で本を読んでいるもの、結婚式直前の妹満子の縁側での立姿などがあって、現在の荒れた家屋からでもそのころの情景に手がとどいてゆきそうな感じであった。たしかに庭はもっと余裕があったようだ。庭はずれの竹藪、芭蕉の葉ずれの音、小川のむこうにひろがる茶畑、さらにそのむこう、視界の果てになだらかな起伏をみせている筑後平野の連山などは小夜子が暮らしていたころの風景と変わらないだろう。だが、私たちが訪ねたのが五月末だったから麦刈りは終わっていたのか、それとも麦はもう作られていないのか、慶子が「詩歌」時代によく歌の素材とした熟れ麦の香、櫨の木や紙干しの風景に出会うことはなかった。

近くで畑仕事をしていた七十過ぎと見える女のひとに、あの家のもとの居住者であった川口家の人を識っているかとたずねたところ、自分は戦後門司からここに移ってきたから知らない、しかし川口という名は聞いたことがある、昔のブゲンシャだという返事がかえってきた。分限者という言葉がこんなところで生きていたことが不思議だった。かささぎがけたたましく鳴きながら竹藪をかすめて飛び去った。

川口深造（一八四五〜一九二一）「幼名小一郎号老川、篤学奮励克成一家、秀特漢学、後福島高等小学校長兼訓導多年従事教育」と川口熊彦（深造従弟）は川口家の系図中に書きこんでいる。深造は、母マセの離婚にしたがって母とともに幼児のうちに川口家に帰っているが、その父高橋素平は藩校明善堂の教官、また江戸邸内で教授もつとめていた久留米藩の儒学者であった。マセの出自は代々八女郡の儒医（漢方医）の家である。慶子の兄丙三郎は、八女が朱子学派の儒学のさかんな地であったこと、深造もまた明善堂に関係があり、明治以降は八女教育界の重鎮と仰がれていたと記す。(「林間」追悼号) 慶子の姉季子と妹満子の話によると、深造は明善堂を卒業したあと長崎師範に入学するが、家庭の事情で卒業間際に中退、その後は八女郡の高等小学校校長をつとめ、さらに羽犬塚中学の修身と漢文の教師となり、晩年は恩給で暮らしていたとのことである。深造は老川と号する漢詩人でもあり、丙三郎は右の文中に次の七言絶句を紹介している。

尋　花
晴郊十里討群芳　双袖携来満路春
一望山川春漲処　書生心事為花忙

秋　興
落木秋風芳菊開　荒園満地白皚皚
田家興味人知否　高潔花描隠逸来

『老川詩集』と表紙に墨書された分厚い和綴の漢詩集があったことは記憶している。しかしそれ以外に深造の著書があったとは私たちも聞いたことがなかった。ところが最近になって慶子(小夜子)の長女珠子の娘が大学の図書館で曾祖父の著書と出会ったのである。当時彼女は早稲田大学大学院日本史科の学生で、九州の資料を探していた。『稿本八女郡史』は一九一七(大正六)年十月二十五日福岡県八女郡役所を発行者として出版されている。序文によると郡史編纂を急務とした郡役所が郡会の決議を得て、川口深造と近本甲五郎に調査を依頼、二年余を費して編纂されたものである。扉に「著者寄贈、大正十年秋」という多分著者自身の墨書文字があるが、深造は一九二一（大正一〇）年一〇月二三日に死亡しているから、死を目前にして彼自身がだれかに寄贈したものか。寄贈された相手はわからない。早稲田大学図書館が購入したのは一九五二（昭和二七）年である。八女郡に関する資料はいまのところこの一冊であったとは曾孫の言であった。

「我八女郡、筑後六郡中之大郡、而上古以来之史蹟、亦不為鮮矣……」とはじまる序文は川口深造による漢文序である。目次は左のとおり。

郡制（附 郷、荘、組）宿駅 番所 制札場 郵便局 町村制 沿革概略

九誌 八女県行幸誌、八女郡行幸誌、城館誌、神社誌（仏堂誌）（学校沿革誌）（風俗誌）（地理誌）

十二伝 （皇族伝）（諸家列伝）忠節伝、勤皇志士伝、孝子伝、文学伝、循吏伝、篤行者伝、軍人伝、医家伝、実業家伝、（雑伝）

二表 （八女郡沿革年表）戦死並戦時病死軍人表軍人伝に附す

（ ）は未刊符と目次末に註記してあるところをみると、この本は未完のままであったのか、それとも続編が作られたのか不明である。八女郡が真木和泉を擁した勤皇の地であったことは兄丙三郎の文中にもみえるが、この目次を見るかぎりにおいても、深造たちが、大正リベラリズムへ向かおうとしていた大正初期、距離的にも思想的にも東京を中心とする都会の思潮からどれほど遠いところにいたか、あるいはまた明治を生きてきた当時の教育者たち、特に地方の指導的立

場にあったひとびとが拠りどころにしていた精神的基盤がどのあたりにあったかを知るうえでも、この本は興味深かった。同時にそれぞれの人物伝、戦死、戦病歿軍人（兵士）の表は、それぞれの時代の、ある階層のひとびとの動向をうかがい知るところともなったのである。熊彦が川口家の系図に記入した文章も『八女郡史』に依拠しているところが多い。また深造が多くの八女出身諸士の碑文（漢文）を撰していることも、それが自著のなかとはいえ、私はこの本で知ったのである。

高塚の家のすぐ近くに墓所があり、いつごろから現在のような形をとるようになったか知らないが、墓地全体は村営の共同墓地で、しかも昭和三十年代はじめ以降各家の墓所は無量寿という廟（納骨堂）に合祀されることになったという。しかし川口深造の墓だけはこの地（村）にとって別格であったらしい。廟の正面右隣に「川口深造墓」という比較的新しい墓石が建っている。これは戦後になって、川口家を継いだ丁次郎の長女和歌子が主となり深造の子女らによって建て直されたものであるが、この新しい墓石の背後には丁次郎が建てたと思われる、大正十五年九月日付の、三方に碑文の刻まれた旧墓石が保存されていて、無量寿廟が建立されたときにもそのまま残されたものらしい。かつて村の教育に貢献し、多くの有力者がその教えをうけたとはいえ、それは明治から大正の時代にかけてのことであり、近隣の町村をのぞけば、高塚にはすでに縁者はいない。だからこの墓地事情は私にとっていささかの驚きであった。碑文中に、先生とあるところをみると、弟子（教え子）のひとりが撰文したものと思われるが、そこには深造の出自、業績から、かれの家族、五男五女の名、学職歴、配偶者に至るまでが明記されていたのである。

深造は、下妻村大庄屋（系図による。戸籍では上妻郡福島町）水田養郷・タメの三女タミヨ（一八五六〜一九一九）とのあいだに五男五女をもうけている。この碑文をも参考にして、小夜子の兄姉妹について記しておく。

長女ハルエ（春枝）1875〜1909?　熊本市尚絅高等女学校卒業　女学校教員、のちに立花鎮靖と結婚（その後まもなく死去）

長男甲太郎　1877〜1905　長崎（?）師範学校卒業、台湾で教職につくが、帰郷の船中で盲腸炎を悪化させて死亡。

次女フユノ（冬野）18 ?〜1914　石橋為次と結婚（二男二女）

次男丁次郎　1883〜1943　長崎医学専門学校卒業、薬剤官として陸軍病院に勤務（従六位勲三等）和歌山、横須賀、弘前（第八師団）、旅順等を転任。一九一八年シベリア出兵に際してはウラジオストックに赴任。二十年十二月の帰国まで、その間妻子は深造らとともに高塚の家で暮す。妻マツは姫路藩家老職もつとめた家の出。結婚前八女郡の女学校の教員をつとめる。

三男丙三郎　1885〜1973　熊本第五高等学校、東京帝国大学法学部を卒業。東京市主事。（妻ハツヨも結婚前教員）

四男金四郎　1887〜19 ?　笠原村牛島家に養子縁組。

五男煥五郎　1889〜1956　九州帝国大学電気科卒業、藤倉電線に勤務。

三女スエコ（季子）1893〜1988　八女郡福島町の女学校を卒業。石田健と結婚。（戦後、石田健は三井鉱山副社長、三井石油化学社長を歴任）

四女ヨシコ（慶子）1896～1951　小学校高等科、教員養成所を卒業、代用教員を一年つとめ、その後熊本市尚絅高等女学校に編入学、同校卒業。

五女ミツコ（満子）1899～1993　福島町の女学校を卒業、横溝維熊と結婚。

（片仮名は戸籍上の表記、通称は漢字）

小夜子（慶子）は十人兄弟の九番目、深造五十一歳、タミヨ四十歳のときの子である。上三人が早逝しているとはいえ、みな成人後のことであり、姉二人もそれぞれに結婚後のことを考えれば、この一家は当時としては健康にも恵まれていた、また充分に養生できる環境にあったと考えねばならないのだろうか。しかし慶子に関するかぎり、彼女はけっして健康に恵まれていたわけではない。むしろ病弱だったらしいことは、「詩歌」時代の彼女の短歌からも推察できる。

もうひとつ気付くことがある。それは、先にも触れたことだが、経済的に豊かであったとは思われない一地方の教育者の家で、十人の子女のほとんどがそれぞれにかなり高水準の教育を受けていることである。（尚絅高等女学校は寄宿舎もある私立の名門校で、その女生徒は当時の旧制第五高等学校の学生にとってあこがれの存在だったとか。）女学校卒業後の慶子がそれ以上の進学を望んだとき、奈良の女子高等師範学校への深造の許可はあったのに、希望していた日本女子大の英文科はみとめてもらえず、結局進学をあきらめたと、そのことを彼女は後年くりかえし悔んでいた。そこには儒学者だった深造のあたらしい思潮、風潮に対する思惑や頑迷さだけではなく、経済的な理由があったろうことは容易に考えられる。（師範学校、高等師範学校から教員へというのが、当時、特に地方にあって貧しいが知識欲にもえた優秀な青年たちにひらかれた道であり、たぶん明治初年以来の国策のひとつだったといえよう。そしてかれらが良くも悪くも地方における知識人の階層を形成していたのかもしれない。）慶子の兄姉とその配偶者たち、またそれ以上に川口家の一族には儒（漢）学にはじまり（漢）医学と教育にかかわっていた者のなんと多いことかと思う。

一九一九（大正八）年五月、母タミヨが高塚の家で没する。そのときの短歌が創刊まもない「覇王樹」（大正八年一〇月号）に載っている。そのうちの幾首かを引用する。

母逝く

かなしみの心はつきず冬の夜の板の間さむく氷をわるも
ほのかにもまみを開きてひそひそと物言ひ給ふ子のわれに向きて
天つ空照る日もくもれたらちねの母を死なしめ如何にすべきぞ
人の身と思ひしものをうつし世にわれも母なき子になりにけり
たちばなの花の匂ひはふかくともひとりの母の命かへらず

このとき慶子（小夜子）は二十三歳。母タミヨが病床にあったのは、「詩歌」時代の作品から推しはかって、一年半から二年近い日々ではなかったか。「もの蔭に呼び入れ父はのたまひし母の病ひはかりそめならず」と詠んだときからでも一年は経っている。覚悟はできていたはずだと思う。

6　「詩歌」から「覇王樹」へ

タミヨの死の前年、一九一八年一〇月「詩歌」は突然休刊になる（当時は廃刊といわれた）。歌壇の最有力誌のひとつとして社友六百、結社の経営も順調で、次号の予告もあったというから全く突然としか言いようのない夕暮の決断であったのだろう。そのときの様子を小夜子は「大久保白日社を幾度か訪れ、帰郷中の私に屢々手紙をも下さつた事であるから、この突然の休刊は寝耳に水で呆然とした。然し今から考へて当然の事であらう。二十歳あまりの少女あがりの耳にまで、そんな重大な事が前もつてひびいて来るわけのものでもあるまい」と回想している（「橋田東声氏をめぐる思ひ出」「林間」五一年四月号）。そして彼女は、前田夕暮から橋田東声に「のし」をつけて贈られた形で「覇王樹」創刊の同人になったのである。

「詩歌」休刊の理由はながいあいだ謎とされていたようであるが、前田透はその原因について次のように分析、推察している（『評伝　前田夕暮』）。一、夕暮の短歌離れ——ギルド的歌壇への嫌悪　二、身辺の有望新人の相つぐ死　三、父久治の死と山林事業の継承　四、夕暮の作歌の停滞と疲れ　五、結社制歌壇への疑問。そしてさらに『深林』（一九一六年）は夕暮にとって模索の時代であり、「詩歌」最終年に発表されたかれの短歌をあげ「夕暮的な素材に対した場合でもいちじるしく観照的で、躍進力の不足しているものが多く」こういう境地は夕暮の本質に反するもので、やはり停滞といっていいと説明している。休刊のあと夕暮は「詩歌」の「目ぼしい作家」二十二人をあつめて「耕人」という回覧雑誌を発行（一九年一月〜二〇年六月）するなど、「内部蓄積」の時代にはいる。

一方、小夜子は「覇王樹」創刊（一九一九年八月、短歌辞典などでは五月となっているが、実際には八月号が一巻一号である）にあたって、夕暮の依頼だからぜひ参加するようにという橋田東声の手紙をもらい、その年（「詩歌」休刊の年か）の秋のうちに上京、東声のもとを訪ねている（「橋田東声氏をめぐる思ひ出」前出）。「詩歌」の先輩歌人である飯田莫哀らが本郷台町（現在、文京区本郷五丁目）の鳳明館に滞在していた小夜子のところに、「御令兄と一所にゐられたので僕たちは大した気兼ねもなくちよいちよい遊びに行つた」というのは（「小西慶子論」「覇王樹」大正一一年一一月――小西慶子は結婚後の本名）、多分このころのことだろう。鳳明館というのは当時本郷界隈に多かった大規模な下宿屋で、そのとき鳳明館に住んでいた兄がだれをさしているのか、次兄はシベリア出兵のためウラジオストックなどに赴任していたはずだから、最初の妻を亡くして、再婚するまでの丙三郎と推測するのが順当かもしれない。

鳳明館で写した写真がある。障子のまえに置かれた白いテーブルクロスの卓に寄りかかるようにして花を活けている横顔の小夜子で、卓のうえには分厚い本もひらかれてあり、いかにもつくられたポーズのように見える。「大正九年四月十六日鳳明館に於て　小西慶子　呈川口父上様」

という裏書があって、三月に、八女郡高塚の家で祝言をあげて上京した直後のスナップ写真と思われる。髪形もそれらしく結いあげてある。とすればこのときの同居者は、兄ではなく、夫となった小西憲三で、この写真もかれが撮ったものだろう。鳳明館（本館）は現在もほとんど当時のまま、「有形文化財」に登録されて、旅館として営業をつづけている。旅館として営業するようになったのは戦後だから、もし結婚後まもないころとしたら、新居の定まるまでの仮住まいではなかったかというのが現在の女主人の言であった。当時をふりかえってと思われる憲三の歌があり、「人なみに家をかまへずあきらめて下宿にくらすわれとわがつま」（「覇王樹」一九二二（大正一一）年二月号「人間冬眠」）というのだが、これらの歌でみるかぎり経済上のことのようにも思われる。

「覇王樹」の時代、小夜子の生涯にとって二つの大きな出来事がおこっている。ひとつはこの最初の結婚とそれにともなう東京の生活であり、もうひとつは北見志保子との出会いである。そういう意味でここでは、彼女の生涯の方向をかなり決定的なものにしたといえるかもしれないこのふたつの出来事というか、出会いを軸にして、故郷の八女から東京における結婚生活へという生活環境の変化がもたらした作品のうえでの変化をも見究めてゆきたいと思う。

橋田東声と「覇王樹」について少々書いておく必要があるだろう。橋田東声という名は、いまでは「平城山」にまつわる北見志保子との関連でのみ知られているのかもしれない。短歌辞典などによると、高知県生（一八八六～一九三〇）、大正から昭和初期にかけて活躍した歌人で一九一七年に「珊瑚礁」、一九年に「覇王樹」を創刊、主催とある。生前に刊行された歌集は『地懐』

のみで、どちらかというと評伝や理論的な著作に力をそそいでいたようにみえる。良寛に傾倒し「子規、左千夫、節の影響を受けつつ、やがて独自の世界を形成した」といわれている。東声自身「詩歌」への寄稿も多く、したがって「覇王樹」には「詩歌」の方針をうけつぐように萩原朔太郎の歌壇批判「歌壇へ最後の論説」（五巻一号、全集巻七）をはじめとして日夏耿之介や山宮允、北原白秋ら社外の詩人の作品、エッセイ、訳詩なども掲載されている。

夕かげにおのれ揺れゐる羊歯の葉のひそやかにして山は暮れにけり

（『地懐』）

現代短歌辞典（三省堂）は東声の代表作としてこの一首をあげ、羊歯の微妙な揺れから山の全景へ、ミクロからマクロへの飛躍に注目したいと評釈している（谷岡亜紀）。萩原朔太郎の『地懐』批評がある（「覇王樹」三巻六号）。朔太郎は、「浪漫派の末路の日」に短歌と訣別した自分には「自然派的乃至古典派的の傾向の著しい現歌壇」を代表する東声の詩を批評するのは困難であるとことわったうえで、『地懐』の大半を占める「一見無意味に見える身辺事故の歌（歌壇のいう「実感の歌」）」にも自然人生に対するすぐれた「愛」と「理解」がみられるといい、この「夕かげに」の歌を佳作の筆頭にあげ、「象徴の趣きがあって好き」であるとしている。

「写生主義、自然主義から発足した歌がまだまだ新鮮で瑞々しい感覚をもつてゐた時期である」と川上小夜子は前出の思い出のなかで書いているが、このなかに描かれている東声自身の風貌にはいわゆる文人ふうの感じがみてとれる。「あるじの外には軟く太つて三浦環によく似た夫人が人懐つこく応対された」とあるのが北見志保子（橋田あさ子）との最初の出会いであり、またこの日池上本門寺お会式の太鼓のひびくなかを、夫君同伴の水町京子、近くに住んでいた日夏耿之介も訪ねてきた、とある。水町京子は「覇王樹」同人ではなかったが、作品の寄稿は何度かあったようだ。志保子、小夜子の「覇王樹」退会後に女性だけの歌誌「草の実」をともに創刊し、その後も「多磨」「林間」と、小夜子と同じ道を歩いている。しかしその関係は北見志保子の場合とはちがって、水町京子の言葉をかりるならば「一つになつたり別れたりして流れる川のやう」なものだったということである。「林間」（林間短歌会）は一九五〇年に木村捨録を編集人、川上小夜子（名儀は本名の久城慶子）を発行人として創刊されているが、木村捨録、村磯象外人、今中楓渓、水町、川上など「覇王樹」につながる歌人が中心になっていて、「林間」創刊当時の記事によると「覇王樹」を継承する意図があったようにもみうけられる。

　創刊と同時に「覇王樹」に参加したとはいえ、川上小夜子の歌の初出は、前節で紹介した第一巻三号（一九一九年一〇月）掲載の「母逝く」である。そのあとも作品のみられない月号がつづき、第二巻一九二〇（大正九）年二月「おほつごもり」、三月「春近き日に」となっている。母タミヨの死が一九年の五月、翌年三月には結婚と同時に上京と、この時期個人的な事情がつづいているから、作品がないのも無理からぬことだろう。三月号掲載の作品までが故郷八女在住の歌である。小夜子の目に映った、ほとんど最後かと思われる八女の風景をこのなかからひろってみる。

冬の雨うすらにあかき杉の葉の葉末に白きつららとはなり
ほのぼのとあかとき近し藁根《ママ》屋の小暗き土間に火を焚くが見ゆ
陽の色もぬくく明るし故里のもみぢ櫨原はるかにも見ゆ

（おほつごもり）

春めきて照る陽あまねき麦畑の青きに見入る癒えちかき日を　（春近き日に）

「おほつごもり」にはこんな歌もある。

底くらき夜のかがみに浮かみたる顔はみにくきくやしさに燃ゆ

面ひかる夜の鏡をみつめつつおさへかねつもこのくをしさを

むろん「詩歌」にも「しげしげとわが目に見入る男の瞳ゆきずりなれど憎しみわくも」のような歌もある、しかしこの歌には憎しみの対象がはっきりしていて、むしろ観照的といえるのに対して、「おほつごもり」の「くやしさ」の実体はこの歌からひきだすことができない。むきだしの情念だけがあって、読者のこころに訴えてくる余韻に欠けるように思われる。このあたりの事情は「詩歌」と「覇王樹」の差異とみるべきなのか、作者自身の変化（たとえば年齢的な、また近づいていた結婚という生活上の変化にたいする身構えのような）と考えたほうがよいのか。

小西憲三、一八八九年姫路生、法学士。後年彼女の姉妹の話によると、ひとを介して、兄丙三郎の引きあわせによるもので、そのころ三井物産の社員としてアメリカに駐在していた憲三のもとに小夜子の写真を送って話がまとまり、帰国後高塚の川口の家にたずねてきて祝言をあげたという。紹介するひとがあって、というしごく平凡な道順であったと考えてよいのではないか。彼女の兄姉妹の場合のように親戚関係か近隣の縁者が多かった当時としては異例のことだったとしても、すでに「詩歌」「覇王樹」に参加していて若い歌人仲間との交友もあったであろうから、結婚して上京ということはむしろ彼女にとって望ましいステップだったかもしれない。いろんな夢をそこに託したかもしれない。

前述したように憲三は一九二〇（大正九）年一〇月の歌会から「覇王樹」に参加したと思われるが、その折の憲三の歌は「とつくにの花屋のかどに佇みて菊みれば恋しかへりゆく船よ」である。この夫婦の場合どちらが積極的にはたらきかけたのだろう、短歌作者が自分の所属する結社に家人などを誘い、作歌をすすめるようなことは多かったのだろうか。三巻八号、四巻四号などには夫の赴任地の北海道に住む姉季子の歌もみられる。季子はそれ以上短歌をつくることはなかったが、大正一三年頃から「覇王樹」に歌を発表しはじめた義姉（五兄煥五郎妻）の川口千香枝は、その後「草の実」創刊に参加、結局「草の実」の発行を最後までつづけることになる。憲三は、一九二三（大正一二）年一月、小夜子が同人に推薦される（準同人推薦は二二年一月）と同時に準同人に推薦されているが、かれがいつまで「覇王樹」に所属していたか、その後も作歌をつづけていたかはわからない。東声著『地懐』『自然と韻律』の出版記念会、記載されている歌会、吟行歌会のほとんどに出席し、出詠もしているが、まとまった短歌の詠草は「飼小兎」「五位鷺」「応召1」「同2」「人間冬眠」「結伽扶座」（それぞれ八、九首）のみで三巻六号（二一年七月）から四巻三号までの短期間にかぎられている。他に「西郊雑筆」1、2の雑文と飯田莫哀についての短文がある。

7 「覇王樹」の時代——変化する生活のなかで

小夜子が「覇王樹」に在籍していたのは一九一九年創刊から二五年四月ごろまで（四月号に、五月号発表小西慶子選「暮春」募集の広告文があるが、五月号にその発表はない）ほぼ六年にわたっている。生活のうえでも作歌経験のうえでも変化を余儀なくされると同時にすこしずつその基盤がかためられようとしていた時期とも思われる。

もうすこし小西憲三について書いておこう。多分自選歌集編纂のためであろう、この時期に発表された歌を後になって彼女の書き写したノートがあるが、そこには夫憲三にかかわるような歌はいっさい削除されている。

「覇王樹」の消息欄から憲三に関する記載をひろってみる。一九二一（大正一〇）年九月～一〇月　姫路聯隊に召集入隊。一九二二年五月（以下記載号）三井物産を辞職、法政大学予科教授となる。同年八月　法政大学野球団を率いて満州、朝鮮へ旅行。同年一一月　法政大学野球部長。一九二三年六月　法政大学教務課長。この経歴からみると学究の徒というより実務家であったとみるべきだろう。前述したように憲三は二〇年秋の歌会ごろから「覇王樹」に参加しているが、作歌よりも人の集まる場のほうを好み、酒がはいってにぎやかに座をもりたてる役が適していたようにみえる。二三年一月準同人推薦。その一年まえ二二年一月以降小夜子は本名の小西慶子を名乗ることになり、消息欄の転居などはすべて憲三名によって記載され、小夜子のほうが小西夫人としてあつかわれるようになっている。歌については、「少しく容易なるを難とすれどユーモラスな手法のうちに寂しみもあり作者の俤見えて面白し」という橋田東声の批評文がある。そのなかの一首「指揮刀のさやを払へば刀身もまたさびつけりいかにかはせん」（応召其二）。ほかに「人と生れてむなしかるべきいのちかはただ祷らくは道を得んため」のような歌、「飼小兎」のような日常詠もあるが、むしろ散文のほうにその姿が見えてくる。たとえば飯田莫哀について「……神経が敏くて而も柔味がある。米屋さんには勿体ない。相當金儲けは上手らしい」と書き、芝居に行きたがる妻に対して「私は妻程芝居を見に行き度いとは思わ《ママ》ぬ。嫌い《ママ》かといふに嫌い《ママ》ではない。……が何しろ高い、滅法高い。天から降つて来る金ではなし、道で拾つた金ではなし、一文と雖も皆我が貴重な生命が燃えて出来た賃金である。」（「西郊雑筆」二三年一月）といい、芝居見物のことにつづけて特定の女、自分の母親や妻をのぞく「女一般を好かぬ……第一に女はインテレクトに乏しい」、涙もろく優しくみえるが、実際は子供のように純真でもなければ男よりも強い……とその女性観を披瀝している。俗っぽいといえば俗っぽい、しかし衒いや気取りのない正直な、というかむしろそれを前面に押しだしてみせているといえるのかもしれない。小夜子があえて削除しようとした歌のなかから拾ってみる。

身にしげき憂さをのがれて夫とすむこの新らしき家居よろしも　（二一年一月「なやみ」）

虫ばしら動きは止まず窓の辺に見つつ背をまつ春の夕ぐれ　（二一年五月「春折り〳〵」）

夕餉して後ののどけさ子うさぎを部屋に放してよろこび合ふも　（二一年六月「山火」）
はなれ居の今年の夏を病み痩せて見るにさびしき鶏頭の花
（二二年一一月「海辺にてうたへる」）
電車まで人をおくりて帰るさを夫にしたしきこころ湧きにけり（二二年一一月「秋雑詠」）
おのおのに苦しきこころつつみかねあさましきかも途にいさかふ
いさかへどつひに我世は二人なり師走の町に降るは氷雨かも　（二三年二月「氷雨　一」）
むきむきの思ひを持てり二人食すこの宵の餉のたのしからなく（二三年三月「氷雨　二」）
野の空の深きに見入りて言もなし夫もさびしき思ひをすらむ　（二三年二月「晩秋の歌」）

前半は夫憲三に寄り添うようなたたずまいを思わせる歌であるが、結婚まもない若い女の沸き立つような感情は抑制されている。それがそのころの普通の実生活から生じる感性だったのか、それとも明星派を否定した当時の短歌の方法上の結果だったのか。後半の歌には、対立する対象としての夫の存在があり、それでもともに生きてゆかねばならないという、諦めというよりむしろ生の根源を見きわめてゆかざるをえないような地点に立たされている作者がいる。それが「師走の町に降る」氷雨であり、「野の空の深」さとしてとらえられているのではないか。この最後の歌には個であると同時に孤でもある自分をみつめようとする視線の深まりが感じられ、空に魅入られて立ちすくんでいる作者の姿がみえてくるようだ。またこのような歌もある。

ほととぎす鳴きしと告げむみかへれどかたへに人の居らざりにけり

当然そこに「人」がいるはずと振りむいたところに、不意をつかれたような不在、なにもない虚の空間だけがあった。それは実際に経験された、ちょっと拍子抜けしたようなおかしさをともなう状況だったかもしれない。しかしひととひととのつながりかたのなかにこの歌の風景をおいてみると、普段は気付かないでいる深淵が見えてしまったことへの途惑いのような気持をよみとることもできる。この歌は、小夜子が削除した作品のうちにはふくまれていない。ということは「かたへに」いるはずだった人はすくなくとも彼女のなかでは夫憲三ではなかったと考えられよう。特定のだれでもない人ということは、彼女の意識は、むしろそういう状況におかれて不意の不在に途惑っている自分、あるいは「空の深きに見入りて」いる自分自身にむけられているといえるのではないか。この歌は「郊外に住みて」(二二年八月号)のなかの一首で、ほかに、

ひろびろと風わたり来れば南瓜畑葉うら葉表うちひるがへる

雨あがりすみ極まれるなつ空に大き欅のゆらぐともせず

などがある。一九二二年五月号の消息欄に「市外代々幡笹塚に転居」とあるところをみると、このときの郊外とは現在の渋谷区幡ケ谷笹塚あたりであろうか。結婚直後、本郷の下宿住まいから千駄木の新居、巣鴨町上駒込、市外西ケ原(現北区)、笹塚、そしてさらに二三年には淀橋町柏木(現新宿区北新宿)、二四年には市外よよぎ西原へと、どのような事情があったのか毎年のように移転している。おおらかな八女の風景のなかで培われた自然観は、町家の小さな庭のわずかばかりの庭木やただ一輪の黄色い花、もらい水する家の庭のたたずまい、湯屋へかよう道の満開の桜花や夜道の木犀の香りなどのささやかな対象に、とまどいながら目をこらしているふうだ。しかしこの「郊外に住みて」の連作はのびやかな情感をたたえて、なおそこに人のすがたや心が

影をおとしているようにみえる。それは、郊外に移転してきて、野の風景に恵まれたためかもしれないが、同時にあたらしい環境と生活にも慣れてきたのではないだろうか。「野の空の」とおなじ連作中には、

夫とある安さになれて秋野行き声あげて歌ふ少女のうたを

のような歌もある。また

わが庭にただ一本のやつで木の花をこぼしてけふもありけり

しきりなく花をこぼしてやつで木のげにやひそけし冬ふかむ庭に（二三年三月「やつで」）

「わが庭に」の歌については、次号の「前号歌合評」に仲郷三郎が「凝念静思」という表現で賞賛し、橋田東声もそれに同意している。「けふもありけり」という結句がこの歌をたんなる叙景歌でなからしめているからだろうか。「けふも」という言葉による時間の導入によって、しきりなく散る花にそれを凝視めているひとの存在がかさなってみえてくる。

この時期、小夜子はいくつか旅の歌をつくっている。二一年一〇月東声夫妻、憲三ら「覇王樹」の社友らと登った「赤城拾遺」（二一年一一月）、姫路聯隊に召集入隊する憲三を送って姫路に滞在し、その足で故郷（高塚）にひとり暮らす父をたずねた折りの「旅の歌」（二二年四月）、「信濃の旅」（二〇年一一月）、「旅歌　信濃篇」（二四年八月）、この二篇の信濃旅行はそれぞれが別の機会の旅だったのか、同行者がだれだったのか、いまのところわかっていない。前作が軽井沢、長野善光寺周辺であるのに対して、あとの信濃は夏の蓼科山である。いずれにせよ旅の歌におもしろみはない。それはおおかたの旅における詩歌が、作者にとっては新鮮な経験であっても、あ

るいは新鮮な経験であるから作者の目にうつった光景にとらわれすぎて、叙景歌の限界を超えがたいからではなかろうか。ほかに「海辺にてうたへる」（二二年一〇月）、また百草園、井の頭公園、石神井三宝寺池などの吟行の歌があり、これらの歌もある意味で旅の歌にいれることもできよう。二度（と思われる）の百草園の吟行歌から。

　照りあかる春の光りにたかむらのしづもりふかし鶏なく里に
　音たてて降りすぐるなる通りあめ多摩の河原にわれらぬれけり
　長々し多摩の橋辺にたち見れば富士の背なかに日のいるところ

一九二一（大正一〇）年一〇月二三日、父深造死去。その年の九月から一〇月にかけて、憲三の召集期間中の幾日かを小夜子は高塚（福岡県八女郡三河村大字高塚）の家で深造とすごしている。憲三の帰京が一〇月一一日であるから、彼女もそれまでには帰宅していたと思われるが、訃報をうけとるとすぐに再度帰郷している。独り暮しだった深造の最後をだれがみとったのかはわからない（戸籍謄本には「大正拾年拾月貮拾参日午後拾時本籍ニ於テ死亡同居者川口丁次郎届出同月貮拾四日受付」とある）。「覇王樹」二二年一一月号には「ふるさと　父――（其一）」には「齢七十七なる老父はまことに一人にて故里の家に棲みみづから飯を炊き床をのべて……」という詞書のある連作が掲載されている。そのなかから。

　遠く見て朽ちしわぎ家の門の辺に夏らんの花（が）赤く咲けるは
　［（　）内はのちに鉛筆で挿入した語］

かへり来しおのがけはひも耳遠き父には聞えずただにうしろ向けり
言ひつがむ言葉はいでずひろき家に一人の父と相見ていまは
ちゝのみの父が寝る床この宵はわが敷きにけり蚊帳もつりけり

この同じ号の新年号予告に「亡き父　川上小夜子」とあるが、新年号には「赤城拾遺」を発表、七月号の「ふるさと（二）——父とわかるる」と題された連作には深造とすごした最後の日々がうたわれている。それはまた故郷との別れでもあった。

事なければふたたびわれはかへらざらむ父を見る日のまたいつならむ

8　「覇王樹」の時代——「友」

あづまより友は来りて我が野良のまだ春浅く（早く）草もをさな（稚）し
二十年《はたとせ》（廿年）はおろそかならぬまじは（交）りの友は来りて我が野の草ふむ
生駒嶺《いこまね》にめぐるあかりは夜々ながら今宵は友にさ（指）して語らふ

右の三首は、一九三九年一〇月「友」という題で平井保喜（のちに康三郎と改名）によって作曲されたものである（作品第五十番、四七年日本楽譜出版社発行、平井保喜作曲『日本歌曲集』による）。なお（　）内は小夜子第一歌集『朝こころ』（四四年）の表記異同であるが、「多磨」六巻五号（三八年）の初出も『朝こころ』と同一であるから作曲にあたって変えられたものだろう。北見志保子と同郷で親交のあった平井康三郎が、「平城山」「甲斐の峡」「九十九里浜」の三部作を作曲したのが三五年、引きつづいて志保子と親しかった小夜子の歌も作曲されることになったと思われる。「多磨」初出の総タイトルは「淀川」で、うち「北見氏来る」という詞書による八首連作のなかの三首である。三八年当時、小夜子は家族とともに大阪市外守口町（現守口市）すなわち河内野に移り住んでいて、親しい友人たちや兄姉妹からも遠くはなれ、行き来も思うようにはならなかったころである。

「覇王樹」の時代から河内野までにはそれこそ「おろそかならぬ」二十年の歳月があり、ここでいっきにその時間を超えてしまうことはむろんできない。だからここでは「友」という歌曲についての記述のみにとどめる。

この楽譜にはつぎのような作曲者の解説がある。

久々に訪ね来りしなつかしき友と語らふ美しき友情の高らかなひびきを伝へたうた。落ついた速度で愛情に喜びに充ちてうたふ。ハ短調に入つてしんみりした物語り調となる。第三首「生駒嶺の」以下今までの気分をすてて歓喜と感激に躍るひゞきある明るい声でテムポも早くよどみなく歌はなければならぬ。最後は極めて華々しく。

（平井保喜作曲『日本歌曲集』日本楽譜出版社、一九四七年七月）

また平井保喜（康三郎）は次のようにも書いている。

この歌は短歌による独唱歌としては大曲で発表されると忽ち声楽家たち—とくにソプラノの有名な歌手たち—から歓迎をうけました。しみじみとした友情の温かさが歌手の心をうるおし、きく人の胸にせまるのでしょう。乾ききつた世の中にこの歌曲が与えたものは通常の歌曲（センチメンタルリズム）とはちがつたものでした。この歌は後にフリユートとヴアイオリン、ピアノにチエロを加えた四重奏の伴奏でしばしば放送にも演奏会にも出されましたがその譜を戦災で失つてしまつたのは返すがえすも残念です。（「川上さんの歌曲と私」・「林間」追悼号）

小夜子存命中の戦後にも、平井康三郎作曲の歌曲を中心にした演奏会で（内田るり子らによって）うたわれたこの曲を、私も何度か聴いた記憶があるが、小夜子にしてみれば、「友」が「平城山」や「九十九里浜」ほどにうたわれないことにいささか不満でもあったようだ。「あれは曲がいいのよ」とふと漏らしたのを聞いたことがある。「平城山」の甘美な物語性、「九十九里浜」ほどのドラマティックな展開のみられないこの曲がひろく受けいれられなかったのはやむをえないことだったかもしれない。また作曲家自身にとっては、失われた原譜（たぶんとても美しかった?）への愛惜の思いが演奏の機会をすくなくしたのではないかとも思うし、曲の展開における音域からみてそれほど平易に愛唱されるような曲ではなかったのかもしれない。しかし私としてはいつかまたこの歌曲を聴く機会のあることを願っている。

北見志保子との最初の出会いは、前々節の「『詩歌』から『覇王樹』へ」のなかで触れたように、「覇王樹」創刊にあたって橋田東声宅をたずねたときであるが、小夜子はそれ以前にすでに志保子を作品のうえで知っている。そのことにふれて小夜子は、「月光の歌と私」という文章を書いている。「草の実」四巻五号（一九二八年五月）は北見志保子の第一歌集『月光《がっこう》』の記念号である。

　北見さんの歌をはじめて私が見たのはもう随分前の大正五年頃の秋であつた。載つてゐた雑誌は、この四月に復活した詩歌でまだ盛んな頃であつた。其頃の詩歌には原阿佐緒さんや三ケ島葭子さんなども寄稿してゐられたものである。私はやつと女学校を出たばかりの頃で、（中略）……（筆者註・横須賀の）町の本屋で偶然みつけたのが詩歌であつた。それが縁で歌よむ一方の人間となつたのであるけれど、其初めて手に入れた詩歌に北見さんの歌が、同人ではないけれど、堂々と二段組半頁でのつてゐたものである。（中略）其の時の歌は芒小径といふ題であつた。

「芒小径」（短歌八首）は「詩歌」六巻九号（一九一六年・大正五年）に掲載、作者名は橋田ゆみえとなっている。「その翌月もほゞ同じ風にのつてゐる」とあるのは「秋草」であろう。「私はこの歌と同じ号（筆者註・一〇号）に初めて投稿して二首だけ六号（註・活字の大きさ）で載せて頂いてゐる」とある。（筆者の記録ではその二首の掲載は一一号である。）いずれにせよ小夜子は、このとき北見志保子が「すでに作歌経験も技倆も充分に」ある歌人と想像していたという。その後志保子は「珊瑚礁」にはいり、小夜子は「詩歌」にとどまるが、やがて「覇王樹」で出会い、親交をむすぶようになる。

「覇王樹」を去って「草の実」をはじめるときも「女は女づれの方が気がらくで……」と小夜子は書いている（「橋田東声をめぐる思ひ出」）が、「覇王樹」の時代にはじまったこの友人関係はいったいどのようなもので、何であったかとあらためて考えざるをえない。むろん人と人とのつながりは何気ない関係からさまざまな出来事や時間を経て、しだいに形をなしてゆくものであろうから、ひとつひとつの出来事のなかで考えてゆくほかはないだろう。このふたりの出会いを運命的としかいいようがないと言ったのは玉城徹だが、あるいはそのように表現するのがもっともなのかもしれない。井の頭公園、石神井三宝寺池の「覇王樹」吟行会の折の写真にふたりはならんで写っているし、ふたりだけのスナップ写真もある。赤城山、小田原の木菟の家（白秋宅）など、ともに旅行もしている。行動のイニシアティヴをとっていたのは、多分つねに年長の北見志保子（一八八五～一九五五）のほうではなかったか。俗っぽい言いかたをすれば、志保子には姉御ふうなところがあったように思う。長姉としての責任を負って、家族をたすけてきた志保子と、十人兄弟の下から二番めの妹分として成人した小夜子との関係の在りようはおのずからきまっていたといえよう。また歌歴のうえでも、結社主催者東声夫人という立場からいってもそれは当然のことだったろう。

志保子の歌集『月光』について小夜子は「納められてゐる歌の殆どすべてが知つてゐる歌」「かつて親しんで来たうた」であり、それは「その歌の出来た著者の境涯や、心境をもよく知つてゐるといふことで」もあって、「自分の歌でもよむ様に」「それに伴ふいろいろの思ひ出がよみがへつて来る」とこの文章を書き起している。「覇王樹」初期の北見志保子の作品から、

　新月のほのあかるきに面ふせて語りし人のわすられなくに
　梅雨空折り〱晴れて陽の光夾竹桃の花にうごけり
　さまよひてこゝには来つれ梔の花ほのじろき生垣のあたり

などの歌を引いて「おつとりとし乍ら調つた調子の流暢さはその頃の北見さんの歌の特徴であつた」とし、また「その頃の北見さんには、又大きい心の転換が兆しそめて、かなり深い悩みもあつたであらうけれども、歌にはそれが制え《ママ》られて表にはでてゐない。然しそれが何らかの力となつて深く沈潜してゐる事は当然である」と小夜子は書く。ともにのぼった赤城山行（二一年・大正一〇年一〇月）の連作からは、

　木洩れさす月のあかりにけぬの山いく重まがりを越えて来にけり
　はれし夜の月はてらせどわれらゆく谷ふかくしてひかりとどかず

などは「私も歌にすべく心に持ちながら歌にならなかつたもの」とみずからの拙さとくらべて賞賛し、

　みちのへの通草とりつゝおのづからこほしさまされり秋日てる山

を「すぐれた相聞歌」としている。

橋田東声が「寂しき春」を書いて、彼自身の家庭に起こった事件、すなわち妻あさ子（志保子）と離婚にいたった事のなりゆきを「覇王樹」に発表したのは二三（大正一二）年五巻二月号であ

る。同年一月号に、東声は「寂しき命」という題の二頁にわたる短歌作品でおおかたの展開と心境を発表していて、「寂しき春」は詳細で具体的な、泣き言ともいえなくはないような散文である。むろん東声の側からの一方的な説明だから、あさ子及びその相手である浜忠二郎のがわの心のうごきをここから推察することはできない。東声によれば、ふたりの自由意思による十年の結婚生活のなかで自分はどれほど妻を大切にしてきたか、妻もまたどれほど自分につくしてくれたか。芝居も展覧会も旅行もいつもふたりだったのに、「一昨年の夏頃」からしだいに冷たい影がさしてきたというのである。一昨年の夏といえば一〇月の赤城山行の連作にふれて、小夜子が「北見さんの大きな悩み」と書いているのはそのことを指しているとも思われるが、端麗な青年歌人に傾いてゆくこころの揺れを、あさ子が小夜子に洩らすか、身近にいてなにかを感じさせるようなこともあったのだろうか。ひとを恋う気持のなかには、なにがしかの期待感や思惑もあるだろうし、いろんな状況とのかかわりもあって、外からはその経過と結果によってしか知ることのできないところがある。東声との結婚に積極的だったのはむしろあさ子のほうで、彼女には「生れつき我が強くて、他から強制さるることが嫌ひであり、又潔癖で妥協の許せない」ところがあったという東声の言（「寂しき春」）を、割引いて推測してみても、この恋をリードしたのはあさ子のほうだったかもしれない。しかし彼女の歌について小夜子は「おっとりした」という表現をしているが、つつみこむようなふっくらとした柔らかさもまた彼女自身の魅力のひとつではなかったか。浜忠二郎は「覇王樹」の四天王といわれ、将来を嘱望されていた慶応の学生歌人のひとりであったが、作品は二二年四月の歌会記事、社中競詠の選者としては同年八月号を最後として、一一月号には東声自身が「事情があつて社から離れることになつて、遺憾至極である」と書いている。かれはこの年の一二月イギリスにむけ出航する。(「覇王樹」一二三年二月号、東声「寂しき春」に拠る)

II

9　大正という時代

川上小夜子が「覇王樹」を退会して、北見志保子、水町京子らと「草の実」を創刊したのは一九二五（大正一四）年六月だが、「草の実」にいたるまでの小夜子自身の周辺を時代との関連のなかで考えてみる必要があるだろう。

大正、昭和というようにいわゆる元号で時代を区分して特徴づけてゆくことはなるべく避けたいのだが、「草の実」創刊の翌年が「大正」の終りになるとすれば、そのような区分の仕方もやむをえないところがあるかもしれない。大正デモクラシーという概念でその時代をくくる考え方も一般化しているので、あえてその方向でみてゆくことにしよう。大雑把にいって、この時代を大きくうごかしたのは第一次世界大戦への参戦と、それにともなって出来したさまざまな事象、たとえば「未曾有の経済的繁栄」や、ロシア革命と小夜子にとっても身近な出来事だったはずのシベリア出兵、産業構造の変化、米騒動と労働争議などなど。有島武郎の共生農園の思想と心中事件はいろんな意味でこの時代を象徴する事件だったといえよう。そして一九二三（大正一二）年九月の関東大震災はたんなる自然災害に終わることがなかったのである。

関東大震災では「覇王樹」の同人の多くが罹災し、死者もあったようである。印刷所も焼けて、当然九月号以降は休刊となった。復刊したのは翌二四年二月からである。「覇王樹」自体の経営上の行詰りなどの事情もあって、白秋、夕暮、吉植庄亮らと相談のうえ他歌誌との合併も視野にはいっていたらしいが、実現しなかった。もし実現していたら小夜子自身にもなんらかの影響があったかもしれない。震災当時小夜子の住居は大久保の駅から十分ほどの柏木（現在の北新宿）にあった。庭で夜明かししたことやいわゆる朝鮮人暴動のデマゴギーなど、そのときの様子について私たちも小夜子から直接聞いているが、それ以上に被害はなかった。その日大杉栄は柏木の自宅から横浜にむかい、そのまま帰ることがなかったというが、おなじ町内に住むものとしてなんらかの感慨をもつというようなことはなかったのだろうか。「覇王樹」三月号に小夜子も「大地震の歌」を発表しているが、平板な心情の表現にとどまっているのは、このような共通体験事のなかではやむをえないことだったかもしれない。そのなかから。

ゆりかへしまさしく来る茄子畑に立つすべしらにゆさぶられつつ
米櫃《びつ》はすでに尽きゐつ地震《なゐ》の夜を米もとめありく夫もろともに
炎炎と空は焼けつつ凄き夜にかかはりもなき虫のこゑごゑ

萩原朔太郎はそのころ当時の歌壇にむけてさかんに発言しているが（全集第七巻、歌論・歌壇論争）、「覇王樹」にも「歌壇へ最後の論説」（五巻一号・二三年一月）、「尾山篤二郎君に答ふ」（五巻三号）があり、このあとの論考は二月号の尾山篤二郎「三度萩原説に答ふ」に対するさらなる反論である。この「三度萩原説に答ふ」には「併せて石原明阿部鳩雨氏に寄す」というサブタイトルが付されているが（石原、阿部はともに「覇王樹」同人。尾山篤二郎は同人ではない）、阿部鳩雨は「覇王樹」一月号に、朔太郎の「再び現歌壇への公開状」（「短歌雑誌」五巻一〇号・二二年一〇月）の一部を引用して、そこで指摘されている歌壇における芸術としての「行き詰り」「致命的の堕落」に賛同の意を記している。

朔太郎の「歌壇の人々に答ふ」（「短歌雑誌」五巻八号）の一章「尾山篤二郎氏に答ふ」にはつぎのような箇所がある。

（あの書物は［引用者註・『新しき欲情』］、人道主義や、社会主義や、平和思想やの如き、あらゆる現時の流行思想に対する烈しい憎悪をもつて徹頭徹尾一貫してゐる。）（中略）時代の情調やニユアンスは概念と別物である。私自身が現代の青年である限り、私の感情や気分やは自然と私のリズムに現はれてくる。この「自然に現はれたリズム」の中にのみ、真の時代的精神はうかがはれるのである。自ら意識したところの抽象的思想は概念である。（私の詩集『月に吠える』の中には、何等さうした概念的抽象の時代思想が書かれてない。しかもあの詩集は、本質的の意味で最も時代的の空気に触れたものである。）

自著に対するこの自信は、確かにそうだといえるかもしれないが、見事である。朔太郎は「西洋好きの萩原君」といわれながら、それを否定することなく、生活のうえでも思想のうえでも西欧化している現代ではむしろそれが当然の「新時代の空気」であるという。二二年五月号の「短歌雑誌」に朔太郎は「現歌壇への公開状」を発表し、皮相な『万葉集』理解と「徹底自然主義」の踏襲によって、「平凡な日常生活」を「情熱のない沈静の態度で歌つてゐる」にすぎないと、当時の歌壇の趨勢を批難し、「時代の感情」について、

たとへば今日の如き「地球の過渡期」にあつては、すべての人々の心に一種の錯雑した暗い恐怖が影を曳いてゐる。一面には光明があり、一面には暗黒があり、一面には新世界への希望があり、一面にはどうにもならぬ絶望の地獄がある。すべてそれらの錯雑した情感が、そこに一つの微妙な時代的な色合をつくるであらう。

と説明しているが、「新世界への希望」という箇所をのぞけば現在にも通用するところがあるようにもみえる。時代の底をながれているこのような情感にふれることなく、身辺日常と自然詠に技をみがきあっている歌壇に対する評者のいらだちも、また同時にそのような停滞から脱することの作者の側の困難さも、いまの私には理解できる。それはまた抒情詩全体の問題として私たち自身が考えなければならない課題をふくんでもいるからだ。朔太郎がここで推しているのは、幼稚なところはあったが晶子に代表される「明星」一派、啄木の登場、白秋の『桐の花』などで、橋田東声や「覇王樹」の主要同人の作品の大方が批判の対象であった。いま「覇王樹」を散見してもたしかに概念といわれるようなあからさまな流行の思潮や社会現象を題材にした歌はみあたらない（それらへの安易な迎合がどのような結果になったかということを、私たちは知っている）

が、日常身辺と自然詠が誌面の大半をうめていることも否定できない。

この時代の象徴的な出来事であった有島武郎の事件については、かなりのひとが衝撃をうけたようで、覇王樹の橋田東声自身、自分も別れた妻も、そして相手の青年も有島の作品を愛読していたと、その直後の誌面にある。小野勝美著『原阿佐緒の生涯』には、阿佐緒と石原純の問題から敷衍して、当時の恋愛事件の主なものが列挙されている。そのなかから文学者に関連するものをあげてみる。島村抱月と松井須磨子、大杉栄と神近市子・伊藤野枝、柳原白蓮と宮崎竜介、有島武郎と波多野秋子、武者小路実篤、津田青楓、坪内士行。ほかに華族、資産家の妻女など、自立した女の行動であったと同時にジャーナリズムが社会的興味として派手にあつかった側面もあったと、小野勝美は書いている。

小夜子自身のことにもどろう。

先述したように「覇王樹」一九二五（大正一四）年四月号には〈五月号発表小西慶子選「暮春」募集〉という広告文が掲載されているにもかかわらず、五月号にその発表はなく、退会の記載もないが、おそらくその前後に退会したと思われる。退会を申しでたとき「東声先生の御機嫌は此上もなく悪かつた」（「橋田東声をめぐる思ひ出」）と彼女は書いているが、その東声の思いをふりきって退会し、「草の実」の創刊に加わるまでにどのような経緯があったか、詳細はわからない。しかし短歌作品は、退会の前年二四年には五月と一〇月のみ、二五年一月号が最後である。

その最後の「秋詠集草」には、ほかの作とはすこし趣のちがう歌がある。

秋深き朝の机にふるさとの友にたよりが書きたくなれり

さかな焼く匂ひ流れてほかほかとぬくき陽射しは真昼なるべし

何ということのない日常的な風景と心情だが、技巧をはなれた何気ない口語的表現にかえって新鮮さとのびやかさを感じとってしまうのはなぜだろう。おだやかな日々を送っていたのだろうか、北見志保子をめぐる事どもを一方でかかえながら。あるいは方法上のことで考えるところがあったのだろうか。しかしその後の「草の実」にはこれらの歌につながるような展開は見られない。

「覇王樹」を退会したあと小夜子は土屋文明に師事している。まだ彼女が「覇王樹」に在ったころ、土屋文明は森田草平を通じて小夜子の「覇王樹」掲載の歌を読み、草平とともに小西家をたずねている。「あまり旨いとはいわなかつたよ」といって笑ったのは草平である。(「東声をめぐる思ひ出」)彼女が草平を知ったのは、東声の縁であったろうか。森田草平については『煤煙』のこともふくめて、かなり親しげに話すのを、私は何度か聞いている。

「林間」の年譜に「大正一三年、宝生流謡曲を習ふ。野上豊一郎夫妻と知る」とある。そのころ謡曲を習いはじめたのは法政大学の(予科)教授であった森田草平をとおして野上豊一郎夫妻を知ったからであろう。(当時橋田東声、森田草平ともに法政大学に勤務していて、小夜子の結婚相手であった小西憲三が三井物産から法政大学に転じたのもその縁であったと推測される。)

小夜子が宝生新についていた、と聞いたことがあり、戦後まだ染井にあった能楽堂に宝生新の舞台を観につれてゆかれたこともある。宝生新のもとに入門したといっても、実際の指導は弟子によるものだったろう。鼓を、野上彌生子にみてもらったこと、その指導がとてもきびしかったことはよく聞かされた話である。いつごろまでこの稽古がつづいたか、小西の家をはなれてから、はじめて彼女が野上彌生子と再会したのは、それから二十年近く経った一九四六（昭和二一）年であった。離婚にまつわる事情、憲三との関係などの理由で避けていたのか、それともただ出会う機会がなかったのか、なかば偶然の、しかも不意のこの出会いは小夜子にとって面映ゆいばかりではなく、かなり動揺をかくせない出来事だったようである。

そのころ私たちの家族は、牛込山伏町に焼け残っていた市河三喜博士邸の一隅に間借りしていた。間借りといっても、四五年のうちに疎開地から引き揚げてこなければ東京にもどれなくなるという状況で、小夜子がかなり強引に、当時市河邸をあずかっていた、彼女の旧知であった土井重義（東大図書館長市河三喜の下に勤務）のところに移転してきてしまった、ころがりこんだというのが実情だった。市河三喜の弟子で英文学者の大和資雄一家がすでに二階にいて、小夜子一家転居の翌年になると、そこにさらに野上豊一郎、彌生子の長男でイタリア文学者の野上素一がイタリアから引き揚げてきて、ハンガリア人の夫人と幼児とともに二階の一室に住むことになったのである。この家の離れの洋館にはすでに東大で英語をおしえていたイギリス人ピッカリングがハウスキーパーのフランス人女性と暮していて、戦後まもない住宅難時代の雑居生活という以上に国際色ゆたかな家であった。私たち一家の部屋は玄関に近く、来客の声で玄関にでることも多々あったのである。子息一家をたずねてみえた彌生子を、たまたま出迎えてしまったのが小夜子で、長年の無沙汰をわびての挨拶であったようにみえたが、なつかしさと同時に狼狽の気持もおさえきれなかったはずだ。紫のお高祖頭巾すがたの彌生子の、頭のてっぺんからでるような高音の話声は忘れられない。

10　女だけの歌誌「草の実」を創刊する

女流歌誌と銘うって「草の実」は一九二五（大正一四）年六月に創刊された。創刊号の「草の実短歌会のさだめ」には川上小夜子、横田葉子、長岡とみ子、北見志保子、水町京子の五人が同人として名をつらね、発行所は宮坂みち（水町京子）方となっている。すでに新人ではなく、いわゆる歌壇のなかでもそろそろ中堅としてみとめられはじめていたと思われる彼女たちがどのような経緯で「草の実」を創刊するにいたったか。関東大震災の前後から新しい歌誌について話しあう機会もあったと、のちに水町京子が書いているが、はじめは女たちだけの歌誌というわけでもなかったようで、「草の実」に結実するまでの詳細についてはわからないが、もと橋田東声夫人北見志保子の「覇王樹」退会がひとつの要因であったことは確かだろう。「覇王樹」退会後、志保子は三年間まったく歌をつくることができなくなっていたが、七か月余の奈良滞在の結果、二四年秋、新しい気持で作歌を再開することになる（歌集『月光《がっこう》』あとがき）。ヨーロッパから帰国した浜忠二郎（本名、忠次郎）との結婚生活にはいったのもこの年であり、小石川区駕籠町九四番地（現在、文京区本駒込六丁目。千石の交差点を六義園方向にすこしはいったあたり）に新居をかまえたのもそのころと思われる。水町京子とともに古泉千樫に師事。京子の年譜によると、彼女が念願の千樫のもとに入門したのは二五年春となっているが、志保子についての詳細は不明である。「草の実」創刊同人についてすこし補足しておく。

水町京子（一八九一〜一九七四）。東京女子高等師範学校在学中に尾上柴舟に短歌の指導をうけ、「水甕」を創刊。古泉千樫、また千樫没後は釋迢空に師事。「草の実」創刊のころは淑徳高等女学校教諭。その後「遠つびと」（命名は釋迢空）主催、「多磨」客員同人などを経て、戦後は小夜子らとともに「女人短歌」発起人、「林間」創刊に参加。また桜美林学園短大、大学の講義を六八年まで続ける。

長岡とみ子（一八八九〜一九四八）。東京女子高等師範学校で水町京子の三年先輩として、同様に尾上柴舟の指導をうけ「水甕」に参加。盛岡高等女学校教諭などを経て、日本高等女学校に勤務。戦後も同校に復職、また「草の実」の運営、指導を最後までつづけた。

横田葉子（一八八九〜一九三六）。緑内障のため千葉県立師範学校を中退するが、小学校などの教諭を一九一六年ごろまで続ける。「水甕」及び若山牧水の創作社に参加。詩歌壇人の声を記録する「声の文庫の会」を主宰し、その仕事中に東京駅前で市電に接触、事故死する。

（すこし遅れて同人として「草の実」に加わり、最終的に発行所の責任を負った川口千香枝は小夜子の従姉妹であり、また嫂であった。）

女たちが集まって女だけの雑誌をつくるということに、その当時どのような覚悟や思い入れ、また意味があったか。すでに「唯一の女性の詩歌雑誌」を標榜する「御形《ごぎやう》」（二二年〜）が中河幹子らによって刊行されているが、いま「覇王樹」掲載の広告文から推しはかってみるかぎりでは、ストリンドベルヒやギッシングの翻訳、また窪田空穂、佐藤春夫の寄稿などもあって、短歌の結社雑誌とは少々ちがうように思われる。「女は女づれのほうが気がらくで」と小夜子はのちに書いているが、結社を主宰するとなると、五人の同人がそれぞれ分担するにしても、選歌、添削など後進の指導から経営にいたるまで種々の責任と雑事を負わなければならない。いまあらためて彼女たちの経歴を見ていて気がつくのは、前記の三人が当時すでに教職についていて、志保子、小夜子もまた短期間ながらその経験があったということである。「これによって本当に歌を勉強したい」と京子は「雑草（あとがき）」のなかでくりかえし「勉強」という語をつかっているが、こんなところにも彼女たちの真摯な気負いと同時に謙虚さめいたものが読みとれるかもしれない。京子は、また彼女たち自身が家庭と仕事をもっていることにもふれて、自分のために使える時間があまりにも少ない女のひとたちのために「歌の道の同行になりたい」とこの小文を結んでいる。

冒頭に「草の実の言葉」というタイトルの詩編が掲載されている。作者名のかわりに同人とあるところをみると合作であろう。はじめの部分を引用する。

地球は廻る／初夏の太陽が輝き／混沌とした生の流動がひと所に凝り／野には命の芽生がみ

ちる〃小さい草の実／美しい草の実／大自然の結晶の一粒／神秘の歌がそこから聞え／安らかに野は秋に澄みゆく〃愛すべき草の実／自然の色の外皮の下に／純白の白乳素はふるへ……

（以下略）

同人たちのひそかな思いや願いをここからいくらかでも汲みとることができれば、と思っている。

一九九一年、私は「遠つびと」（五四巻六号）に、「川上小夜子・『草の実』のころ」という小文を寄稿し、そのなかで「『草の実』の創刊をもうすこし大きい文脈の中でとらえてみたいと思っている」としたうえで、「『青踏』以来、昭和初年の『女人芸術』に至るまで脈々と続いていた女のひとたちの社会的な参加活動――それが文化一般、特に文学のほうに大きく傾いていたとはいえ――の流れの一端にその位置をすえてみたい。あるいは一部の有閑夫人の手すさびとも、あるいはかぎられた知的な女たちの自己表現とも言われるかもしれないが……」と書いた。いま読みかえしてみて、いささか大仰なとらえかたではなかったかとも思うが、このような活動のなかで出あう新しい経験が「女のひとたちの意識や生活を変えなかったはずはない」というこの一節の結びに間違いはないと確信している。小夜子自身「草の実」創刊のころから昭和三（二八）年ごろまでが、晩年の戦後の時代をのぞくともっとも積極的に外へむかっていた時期といえるかもしれない。

創刊号の作品「朝庭」から冒頭の二首と次号掲載の歌から幾首かを引用する。

わが心ひたしづかなれ雀子の降りてあそべる朝庭にむかひ

篝目にきよめし朝の庭土をふみてあそべる一羽のすずめ
やぶかげの道に枝さすこぶしの木しらじら花の咲きさかりたり
家居すと定めし丘にきこえ来る遠き蛙のこゑのさびしも
家居すとさだめし丘は都べに遠き思ひに心さぶしも
（朝庭）

かかる花さくとはしらずどうだんに白くかなしき花さきにけり
（えにしだの花）

「やぶかげの」と「かかる花」はS音のひびきの重複がやさしくて、それぞれに私の好きな歌だが、このようにならべてみると花の名も咲いている場所や情景もちがうのに、おなじようにS音の重複する白い花の歌であることに気付かされる。作者自身、おのずと発せられる好ましい調べだったのだろうか。しかし一方「草の実」の（殊に初期の）掲載作品で気になるのが「家居すと」の二首のように一、二句および第五句におなじ句を用い、わずかに角度を変えてみせる歌の多いことであり、また「さびしも」「さぶしも」（あるいはうれしも）のような言葉によってそのときの思いや感情を限定、説明してしまう安易さである。「遠き蛙のこゑ」と「都べ」を思う「さびしも（さぶしも）」には当然ちがったニュアンスがあるのに同じ言葉のなかにとじこめてしまうことはない、あるいは同じニュアンスをもつとしたら一首の歌のなかにふたつのことを盛りこむことはできないのだろうか、などと考えながら、冒頭の二首の「雀の子」の連想から白秋の『雀の卵』をめくっていて次のような歌にであってしまった。

飛びあがり宙にためらふ雀の子羽たたきて見居りその揺るる枝を
飛びあがり宙に羽たたく雀の子声たてて還《かへ》るその揺るる枝に
（葛飾閑吟集・雀子嘻遊）

一瞬の間の雀のうごきの違いを同一の情景のなかに詠みこみ、それをならべることで動画的効果をつくりだしているこの連作と、小夜子の「家居すと」のような歌をどのように比較すべきなのか。小夜子はすでに一九二一（大正一〇）年頃に北見志保子らとともに白秋をたずねているくらいだから『雀の卵』（二一年）も読んでいたと考えるほうが自然だろう。

いずれにせよ、結社を起し独立するということは何事も自分たちの責任において正面から受けとめるということである。そういう意味でも「草の実」で小夜子がその役を引きうけていた批評文が彼女自身にもたらしたものは大きかったといえよう。彼女が「草の実」誌上でとりあげた歌人と歌集をあげておく。

土屋文明『ふゆくさ』　一巻一号（一九二五年六月）
杉浦翠子『みどりの眉』『藤波』　一巻二号
岡本かの子『浴身』「桜」など　一巻三、四号
与謝野晶子（明星一派の人達）　二巻二号
臼井大翼『私燭』　二巻三号
歌壇評「日光」三月号（土岐、釋、三ケ島など）　二巻五号
古泉千樫追悼　三巻十号
北見志保子『月光』　四巻五号
杉浦翠子『朝の呼吸』（歌論・歌・随筆集）　四巻九号

三ケ島葭子『吾木香』四巻一一号

このほかにも相聞歌、口語歌、短歌のリズムなどについて書いているが、これらの文章からそのころの彼女の歌に対する姿勢を明確にすることはむずかしいような気がする。直感的な好悪によって判断をくだしているところもあるように見え、また晶子については「蟷螂の斧」（本書3）でも触れたように小夜子自身「時流にのつて」いたというから、あえて言えばアララギ派を主流とする当時のながれのなかで（この一時期小夜子は異例のこととして土屋文明に師事していた）、実生活や自然に真摯にむきあう写生、そこに滲みでてくる自然な心情を評価の基準にしていたといえるかもしれない。たんなる写生から象徴へ、という道筋も視野にはいっていたふうでもある。そういう視点から三ケ島葭子に対する評価は高い。『みどりの眉』の杉浦翠子や岡本かの子の才気や感性にまかせてつくられた歌を「低回趣味、安価なセンチメンタリズム、一時の気まぐれ」などといって斥け、『みどりの眉』については「裸体画が絵画の生命であるから、如何なる悪趣味の裸体画でも、着物を着せた画より秀れてゐると云ふ事は出来ない」と書き、翠子自身の反論を招いている（「香蘭」）。有名人に対する無名人の「嫉妬による誣言」というような翠子の反論に、小夜子は「女性が物をいふ事」という点から再批判の文を発表している（一巻五号）が、軍配はあきらかに小夜子にあげられるべきものだったと、のちに水町京子は「草の実」時代のこれら彼女の批評活動にそれなりの評価をあたえている（「林間」追悼号）。

一九二七年二月「草の実」の資金獲得のため丸ビルにおいて「雛の会」を開催。翌二八年女流歌人の親睦団体ひさぎ会の結成に貢献、と「草の実」を軸にして社会的活動がつづく。

11　雛の会、ひさぎ会のことなど

小夜子のアルバムのなかに「草の実・雛の会」という看板の下、雛人形のショウケースをまえにした草の実の同人たちの写真があった。写真には日付も場所も記入されていないが、いま水町京子の年譜（『水町京子文集生誕百年記念』）によってそのときの具体的な様子を知ることができる。「昭和二年二月、草の実資金のため雛の会を丸ビル内にて十日間開く。男雛と女雛で一組、木彫の山雛で裏から見ると富士と筑波になる。十五組作る。会員も紙粘土で男雛と女雛を作って売る。徳田秋声、巌谷小波、芥川龍之介たちに短冊を書いて貰う。席画もあって文化人多く顔を見せ、……画家の石井鶴三も筆を持った」とあり、また「草の実」同年四月号のあとがき（雑草）には「微力な女四五人の手で、帝都の真中で、一つの仕事」をやり終えることができたのは多くの方々の援助によると感謝し、あわせて前年の講演会についで「草の実」の存在がひろく世に知られるようになったと、小夜子自身が記している。結社雑誌の資金集めが目的だったとはいえ、雛の会とは、どこか女たちのはなやいだ気分や雰囲気を想像させるような企画だ。しかし「対社会的な仕事」としてのそれは、仲間うちの気のおけない歌会やたのしいだけの集まりとはちがった経験になったようである。

「草の実」の同人が中心になって女流歌人の親睦団体ひさぎ会をつくったのも、雛の会のころとかさなる——というより正確にはその延長の時期といったほうがいいかもしれない。ひさぎ会成立の事情については、水町京子が「草の実」一九二八（昭和三）年六月号につぎのように書いている。

「去年の夏頃であった。何かの会のあと今井邦子さん、岡本かの子さん、北見、川上、水町などで銀座を歩いたことがあった。コーヒーを飲みながらこんな風にして心おきなく女の方ばかりで集まったらどんなによかろうかというお話が誰いうとなく出たのだった」（前記『水町京子文集』所収による、以下同）。その後若山喜志子、中河幹子、清水乙女らにも声をかけて、多くの賛同と尽力を得、「五月二一日の夜三共の七階に第一回の会合が催された。『草の実』では同人が揃って出席した。本当に気持のよい会であった。皆の気持がぴったり合って自然にできた会であるから、だれが主催ということもなく、同級会か何かに出ているような気安さであった。」当日の出席者は今井邦子、若山喜志子、杉田鶴子（白檮）川島園子（同）阿部静江（ポトナム）清水乙女（ごぎょう）、「草の実」からは長岡、北見、川上、横田、水町。ほかに台湾から上京の尾崎孝子（この時にはまだ会員ではない）、取材と写真撮影のため読売と朝日から各一名。発起人で病気などやむなく出席できなかった者として、茅野雅子、岡本かの子、中河幹子、杉浦翠子、四賀光子、原阿佐緒、狭山信乃、川端千枝の名があがっている。名をつらねているすべてのひとが積極的に、また持続的に会にかかわっていたのではなかったとしても、ここには当時第一線で活躍していた女歌人たち、またそのあと戦後まで活躍していた歌人たちの名がみえる。第一回（発起人会をかねる？）の主な議題は、一、会の名を「ひさぎ会」とする（「ひさぎ」は、烏玉の夜の更けぬれば久木生ふる清き河原に千鳥しばなく［赤人］に拠る）。二、春秋二度くらい会をひらくこと。三、女流の若いよい作家を推薦すること。そのほかにも「お互に親しみ合いつつ作品については厳正に批評しあいはげましあってゆくこと」「女性のためになることであれば何なりと協力してゆくこと」などが話しあわれたと水町京子は報告している。

ひさぎ会については、長年にわたって女人短歌会が保存してきた毛筆書きの記録が残されていて、開催年月日、場所、出席者名、主要協議内容を知ることができる。この記録は一九九一年一月一六日から三月二日まで、日本女子大学成瀬記念館で開催された「近代短歌の系譜――日本女子大に学んだ歌人たち――展」に展示され、また前出の『水町京子文集』の口絵写真にも掲載されているので、すでに知る人も多いかと思うが、その成立に深くかかわっていた水町、北見、川上らにとって会の存在はかなり重要な位置を占めていたと思われる。また女人短歌会の前身と考えることもできよう。ひさぎ会をたんなる親睦団体以上のものにしようという意図もなかったわけではないことが、この記録のなかから読みとれる。たとえば第二回（一九二八年一一月）の協議事項に「会の仕事として明治短歌革新後の女流の作家研究をなし評伝を作ること、各自研究したき人を選み材料の蒐集等をなしおき新年の会の時具体的の方法を定むること」とある。しかし次回（二九年一月）には「歌人評伝について協議、具体案に至らず、女流年刊歌集出版につきての議出づ、共に懸案として散会」とあって、第四回（同年六月）で「女流作家評伝の件につきては協議の結果一時中止のことに決す、年刊歌集刊行も同断」となっている。その間の事情については不明である。

岡本かの子渡欧送別会、長沢美津、尾崎孝子、川島歌集出版記念会（長沢、尾崎はともに第二回の会合で推薦されている）、万葉植物園造園のための寄付、慶弔、病気見舞、観劇会などがおこなわれているが、一九三一年一二月の第九回には、土岐善麿、久松潜一を迎えて講演会を開催、会外から三八名の参加をえている。この記録は一九三八（昭和一三）年一月二四日でおわっているが、その後どのようなかたちで終わったのか、いまのところ私にはわかっていない。ただこの最後のメモには「時局献金」などという文言がみえて気になるところである。今井、若山、中河、杉田、阿部、北見、水町らはほとんど毎回のように出席していて（長沢は後半以降）、このあたりにも後年の女人短歌会の母体をみることができるし、「女流歌人のために気を吐いた」といわれる今井邦子の在り方を想像することもできよう。岡本かの子は（たぶん渡欧のため）いったん退会するが三八年に再入会している。小夜子自身は二度の出産、離京などの諸事情によって、発足当初の一、二回と、三〇、三一年各一回となっている。それでもこの会の存在が彼女にとって大きな意味をもっていたことは、その年譜に「ひさぎ会に参加」とかならず記入していることでも理解できる。

ひさぎ会については、成瀬記念会館の展示会のあとその記録のコピーをたまたま頂戴することができたので、ここまで私はそれによって書きすすめてきたわけだが、女人短歌会との関係をたしかめようと、あらためて『女歌人小論』（女人短歌会編）を読みかえしてみると、すでに長沢美津（「女人短歌と折口信夫」）によってこの記録による紹介がなされていて、かなり重複するところもみられるが、あえてそのままにしておく。長沢の文章によると、やはり最後は三八年で（その事情は不詳）、女人短歌会にひきつがれていった経緯もみえてくる。推進者であった今井邦子の告別式の帰途、同道していた若山喜志子、長沢、小夜子のあいだでひさぎ会のことが話題になったという。

一九二八年は長谷川時雨を中心に女だけの文芸誌「女人芸術」（七月）の創刊された年でもあった。小夜子が直接「女人芸術」にかかわった事実はない。しかし林芙美子の紹介で「女人芸術」に参加、一一月号に「匂ひ――嗜好帳の二三ぺエヂ――」を発表した尾崎翠とは、その出自、上京の理由、時期など共通するところが多い。それらのことについて私は以前「日常の中の非日常空間・物の位置」尾崎翠論のなかで触れたことがある（『詩と小説のコスモロジィ』創樹社、九六年）が、「女人芸術」の同人で翠とも親交のあった生田花世（春月夫人）は小夜子とも後年親しい往来があり、幾度か小夜子の家を訪ねている。また尾崎翠が断想にこのんでとりあげたチェホフ、シュニッツレル、ヴィルドラックなどの名前は、おなじころ北見夫妻が中心になって結成し、小夜子もむろん参加していた劇の朗読会「鷗会」の機関誌「海鷗」（ガリ版刷りの雑誌のタイトルは略字体）にもしばしば登場している。「鷗会」についてはあらためて書くが、この時期の女たちの昂揚をこれらの事象から推察することもできるだろう。しかし三一年には、十五年戦争の時代の発端となる満州事変が起こり、時代の状況に対応するように「女人芸術」も急速に政治的傾向をつよめてゆき、三二年六月に廃刊になる。女たちにとっても、それまでのわずかに解放された自由な時代だったといえるのかもしれない。

時代を「草の実」創刊のころまでもどして、小夜子自身の周辺についてみてゆきたい。前回に引用した「家居すと定めし丘にきこえ来る遠き蛙のこゑのさびしも」以下の二号掲載歌「えにしだの花」は「むさし野のさ野の丘べにわが背としわがとことはの家居さだめつ」という詞書をもつ連作で、二六年、小西憲三は豊多摩郡和田堀（現在の杉並区和泉）に家を建て、転居する。「草の実」一巻二号のあとがきに「小夜子さんが大きな家を建ててゐる。お庭が三百坪もある。七月には出来上る由。移つたら何を植えやうかと心配してゐる。（中略）もつと市内に近い所なら、百坪位づつ分けて欲しいと誰も思ふことであるが、笹塚のまだ先の代田橋で電車を下りて、まだ二十分も歩かなければ行きつけないと思ふと誰も分けて欲しいといふ人もない。」（志保子）とある。

「覇王樹」掲載の小西憲三の随想や歌から推察されるところでは、それほど余裕があったようにも、どこからかの援助があったとも考えられない。金銭的なことについてあまり寛容なひとではなかったようであるが、それも大きな家を建てるためであったのか。家を建てるにあたっての諸事情についてはいっさい不明である。和田堀に転居して七、八年後、一歳の誕生日ごろに小夜子と庭でとった私の写真がある。「庭で、ママと」という彼女自筆の裏書きがあり、芝生のむこうに松林がつづいていて公園のようにみえる。長い縁側を玩具の自動車（？）に乗ってこいでゆくといきなり曲がり角のガラスに衝突しそうになった恐怖感が私のもっとも早い時期の記憶ではないかと思っている。

この時期の周辺の風景を詠んだ歌のなかから。

苗代にささ波立てて吹きわたる南風すがしく夏さりにけり
えにしだのまだ散りのこる一もとに牛つながれてひるを長鳴く　（一巻二号えにしだの花）
この丘をつひの棲家と定めつつ家いとなめどなにかさぶしも
知り人はみな都なりわが家に藷やたけのこ手堀りにきませ
吾が丘を少しくだりしみぞ川の底に水藻のゆたにたゆたふ
ものなべて子ろしかなしも牛の子はまだ角生えずそのつぶら瞳《まみ》（一巻三号新居・堀の内村）
この朝の霧のふかさよ竹やぶは雨しづくなす露を落とせり
こめしまま雨となるらし朝霧の晴れぬ思ひにわがあるものを　（一巻六号秋霧）
瀬戸もののかけらしづめる冬川の早き流れは寒く光れり
このいく日人も訪ひ来ねばわれひとり冬川の寒き流れ見て居り　（二巻二号冬川）

はじめはもの珍しかった周辺の風景だが、しだいにそれらの景と対峙しながら自分をみつめてゆこうとする相がみえる。

12　鷗会のこと、奈良旅行

いま私の手もとに「海鷗」というガリ版刷の同人誌が四冊残されている。ガリ版刷といっても、創刊号は一〇〇頁以上、それ以外の号もそれに近い頁数で、舞台装置を思わせるように構成されたペン書き二色刷の表紙画の装幀、製本もしっかりしていてなかなかのものである。余談になるが、戦後の五〇年代にもっぱら作られていたガリ版刷りの書体がすでにこのころにできあがっていたことがわかる。創刊号の発行は二七（昭和二）年一月一日、編輯兼発行人浜忠二郎（創刊号は冬木陽となっているが、誌面でみるかぎり浜のペンネームと考えていいだろう）、発行所海鷗事務所の住所は浜・北見夫妻の新居とおなじである。名古屋大学名誉教授で、当時東京帝大ドイツ文学科を卒業して第八高等学校に赴任することになる藤本直秀は、八二年刊の『シュニッツラー短編集』のあとがきに、震災後の演劇界の活発な動きと観客の熱意について述べたあと、「中でも小山内薫、土方与志による築地小劇場の旗揚げは、当時の文化人、学生たちにとって、まさに砂漠のオアシスであった。それに刺激されてか、学生たちの間に脚本朗読会が流行した。（中略）後に千代田生命の社長となった浜忠二郎のもとに常連十名ほどが集まったわれわれの『かもめ会』もこうした流れの一つであった。学生が中心であったが、当時女流短歌界の第一線で活躍する『草の実』の同人がこれに参加した」と書いている。そのうち大和村倶楽部（小石川区駕籠町を中心にした高級住宅街――現本駒込六丁目――の集会所）で公開朗読会をひらくことになり、シュニッツラーの『アナトール』のなかの『運命への問い』を、主人公アナトール役藤本で上演、「開演のベルとともに舞台に黒いカーテンがおろされ、観客席は暗くなる。そして舞台中央、カーテンの奥に明りがつく。観客は暗闇の中で、舞台中央の明るい一点を凝視して、ひたすらセリフを耳にし」まさに「築地小劇場のまねごとであった」とある。「運命への問い」は新しい短編集に収録されていないが、「海鷗」には掲載されている。この朗読会（演劇研究会）については私も小夜子自身から聞かされていたが、晩年の八六年、藤本直秀の語るところによると、渡欧中の浜がドイツで土方と知り合い、その影響をうけて帰国後に鷗会を発足させたという。

浜は「覇王樹」退会後、短歌をつくることはなかったようだが、冬木陽の名で毎号（たぶん）戯曲を発表している。そのなかには二三、二四年のベルリンを舞台にしたものもある。浜のヨーロッパ（イギリス）むけ出航は二二年一二月（「覇王樹」橋田東声記による）、土方与志は同年一一月神戸を出航、一二月二二日ごろパリ着。そして二三年の関東大震災の便りをベルリンで受けて急遽帰国を決意、「一二月帰国の途中モスクワに一週間滞在して劇場を回る」とある（以上『土方與志演劇論集』年譜に拠る）。村山知義もまたこのころドイツから帰国して二四年一二月の舞台装置を手がけている（「朝から夜中まで」）が、ドイツで浜と接することはなかったのだろうか。鷗会としては、築地小劇場の劇評はむろんのこと、藤本の文中にみられるような「まねごと」の朗読会、また青山杉作（築地小劇場演出家、俳優）を招いて浜宅で座談会をひらくなど、築地小劇場をめぐるその周辺の熱気のなかにあったことは確かだろう。鷗会また海鷗という命名から想起されるのはチェーホフの「かもめ」である。しかしこの時期までに築地小劇場で上演されたチェーホフの芝居は「白鳥の歌」「桜の園」「三人姉妹」「伯父ワーニャ」「熊」「犬」「煙草の害に就て」「心にもなき悲劇役者」で「かもめ」の上演はない。翻訳があったかどうかも不明である。それでもこのシンボリックな命名は、その構成メンバーからみてやはりチェーホフからもらったと考えたい。先に鷗会があって、遅れて「海鷗」が同人誌としてつくられていると思われるが、二十人前後の同人のうちその後も小夜子の知己として私の確認できるのは「草の実」の女歌人たちを除くと、土井重義（前出、9「大正という時代」、後に東大図書館勤務、当時は国文科学生で主として編集を担当）、冬木陽、藤本直秀、内科医でのちのちまで同人誌で小説を書いていた林実ぐらいだ。北見志保子、水町京子（ペンネーム青木繁代か）、川口千香枝、比企野英子、川上小夜子が「草の実」の同人でそれぞれ短歌のほかに短編小説などを発表している。いま私の手もとにあるのは創刊号、六、九、一一号（二七年一二月）の四冊のみだが、月刊の同人誌としていつ頃までつづけられたのだろう。朗読会としての鷗会の存続についても、その終りかたは不明である。

第一次大戦後のドイツとロシア演劇界の影響をうけて発足した築地小劇場、その周辺にあった種々の劇団が当時の労働運動の高まりやそれに付随して起こるさまざまな事から無縁であったはずはないと思われるが、「海鷗」にも、おおかたが恋愛心理劇や家庭内の出来事を扱ったもののなかに、佃島造船所のストライキを背景に子沢山の職工の家族が登場し、最後はスト破りと工場の火事で終るというような戯曲（土井）がみられて、時代の一面を髣髴とさせられる。

小夜子には「友」のほかにも同じく平井康三郎作曲の「大和路」という歌曲があり、奈良をうたった歌も多く、そのほとんどがいわゆる古寺を訪ねる旅の途次の作だが、鷗会の友人たちとの一九二七（昭和二）年一〇月の十日間の奈良行がその最初の経験であった。北見志保子の歌集『月光』のあとがきによれば、奈良は、彼女が橋田東声のもとを去って浜忠次郎（忠二郎は筆名）

と再婚するまでのあいだに、一か月の高野山籠りをいれて関東大震災前後の七か月余をすごした地である。この奈良滞在を経て、彼女はふたたび新しい気持で歌をつくることが可能になったというから、彼女にとっては心のよりどころとでもいうべき場所であったろう。その奈良体験については小夜子も志保子から多くを聞かされていたと思うが、小夜子にとって、はじめて拝する仏像や古都の風景はかなり心をうつものであったようだ。その後どのような機会をえて幾度奈良を訪ねることができたか（育児と病床にあることも多く、関西に住むことはあってもその機会は少なかったはずだ）詳らかではないが、このはじめての古寺巡礼が原点になって「たたなづく青垣山こもれる大和しうるはし」の奈良盆地の景は、故郷同様なつかしいところとなり、後年「大和路」や『朝こころ』所収の「大和の春」「法起寺」「夢殿」「法輪寺」（初出「多磨」）などの連作もうまれることになったのではなかろうか。

鷗会の奈良行については「海鷗」一一号（二七年一二月発行）に旅程の詳細と土井、北見、川上それぞれの分担による旅行の報告が載っている。それによると同行者は、浜・北見夫妻、土井、林、川上。名古屋から藤本、歌人の岡山巌夫妻が合流している。

「裏門から入つて講堂の横を通り金堂と塔との前にたつ。そこで私は瞬間昨日まで自分が生きて来た世界のものでないそれらの建造物のまへで何かに戸迷つた心持を感ぜぬわけにゆかなかつた。然しぢきに私は心の故郷に帰つた様な深い沁々しさに心を沾されて仕舞つた」と、小夜子は薬師寺の境内に立ったときの感慨をそのように書きおこしている。

旅程の記録はおおむね次のとおり。一日目、薬師寺、唐招提寺、法華寺を見る。薬師寺では橋本凝胤師に種々便宜を得る（川上記）。二日目、当麻寺拝観（北見）。三日目、多武峰、飛鳥の寺々、聖林寺（土井）。四日目、東大寺、新薬師寺。龍松院（東大寺）の筒井さんに便宜を計っていただく。五日目、筒井さんの先達にて、山城岩船寺、九体寺（浄瑠璃寺）に行く。六日目、法隆寺、法起寺、法輪寺、中宮寺。

文中、龍松院の筒井さんとあるのは、のちに東大寺二〇二代管長となられた筒井英俊師のことで、奈良滞在中に、北見志保子は大和未生流（華道）初代家元の須山法香斎から紹介されて龍松院にも宿泊していたという。そしてその後も長年にわたって、浜・北見夫妻のみならず、夫妻と近しかった人たち、小夜子はむろんのこと、その家族とも親交をむすぶことになったのである。しかもその関係は英俊の代にかぎらず、子息である二一二代東大寺管長の筒井寛秀師（のちに東大寺長老）にまでつづいている。私ごとになるが、英俊、浜・北見夫妻、志保子の同郷で歌の弟子でもあった槙志乃（志保子没後の浜夫人）、小夜子と夫の久城修一郎、そして学齢期前の私たち姉妹が京都嵐山の川べりに立っている写真がある。船酔いするといけないからと、私だけ保津川下りの舟にのせてもらえなかった記憶しか私にはないが、私にとってはたぶんこのときが龍松院（筒井家）とのはじめての出会いだったと思う。

うちつれて秋も末なる嵐山散りしく紅葉ふみつつぞゆく
あそぶとは思ふさへなきわれの身が嵯峨野に遊ぶ友に率かれて

（嵯峨野にあそぶ・草の実一一巻一号）

「十一月二十五日北見氏ら十人にて嵐山に遊ぶ」という詞書がある。この写真のなかで私の手をひいていたちょっとおしゃれな男性がのちに東大寺の管長になられた方であること、また鷗会の奈良行の写真のうち、前の石段に一行が腰掛けている古びた小さな御堂が九体寺であることをつきとめられたことなど、当時のことについても寛秀から教えられることは多く、私自身学生時代に寛秀の案内で東大寺を歩いている。

「海鷗」の創刊号に「寧樂」という雑誌の広告が載っていて、発行所は東大寺龍松院、英俊が薬師寺の橋本凝胤とともにはじめた美術雑誌（二四年創刊）だが、「東大寺きっての学僧」（筒井寛秀、雑誌「サライ」インタビューに拠る）でもあった英俊の案内が鷗会の一行にとってどれほど貴重なものとなったか。

この奈良行について小夜子は「草の実」に連作を掲載している。西の旅一九首（四巻一号）二子山の道一七首（同二号）西の旅九首（同三号）奈良雑詠九首（同五号）。少々引用する。

松をふく風だにもなき古寺の寂けさに仰ぐ塔のゆゝしさ
（西の京薬師寺）

あえかなるはちすの糸を曼荼羅に織るみこころや弥陀に通はむ
二子なる当麻寺のみちはむらさきに匂ふばかりなる秋豆の花
（当麻寺）

遠くきてなやめる心まつぶさにわれは申さむみ仏のまへ
（中宮寺観世音）

大和の山はざまふかくも入りにけり行きあふ人の担ふ柿の枝
（岩船寺より浄瑠璃寺に遊ぶ）

『朝こころ』（四四年刊）にはつぎのような歌がある。

わが嘆き誰れか聴くべし静やかにあれば顕ち来る中宮寺観音

額伏して涙はてなく垂るるともおそるるものはつひに来るべし　（嘆き）

「奈良中宮寺観音は時にわが眼にたちくるお姿なり」という詞書のある歌で（冬詠、初出「多磨」六巻二号）三七、八年頃ほとんど病床にあって死を思うことの多かった日々の作であるが、鷗会旅行時の「中宮寺観世音」とはあきらかに違っている。

13　出会い

「林間」追悼号の年表、昭和三年の項には「九月夫憲三と性格の相異に因り協議離婚。十一月久城修一郎と結婚」とあるが、事はそれほど単純ではなかった。この年表は当事者が家族と相談しながら作製したものだが、そこには家族にたいする配慮と、ある意味でのつじつま合わせがある。小夜子は自身の離婚と再婚の事情について、なにひとつ子どもたちに説明も弁解（が、もしあるとすれば）もしていなかった。娘たちがもうすこし成長して男女間の機微を理解できるようになったらと考えていたようだったが、そのときを待たずに急逝してしまったのである。小西憲三という人物に関する情報は、小夜子のあたらしい家庭からほとんど消されていたように思う。

ただこの稿を書きおこすために保存されていた「覇王樹」の合本にはじめて目をとおして知ったことだが、そこには憲三の写真や文章が掲載されていたのである。成長するにつれて子どもの心の奥に生じてくるそれとない疑惑にも彼女は気付かなかったのか、あるいは気付いていたとしてもそれ以上に、どうにもならないような、それらの事情をあきらかにすることを押しとどめる何かが彼女のうちにあったのだろうか。（憲三が小夜子の最初の結婚相手であったことは、そのころには私も了解していたが、外部の第三者である大学の一教授からあからさまに、むこうの家に残してきた子どもはいなかったのかという意味のことを尋ねられたときはいささかたじろいだ記憶がある。一九四九年赤坂離宮に設置されていた国会図書館で「八王子車人形」が公開されたときであった。そのころ週刊誌か雑誌で女歌人らの恋愛事件を特集記事として取り扱ったように聞いたことがある。のちになって聞き知ったことだが、長女の珠子は、小西の家に子供はいなかったし、かれの再婚後も生まれていない、と直接小夜子から聞かされていたとのことであった。）

没後、私は、納戸の棚を片付けていて朱塗りの文箱いっぱいに手紙の束が保存されていたのをみつけることになった。困難なその時期に書かれたもので修一郎、北見志保子宛の小夜子の手紙とそれに対する返事などなど。水町京子は追悼文のなかで「なまやさしいものではなかつた。俗なるものに対する純なるものの抗戦だつた」（「林間」追悼号）と書いているが、そのような評価は別にして、たしかに「なまやさしいものでなかった」ことだけはこれらの手紙類を読めば納得できる。小夜子は、いつか、おそらく小説のようなかたちでこれらの手紙類を利用しようと考えて、幾度かの引越や疎開のあいだにも大事に保持していたのだろう。

久城《くしろ》修一郎、一九〇七（明治四〇）年一月、多吉、君松の長男として岡山市に生まれる。家は、柿屋と号する老舗の呉服屋で、柿屋とは、はじめ友禅染めの型紙のために柿渋をとり、塗ることが家業であったことに拠るという。長男でありながら、家業をつぐことは次弟にまかせて、第六高等学校（理）から東京帝国大学工学部に進んだことには、両親をはじめ周囲のかなりの期待があったと思われる。しかし一方で、商売上夜更しが多く、朝は使用人さえ起きていないので、前夜の残り物の冷や飯をかきこんで登校（小学校）したという。また学区外の小学校に入れられていたので、勝手に手続をすませて、ひとりで転校したというのがかれの自慢話のひとつであった。多吉というひとはいわゆる商家の旦那衆で、私の知るころでも、隠居中とはいえ朝遅く目覚めるとまず上等の菓子と抹茶、昼にご馳走をいただき、大阪や東京の我家に長期滞在中はそれから芝居や相撲見物に出かけるというような生活が習慣になっていた。ひとを使い、家業を切りまわしていたのは、十六、七歳のころ嫁入りしてきた君松ではなかったか。しかも満年齢十七で長子出産後も二、三年ごとに出産、三男三女を育てている。

一九二八（昭和三）年修一郎は旧制高校を卒業、大学入学のため上京する。画家になりたかったが、縁者に失敗したものがいたとかで反対され、大学の工学部から建築家をめざしていたらしい。建築と美術関係の書籍や雑誌類はのちのちまで我家の本棚に保存されていた。小西の家にはどのような縁があって近づくことになったか、当事者に問いただすこともできなかったので、以下のことはまったくの推測にすぎないが、あえてその推測にしたがってみる。岡山の久城家は敬虔な、ということは一方で頑なということでもある、顕本法華宗の信徒で、宗門の寺と親戚関係にもあるらしい。顯本法華宗というのは日蓮宗の一派で、顯本とは法華経寿量品の思想にもとづく語で釈尊の久遠の本地を顕す意、と辞書にあるが、そういえば「寿量品第十六」は仏事のとき僧侶の読経にあわせて信徒がかならず唱和する経典である。偶像崇拝を禁止し、神道などの他宗教はむろんのこと他の宗派さえ排するから、神棚などもなくすべての祭事は仏式でしかも盂蘭盆会のお供えや迎え火などの記憶もない。小西の家もまたこの宗派に属していて、その縁によったのではないか、というのは私の遠い記憶にそのような記事を目にしたことがあったように思うからでもあるが、憲三の短歌に奇妙に仏教徒めいたものが見られたのもそのように理解すれば納得できる。また久城家が宗派の縁故を利用することはじゅうぶん考えられることであった。若く颯爽とした修一郎が小西の家の庭で小夜子と撮った写真が何枚かあって、夫婦ふたりには広すぎる郊外の家に下宿するようなかたちで寄寓していたと思われる葉書の文面もあるが、それがいつの頃か、どのくらいの期間であったかはわからない。

うら若き人とならびて何がなし心立ちおくるるをあはれと思ふ

（高尾山「草の実」四巻一〇号）

この「うら若き人」がだれを指しているのか、ともにハイキングなどすることもあったのだろうか。

絵を描きつづけることを望んでいた修一郎に、新進気鋭の画家鈴木亜夫のアトリエを紹介したのは小夜子であったと思われる。後年、八二年に鈴木亜夫回顧展が開催され、展覧会をきっかけに鈴木夫人を訪ねる機会を得ることができたのだが、そのとき夫人は、小夜子の尽力で結婚することができたのだというようなことを話された。夫人は小西家と姻戚関係にあったと思われるので、その縁で親しくしていたのだろう。回顧展にあわせて編纂された画集の解説に、奥野健男は「妻の実家には鈴木亜夫さんの絵がたくさんあって」「亜夫さんの絵のもとで結婚の約束をした」と書いているが、私の家にもただ一枚だが「皇后さま」と私たちが名付けていた横むきの西洋風長衣の婦人立像の小品があり、私たちも亜夫さんの絵の下で大きくなったといえよう（我家ではツギオではなくアフさんと呼びならわしていたが）。

一九三〇年、鈴木亜夫は独立美術協会の創設に参加。第一回独立展は翌三一年に開催されているが、その独立展であったか、あるいはそれ以前の二科展か、修一郎の油絵の小品が入選していたらしい。おそらく鈴木亜夫の推薦によるものと思われるが、この絵については後日談がある。修一郎は、結局、建築学科への入試に失敗して採鉱冶金を専攻し、戦後になって文化勲章を授賞された冶金学の第一人者三島徳七教授の教室で指導をうけることになったが、この入選作が教授に寄贈され、ずっと教授の部屋に飾られていたという。半世紀ちかい年月が経って、たまたま知己をえていた、子息の三島良績教授をわずらわして探してもらったところ、汚れて黒ずんでいたが、大学のなかでみつかったのである。フランスパンを描いた静物画だったが、期待はずれの、出来のいい絵ではなかった。大正から昭和初期のころにさまざまになされていた絵画の試みからはそれほど遠い場所にいたわけでもないと思われるが、修一郎の絵にはそのような試みの影響はあまり見られない。三一年夏岡山の家に帰省していた修一郎あての葉書には「二科の搬入が二十三、四日だ相ですがご存じですか」、また「二科は四十点もあつまつたんですつて」などという文言もあって、それらの文面からはかれの絵に対する小夜子の期待感や気づかいのようなものが感じられる。
おなじ葉書の束のなかには、それよりまえの二九年三月、やはり帰省中の修一郎にあてた幾通もの葉書があって、父親の入院を気づかう見舞いの言葉のなかに、彼女自身のさびしさをまぎらわすような思いがこめられていると見るのは深読みになるだろうか。

子をもたぬをみなはつひにそのひと世安らふ家なし今宵は泣かゆ
子なければおのれ一人の生き死にわづらひはなしと思ふも淋し
（籠居吟「草の実」五巻二号）

一人だに道乱るればゆかり人のさだめ直くゆくと思はず
現し身を長く生くれば生くるさへ辛き嘆きに逢はじとあらず
（近詠「草の実」五巻五号）

重苦しい印象をあたえるこの頃のこれらの歌にくらべると葉書の文面はずっとのびやかで、日常的な率直さがある。この落差はどこからくるのだろう。作歌をはじめとしてさまざまな活動や外部から短歌の依頼もあって、子を産み育てるだけの生活が指標ではなかったと思うが、このような歌をつくらざるをえない何かがあったのだろうか。それは夫婦間の確執か、それとも彼女自身のかかえる問題だったのか。
この歌の発表された二九年八月、小夜子は最初の女子を日赤の産院で産むことになる。五巻一二号に「八月十四日朝某産院にて子癇発作中に分娩し不思議にも母子ともに命ありけり、以後三ケ月肥立おくれて渉々しからず」という詞書のある連作「母となりて」を発表している。子癇とは全身痙攣を起して意識不明になる一種の妊娠中毒症とのことだが、母子ともに無事であったのは当時としては奇跡的なことだったという。舌を噛み切らないための器具を口中にいれられたので出っ歯になったとはよく聞かされた話である。赤ん坊は月足らずの鉗子分娩であった。難産のすえに得た生命だったからいっそういとおしかったのか、新しい命のむこうに何かが見えていたのか、「母となりて」以降も「みどり児」（六巻一号）「昭和四年終る」（六巻二号）「崖下の家――産院にて」（六巻五号）「母となりて歌へる」（六巻六号）「子を守る明けくれ」（六巻八号）と「草の実」の歌稿はつづく。他紙誌に発表された歌、とりたてて題名にあらわれない歌稿にも子どもをうたった作がかならず、ある。それらのなかから幾首かを引用する。

死ぬべかりし命たすかり我家にけふ帰りきぬ子とつれだちて
子をつれて今ぞかへれる吾家の秋立つ庭に萩盛りなり
泣きやまぬ子に乳ふくますする我姿いつしかにかく母さびにけむ
両乳ゆゆたかにいづる乳のみて吾子の育ちはおどろくまでに
声たてゝ笑ひそめたる子をあやしこの短か日の早暮れにけり
命ありて見るとや云はむ独逸より空をわたりて来しツェ伯号
秋立ちし空もわづかに限らるる産院の窓ゆツェ伯号飛ぶ見ゆ

最後の二首は、最近再建造されて来日が報道されている飛行船ツェッペリン号をうたったものである。

14　母親としての明け暮れ

「草の実」一九三〇年新年号（六巻一号）「雑草」欄に小夜子は以下のような文章を残している。

昭和四年一年間を私は思ひがけない運命の変調にあつて思ひがけない身の上になつて仕舞ひ、歌の方をすつかり怠つて仕舞つた。然しもうだんだん母の生活に馴れるのと体が回復し病気も快方にむかふのとで、今迄通りとはゆかなくとも少しづつは勉強も出来る事と思ふ。（中略）歌会の方は当分出席は覚束ない事であるけれど詠草添削位ひは出来る事と思ふ。

このあと育児に追われる日々について触れ、「走る様に飛ぶ様にすぎ去つてゆく女の一生がやや分つてきた」と「草の実」の会員たちを思いやっている。結婚後十年近く経ってはじめての子を得、生活はたしかに激変したであろう。だが冒頭の「思ひがけない運命の変調」という暗示的な表現は気になるところだ。「死ぬべかりし命」をふたたび生きて、子とともに在ることをそのように言い表したということもできようが、あるいはそれ以上の感慨がこめられているようにもみえる。

この年の「草の実」掲載作に子どもをうたった歌がつづいていることについては前節でふれたが、そのときの引用歌、たとえば「泣きやまぬ子に乳ふくまする」や、「声たてて笑ひそめたる」、また「母われの年おそくして生れたればこのみどり児のゆく末あはれ」「うつし身にいとし子一人得しなればさびしきことは耐へしのばまし」のように母親としての自分との関係のなかでとらえた吾子ではなく、かたわらにある対象としての幼な子の姿や動きをうたったものに、いま私は興味をもつ。ほほえましいとみるのは私にとってこの母と子が身近な存在だからだろうか。

這ひそめし子はしばらくもしづまらず着物更へさすに鶏のまねする　（「首夏」六巻七号）

誕生を昨日すぎたるみどり児が立ちあそぶ姿何ぞ小さき
戸を締めて嵐にこもる部屋あつし這ひ遊ぶ子は汗の匂ひす　（「秋立つ」六巻九号）

このような目線が、日ごとに成長してゆく小さなひとにたいする新鮮な驚きと、いとおしさにささえられていることはいうまでもないことだが、この時期「アララギ」派の影響下にあって、どちらかというと自然詠や、相手との確執のうちに我が身を省みて沈潜してしまうような彼女の歌が多いなかで、これらの歌にはひかれるものがある。

圧倒的に子どもをうたった歌が多く、それらの歌から推測されるように育児に明け暮れていた日々であったとはいえ、この年小夜子はほとんどやすむことなく「草の実」に作品を発表し、選歌、批評の任もはたしている。しかも「草の実」に紹介されている他紙誌の転載歌も「大阪朝日新聞」「弘前新聞」「読売新聞」「雑草」「短歌月刊」とあって、歌会への出席はむずかしかったかもしれないが、ひさぎ会の第六回例会（五月）には出席している。

それにしても他の女歌人たちは母親としてどのように子どもを歌っていたのだろうか。小夜子ほどに連作をした女歌人がいたであろうか。たとえば原阿佐緒には、

捨てばちの心のまへに児らの顔清げに笑めば涙おちぬる
ひさびさに相見し吾児を心ゆくまで抱きもあへず勤務《つとめ》に出でゆく
吾児かなし田舎なまりのものいひに人笑はせつ電車の中に
（『死をみつめて』他）

などがあり、これらの歌を引用している小野勝美は「もはや阿佐緒にとっての唯一の心の拠り所は子供の他にはなかった」と書いている（『原阿佐緒の生涯』）が、私は阿佐緒の全体を知っているわけではないのでこれ以上のことは言えない。

あたたかく冬日さす日は幼子を守りてこもれる安けさに足る
次の子の胎内にそだちいづる乳を愛《を》しみ吸ふ子のはなされなくに
二人の子の母となるべき身のさだめおろそかならず我心うつ
（おのれをみつめて「草の実」七巻一号）

このような歌のあと、三一年二月、小夜子は次女を出産する。一年後の三二年三月の「歌と観照」に「昭和六年二月十三日二女鏡子を挙ぐ　東京赤十字産院なり」という詞書を付して次のような歌を発表している。

雪多き今年をわきて稀れまれのこの大雪の日に生れしこの子よ
降り埋む雪にくれゆく町の灯のほのほのとして思ひ誘はる

とてもおだやかな景にみえる。産院に見舞いにきた人の車が麻布の坂を上れなかったというこ

とはよく聞かされた話だからむろん実景なのだが、「稀れまれの大雪」といい、その大雪の日に生れたことといい、いまになってみると一種のメタファーと考えられなくもない。降りつもった雪が覆いかくしたもの、おだやかな景の奥深くひそかにしまいこまれているもの。それがいつ、どういうかたちであったかはっきりしないが、周囲に疑惑が生じたのはこの次子誕生以後のことだったらしい。しかしそれから一年余、発表された歌のうえでの変化はあまりみられない。子どもと見る野の風景、病む子、子どもたちと離れてたまたま出席した歌会、通院のための外出。前年にくらべていくらか自然詠が多くなってきたといえるかもしれない。しかしひどく生活臭を感じさせる、

ゆとりなく暮らすたつきに二人の子つぎつぎに病みて払ひくるしも
（彼岸すぎて「草の実」七巻一一号）

またストレートに心情をうたった、

焦だちてわれは居りけむ家人のかりそめの事にいたく怒りぬ
いささかの事に心をみだされて今宵十六夜の月はみざりき
（「歌と観照」一一月号）

などはこれまでとは少々異なる展開か。

三一年九月いわゆる満州事変勃発、日本は十五年戦争の時代にはいる。三二年四月の「草の実」には「満州事変の頃」という詞書でつぎのような歌を発表している。

命もて支那に戦ふ友を思ひ夜間演習の銃うつらむか
春浅き夜を演習の銃の音今宵はわきて近きにひびく

現在の代々木公園からおそらく京王線初台駅の南側近くまでを占めていたと思われる代々木の練兵場で撃つ銃の音が、野をわたって和泉村（現・杉並区）の家までとどいていたのだろうか。大恐慌から不況と失業の深刻化、そして軍事体制へと移行してゆく時代のうねりのなかに、やがて小夜子自身も大きくまきこまれてゆくことになるのだが、この時点で彼女がそのことに気付いていたかどうか。もっと身近な、逼迫した不安のほうが問題だったかもしれない。

三二年三月大学を卒業した久城修一郎は陸軍造兵廠大阪工廠に就職がきまる。造兵廠（大阪砲兵工廠）とは、現在の大阪城公園を中心として敗戦時一一六ヘクタールにおよぶ広大な地に造営されていたアジア最大の兵器工場である（河村直哉『地中の廃墟から』作品社に拠る、以下同）。大学は出たけれど、という時代、選択の余地のないやむをえない就職であった。大阪砲兵工廠の年表によると、三一年、満州事変で約一二〇〇人採用。見習工三〇人募集に七四〇人応募。三二年、臨時職工一一〇〇人採用、とある。『地中の廃墟から』はそこで働いていた人、近隣の住人など四五人の証言をもとにまとめられた本であるが、そのなかに二九年、東京帝大工学部造兵学科を卒業、造兵廠に就職したというひとの証言がある。当時、大学の学科のなかでもっとも研究科目の多かったのが造兵学科だったとか。六〇年代、原子力関係に最先端の研究が集約されていた大学の事情とどこか似たところがあるような気がしないでもない。おなじ工学部から三年おくれて入廠した修一郎とこの証言者とのあいだにはなんらかの接点があったかもしれない。証言者ははじめ弾丸の信管の研究部門に配属されていたらしい。いっぽう採鉱冶金を専攻した修一郎は日中戦争のころ弾丸の本体の製造にかかわっていたと思われる。そのころの我が家には弾丸を利用してつくられた花器や筆立てのようなものがあった。

造兵廠は敗戦の一日まえの八月一四日の爆撃によって徹底的に破壊され、女性、子どもをふくむ多数の民間人が犠牲になったという。

修一郎自身も、そしてむろん小夜子も東京での就職をねがっていたが、はたせず、いったん岡山に帰省後、四月半過ぎに大阪に着任、兵庫県立花村塚口（現・尼崎市）のホテル三楽荘に住居をさだめる。小夜子の三楽荘あての手紙は四月二四日からはじまる。第二信は二八日、これは修一郎からのホテルの絵はがきにたいする返信で、このあと四月三〇日、五月二日、三日……と人目を避けながら書き送った手紙はつづいてゆく。まずそのうちの一、二信から引用してみよう。


けふは雨、大阪の郊外のアパートつてどんなかいろいろ想像してみて、その一室であなたはきつとポカンとしてゐられることと想像してゐます。明日からいよいよ新生活がはじまる……その準備もうつちやつてきつとポカンとしてゐるあなたを想像してゐます。お元気ですか。私もポカンとしてゐます。むねの中がいたいくらひうつろでさみしいのを一生懸命まぎらさうとつとめてゐるところ。（中略）命をかけて愛する人をすら自分自身のそばに引きよせておく事も出来ない、「そんな意気地なし」です。いまさら、はなれて仕舞へばもうどうにもならない。あなたは大阪にいつて仕舞つた！　泣いても笑つても、もうあなたとの間には百里以上のへだたりが出来てしまつて、私のうちに、お台所のスリ硝子をソツとあけてはいつてくるあなたではない。四年前までのあたしのうちと同じに、もうあなたの姿は私の家には現れることはない、だのに残されたもののかずかず。私のあたまはどういふ風にそれを処理して好いのかまよつてゐる（中略）それにしても四年の年月のみぢかさ、夢、ゆめ、ゆめの様です。（以下略）（二四日）

昨日は私の誕生日、……今私のなぐさめとなるのはただ子供ばかりです。子供と遊んでゐると心も和らぎます、やつぱり子供があつてよかつたのね。歌もいや、読書もいやポカンとしていろいろの空想の世界をひろげてゐるのと過去の思ひ出を繰りかへしてゐるのと手紙をかくのと子供と遊んでゐるのと、それだけが私のたのしみです。……私はまだやつぱり母性愛よりも恋愛の方が深く心を支配してゐます。子供は愛の結果の副産物、然し永遠に愛するものの命をのこすくさりではあるのですね。子供を大切にするより外には私の生きる道はない様です。さう思つて私は一生懸命さびしさに堪へてゆきませう。（以下略）（二八日）

ほとんど推敲のあともなく、感情のままにペンが走っている。

15　昭和七年という年、離婚にいたるまで

難波津は道とほくしてゆきがたしふたたびあふははるけき日かも

いつの日かふたたびあはんときのためつつがあらすなわが思ふきみ
むさし野の若葉のなかに母と子とむつびくらすをわすれ給ふな

これまで、また結婚後も、ひとを恋うこころをうたったことのなかった小夜子の率直な恋の歌である。久城修一郎あて五月六日付の手紙にある。一三日の手紙には「短歌春秋」のための歌稿と思われる歌とともに「小唄みたいな一曲」と自称する「ふたつならんだ青い石　恋の情の色に燃え　きみがわたしをみるやうな　わたしがきみをみるやうなひとみにも似た青い石（後略）」が同封されているが、故意に俗謡めかしながら率直な気分を伝えている。青い石とは小夜子が探しもとめて修一郎に贈った緑石のカフスボタンのことであろう。むろんこれらの歌が発表されることはなかった。

事態が急変するのはこの直後である。

「けふは非常に重大な御報告を致しますゆゑ冷静な態度で前後の処置を考へて下さい、そして決して力をくだかれない様に、なほ一層世の中とたたかふといふ強い心になつてほしいのです」とはじまる六月二日付、修一郎あての手紙にその顚末が記されている。小夜子の兄丁次郎の小西憲三あての返書が勤務先の大学から自宅に回送されてきて、それを彼女が先に読むことになるのだが、子どもたちの父親についての疑念と、おそらく第三者によってそのことを知らされた小西の側の親戚中のものが大騒ぎをしていることについて、夫の憲三が書き送ったことを知ったのである。丁次郎は次兄であったが長男夭折後川口の家督をついで、弟妹たちのいっさいの面倒をみ、陸軍退職後の当時は鳥取日赤病院に薬剤師として勤務していた。憲三は同時に修一郎の両親にも問いあわせの手紙をだしている。それであなたはどうするつもりかという小夜子の問いに憲三は答えようとしなかったが、彼女自身はこのときすでに子どもたちをつれて家を出る覚悟をしていて、それには大きな困難がともなうことも見通していたように見受けられる。そして修一郎に対して「あなたは飽くまでノーとしてつっぱるお考へか、それとも一切を精算してほんとの人生の、真実の生活につくお考へか」と質し、たとえなんとかこの場をのりきったとしても「この問題は一生つきまとふものと思はれる」と覚悟をうながしている。まだ在学中であった修一郎の岡山への帰省中に書き送った手紙類をみても、十歳年長の小夜子の修一郎にたいする態度はどちらかというと姉が弟にたいするようないたわりややさしさにあふれている。年長であってしかも年が離れすぎていること、すでに結婚していること、不況の就職難の時代にかれはようやく職についたばかりであったこと、自身に収入の途がないこと、まして女にたいしてのみ姦通罪が適用されていた時代である。訴えられて処罰されようと、監獄にいれられようとかまわない、というような文面もそのあとの手紙にはある。全面的に修一郎にたよるにもなお一抹の不安があったことはじゅうぶんに推測されよう。

しかしどのようなかたちであれ問題が顕在化しなかったら、彼女は事態にどのように対処しながらその後を生きていったのだろうかと考えざるをえない。

結婚後およそ十年、夫憲三の「覇王樹」への入会や積極的な歌会への出席など、また小夜子自身の「覇王樹」「草の実」時代における外での生活から推しはかっても、彼女が歌をつくり、それにともなうさまざまな活動に参加することに憲三の存在が障害になっていたようには外からはみえなかったかもしれない。しかし破綻にいたらざるをえなかったような憲三とのあいだの齟齬、確執がどこかにあったにちがいない。前田夕暮命名の「詩歌」以来大事にしてきた川上小夜子というペンネームを、結婚後の「覇王樹」のある時期から本名の小西慶子に変えざるをえなかったこと、そのころ発表された歌のなかにときおり見られる、夫との関係のなかで自分を責めるような自省の思いや、つつましく夫の生活に寄りそっている暮らしの風景。彼女自身のなかになにかの規範があってそれにしたがい、なにかに耐えていたのだろうか。あるいはいわゆる家の嫁としての立場など……。そのような、もしかしたら重苦しい生活のなかでの若々しいひととの新しい出会いは小夜子にとって、ある意味で自由な、心を解き放つものだったかもしれない。原阿佐緒と石原純の事件をはじめとして大正時代後半のころの自立した女たちをめぐるいくつかの恋愛事件、ましてそのころ小夜子がもっとも信頼し親しくしていた友人の北見志保子、浜忠次郎夫妻のつくりあげていったあたらしい関係が小夜子の内面になんらかの影響を及ぼしていたといえるだろうか。ほぼ一年にわたるもっとも困難な時期、彼女を支えつづけたのはほかならぬ北見志保子であった。小夜子、修一郎、志保子の手紙を手がかりにして、その後の経過をたどってみたい。

小夜子から相談をうけた志保子は六月三日付の手紙で、小西の家には帰らないほうがいいと、小夜子の決意を支持し、その旨を修一郎あてに書き送っている。たぶんその直後小夜子は、三歳未満と一歳余というふたりの幼児をつれて鳥取の兄のもとに身を寄せる。途中大阪に立ち寄ったようでもあるが、当時の交通事情ではおそらく一昼夜に近い旅であったろう。そのときの歌がある。

汽車にみる天の橋立の道しるべ子供をつれてかく遠くきぬ
山々はけはしく海にせまりたる日本海岸汽車に今過ぐ
トンネルをいでてまた入るあわただしさ入り日の海はたまゆらに見ゆ
（山陰道の旅・「草の実」八巻九号）

その前年に小夜子のもとを訪ねていた彼女の姉から小西の家で見聞きしたことを伝え聞いていた長兄の丁次郎は、小夜子に同情し、修一郎の考えもたしかめたうえで、小西の家を出ることに賛成したのである。鳥取から出された二通の手紙は兄姉たちの思いやりに感謝し、あかるい気分さえ感じられる。しかし事態はそれほど順調にははこばなかった。迎えと称して鳥取にやってきた小西憲三に、すべてを謝罪して今後「粉骨砕身小西の家と夫のために尽くすならゆるす」といわれて、兄夫婦の態度が一変する。仏心とか人道主義というような言葉に、もともと道義心のつよいかれらが説得されたようなふしも文面から察知されるが、罪人あつかいの立場に追いこまれて、半月ほどで鳥取を引きあげ阿佐ヶ谷の下の兄の煥五郎の家に身をよせる。この兄も支えにはならなかったが、「草の実」の同人でもあった義姉だけが小夜子の気持を理解してくれていたらしい。しばらくここにいて、小西のところには絶対かえらず、経済的な援助もうけたくないから、そのうち近くに家を借り、働きながら子どもと三人で暮すつもりだと修一郎に書き送っている。だがこの阿佐ヶ谷の兄の家にどのくらいとどまることができたのだろうか。後年、私は、小夜子が修一郎に、あのときこの兄は満州へ行けといったのよと訴えていたのをたまたま聞いてしまったのだが。（当時女が満州へ行かざるをえないということは何を意味していたか、想像に難くない。）中の兄の丙三郎も、離籍すれば面倒をみるが、それまでは小西の責任であるといい、兄たちから拒まれ、結局追われるように七月下旬には阿佐ヶ谷の家をでて、伊豆伊東の安宿にしばらく滞在している。その宿には義姉と小西憲三がつきそって行ったというがどういう事情だったのだろう。二年後の「草の実」にそのときの歌がある。

子をつれてのどかに夏の海の辺にあそぶ我身と人思ふらむ
足どりもまだたどたどし二人子を手にひきあゆむもろこしの道　（「もろこし」はとうもろこしの意）
子をつれてさすらひの身と思ふだに秋づきし風の身にはしむなれ
天地に安らう家なし然はあれ心にきめて家を出しなれ
親子どちむつぶ隣室《となり》の避暑客の屈託なさは我れを泣かしむ

（海辺にて「草の実」一〇巻九号）

八月はじめ帰京、中の兄の丙三郎が舎監をしていた荻窪の八女学寮に夏休みのあいだだけ滞在している。急激な環境の変化とあちこち連れまわされるためか、子どもたちは絶えずおなかをこわしたり、熱をだしたりしている。経済的にも逼迫してきて仕事をさがすことをさかんに志保子にもたのんでいるが、薬や絵本の行商、反物の販売ぐらいしか、話はない。それも幼児をかかえていてはままならない。修一郎からのたまの送金も夏服代や部屋代を工面しての送金だったらしい。余裕のある兄たちではなかったからかれらをあてにすることもできなかったろう。ほとんどの手紙がそのことに触れている。こんな歌もある。

わが友が歌にて得たる銭なりと手紙の中に巻きこむ為替

旅にある貧しきわれの子供等に正月のもの買へと送れり
右ひだり子等はよりくるわが友が送りし小包灯の下にとけば
（春たつ頃「草の実」九巻三号）

この友はむろん北見志保子のことである。彼女の家をたずね、そこで過ごしているあいだだけ親子ともどものびのびとしているふうであった。修一郎から小夜子あての手紙はすべて駕籠町の志保子の住所気付けであり、志保子と修一郎とのあいだにも友人としての手紙のやりとりが何通かある。

離婚をきめたあとも、憲三はなんとか引きのばそうとしたり、たびたび訪ねてきて連れもどそうとしていたらしい。子どもを連れていってしまえば戻ってくるかもしれないと、そのようなこともしたようだ。そのときの歌だろうか。

子にはなれ心狂ひしいにしへの語りぐささへうべとこそ思へ
いとけなき心のうちに己が母はいづくにあると子は思ふらむ
（大森の浜・あるときに「草の実」九巻七号）

「妻ヨシコ（小夜子本名）ト協議離婚届出昭和七年九月拾参日受附」と小西憲三の戸籍謄本にあるが、その直前まで、（その後も？）小西が執拗に阿佐ヶ谷の兄の家、志保子に相手にされなくなってからは水町京子のもとまで押しかけていったりしているのは、小夜子にたいする執着がつよかったのか、どちらかというと憲三自身の名誉をまもるためだったと考えたほうがよさそうである。

八月半すぎ、小夜子は子どもたちを浜・北見宅に預けて大阪の修一郎を訪ねている。この旅はふたりをいっそう離れがたいものにしたようだ。九月はじめ憲三の追及からのがれるように、浜・北見宅の近くに小さな家を借りて隠れ住むことになる。一〇月には修一郎もこの家をたずねてままごとのような親子水いらずの二、三日をすごしている。一〇月末に小夜子たちは修一郎の住む兵庫県塚口のアパートに移り、万事がうまくはこんでいるようにみえたが、修一郎の家、久城家では絶対にみとめられない結婚であり、翌三三年三月には問題があらたな方向に顕在化する。

16　あたらしい生活へ

一枚の写真があった。いまは手もとにないので正確なことはいえないが、たしか幼い娘ふたりをはさんで写真館で写したもののように記憶している。子どもたちは白い毛糸編みのハーフコートのようなものを着せられ、修一郎は背広、小夜子も外出着の羽織姿。三二年一〇月末兵庫県塚口のアパートで親子四人そろっての生活にはいったころ記念に撮ったものと思われる。台紙からはずされたその写真を、すでに再婚してかなりの年月が経ち、晩年に近くなっていた修一郎が背広のポケットにいれて持ち歩いていて、私に見せてくれたことがあった。かれにとっても忘れがたい甘美な日々であったのか。

しかし残された手紙の束のなかに突然の破局を思わせる三通がある。三三年三月二五日北見志保子宛、同年三月二六日鳥取の丁次郎兄宛、三月三〇日志保子から修一郎、小夜子連名宛のもの。このうち前二通には切手がなく投函された形跡がない。投函するまえに事態が変化したのか。修一郎ら周囲のひとたちの非を責める内容の志保子の手紙はおそらくこれ以前の手紙の返信であったろう。「いよいよ大変なことになつてきました。久城は昨夜とうとうかへつてきませんでした」とはじまる第一の手紙の文面から察すると、事態はそれ以前からうごきはじめていたようである。憲兵隊に呼ばれ事件についてしらべられたときも、またそこから調べが勤務先の陸軍造兵廠庶務課にうつされてからも、はじめ修一郎は、自分のせいで離婚になったのだからあくまで責任をとると、辞表を持参して調べに対していたらしい。しかし相手の女が年長であること、将来ある身で、陸軍という組織の傘下にいるあいだは姦通罪で訴えられても司法は手をだすことができないから造兵廠をやめるべきではない、都合のよいことに子どもたちは小西でひきとり、生まれてくる第三子とその母親は小夜子の四兄（牛島金四郎）がひきとると言っているのだからと、両親のまえで決意を迫られたという。小夜子は、修一郎が「小西の手にのって免職されてはたまらない」という反抗心から決意したのだろうと、いっぽうで修一郎をかばいながら、かれが離婚まえにはまったく関係がなかったと嘘をついて、じぶんだけ好い子になり、陸軍という大きな保護のもとに彼女を犠牲にしようとしている、いまさらこの決意を翻えさすことはできないだろうと、ほとんど絶望的な筆致である。そして鳥取の兄宛の手紙には、このように事態を悪化させたのは深い事情を知らない四兄の、好意からであろうが無責任な提案にもよると嘆き、生まれてくる子のことをあれほどたのしみにしていた修一郎の気持がいつか変わることもあるかもしれないが、いまは別れるほかはない。ついては上京のために送金をお願いしたい、とある。この文面で気になるのは、生まれてくる子については修一郎の方で責任をとってもらうとしても、ふたりの子どもは「小西にかへすつもり」（傍点筆者）というところだ。子どもたちの籍はまだ小西に置いたままだったが、事件の発端は第二子誕生の疑惑にあったわけだし、小夜子自身すでに離籍し本郷区（現文京区）森川町に独立の戸籍をたてている。精神的にも心情的にも窮地に追いこまれ、またいずれ経済的にも逼迫してくるであろうことを予想してかなり混乱しているさまが読みとれよう。それにしても前年（三二年）の九月に（協議）離婚が成立しているのに、いまさらなぜ小西が姦通罪で訴えるということになったのだろうか。（そういう話を私がいつどこから聞き知ったのか、たしかなことはいえないが）このことに関しては法政大学事件が絡んでいたのではないかという説もあったようだ。

　法政大学事件とは、当時いわゆる法政騒動として、世間をさわがせた社会的にも有名な事件であったらしい。『法政大学百年史』によれば、「乱脈をきわめていた」といわれた「財政危機を切り抜けるための思いきった学内行政改革案」を、三二年二月ごろ経済学部の少壮教授連が野上豊一郎のもとにもってきたのが発端で、それがやがて「表面上は、同じ漱石門下の野上豊一郎と森田草平との大学内の権力争いの様相を呈して複雑化し、主として予科を騒動の舞台として野上派と森田派の両派に二分してはげしい対立とな」り、反野上派は学長問題、財政問題など四スローガンをかかげて野上排斥運動を展開した、という。学生をもまきこんで運動が展開されたため、この学生運動には共産主義のごとき思想はまったく混入していない、と三四年の報告書に特筆しているのが、いかにもその時代を髣髴とさせる。この事件は、三三年一二月、野上豊一郎の理事、予科長、学監の解職、教授の休職、野上に同調した予科教授四七名の辞職、そして三四年には森田教授の解職ということでいちおう決着したことになっている。当時法政大学予科教授だったと思われる小西憲三がどちらの側についていたか、「覇王樹」在籍のころの小夜子は野上豊一郎夫妻、森田草平ともに、謡の稽古や「覇王樹」の橋田東声の縁で親しかったはずだから、憲三も同様であったろう。だが法政事件のころの、またその後のかれの立場についてはまったくわかっていない。ただどちらの側についていたとしても、他方の側から離婚にいたるまでの事情をスキャンダルとして暴露され、利用されて姦通罪云々ということになったのかもしれない、と推測できないこともない。

『百年史』は法政大学のその後について、「創立いらいつちかわれてきた法政の『進歩』と『自由』の学風は、時代の趨勢とはいえ竹内らの超国家主義者によってふみにじられ」「野上といれかわって昭和八年一〇月に陸軍大将荒木貞夫が顧問に迎えられた」と記している。

保存されていた手紙の束は投函されなかったと思われる二通と志保子の返書で終わっている。そのあと事態がどのように展開し決着したか、具体的な詳細について知ることはできないが、姦通罪で訴えられることもなく、修一郎が勤務先を退職することもなく、また子どもたちも手放さずになんとかこの大事をのりきって、初心をつらぬいたと考えてもよいのではないだろうか。そのために、表立ってかあるいは陰からであったか、かれらのために助力してくれたひとがあったようにも推察される歌が、ある。

わが力を添へてえにし結びし人の

新玉の年たつ春の家睦びたのしければと文給ひつる　（年越して「草の実」一〇巻二号）

深き恩顧を被りし某の君朝鮮に職を転ぜらる

つはものを率ゐて上にたたすべき君に備はるあつき情か

かにかくに今日を安らに生くらくはますらたけをの君に救はれて

（秋雨「草の実」一〇巻一〇号）

おそらく陸軍内部の関係する上司ででもあったろうか。

三三年一二月にこの年をふりかえって詠んだ歌。

硝子戸にさす月影のほのかなり今年も師走七日をすぎつ

事多き一年なりしかへりみておのづから長き息いでにけり　（時雨「草の実」一〇巻一号）

「おのづから長き息いでにけり」というような単純な実景では表現しきれない、あふれるような感慨があったはずと思われるのだが、その手にあまるような思いの故に、かえってこのように平板な実景を言葉にするほかなかったのではないかと、ここにいたるまでの小夜子の日々をたどってきて、いま私は考えざるをえない。年表によればその年の五月に西宮市に転居し、さらに一〇月には大阪府北河内郡守口町（現守口市）に転居しているが、この間の夏、小夜子は第三子の長男を出産している。「長男生まれける頃」という詞書でそのころのことを詠んだ歌がある。この連作は第一歌集『朝こころ』（四四年）に「青ひさご」という初出（「多磨」二巻二号）のときとおなじ題で掲載されているので、著者の意向にそって『朝こころ』にしたがうことにする。

　軒ひさご目にたちふとる秋づきて産屋ごもりも日に満たむとす
　青ふくべ軒のしげりの葉がくれに数かき探す産屋つれづれに
　みづ児の瞳まだ見えざらむしばたたきてほのぼの秋の光恋ふらし
　往き通ふ電車隙なきとどろきにみづ児はおびゆ眠れる間さへ
　電車路架線橋つづくまひる野の眼界はひろし秋風のすぢ

　おそらく西宮の家が郊外電車の路線に近く、育児の環境や修一郎の勤務先への便宜を考慮しての守口への転居となったと思われるが、あたらしくひらかれたばかりの守口町の住宅地は、淀川の堤防まで見はるかす田園地帯で、『朝こころ』の後半部分の「河内野集」は、この地在住のほぼ八年間の作品である。この歌集の構成は逆編年体になっているので「青ひさご」は、「河内野集」のほぼ最後に収められていて、作歌年からいえば守口移転後になると思われるが、題材は、そのあとの「六甲山近く」（初出「多磨」創刊号・「六甲山」）と同様、守口へ転居以前の西宮時代のものである。

　話をもどす。これらの歌は、たしかに二年余という時のへだたりがあって、そのことがいっそう歌自体にゆとりをもたせているのかもしれないが、そういう事情を差し引いても、満ちたりた気持で出産を待っているひとりの女の姿が見えてくる。しかも秋にむかって「たちふとる」瓢簞の実と臨月の腹部を大事にかかえている女の様子を、かさねて想像させてしまうようなユーモラスな視線さえ感じられる。「みづ児の瞳……」の歌はこの連作のなかで私のもっとも好きな作である。生まれてまもない赤児の眼に世界はどんなふうに映っているのだろう、まだぼんやりとした薄明のなかから光をもとめてしきりにまばたきをしている。光にむけて生きようとしているみずみずしいいのち、その小さなからだを抱きつつんでいるやわらかな秋の陽射しと母親の手のぬくもり。「光恋ふらし」という結びの句がいい。たとえば「もとめて」などという客体を眺める視線ではなく、切実な思いをこめて、作者もまた光を恋うているのではなかろうか。はげしい情意やときには味あわねばならなかった絶望をくぐりぬけて到達した境地といえるかもしれない。

三三年までは途切れがちだった「草の実」掲載歌も三四年には毎号欠かさずにかなりの数がみられる。「歌と観照」一二月、「日本歌人」七、八、九月と他誌への寄稿もある。三人の乳幼児をかかえて慣れない土地での家事万端は、頑健とはいえない小夜子にとってかなりきついものではなかったかと思うが、新しい生活にはそれをおぎなってあまるほどのものがあったのだろう。だが問題はまだ完全に解決していなかった。

かたくなに人を許さぬ老いごころ時しいたらば解くる日あるや
かたくなの人の心は生ひ育つ幼き命をこばむにひとし
母われの思ひを徹し生くべくはたはやすからねうち徹さでや
（かたくなの心・「草の実」一〇巻九号）

旧戸籍法では、久城家の戸主、修一郎の父多吉の許可がなければならず、彼女が正式に入籍できたのは四年後の三七年一二月であった。

Ⅲ

17　「河内野集」

にはかにも子等とはなれし所在なさ背戸の田芹をつめど寂しさ
昼の間は物言ふ人なきひとり居にはなれゐる子がしきりに恋し
（六甲山・「多磨」創刊号）

これらの歌の発表時は三五年だが、題材はその二年前長男出産まえのころのものである。出産にあたって幼娘ふたりをそれぞれ、鳥取の次兄宅と東京阿佐ヶ谷の五兄宅にあずけた折の子離れのもの寂しさをうたっている。おなじ子離れでも「子にはなれ心狂ひしいにしへの語りぐささへうべとこそ思へ」「いとけなき心のうちに己が母はいづくにあると子は思ふらむ」（あるときに・「草の実」九巻七号）など離婚にいたる混乱のさなかの歌とくらべると、どこか穏やかな落着きを感じるのは事情を知ったうえでの贔屓目の読みになろうか。

おそらく郊外電車の駅からと思われる人力車を、守口町の新しい借家の門前で下ろされたときの私のおぼろげな記憶がある。膝にかけられた毛布をはずしておろされるとき、座席にならんでいたのは母の小夜子ではなく、阿佐ヶ谷の家から私を連れてきた小夜子の義姉川口千香枝（「草の実」同人）だったような気がする。三三年夏長男出産後の、三三〜三四年の冬の時季ではなかったろうか。「草の実」（一〇巻四号）にそれを類推させる歌がある（大寒・嫂来る）。このころからは私にもわずかながら、しかもフラッシュバックされた場面々々のようなきれぎれの記憶があるが、そのなかの小夜子は当然のこととして母親としての像であり、幼児に外の世界のできごとを知るすべはないのだから、そのことは同時に外の世界から遮断された家のなかの小夜子にすぎない。（唯一共通に体験された記憶のなかの出来事は三四年九月の室戸岬台風であったろうか。）いま私はできるかぎり外界との関連のなかで彼女の在り様をみてゆきたいと考えている。

まず時代の動向を年表によって常識的なところでごく大まかに確認しておく。三二年一月＝上海事変、二月＝満州国成立（九月承認）、五月＝五・一五事件、三三年一月＝ドイツ・ヒットラー内閣成立、二月＝築地署にて小林多喜二虐殺、三月＝日本国際連盟を脱退、五月＝滝川事件、三四年一二月＝ワシントン海軍軍縮条約の破棄、三五年二月＝美濃部達吉の天皇機関説問題化、三六年一月＝ロンドン軍縮会議脱退、二月＝二・二六事件。まさにファシズム、日中戦争と第二次世界大戦にむけて疾走しはじめた時代といえよう。（前記滝川事件の解説のなかに、滝川教授の著書が発禁処分にされた理由のひとつとして「妻の姦通のみを罰し夫のそれを不問に付するのは片手落ち云々」があげられていたという指摘があり――大内力『日本の歴史24』中公文庫――いまさらのように考えさせられている。）しかしこの時期に発表された小夜子の歌をみるかぎり穏やかな日常である。個人的にはそれこそ多難な数年を耐えてようやくたどりついた、親子五人のやすらぎの日々であったろう。

二五年、小夜子が退会した年の「覇王樹」をしらべていて私はまったく偶然に『冬の宿』『主知的文学論』の作家であり英文学者であった阿部知二の短歌と出あったのである。「覇王樹」という歌誌の性格から考えて、またこの作家の文学上の出発が短歌にあったことは予想だにしていなかったので、私には信じがたいことであった。しかし知二の文学上の、特に短歌においては師でもあった、ただひとりの兄公平（桐花）が「覇王樹」同人今中楓渓との縁があったことを知二研究会の方々におしえられて納得したのである。「覇王樹」に掲載された十首連作の知二の短歌は、その二年前に病没した兄を悼む「挽歌」であった。『冬の宿』が書かれたのは三六年、二・二六事件の年であるが、題材となった時代はこの「挽歌」の「覇王樹」掲載時の前後ごろ、「社会思想の動きには眼をとざし、多分に芸術至上主義的な気分で」「孤独な生活をしていた」学生時代と考えられる。（岩波文庫版、著者「あとがき」による。以下同）しかし小説の基盤となっている主人公の心象は、作家自身が述べているように「あらゆる進歩的な運動や思想がむごたらしく踏みにじられ」「そのようなことにかかわりのなかった私のようなものにも、いいようのない暗い気持を」あたえられた三六年当時の気分が大きく反映しているという。そしてこの時期は同時に一方で軍需景気でもあったろうか、「消費的な生活はかなりはなやかになってきて」いたともある。阿部知二の歌が「覇王樹」に掲載されたのは二五年八月、小夜子が退会したのが五月ごろと推測されるので、「覇王樹」においても、またその後も直接的な接点はまったくなかったと思う。ただ「覇王樹」という一結社の歌誌を仲立にしてこんなふうにその時代を眺めることもできはしないだろうか。阿部知二を「覇王樹」に紹介した今中楓渓は、後年ともに「林間」（一九五〇年創刊）同人となり、川上小夜子追悼号にも小文を寄稿している。

木俣修『昭和短歌史』（二）によれば、三二年になると時代時局の変動をうけて伝統歌壇にも変化が生じ、極端な破調や散文化のような傾向がみられるようになり、「アララギ」においても、早くから「なまなましい歴史的現実などを歌ってきて」いた土屋文明は、この時期になると「即物的な創作方法を用いて生活を歌い戦争を歌い、機械力専制の世を」破調のリズムで「大胆に歌っている」という。「覇王樹」をはなれた二五年から三二年まで、小夜子は異例のことだったとはいえ土屋文明に師事していたというが、そのような極端な傾向を彼女の歌にみることはない。あえていえば「ゆとりなく暮らすたつきに二人の子つぎつぎに病みて払ひくるしも」（草の実七巻一一号）のような歌にその形跡がみられようか。

「草の実」一一巻二号（三五年）に「年刊歌集の中から」（筆者註、昭和九年度年刊歌集）と題して狭山信乃（前田夕暮夫人）の自由律短歌を評した小夜子の文章がある。一八年にいったん休刊していた「詩歌」は二八年に再刊されるが、夕暮は「三十一音律を基礎とした自由律短詩」への道を模索していて、三〇、三一年ごろの「詩歌」は自由律短歌一色であり、はじめはプロレタリア系と近代主義的傾向の両方向にあったものがやがて後者が中心になっていったと、木俣は指摘している（前掲書）。しかしここにとりあげられている狭山信乃の歌、「鮮らしい京菜を積んできたトラックひらりと少女が飛び降りる」「土間に積まれた野菜から春の匂ひがながれて少女達の頬は小麦いろだ」（ある消費組合）「子等を預けて身軽になつた母親たち野良仕事が楽しく渉《ママ》る」（農村託児所）などはどちらかというと近代主義的傾向とはいいがたいだろう。これらの歌について小夜子は「芸術家といふよりも一人の温かい心の母性を感ずる」としながら、作者は「近代的なインテリ婦人と母性の心が土基《ママ》になって」「消費組合や農村託児所等に対して一つの概念を作つて」いる。「その概念は同時に理想であつて、ここにあげた歌もその理想から生まれてゐる様で」真実性に乏しく、また「詩韻に乏しい乾燥した字句の配列による説明の程度でしかない」と手きびしい。この文はこのあと水谷静子の歌「レストランによび入れられし門づけの子は唄うたふ夜の店さき」についても、「何かしら触るべきものに触れてゐぬ様なもどかしさが感じられる」とし、「現代の短歌は自然観照に社会相に自己内省にそのあらゆる方面に広さと深さをもつてゐる。なまなかな上っ皮だけのものでは仲々満足は出来ないのである」とむすんでいる。

小夜子は三二年一〇月以降、兵庫県塚口、西宮、守口と大阪近郊に住み、三人の幼児をかかえて多忙とはいえ心穏やかな日々と、ふたたび歌に専念できる落着きをとりもどすことができるようになったわけだが、大阪という土地にはどこか最後までなじめなかったところがあったようだ。「草の実」に残されている雑文には、大阪人の商いのしかたに対する苦情を書きつづったものもあり、大阪言葉にもついに慣れようとしなかったと記憶している。意外にかたくなところがあったのかもしれない。大阪移居間もないころの歌がある。

甍のみ重なる街の昼の空白く塗られし城ぞあらはに
川べりの柳の並木乏しくて街のほこりに葉も穢《よご》れたり
街ゆけば電車にのれば聞きなれぬ言葉は我を寂しがらせつ
ゆたゆたに水湛へたる淀川やまだ見馴れねば旅心なる
（大阪所見『朝こころ』、初出「草の実」一〇巻一号）

三歳になるかならぬころ人力車にのせられて帰り着いた守口の家は、金網の垣根をめぐらした小さな庭もあり、幼児の眼にはそれほど狭い家という感じはしていなかったが、コンクリートの細い路地をはさんで二軒ずつおなじような家屋がならぶ新開地の借家だったように思う。隣家のない側の垣根の外はそのまま野っぱらで、そのむこうには水田の灌漑用だったか溝のような小川があり、足踏みの大きな水車がかかっていた。遠く東のかたには夜になるとそこから月がのぼり、航空標識の灯台のあかりが明滅する生駒山をのぞみ、北方には生駒山系にむけて淀川の堤防が延々とつづいていた。もっともこのような遠景は、三歳の幼児の視野にはまだはいっていなくて、私の記憶のなかにあるこれらの景は、春の菜の花と蓮華草のだんだら模様や夏の稲田のそよぎもふくめて、浜寺への転地後にふたたび守口に移り住んだ家からの眺めだったと思う。大阪という土地柄や人情になじめなかった小夜子も、この北河内平野の風景と自然にはどれほど心を寄せ、和ませられていたことか。『朝こころ』の後半及びそれにさきだって発刊された『現代女流自選・新鋭集・第二輯』（北見志保子、川上小夜子、高橋英子共著・日本短歌社・四一年）を「河内野集」としていることでも察せられる。たしかに著者自身が『朝こころ』のあとがきで記しているように、四〇年までの河内野在住のあいだ前半は三人の幼児をかかえての日々であり、後半は病床にあって窓から空と野を眺めていることが多かったのだから、「その豊かな広々とした河内野の四季の変化にのみ私の詩情は尽くされねばならなかつた」のもやむをえないことだったろう。

前半のころの歌から引用する。

ゆらゆらと円き月のぼる河内野や東も北もさへぎるものなし

菜の花に春の日なごむ河内野や長閑けきがごとわれも住みつかむ
（大寒『朝こころ』、初出「草の実」一〇巻四号）

春の日の深田ふつふつに腐り藻の匂ひたつありこのうららさに
門田より菜種の匂ひおくり来るかそけき風に散る子が髪か
（留守居『同』、初出「日本歌人」三五年四月）

さらさらや風の草野の川の辺にめぐらねど涼し朝の水車
嫣まちて踏みはじめたる水車朝は涼しき河内草野に
早苗田は早苗とられて水広きおもてにうつる雲のゆきかひ
生駒山山端の空のややあかる梅雨の曇の長きたそがれ
（禿髪『同』、初出「多磨」創刊号）
（田園賦『同』、初出「多磨」一巻八月号）

18　「草の実」の大会と「多磨」創刊記念歌会

一九三五年六月二日「草の実」は十周年記念の文芸講演会を企画する。むろん場所は東京である。小夜子はこの集まりに出席することになるのだが、その経緯と報告は「草の実」一一巻八号に詳しい(「滞京あらまし」)。「草の実」を中心に歌と批評、また他誌への寄稿など作歌活動もすこしずつ安定してきていたとはいえ、三人の幼児をかかえ、育児と家事の日々のなかからどのようにして上京の願いは実現したのだろうか。いまとなってはむしろその勇気に拍手を贈りたい気持である。送りだすためのうしろだてがあったことも当然だろう。扁桃腺炎で高熱をだしていた子どもたちも出発の予定日近くにはどうやら恢復したので、留守番のひとをたのみ、いちばん小さな男の子だけをつれて五月三〇日の夜行に乗る。留守番のひとといっても、大阪近辺には親しい知人、親戚もなく、住込みのお手伝いさんがいたわけでもなかったから、多分家政婦さんをたのんだものと思われる。こんな歌がある。

指の数いぬれば欲しき人形を買ひて戻るぞとかいなでにつつみ送ると門べにたちてしくくに泣きし子故に俤さらず

「天地鳴り荒れ狂ふ風の間に警鐘乱打はただごとならじ」「学校にゆきてもどらぬ子はなきやと青年団がたづね来りぬ」と小夜子がうたったこの前年秋の室戸岬台風の記憶は、斜向かいの二階家の屋根がすっかり吹き飛ばされたこと、残骸の板きれを野原に姉と拾いあつめにいったことなどかなり鮮明に残っているのに、留守番のひとの手にすがって泣いていたこのときの私の記憶はない。

せっかくの夜行寝台車も、泣く子をカーテンの外であやしながらほとんど寝ずに一夜を過ごしたようである。

時刻《とき》はいま午前三時をすぐ天つちのほの明るみて山川のみゆ

（「天っち」、初出は「天地」）

眼をやれば早やしののめの空明りわが汽車は今富士の裾なる

（東上『朝こころ』、初出「多磨」一巻八月号）

われ初に丹那トンネル通りけり伊豆の海べは朝凪ぎて照る

東海道線の丹那トンネルが前年に開通したばかりであったこともわかるが、なによりもこの一首めの歌が「草の実」の会につづいて開催された「多磨」創刊記念歌会で北原白秋の五首選にはいったことは、「寝ずに一夜を過ごした」ことの功というべきか。あざやかな上句の切りくちとそれを受ける雄大な景。この雄大な景にかさねて彼女の心の在りようと感動をうかがい知ることができる。あるいはその景をこのような言葉にすることによって彼女の精神はおおきくひろがったとも言えよう。

彼女にとって二年ぶりに見る東京の風景はなによりも樹木の美しさであった。「煙の街」大阪とひきくらべ、「若葉盛りの塵にもよごれぬ生々とした緑」の美しさに思わず声をたてたと彼女は書いているが、当時の東京はおそらくそんなふうだったのだろう。東京駅まで出むかえた北見志保子とともに北見宅に直行、六月三日まで彼女の家に、あとの一週間を五見宅に滞在し、「草の実」の大会、その慰労会もかねて、小夜子の歓迎会、「多磨」の歌会、白秋宅訪問。ひさぎ会の諸氏とも旧交をあたためため、歌舞伎座に菊五郎を見にゆくなどつかの間の東京をたのしんだ様子が読みとれる。この滞在記を彼女は「つばくらは春秋ごとに往きかへるそのつばくらになりたきものを」と締めくくっている。

「草の実」十周年記念文芸講演会プログラムの予告は次のとおりであった（六月号記載）。

開会の辞／横田葉子、講演／生田花世（女人生活と歌）岡田禎子（題未定）岡本かの子（題未定）矢代東村（啄木の短歌について）大熊信行（歌を貯へる人々）小寺菊子（婦人の文芸生活）太田水穂（歌の話）徳田秋声（女性と歌）長谷川時雨（女の生業の中から）土岐善麿（最近身の上話）今井邦子（随想）北原白秋（歌話）、ほかに短歌朗詠、北見、川上らの作歌による歌曲独唱などかなり盛りだくさんの企画である。先述した「草の実」雛の会（二七年）や「ひさぎ会」の講演会（三一年）など、女たちだけの小さなグループのこれら活動の原動力となっていたものは何だったのだろうかと、いま、思う。

「多磨」創刊記念歌会については「多磨」一巻七月号に報告がある（多磨通信）。それによると六月九日午後一時、上野・常磐華壇において、中村正爾の開会宣言につづいて白秋自身による「多磨」創立事情と「多磨綱領」の説明、統師者としての挨拶があり、歌会にはいって各自の五首選、第一部会員による批評などがおこなわれた。歌会のあと日比谷のレストランで祝賀会。出席者は吉野鉦二、穂積忠、宮柊二、北見志保子、水町京子、清水乙女らおよそ七〇名。巽聖歌による記事には「ブラボー、ブラボー」「よろこびの拍手」「感極って言葉なき名演説」「……氏等々、起つ、起つ」など大仰に興奮ぎみのところがあって、おかしい。白秋選歌の五人は小夜子のほかに「玻瑠に映る顔を中心にひらきたる大輪の牡丹朱にかがやく」（鈴木杏村）など。北見志保子はこの歌会でも選者のひとりをつとめるなど、創刊時から「多磨」のなかでも主要な位置を占めていたように見うけられる。小夜子が「多磨」に参加するようになったのも、「覇王樹」以来おなじ道をたどってきた志保子との関係を抜きにしては考えられないだろう。

まだ「覇王樹」の時代、一九二一年の冬ごろ、彼女は志保子ら数人と小田原の木菟《みみずく》の家に白秋を訪ねている。そのときのことは「櫨の実取りに寄す」(「多磨」二巻六月号)にくわしいが、それが彼女と白秋とのはじめての親しい出会いだったか(あるいは「詩歌」の時代に白秋と親しかった夕暮のもとにいて、どこかで出会ったこともあったか)。木菟の家の書斎で「矢部のやん助さんに見せたかもんな……」という「博多小唄」の原稿をみせてもらい、説明ぬきで理解できたのは自分だけだったと、櫨紅葉の風景や有明海でとれる夥しい貝類の話ともども、白秋の故郷柳河(現柳川)と彼女の故郷八女福島との距離の近さと、したがって格別の親近性を師について書いている。

「草の実」には他誌転載歌を紹介する欄があり、その九巻一二月号(三三年)に「松を植う」(四首)「勝間田池」(六首)が「短歌民族第一輯」「同第二輯」から転載されている。「短歌民族」とはどのような歌誌だったのだろうと考えていたところ、「多磨」創刊号の、多磨短歌会結成にいたる経緯について白秋自身が記している「雑纂」のなかに、その名があった。それによると「日光」廃刊後「香蘭」が白秋の系統になる歌誌として続刊されてはいたが、「香蘭」はまったくの同門というわけでもなかったので、「一門全部の総合誌」として季刊雑誌「短歌民族」(アトリエ社)の発刊になったという。「香蘭」のほかに「橄欖」「歌と観照」「歌と評論」「ごぎやう」「草の実」などの結社雑誌が「短歌民族」に加わったという。しかし各結社内部に種々の思惑など問題もあったようで結局のところ第一輯、第二輯のみの発行で終わっている。いずれにせよ、小夜子が「多磨」に参加するに至ったのはごく自然な道筋だったようにみえる。

「多磨」は、『邪宗門』『思ひ出』以来の詩人、歌人としては『桐の花』以来の北原白秋の最後に（ということは白秋没後のことだから言えることだが）到達した地点だったのだろうか、「真に白秋の精神及び歌風を継承する」直系の歌詠みたちを統括し育てるための白秋自身の短歌会、白秋の歌誌であったこと、あるいはあろうとしていたことが、宣言、綱領、雑纂などの白秋の言葉をとおして、私にもみえてくるような気がする。「一の意義ある芸術運動として、現代歌壇に堂々と進出する」といっても、それはかなり個人的色彩の強いものであったろう。非力な私には、いま、白秋の全体像また作品について何かをいう余裕も力量もないが、「多磨」という歌誌については、その創刊号に沿って少々みてゆきたい。巻頭におかれた「宣言」はこんなふうに始まっている。（引用は「多磨」創刊号に拠る）

多磨短歌会創立の真意と為すもの、常に日本短歌の本流にありて、此の定型の精神と伝統とを継承し、更に近代の感覚と智性とにより、万づ現当に処し、其の光輝ある未来の進展を思念し実現せむとするにあり。

「日本短歌の本流」とか、この次の行にある「我が国民詩」というような表現はいま読むとどこか危うい感じがするし、このような大仰な物言いは時代の趨勢を感じさせる。

直観と余情、簡朴と幽玄、古典と新風、之等の一見矛盾を感ずる包容相に於いて、我等は交々胎蔵し、又隠約せむとす。我等は万葉を尊信すれども万葉に偏執せず、新古今を愛敬すれども亦之に迷眩せず、厳たる我が軸心に坐して而も車輪を転じ、その視野を移す。その道途に於ても亦磊々、自由にして滞るところ無きを思ふ。

このような宣言文から、ひとはどんなことを読みとることができるだろうか。実相の写生をこえてその奥の混沌の深みを見すえよ、ということか、実相にとらわれず自由であれ、ということか。白秋はどのような解説をしたのだろう。創刊号の「多磨綱領」にはつぎのような箇所もある。

「詩」は限界にあつて幽遠に霞み、幽遠にしてまた現前に躍動する。多磨の茫漠たる、而もまた幻微の尽くを胎蔵して、謂ふところの白虹精神を放つ。写意写生以上の香気ある象徴の世界はここに蕩揺し、虚に涌き、実は煙つて、遂に縹緲と言語を絶つ。空白に含蓄し、余韻余情の霞を引くもの、かの古近の風体となし、物のあはれと呼び、幽玄を思ひ、有心に遊び、徹して寂びに身を托するもの、一貫するところ、本来の日本文学の水脈を耀やかして、その果るところを知らない。ここにこそ私たちは深く心を潜むるのである。（多磨の風騒に就いて）

「象徴」という言葉について、玉城徹は『北原白秋——詩的出発をめぐって』（読売新聞社）のなかで、フランス象徴詩、殊にボードレールの「コレスポンダンス」における象徴の意と、その当時（筆者註、大正時代か）の青年たちが魅了され、印象主義より高級なものと考えていた「象徴」との差異について指摘し、「むしろ、有明、白秋が西欧の象徴詩に学んで、いったい何を創り出したのか……西欧象徴詩に一見似ながらまったく違うものを創り出した、その独自なものによってこの二人の詩人の価値は保証されるのである」と分析、評価しているが、その「象徴」の発展上に「多磨綱領」の象徴という語もあると考えていいのではないだろうか。

（宣言、綱領など「多磨の書」は『北原白秋全集』二四巻所収）

19 「多磨」を読む

このところ図書館で創刊以来の「多磨」の合本に目を通している。「多磨」については、いま私の手もとには、白秋の追悼号と白秋研究号（いずれも小夜子が「多磨」を去ってからのものである）をのぞくと、書きこみや訂正と取捨のしるしのある彼女自身の作品の切抜だけが残されていて、全体をみることはできなかった。しかしあらためて合本を手にとってみると、藪のなかの鳥の巣のスケッチという、当時の「多磨」の表紙は私にとってもなつかしい、見なれたものであった。不要になった歌誌をお絵描きノートに払いさげてもらったのは「多磨」だったか。また信貴山という地名を覚えたのも三六年の多磨全国大会のおこなわれたところとしてと、記憶している。それほど「多磨」は、小さな家庭生活のなかにも浸透していたのだろうか。短歌会発足以来、大阪支部は小夜子の自宅に置かれていて、支部主催の歌会や吟行など活動の中心は小夜子であった。もっとも支部の設置や吟行などについては今回「多磨」の記事によって知った事であるが。『朝こころ』所収の「猪名野昆陽寺」「大和の春」「夢殿」などの諸作品はこれら吟行の折に想を得てつくられたものと思われる。三六年八月に開催された信貴山の全国大会は関西の支部が中心になって準備していたようなので、彼女は当然のこととして大会前日に木津川飛行場に白秋を出迎え、三日間の全日程に参加している。三六巻九月号の「多磨」はこの大会の報告と印象記、写真などを掲載、二日目の報告は小夜子記となっている。何葉かの写真のなかには彼女の姿を見ることもできたが、私にとって意外だったのは、白秋を迎えた飛行場でのスナップ写真に夫、久城修一郎ともども晴れやかな笑顔の若々しい姿があったことである。修一郎がのちに「多磨」の会員（おそらく第三部）となって、職業上の視点の斬新さが注目され『新万葉集』三巻（三八年刊）にも採られていたことは聞いたことがあったが、このときすでに会員となっていたのだろうか。

三人の幼児をかかえ家事と育児だけでも手いっぱいの、外出もままならぬ毎日だったろうとこれまで考えてきたのだが、思いがけず自由な、外の世界にむけてはばたいている彼女を発見して、私としてはどこか救われたような気分になった。

「多磨」の内規は「多磨短歌会は北原白秋之を主宰し、終始中心に居る」という一項からはじまっている。「多磨」は「同人誌ではない」「主宰たる白秋の雑誌であるから、この私の鑑賞眼を以て……」「一門の統制上私の独裁するところであるが……」と白秋はくりかえし発言し、「多磨綱領・Ⅳ」にも「内なる一より発して千二千の個々へ輻射し直貫する、謂ふところの直門の結成である」とある。白秋が最後に到達した頂点とはいえ、この開けっぴろげな、ともいえる自負心にはむしろ敬意を表すべきかもしれない。しかし白秋は、同時に一部と二部の会員すべての詠草に目をとおしてその選歌と順位についての任を負うという力わざをも引きうけていたようである。このような方針に対する外部からの批判もあったらしく、「統制について」という釈明文（多磨雑稾・三巻一二月号）のなかで、傍系としての歌誌の廃刊はそれぞれの会員主宰者の自発的なものであり、また主要会員の各結社からの退会も自然のなりゆきであったと白秋は記し、強制されたものではないことを強調しているが、まったくどのような作為もなかったのだろうか。「多磨への専心的態度」が多磨精神であるということか。このことはあとでまた考えなければならなくなるが、このような事情のもとに小夜子は北見志保子とともに「草の実」を退くことになる。しかしかれらの「草の実」退会について記した箇所につづけて白秋は、「なほ此の前に水町京子の『遠つひと』があるが、以上の歌誌と幾分ちがつた事情もあり、なほさら私は之に廃刊を強ひようとは思つてをらぬ」と書いている。「廃刊を強ひ」るという表現も気になるが、水町京子は三四年にすでに「草の実」を退会し、三五年には釋迢空命名による「遠つびと」を創刊している。「ちがつた事情」が何を指しているのかわからないが、水町京子の年譜には、「多磨」には「迢空、白秋のすすめで千樫門下から見沼冬男と二人客員同人として参加」とある。なぜ彼女が「多磨」

にありながら「遠つびと」をつづけていたのかという一応の疑問は解けたが、いっぽう「草の実」は、北見、川上退会の三六年一一月に横田葉子の急死にあい、創刊時の同人は長岡とみ子のみを残すことになり、すこし遅れて参加した川口千香枝と長岡がそれ以後主宰せざるをえなくなった。

『渓流唱』は白秋没後の四三年の刊行であるが、「多くの推敲、改作、改題、新作があり」と後記（水木弥三郎）にもあるように、生前病床にあった白秋自身によって編集を終えられている。収録作品は三四年一月那須温泉における雪とスキーの歌から三七年富士裾野多磨野鳥の会までの主として旅の歌があつめられ、それはおおよそ「多磨」前半の時代とかさなっている。信貴山の全国大会のときの歌も「信貴山」のタイトルのもとに機上の歌から奈良鹿寄せの歌まで、また三七年三月高師の浜における関西大会の歌もあった。『渓流唱』はその初版本が小夜子の本棚にあって見慣れていたものの、最近まで読むこともなくきてしまった。白秋については、飯島耕一著『白秋ノート』（七八年、改訂版は『白秋と茂吉』〇三年、みすず書房）というすぐれた論考があり、私にとっては大事な白秋案内書となっているが、そのなかで『渓流唱』を読みすすめながら、飯島耕一の紹介しているのが「秋夕夢（小河内三部唱）」である。「山河哀傷吟」「山河哀惜吟」「厳冬一夜吟」の三部から成るこの作品は、ダム建設のため水没、廃郷の運命にあった小河内村の農民のたたかいと「慟哭」を、怒りをこめてうたったものである。白秋にこのような歌のあることを知らないひとは多いのではないかと飯島耕一が指摘するように、私にとっても予想外の一面で、驚嘆の思いで読んだのである。これらの歌の初出は「多磨」にあった。

「山河哀傷吟・九十一首」一巻一〇月号（三五年一〇月）
「厳冬一夜吟・七十首」二巻一月号（三六年一月）

「多磨」に発表された段階では「山河哀惜吟」は独立した部立にはなっていなくて、「厳冬一夜吟」のなかの「そのかみの小河内を思ふ」と「村人に代りて」（うち一五首）を、歌集編纂に際して組みかえたものである。歌自体の改稿もかなり見られる。「山河哀傷吟」は詞書の序文によれば、八月三一日白山画伯夫妻と同行して妻と共に奥多摩小河内村鶴の湯に宿泊、小河内村水没の事情を知り、新唱が成ったという。実際に一夜にして詠みとおされた「厳冬一夜吟」より以前に書かれたという二巻一号の「雑纂」によると、そのあたりを散歩したときにはなにも知らず、宿に帰ってはじめて主人から聞いたが、そのときはまだ小河内村水没のことは決定的ではなかった、とある。しかしそのあと事は一変し、白秋は一二月一三日付朝日新聞夕刊と一四日付読売新聞朝刊を読んでいただきたいと、この欄に、筵旗を立てて陳情のため入京しようとした村民と警官隊との衝突を報告した新聞記事を転載している。「山河哀傷吟」について「私の歌がまだあれ以上に出なかったのは」と白秋は書いているが「あれ以上」とは「秋霖雨《あきづゆ》や多摩の小河内《をがうち》いやふかに雲立ち蔽ひ千重《ちへ》の鉾杉」にはじまるこの部がなお穏やかであったということか。「厳冬一夜吟」の冒頭の歌は「何ならじ霜置きわたす更闌《かうた》けて小河内《をがうち》の民の声慟哭す」である。因みに初出歌は「しんしんと霜に聴くなりこの夜さり小河内の族《ぞう》の声慟哭す」であった。「霜夜に聴く」にはじまり、前述の「そのかみの……」と「村人に……」の二項をはさんで「陳情隊に代りて」「新聞の記事と写真を見て」とつづく七〇首は翌早朝の「霜朝」で終わる。その最後の歌は「霜凪や燃えてとわたる日映《ひうつり》の白鷺ながらみな小鷺らし」である。飯島耕一は「寒夜、歌を詠みとおした白秋は朝霜とともにペンを擱く」として「迅し迅し朝日さしあかる霜道を我が女童《めわらべ》が犬と駈けてゆく」ほか二首を「霜朝」のなかからあげている。悲憤の情のほとばしるままに一気に詠まれただけに、のちに改稿されたところも多かったのだろう。しかも「厳冬一夜吟」の「小序」、最後の一節「因に云ふ我が此の山河を哀惜する。寧ろその人々より超えたり。而も時既に遅し。如何ともすべからず。（中略）我も亦この矛盾を肯定せむとす。乃ち為政の心を以てこの心とす。嗤ふこと勿れ」の部分は初出「多磨」にはない。

『渓流唱』の最後の章は「昭和十二年六月、多磨の諸子と富士山麓須走に野鳥を聴く」という小見出しのある「夏鳥」である。六月とあるが実際には五月ではなかったか（巻末の白秋旅行の記録にも五月とある）。現在の日本野鳥の会の創設者である中西悟堂は「多磨」に、この時期だけでも「野禽の巣」（二巻四月号）「野鳥賦　1渓谷の鳥」「同　2高原の鳥」（四巻一、二月号）を執筆、かなり克明で専門的な文献である。当時「多磨」の会員であったかどうかは不明であるが、戦後の四九年再刊された「珊瑚礁」（代表森園天涙）におそらく同人として作品を発表、歌会にも出席している。同誌には小夜子のほか、北見、水町、同じく「多磨」の会員であった今井規清、また「詩歌」「覇王樹」以来の飯田莫哀の名もみえる。小夜子の蔵書には悟堂の著書の寄贈本もあり、歌人仲間としての交流もあったのではないだろうか。野鳥の会の会誌「野鳥」の中西悟堂特集号（九九年一二月）には、「多磨」の富士山麓行以前の三四年に、おなじ須走でおこなわれた野鳥の会第一回探鳥会の写真が再録されていて、参加者のなかには白秋のほかにも歌人では窪田空穂、若山喜志子の名がある。

「多磨」の富士山麓探鳥会については参加者のことなど具体的には不詳だが、中西悟堂による先達、案内によることは確かだ。小夜子の遺品のなかに、須走にて、というこの探鳥会に参加した会員からの寄せ書きがあった。富士山を望む精進湖の絵はがきのおもて、写真の上に「郭公がよく啼いてゐました　白秋」とあり、裏の文面には「素ばらしく面白い野鳥の会。折口先生もみえてゐます　志保子」「須走は古風の町です。蔀の蔭から子供が一生懸命に覗いてゐました　柊二（宮）」「いろいろの野鳥の交響はしきりに皆をよろこばせてゐます　乙女（清水）」「センダイムシクヒはチョチョピーと鳴きますよ。正爾（中村）」、菊子とあるのは北原夫人であろうか。見沼という署名もある。消印の日付は（昭和）一二年五月二八日。このころ小夜子は病床にあって、探鳥会への遠出はむろんのこと、大阪支部の歌会にも欠席がつづいている。どのような思いでこの心あたたまる寄せ書きを眺めていたのだろう、と思う。

『渓流唱』「夏鳥」にはこんな歌もあった。「樅のうれ霧たちこむる明方《あけがた》はじふいちのこゑもまだ寒くあり」「筒鳥《つつどり》の啼き合ふきけば日の曇りほうほうとして芽立落葉松《めだちからまつ》」

多磨探鳥会は、大阪支部でもおこなわれていて、野鳥にたいする関心は『雀の生活』『雀の卵』以来の白秋の心情のなすところに由来していたのだろうか。

20 「多磨」の時代

小夜子が「多磨」に所属していたのは創刊から一九三九年までのほぼ四年間である。退会の事情については後述するが、この間第一部会員として作品を発表、また三七年三月病気療養のために辞退するまでは大阪支部の任を引き受けている。創刊号に彼女は「河内野にて」と題する一七首の歌を発表し、そのうちのいくつかは「河内野集」のなかですでに引用したが、実際に河内野をうたった作は一七首のうちの五首で、あとは守口に移り住むまえの六甲山近くの景が題材となっている。河内野の風景はむしろ次号以降に顕著である。在会中の四年間に小夜子は「多磨」に四九二首の短歌と批評文をふくむ数編の散文を掲載している。創刊から三九年六月号までの一部会員の累計歌数一覧表があり、いくらかの誤差があるにしても、そのなかで四九二という歌数は一部会員として多いほうではない。かなり長期間病床にあったという事情も考慮しなければならないが。以下に列挙してみる。（「多磨」は当初から、三五年六月創刊号から六冊ごとを一巻の合本としてまとめていて、三六年一月～六月を二巻、七月～一二月を三巻、と合本の目次にも表記、四巻は三七年一月～六月。以下の表記もこれにしたがうことにする。）

「河内野にて」（創刊号）、「晩春初夏」（一巻七月号・六首）「田園賦」（八月号・一三首）「夏風物」（九月号・二三首）「水浸く夜」（一〇月号・八首）「猪名野崑陽寺」（一二月号・二二首）「つゆ霜」（二巻一月号・一三首）「青ひさご」（二月号・一二首）「寒より立春へ」（三月号・二四首）「春の田」（六月号・二三首）「大和の春」（三巻七月号・二六首）「青松葉」（九月号・一九首）「寧楽西山」（一〇月号・一六首）「晩秋吟」（一二月号・一四首）「年頭の夕べ」（四巻一月号・一六首）「御退位」（二月号・九首）「病日余吟」（四月号・二八首）「病愁」（五月号・二七首）「鷺」（五巻九月号・一九首）「今年の秋」（一〇月号・一九首）「秋雨抄」（一二月号・一一首）「冬詠」（六巻二月号・一一首）「如月」（三月号・一五首）「淀川」（五月号・二一首）「若葉」（六月号・二一首）「梅雨のあとさき」（七巻八月号・一五首）「立秋」（九月号・一五首）「短日」（八巻一月号・二〇首）「白木瓜」（三月号・一五首）

この間「短歌研究」「日本短歌」「短歌新聞」などに発表されたこれ以外の作品が「転載帖」の欄にある。

「水谷静子氏の近詠」（二巻三月号）「『短歌研究』十一月号を読みて」（五巻一二月号）「『日本短歌』新年号を見る」（六巻二月号）「新『年刊歌集』の中から」（七巻八月号）がいちおうの批評文か。彼女自身の故郷について、白秋との縁を記した「櫨の実取りに寄す」、自身の経験をふまえたともみられる「母性愛の歌について」「感懐」「音感について」の小エッセイなど。

「感懐」（一巻一二月号）のなかで小夜子は、三人の幼子をかかえて遊山遊行もままならない生活ゆえに、かえって「さうした私の境遇は私をして宇宙万象の如何なる些細な、何物に対しても新らしく尽きぬ興味と憧憬とを呼びおこしてくれる。野稗一本のそよぎも、風の一流れも、蝶の一匹のたはむれも凡そ親しく眼にふるゝ自然の姿から私はつきせぬ心の滋味を受け取つてゐる。而もその心はこよなく虔《つつま》しく、又歓喜するものである。心貧しきものは幸なりといふのか、貧しき故に何一つ反抗するものもなく大宇宙の意志に従順でゐられる。」と述べているが、このころ自然詠の歌を多くのこした彼女の当時の自然観を読みとることもできようか。実相の奥深くわけいろうとする思いや、そこから何事かをつかみとってこようという姿勢はみられるものの、たとえば自然と対立するような不安や怖れのようなものは感じられない。あるいはまだ感じられない、と言ったほうがいいのかもしれない。大宇宙の意志に従順であることは大きな安心である、とする彼女の自然観はその後の長い病臥の生活のなかでどのような道筋をたどっていくのだろう。そのことも追々考えてゆかねばなるまい。

小夜子の四年間の「多磨」時代を便宜的に前、後期に区分すると、合本の一巻から四巻（三五年六月から三七年六月）までが前期ということになるが、いまあえて四巻二月号（三七年二月）を区切りとする。それ以後は病床にある日々が多く、河内野の風景も家族に対する思いもそのことを除外しては考えられないからである。短歌作品を主として読んでゆきたい。この前半ともいえる時期には大阪支部の吟行にも主催者として参加し「猪名野崑陽寺」「大和の春」を、信貴山における多磨全国大会参加は「寧楽西山」の連作を、それぞれのこしている。大会出席の白秋を木津川飛行場に出迎えたときの歌もあって、これらをたんなる自然詠の範疇にいれることはできないかもしれないが、これらの歌から見えてくるのはやはり自然のなかに息づいている景であろう。引用する。なお引用歌中の（　）内は歌集『朝こころ』における訂正である。

有馬嶺や秋日かぎらふ野は広し崑崙山行基の寺は松林《しょうりん》の中
松林に松の音なし（せず）いにしへの七堂伽藍は荒れてふりたる（跡なき）
ほろぶもの草木のはしもあはれなりこのふるでら（寺）の秋の日（陽）のいろ
（猪名野崑陽寺）

平群野や春は小雨の疾風だち棚梨の花さかりと散れり
棚梨の花はしらじら散りしきてここも春ゆく法隆寺みち
若葉にはまだ散りのこる花を交へ雨にゆたけし飛鳥朝の塔
さはやけき林泉のみどりにひびく角飛ぶかと勢ふゆゆし夏鹿
（みどりに角《かく》ひびき飛ぶかとも勢ふ夏鹿のむれ）
（大和の春）

朝の山降りつつもなほ眼にのこる大般若転読はすさまじかりき
（寧楽西山・信貴山）
あはやといふひまもなかりき大鳥の影かと疾し頭上ひくく機は
（木津川飛行場）

このころには次のような歌もあって、時代を髣髴とさせる。

きこゆるはまさにベルリンの拍手歓声なりこのかちどき（勝鬨）や地球をはしる
夜にきくやベルリン（伯林）は午後の照りあつしヒトラー総統今スイミングスタヂアムに現はる
（青松葉）

またイギリス国王退位のニュースを題材にした「御退位」のような作もあるが、自身の感懐はむしろ押さえられ、当時の日本の国家体制への配慮のようなものが感じられる。（『朝こころ』に「御退位」は収録されていない。）

三六年四月、長女、小学校に入学。子癇のため一か月早く出産させられた長女の珠子はなにごとにも虚弱で、母親からはなれて教室の席についていることもできなかった。したがって小夜子は末っ子の長男を背負い、両手にふたりの女の子の手を引いて学校にゆき、教室のうしろの席で待つことになる。名指されても返事のできぬ子をうたった「吾子入学」という連作が「草の実」にある。三人の子をつれて毎日登校というようなことがつづくはずもなく、すぐに次女は留守番となったが、小夜子の学校通いはいつまでつづいたのだろう。入学してまもなく珠子は麻疹と百日咳にかかり、学校を長期間欠席、治癒後も転地が必要とされて六月海辺の避暑地、大阪府下浜寺に転居、その年の一一月にはふたたび守口に帰っている。この間大阪多磨支部もともに移転と消息欄にある。子どもごころには夏のあいだ毎日のように松林をぬけて海へ遊びにいったと記憶している。丈高いポプラ並木の記憶。

　この浜寺在住の時期とそれ以前の河内野の風景を日常的な自然詠と考えてもよいのではないだろうか。「多磨」創刊号「河内野にて」の冒頭の五首（うち二首は17「河内野集」に引用）以下「晩春初夏」（『朝こころ』では「田園賦」に編入）「田園賦」（おなじく四首引用）「夏風物」「水浸く」「つゆ霜」「寒より立春へ」「春の田」「晩秋吟」とつづいている。春の菜種田、菜の花、ゆたかに水を湛えた稲田、水車、そこに降り立つ白鷺の群れ、そしてはるかに望まれる生駒山と流れる雲。それらのなかからいくつかを。

　籠《こ》の中の蛍は朝のさびしさよ草葉しをれて虫の香ぞたつ

（今朝見れば草葉しをれし籠の中に虫の香しるく蛍衰ふ『朝こころ』）

下弦の月朱に照らねど野の面は遠くほの明りうつつともなし　（夏風物）

秋照りの暑さにけぶる昼の園けいとうの吐く息かとも思ふ

（秋照りの陽にけぶりたつ昼の苑葉鶏頭の吐く炎かと見る『朝こころ』水浸く夜）

つゆじも（霜）や一夜にぬるる門の野に今朝はほのかなり燃ゆる火の色

腰かがむおぢが焚く火のうす煙つゆ霜の野や朝をなづさふ　（つゆ霜）

わが門に何ぞ来てゐるよく見れば一羽青鷺羽根づくろへる

青鷺をわが門のべ（辺）に遊ばせて冬日しづけくありたきものを

（寒より立春へ、『朝こころ』青鷺）

白鷺や一羽がたてばまた一羽北寄りに移る春の水田に

走りつつ子らが追ひまはす白鷺の一羽二羽三羽ひようと飛びたつ　（春の田）

このように読んでくると、のびやかにひろがる野の風景には作者ともども心のひらかれる思いもするが、その風景のなかで動いているもの、鷺など野にいる鳥たち、鹿や虫類、あるいは燃える火、野を這う煙、立ちあがってくる匂いまで、その一瞬の動き、あるいは消えてゆくものの一瞬の相をとらえようとしている視線が見えてくる。

清水弟女（乙女）は「川上小夜子氏の歌境」（多磨・四巻三月号）のなかで、この時期の彼女の歌について、創刊号「河内野にて」冒頭の五首を引用し「真実一路の境地に立つて女性らしい静かな情感を歌ひ、手馴れた技巧によく整つた格調を備へてゐるとは言へ（中略）表現上に於て諸作何れも相似た固定感を免れない」と批判したうえで、それ以後の創立歌会の入選歌「時はいま午前三時を過ぐ天地のほの明るみて山川の見ゆ」（一巻三号）における「表現法の飛躍と新境地への開拓」を指摘し、「師白秋の示された詩魂気魄香気感覚余情等をわが物とした」とする。そして三巻から四巻にかけてのさらなる飛躍を「一首々々にこもる感銘の深さ、近代感覚の本質を鮮明に把握してゐるあたり息もつかせぬ急迫振りである」と書いている。そこにとりあげられている歌のなかから。

仏足跡ここも久しき夏に来て小池の菱のしげり葉あはれ
影大きく近づきし鳶か転身のあざやかにして両翅の斑見ゆ
眼鏡かけておのづから視野に変化あり子等が小さうなつて何かへだたる
レンズはツアイスの磨きくもりなし秋光に紅きけいとう一点

この最後の二首は、三六年九月、左目眼底出血のため視力障害を起こしたときの作で、「眼を病みて思ひ切なる日ぞ過ぎぬ櫨のもみぢに風ぞわたれる」という歌もある。

このほか荒木暢夫の「多磨第一歌集」作品評、宮柊二、岩間正男らによる「多磨合評四」などにも小夜子評がみられる。

「女人短歌」八号（追悼号）に初井しづ枝は「多磨」時代の小夜子の歌について「抒《ママ》事に於ても抒《ママ》景に於ても、その根底には習練された知性を潜めその表面には素直な感性を湛へ」「把握の確かさを包む感情の柔らかな流れには『多磨』では異色と言ひたい程の自然さが見られた」と述べ、さらに「多磨」に遅れて入社した初井が白秋に挨拶に行ったところ、「多磨の歌稿を見せてあげやう《ママ》」と言って白秋の取りだしたのが、一字の書き直しも書き入れもない「美しい」小夜子の歌稿だったというエピソードを紹介している。

21 病牀にある日々を

一九三六年一一月、小夜子一家は浜寺からふたたび守口に転居。翌年一月号の「多磨」消息欄に「大阪支部とともに、大阪市外守口町守口五〇六に移転」とあるが、歌会通信欄には、大阪支部一二月歌会には病気のため不参加となっている。この守口のあたらしい家は、もとの家からさらに北側の田畑地に開発造成された新築の借家で、月の里住宅と記された柱が立っていた。ほんの数歩で玄関という形ばかりの門のある、そのころ関西によく見られた二戸建ての二階家が一棟と、路地をはさんでそのむこうの平屋の五軒長屋が「月の里住宅」であった。北に面した門のまえの道のむこうは淀川の堤防までさえぎるものもなく水田と畑地と野がひろがり、そのはるか東には生駒連峰がのぞまれて、たしかにそこからのぼる月の印象は鮮やかであった。だから月の里なのかと、この大仰な名を親子で笑った記憶がある。

二十数年ほどまえ、姉の珠子と私は守口をたずねる機会があった。戦後まったく変貌した町を案内してくれたのは、「多磨」以来戦後の「林間」まで小夜子のもとで歌を作っていて、当時守口の家にもしばしば訪ねていた吉田（旧姓岩沢）恵子である。私たち一家がその家を離れてから四〇余年、移り住んでからは四五年以上経っていたが、「月の里住宅」はまだ残っていたのである。ただ小夜子一家が住んでいた二階家のほうはその時まさに解体のためビニールシートが張りめぐらされたところであったが、長屋は当時のままであった。しかしあののびやかな田園の風景は片鱗すらなく、雑然とした町化のなかに埋没している五軒長屋は、頭を低く垂れ地面にはいつくばるようにして戦火をくぐりぬけ、戦後を生きのびてきた姿そのもののようにもみえた。かつて原っぱのむこうに高い煙突の見えていた松下電器の工場は、いまもナショナルの本社ビルの一部か何かとしてそこにあるらしい。

新開地の最前線に位置していた月の里住宅の東と北は野の風景であったが、南側には家がせまっていた。それでも向日葵などの草花をそだてたり、子どもたちのために父親がセメントで池を作ってやったりしたほどの庭もあった。豊かではないが、そこそこに小市民の暮らしのできる給与所得者の、いまでいう核家族の生活であったといえよう。

「多磨」消息欄によると、三六年の一一月ここに移り住んできてまもない一二月には、小夜子はもう病牀にあったようだ。はじまりがどのような病状であったかということはわかっていないが、九月に眼底出血を起こしたあたりにその発端はあったのだろうか。もともとあまり頑健なほうではなく、からだをいたわりながら、どちらかというとわがままに生きてきたように思われるふしもあるのに、離婚の前後のかなり難儀な、きびしい日々、幼児三人をかかえて育児と家事のすべてを負わざるをえない生活、そのなかで歌を作る仕事になんとしてもかかわってゆきたいという思いがストレスを生じさせなかったとはいえないだろう。しかし一方で、あえてみずから選び、かちとったあたらしい生活に対する思い入れと意気込みが、自分のからだの限界を考える余裕を逸しさせていたのかもしれない。むろんこのとき寝込んだ病がそのまま数年にわたってつづいていたわけではない。たとえ同じ症状をくりかえしたとしても、回復期をむかえることもあり、「多磨」五巻（三七年）一〇月号には「灯をつけて二輛連結の電車すぎぬ十月《とつき》に近くわれは見ざりし」（幾月振りに家近き草野にゆくありて）のような歌もみられる。また「多磨」六巻（三八年）六月号「石清水の宮にて」の七首は、『朝こころ』に「この日長き病の癒えて詣でしなれば」という詞書を付して載せられている。その最初の歌、「ひもろぎや草木の端も眼にふれてわれの感謝は限りなかりし」。このときの石清水八幡宮行きは、来阪して我が家に滞在していた修一郎の両親と妹を案内して、家族そろっての外出だった。石清水は守口と同じ京阪電車の沿線とはいえ、岡山の老舗呉服店のすでに楽隠居となっていた舅、姑をむかえて、許されざる結婚であった嫁の立場としては他にもさまざまな気遣いをせざるをえなかったことは察せられよう。この日石清水には総理大臣近衛文麿が参詣、下のエレベーター乗場で長時間待たされたように記憶している。冷たい雨の記憶もあり、歌に詠まれた景も晩秋の気配が濃いから、この一日の遠出は発表された前年の一一月ごろと考えてもよいのではないだろうか。これを旅の歌とするならばこの時期唯一の旅の連作である。

舅たちの滞在中は二階座敷をかれらに明け渡すことになったが、南側に一間幅の広縁のあるこの八畳の間がおおむね一家の居室としてつかわれていたような気がする。その印象がことさら深いのは、病臥中の小夜子の定位置がこの座敷の奥、腰低の北窓に沿ったところにあって、正月の百人一首のかるた遊びも節分会の豆撒きのあとのアトラクションも、母親の小夜子をまきこんでの遊びだったからかもしれない。前日に父親が都心で買い求めてきた種々のパンをテーブルにならべて食べる、この部屋での日曜日の昼ごはんを子どもたちはどれほど楽しみにしていたことか。階下の台所につづく茶の間や庭に面した部屋ですごした記憶がまったくないわけではないが、階下の印象にはどこか寒々とした気分がつきまとっている。冬の陽射しのあたたかい広縁には、誰からわけてもらったのだろうか、小夜子が大事にしていた万葉ゆかりの浜木綿の鉢が置かれ、つくりつけの本棚と籐椅子のセットもあった。小康をえてここですごすこともあったが、病牀にある日々、すこし身を起こせば、北窓のすぐ下の道や原っぱで遊ぶ子どもたちを、四季折々に変化するはるかな野の風景、そこに舞い降りてくる鷺の群れ、鳥たち、寺社の森をみることができ、また仰臥したままでも眺めることのできる空と、耳にとどくさまざまな音や声。これら嘱目の風景こそ、小夜子がいまここに生きて在るという、あるいは生きたいという自分の思いを託すことのできる対象だったといえないだろうか。

長期にわたって起きあがれないほどの彼女の病気がどのようなものであったか、病名が何であったか、私はいまも正確に言うことはできない。子どもごころに聞き知っていたのはいわゆる心悸亢進と不整脈である。これらの症状のあらわれる病気はいろいろで、かならずしも心臓に原因があるとは特定できないかもしれないが、心臓が悪いということはときどき聞かされていたことで、後年にも、ほとんど気づかれないほどの坂道でも彼女の心臓の鼓動はいちはやくそれに反応していたようだ。胸の痛みと急激な発作のくりかえしが極度の不安を生じさせないはずはない。「母われが発作になやむ時をすら子らはチウインガム買ふことをいへり」という歌にもあるように、子どもたちには、病む母親の寝姿は見て知っていてもそれ以上のことは理解できない。子どもたちの父親は当然その症状も病名も理解していたろうが、それらのことについて私はついに聞き質すことなくきてしまった。むろん現在のように種々の検査のための入院などということもなく、町医者が人力車にのって毎日のように往診にきていたように記憶している。どのような治療がなされていたのだろうか。

「多磨」後半のこの時期の歌は、おおよそのところ次のように分けて考えられよう。

一、自然詠。主として窓からの風景、空、野、鳥と蝶、亀などの小動物。庭や室内の花なども。二、病牀にある我が身のこと。三、家族、特に子どもへの思い。子どものいる風景。四、その他。

以下それぞれ引用してみる。（　）は『朝こころ』に拠る。

一、花信《はなだより》きくはさびしきわが春は家の遠見に菜種が黄いろし

戸をあけて菜種黄に照るもの憂さや春とわれとは凡そに遠き

（病愁・初出「多磨」四巻五月号）

青き田に下はかくれし白鷺の首細うして風のたつなり

青田の風ぢかに吹き入る野の家の朝涼しくて身は生きてゐむ

仰臥して空ばかりなる窓の視野に飛ぶものの影朝に夕に恋ふ

つばくろは巣立ちしばかり覚束なわが窓に見て風にたゆたふ
桐の花咲ける一木のまぼろしを初夏の空に描きみじろがず臥す
水無月の空のひろさに蝶とべりこの輝かしさも死なば消ゆべきを
風空にかがよふ雲のゆゆしかも形みだれず生駒嶺をこゆ　（鷺・同五巻九月号）
露《ママ》地の奥なにかは高き人ごゑの風すぎてきこゑ又絶えにけり
けふの雲穏やかにしてひんがしに渡らふが見ゆ春の恋ほしさ
ひとたびは視野に絶えたる川の筋（条）杳かのかみに水光る色（いろ）　（如月・同六巻三月号）
春はただふかき霞に筋（条）ひきて空よりも濃き水のながるる
うち霞みいづくともなしひとすぢの大き流れは天よりか来る　（淀川・同五月号）
白々と雪吹く中に影みせて鳶は玻瑠戸に迫るかと近づく
曇りつつ寒きばかりの日も暮れぬ今宵はおくる冬なるものを
春はけさたつとしいふを常の如臥《ね》てみる屋根は雨にぬれつつ
こまやかに雨のふりたる後空の電線に雀が二十九羽ゐるといふ　（白木瓜・同八巻三月号）

二、

御衣は黒き聖の袖なびきたたせ給ふがうつつとも見ゆ
いまさらに病みて聖の姿見し身の浅ましさは嘲《わら》ふに悲し
寒ぐもり小さう見えたる日の象《かた》のいつしかもなし身は椅子に冷ゆ　（病日余吟・同四巻四月号）
春卯月ものの芽立ちのひと日さへあわただしきをわれは病むなり

現し身は長く病みつつ眼にふれてわがあなうらの白き夕ぐれ
歌思ひて（「て」なし）つか（疲）れたる身の切なさよ歌さへ今は思ひ止むべきか
（病愁・同五月号）

日の縁やそこに書読むこの我がわれとしもなき影と見えにき
額伏して涙はてなく垂るるともおそるるものはつひに来るべし
（冬詠・同六巻二月号）
病むこともすでに飽きつつ夏晩き吾が家のながめなどかく青き
（立秋・同七巻九月号）

三、下庭に遊べるこゑの幼さよ母はまことに生きたかりけり
およずけて子等は読むべしわが歌はせめては子等に遺（のこ）さなと思ふ
（病日余吟・同四巻四月号）

女童が遊びに呆けて笑ふさへ愛しきかもよ声もしのばせ
春ははや子が余念なき水遊びの水の反射が天井に揺る
（病愁・同五月号）

「後十年われに命のたまはらばただ有りがたしこの子らがため」という詞書をつけて、それぞれの初句に、珠子、鏡子、育夫と三人の名をいれた歌もある。

四、唯一旅の歌ともいえる「石清水の宮にて」、北見志保子来訪時の歌「友」など。ひたすら東京を恋う気持は病牀にあったからだろうか。

三七年七月蘆溝橋事件勃発、戦争の時代にはいるが戦争にまつわる歌が「多磨」には意外にすくない。しかし同時期の歌として『朝こころ』にはかなり見られることについてはあらためて考えねばならぬだろう。

22 「多磨」退会までに

一九三九年三月（八巻三月号）の「白木瓜」が小夜子の「多磨」における最後の作品となるが、この前年の後半以降は「再び病む」「病む秋」「旧臘半ばよりまた病臥」などの詞書のある連作となり、発表回数も極端にすくない。前節の終りのところで私は、「多磨」に発表された彼女の歌には、三七年七月来の日中戦争にもかかわらず、それにまつわる歌があまり見られないことについて触れたが、病臥中の気持の在りようと関係がないとはいえないだろう。しかしいっぽうで同時期の作品とならべて『朝こころ』に収められた歌には「戦ふ秋」のような連作のあることもみとめなければなるまい。これらの歌が、いつ、どのようなかたちで発表されたかは不明であるが。「多磨」の転載歌の欄にも見あたらないし、四一年刊の『新鋭集』（現代女流自選歌集、北見、川上、高橋栄子共著・日本短歌社）の収録歌ともかなりのずれがある。「戦ふ秋」一四首のうち「多磨」初出となっているのは「思ほえばいふすべしなし燃え落つる機上かすかに振れる布はや」（南京空襲梅林機・五巻一〇月号）のみである。あるいは歌誌編纂の段階でなんらかの、あるいは主宰者、白秋の選択の目がはたらいたのか、おそらく新聞記事か写真ででも知りえたことによるのだろうが、この歌もけっして勇ましい歌ではない。『朝こころ』所収の「戦ふ秋」の連作は

「かなしきよ護国のみたまつぎつぎと帰ります秋を雨ぞふりつぐ」のような作もあるが、戦意昂揚の気に満ちたものが多く、用語、語法も荒々しく、どちらかというと粗雑な感さえする。『朝こころ』は四四年三月刊、編輯を終えたのは四三年一一月である。急迫していた時代の風潮から、改作、挿入などということは考えられないだろうか。

眼を病んで薄明のうちにあった白秋は「照る月の冷《ひえ》さだかなるあかり戸に眼は凝《こ》らしつつ盲《し》ひてゆくなり」「月読《つきよみ》は光澄みつつ外《と》に坐《ま》せりかく思ふ我や水の如《ごと》かる」の二首を巻頭に置いた『黒檜』（四〇年）のあとがきに次のように書く。

昭和十二年十一月、眼疾いよいよ昂じて、駿河台の杏雲堂病院に入院して以来、同十五年四月、砧の成城よりこの杉並の阿佐ヶ谷に転住するに至る、約二年有半の期間に於ける薄明吟の集成が之である。（中略）私の眼疾は遠因を置体の上に加へた多年の精神的暴虐に発し、糖と蛋白との漏出が激甚となり、遂に、新万葉選歌に於ける日夜の苦業が眼底の出血と共に極度の視神経の衰弱を来し、失明直前の薄明状態に坐らねばならなくなつた。この一生の重患に於て、他に補うてあまりある道の楽しみを得たことは、私の欣びである。（中略）終りに、此の集の中に時局の歌が少いのは、恰も発病が北支事変と同じ頃に当つて作歌の機を逸したのである。（中略）甚だ残念に思ふがいづれ大成してその責を果したいと思ふ。ここには「戦時雑唱」としてその片鱗のみを示すにとどめた。

『黒檜』は白秋生前の最後となった歌集で、このあとがきは四〇年七月二四日付になっているが、その後どのように「大成してその責を果し」たのか、それはいまここで問うことではない。ただ小夜子もまた生死の境をさまようかのような思いに身も心もとらわれた日々を送るなかでは、わが身に引きよせた「蘇州渡河のすさまじき記事読み終へて穂田のながめやうつつなかりき」（秋雨抄・五巻六月号）のような歌もみられるが、「戦争」はまだ遠い地の出来事だったのではなかったか、と『黒檜』のあとがきにことよせて考えてみることもできる。しかし一方で「戦場におくると弾丸《たま》をつくらせば吾背《あせ》の帰りの今宵も遅き」（戦ふ秋）のようなかたちで身近かだったのかもしれないが……。この歌の初出は不明だが、当時、陸軍造兵廠勤務だった夫の久城修一郎が弾丸をつくる現場の責任を負うていたことは確かだ。鋼鉄製の砲弾らしきものからつくられた置物や花器のような物が床の間に置かれていた記憶がある。修一郎がこのころすでに「多磨」の会員（おそらく三部）になっていて『新万葉集』に採択されていたことについては前にも触れたが、病牀にあった小夜子に代わるかのように大阪支部の歌会のみならず、出張のついでにもあったのか東京の歌会にも参加している。『新万葉集』の歌は「射撃」という題による八首、製造された砲弾の射撃実験の歌である。そのなかから。

山窪は五月若葉の雑木原雨霧らふ中に砲列を敷く
射角七十度照準はよし軽迫撃砲五門ならべたり若葉ごもりに
射撃場砲うち終へし虚しさよ鋼片鋭く土に光れる

戦後『昭和万葉集』が大々的に編纂されて、その存在などほとんど忘れられたか、知られずにいるのではないかと思うが、『新万葉集』はいわゆる皇紀二千六百（一九四〇）年を目前にした国家的事業だったのではないだろうか。三七年一二月から三九年までに改造社より刊行、全一一巻のうち、正編九、宮廷編一、明治初期編と総索引一巻。正編は作者別、五十音順六六七五人、二六七八三首を収録（『現代短歌大事典』による）。審査員は、そのために眼疾を悪化させたという白秋のほかに、太田水穂、窪田空穂、斎藤茂吉、佐々木信綱、釋迢空、土岐善麿、前田夕暮、与謝野晶子、尾上柴舟であった。いま私の手もとに残されている三巻の掲載歌を見るかぎりでは、国威発揚、国家礼讃、あるいは戦時をおもわせるような歌が多いということはない。むしろもっと日常的であったり、自然を対象につくられた歌が大半で、それがしごくあたりまえの当時の短歌事情だったのか。審査員は自選の五〇首、著名歌人は自選五〇首のうちから選歌されたもの、たとえば古泉千樫五〇、木俣修三〇、北見志保子一〇、五島美代子二七首。小夜子の掲載歌は一五首（『新万葉集』二巻）、すべて「多磨」に発表された歌である。冒頭には、多磨創刊歌会で白秋選五首のうちにとられた歌「時刻はいま午前三時を過ぐ天地のほの明るみて山川の見ゆ」があり、『新万葉集』選者としての白秋の意も汲みとれようか。そのほかの歌から、

寒ぐもり小さう見えたる日の象のいつしかもなし身は椅子に冷ゆ
雨すぢは昏れて見えねど降りしげし菜種田は淡き黄の花明り
草ごもり嫁菜の花のとぼしさを蝶はたよたよと來てとまりたり
レンズはツアイスの磨きくもりなし秋光に紅きけいとう一点

（いずれも『朝こころ』所収）

ほかに「棚梨の花はしらじら散りしきて」や「下庭に遊べるこゑの幼さよ」などすでにとりあげてきた歌もみられる。

白秋自身は「わが歌はわがものならず祖先神《みおやがみ》くだし幸《さきは》ふ和《にぎ》の言霊《ことだま》」のような序歌を冒頭に置いているにしても、『桐の花』の「春の鳥な鳴きそ鳴きそあかあかと外の面の草に日の入る夕」にはじまって『渓流唱』『夏鳥』までの各時期の歌を選んでいる。思いがけなかったのは、あの『いきの構造』の著者九鬼周造の名があったことである。「明星」に筆名で試作したこともあったらしいが、この時期どこの結社にも所属していなかった九鬼の歌は「巴里にありし頃」と題する一三首である。「マグダレナ御寺《みてら》の柱ほそやかにほのぼのとして春の雨ふる」「灰色の抽象の世に住まんには濃きに過ぎたる煩悩の色」「現実のかをりのゆゑに直観の哲学を善しと言ふは誰《た》が子ぞ」など、およそ戦時色からは遠い作品である。

「多磨」八巻五月号(三九年五月)「雑纂」に、白秋は「今回会報にある通り第一部会員北見志保子女史に対し除名の処分をした。(中略)女史は此程直接に『暫く多磨をやめたい』由申出た。その理由とする処は、一、作歌廿年の経歴を持ち乍ら何時迄も他の庇の下で勉強する事はみつともないといふ批判を他より受けるから。二、北原白秋師は尊敬するが多磨とは同行し難い。また多磨の新人の中に伍して到底追着けさうにないからとの遠慮がちな申出であつた。(中略)本来白秋と多磨とは一体のものであつて、この多磨は私が主宰してゐる。(中略)私がこれでいゝと認めた時に初めて対世間的にも輝やかしい推輓を尽す積りである。それまでは目前の小我、名利等の為に一生の道を謬ることを赦しがたい。（中略）私との縁はその儘にしてこの多磨に反して出ようとすることの矛盾は云ふまでもない」とその除名の理由を述べている。除名にいたるまでにどのような経緯があったか、北見志保子のがわの言い分がどのようなものであったか、具体的には不明である。志保子の夫浜忠次郎の千代田生命に戦後も勤務していて、当時すでに第一部会員となっていたと思われる野村清（「コスモス」）に、晩年のころ、そのことについて尋ねてみたが、白秋の記述以上のことはわかりかねるようだった。ただ独立したかっただけのことだろうか。『新鋭集』（四一年刊）の後記に志保子は「この集は主に北原白秋先生庇護のもとにあつて、自分をありのままに少しのカモフラジイもなく、私一代の心の記録として作つた歌で」、三二年の「短歌民族」の創刊から「多磨」までの七年間のなかから選んだものであり、「詩精神に於ては矢張り北原白秋先生の思想を継ぐ女性の一人であるといふことに、自ら慰めて（中略）遥かに北原先生に感謝を捧げ」と記している。白秋存命中のこの時期、当然、師の目にふれることは意識していたであろう。

志保子につづいて「多磨」を去ることになった小夜子もまた同じく『新鋭集』の後記に「昭和十年に多磨の結成があり参加して白秋先生の御指導を仰ぐこと月光の創刊に及ぶまでであつた。家事繁雑なる上に菲才鈍感なる私が果して多磨の行進についてゆき得たかは云ひきれない。唯精神だけは徹したつもりである。否これからも師の御膝下は離れたが詩精神に於ては白秋先生の誠を徹する事に努力したい念願は一途にもつてゐる」と書いている。小夜子の「多磨」退会については「多磨」誌上になんらの記述もない。しかしその年の七月には編輯人北見志保子、発行人川上小夜子の名で歌誌「月光」が創刊されているところをみると、志保子に同調して退会したと考えるのが順当かもしれない。あるいは同調せざるをえなかったか。「覇王樹」から「草の実」へ、というときには、志保子にとってのやむをえない事情があったとしても、同時に女たちによる女たちのための歌誌を、という将来にたいする熱い思いが小夜子自身にもあったはずだが、この後記を見るかぎりにおいて、小夜子が「多磨」を離れなければならなかった事由を、同調という以外にもとめることはむずかしい。あたらしい家庭を築くまでの、小夜子にとってもっとも困難だった時期に、すべての事情を知ったうえで精神的にも事実上もまさに隠れ家《アジール》としての役割をはたし、外さまざまに援助をしてきたのはほかならぬ北見志保子であり、またおおかたを病牀にあって、外に出ることもままならなかった当時の小夜子にとって唯一心をひらくことのできる相談相手が志保子だったのかもしれない。『新鋭集』の志保子の部に「わが友川上小夜子に」という詞書の連作があり、幾度か河内野（守口）の小夜子の家をたずねたときのことが題材になっている。小夜子の「友」（8「覇王樹」の時代――「友」参照）に対応する歌であろうが、そのなかに「友が子ら両に引きよせ抱きつつなにさびしきぞわが涙おつ」「友が子ら我が膝に寄り背にまわりただに睦めり泣かじと堪ふる」のような歌があることを今回はじめて知り、いささか感情過多の景に歌のなかの「子」のひとりとしては途惑わざるをえない。これらの歌の「涙」のもつほんとうの意味についてはいまさら知りようもないが、遠来の友人到着の際、下校の時間を待たずわざわざ手伝いのひとを姉妹の小学校まで迎えによこしたこともあり、誕生以来の成長をしたしく見てきた友人の子どもたちへの思いのなかに、歌の道の同行者というにとどまらない女友だちの関係をうかがい知ることもできようか。

三九年七月「月光」創刊。翌四〇年四月、夫修一郎の転勤にともない、小夜子は東京に帰ってくることになる。

川上小夜子。阿佐ヶ谷の自宅の庭にて。
1950年11月18日。

川上小夜子。

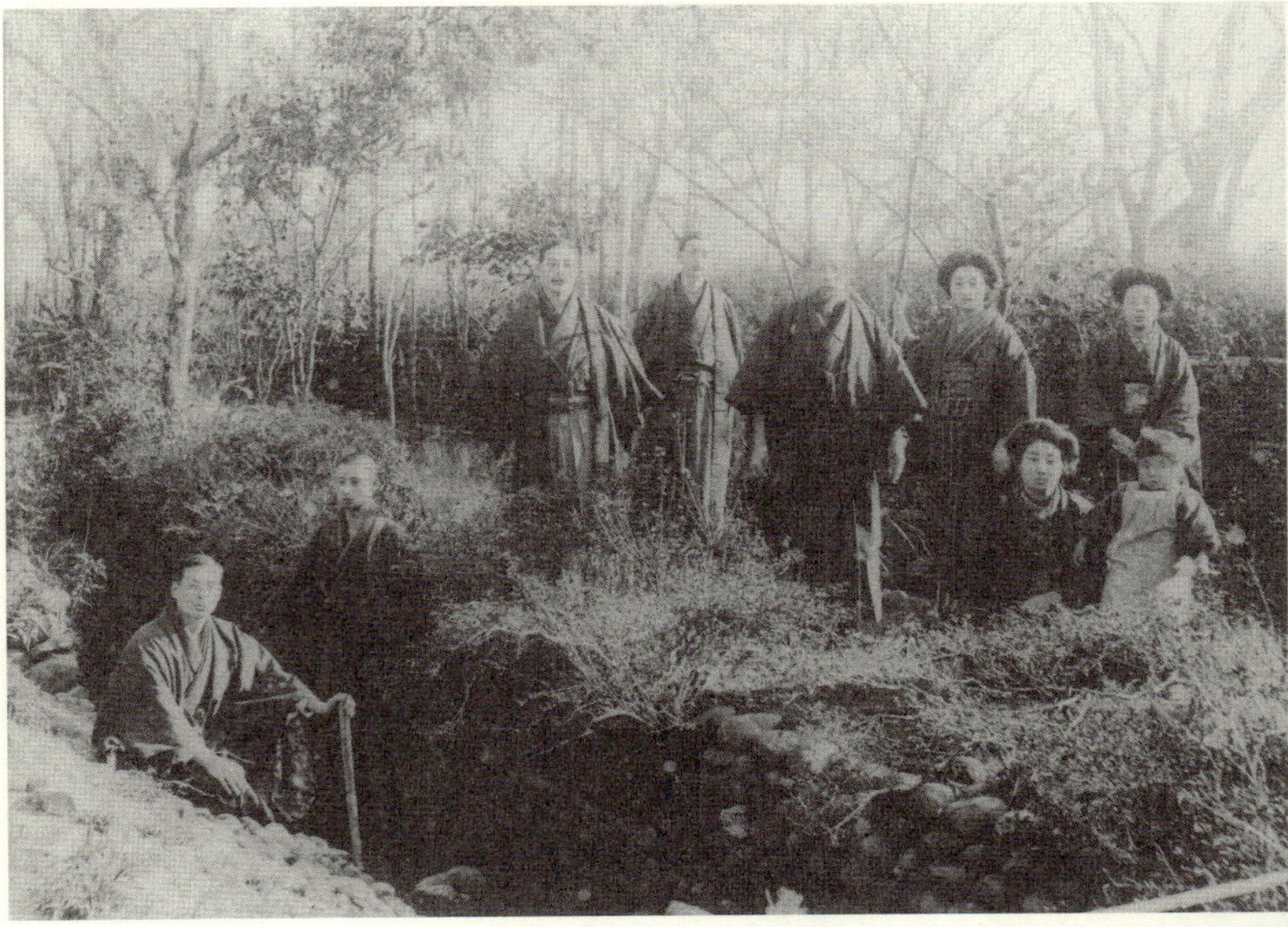

後列右から二人目川上小夜子。左隣り父・川口深造。福岡県八女郡高塚の自宅の庭にて。家族とともに。

「覇王樹」吟行会。井之頭公園にて。
北見志保子（右）と川上小夜子
1920年４月16日

「草の実・雛の会」丸ビルにて。右から川口千香枝、川上小夜子、北見志保子、左端水町京子。1927年２月

京都嵐山にて。右から北見志保子、筒井英俊、槇志乃、久城修一郎、浜忠二郎。坐っている人、右から川上小夜子、長女珠子、著者。1934年ごろ。（本文102頁参照）

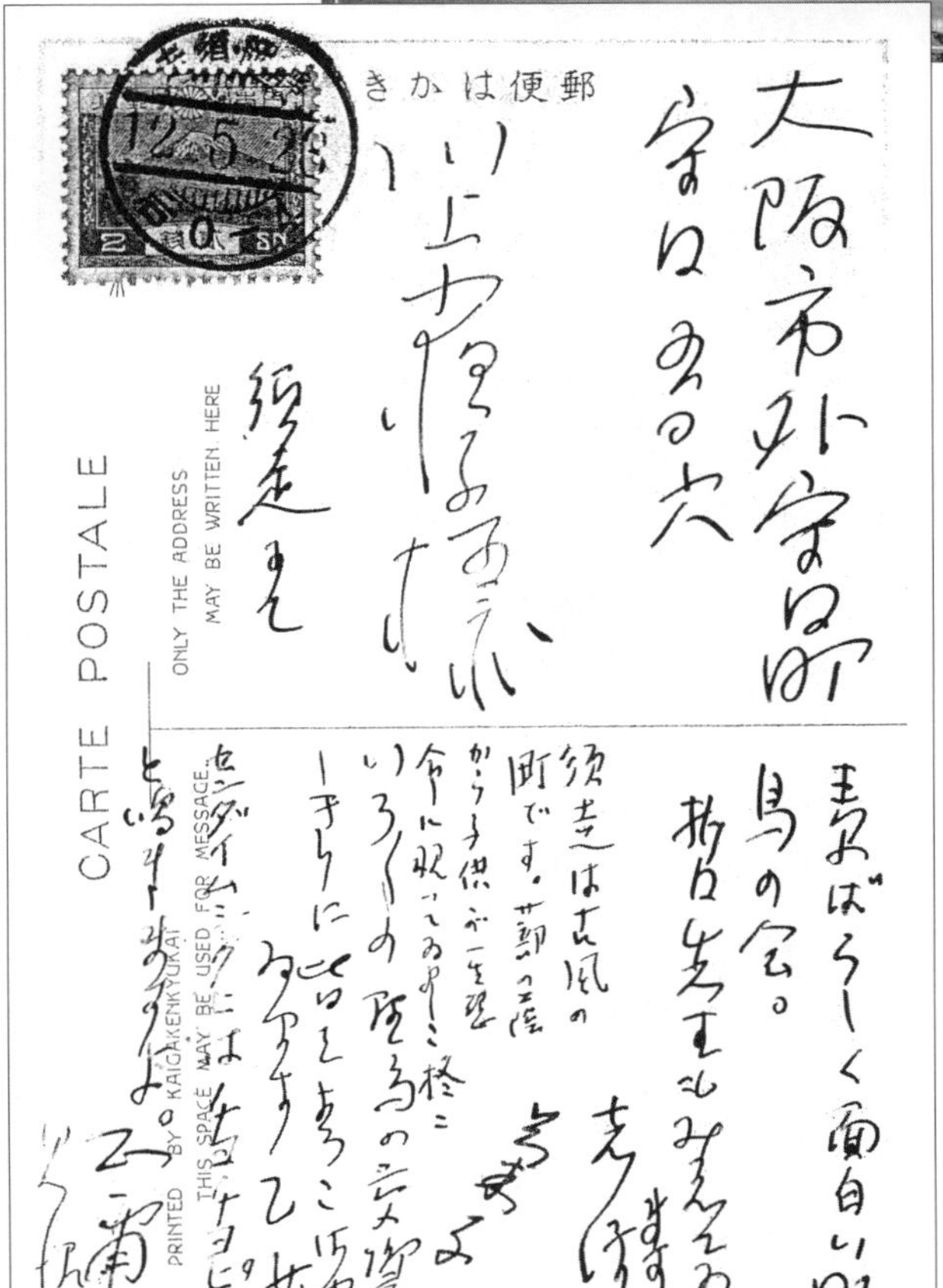

「多磨」の富士山麓探鳥会
参加者からの川上小夜子あ
て絵はがき。
表・北原白秋
裏・寄せ書き
1937年５月28日
（本文152頁参照

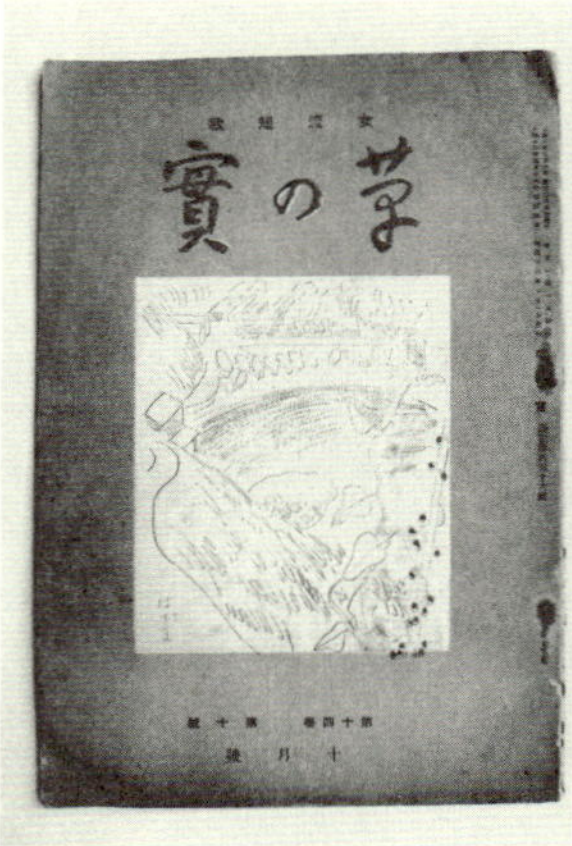
草の實
十月號

覇王樹

婦人文化
創刊號

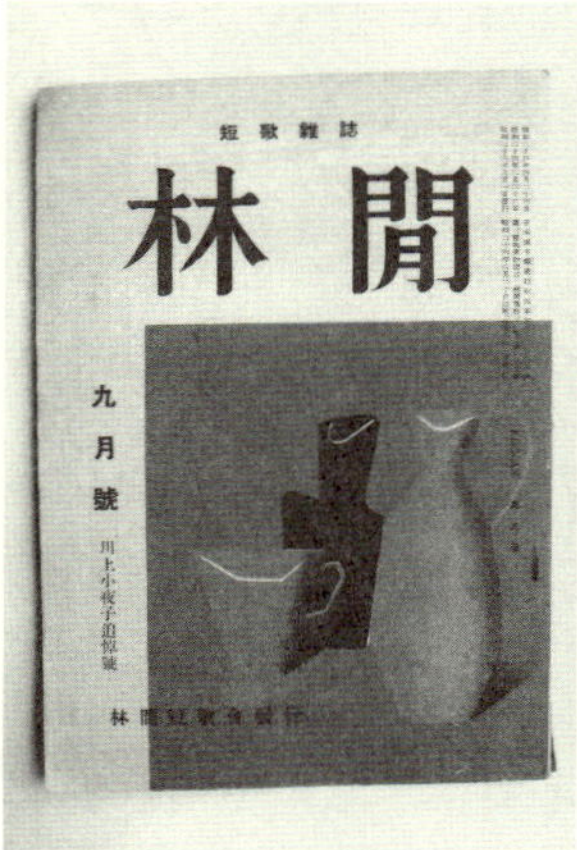
短歌雜誌
林間
九月號
川上小夜子追悼號

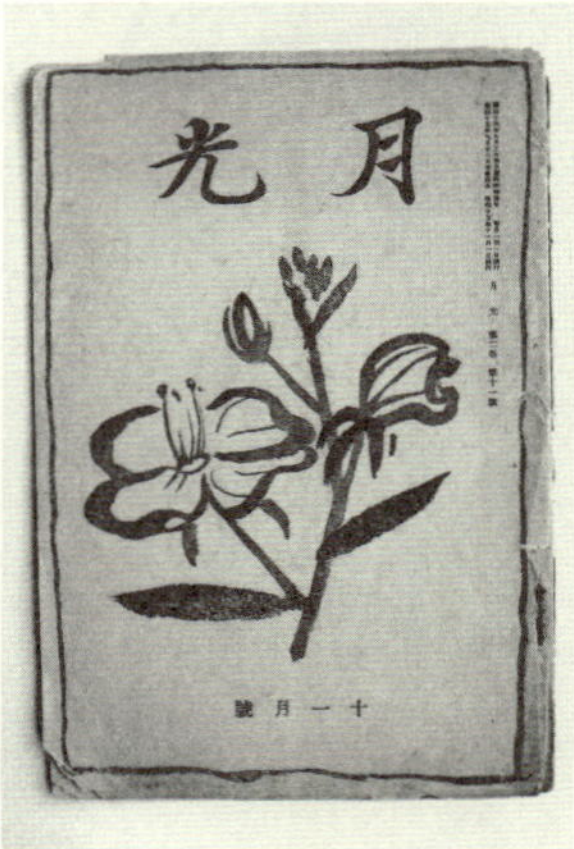
月光
十一月號

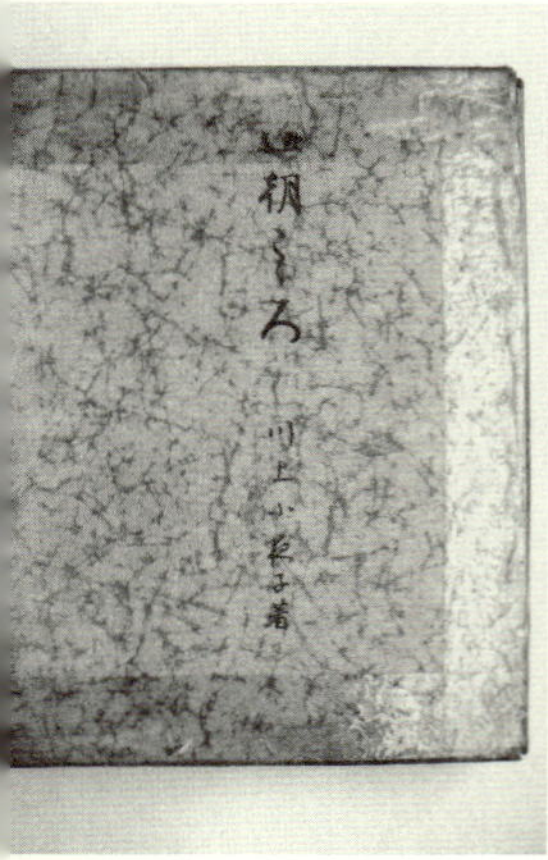
川上小夜子著

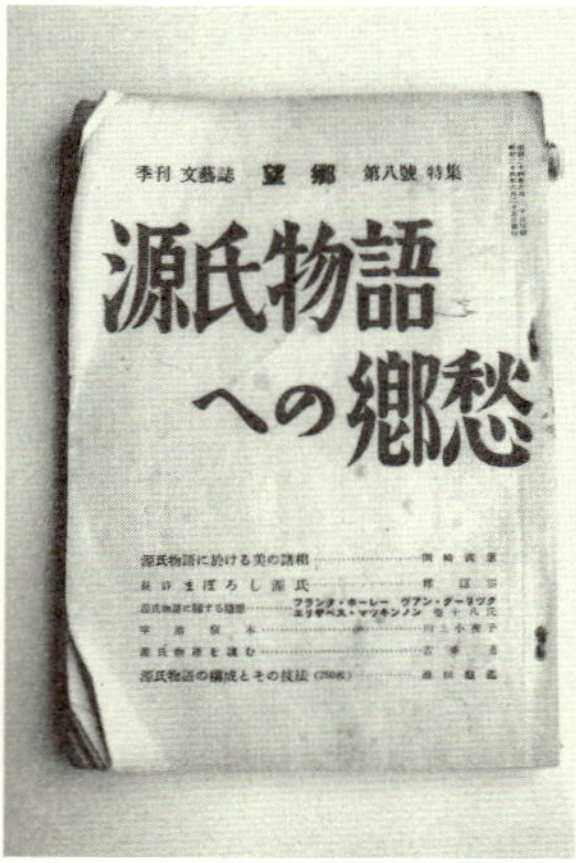
季刊文藝誌 望郷 第八號特集
源氏物語への郷愁
源氏物語に於ける美の諸相
源氏物語の構成とその技法

Ⅳ

23 「月光」の創刊

北見志保子の「多磨」除名について述べた前稿を編集部に送った直後に、そのことに触れた宮英子氏の文章のあることを友人から教えられた。『葉薊館雑記』(〇五年一一月、柊書房刊)所収「北見志保子――愛恋の坩堝を抜けて」である。宮英子は「コスモス」主宰宮柊二夫人、志保子が除名になる三九年ごろにはすでに「多磨」に投稿、会員であったと見うけられるが、このエッセイ中に、私の稿同様、除名に関する白秋の「雑纂」を引用し、さらにその意図として「草の実」「月光」「女人短歌」へとつながる道、志保子を中心とした女たちだけの「短歌雑誌の創刊を希求していたのだろう」と記している。「川上小夜子は除名にならなかった」とあるが、そのあとに「戦争が激しくなり『月光』発行は消滅する」という前文をうけて「月光」が失敗に終わったとしている。戦争の激化にともなう雑誌の統合を「失敗」という語で括ってしまうのはいささか無理のように思うが、志保子の意図については一面をついているかもしれない。

志保子にはすでに『月光』という歌集があり(二八年刊)、そのあとがきによれば「月光」は「がっこう」のルビを付して、東大寺三月堂の月光菩薩に由来する名前であり、生活の大きな転機となった時期の七か月余を高野山と奈良ですごしていた彼女は、その間に、のちの二〇二代東大寺管長筒井英俊に仏教美術に関する教えをうけているが、多くの仏像のなかでも「一番好きなみ仏の名を拝借し」て歌集の名としたという。そのような処女歌集とおなじ名を、あたらしい歌誌の名称とすることにはどのような意味づけがあったのか（この誌名はもはや「がっこう」ではなく「げっこう」であるが）、いまの私にはそのことについて知る手がかりは、ない。

これまで小夜子の所属してきた結社は「詩歌」「覇王樹」「草の実」「多磨」となるわけだが、復刻版のある第一次「詩歌」はむろんのこと、「多磨」と「覇王樹」は全巻を所蔵している図書館があり、また小夜子在社中の「覇王樹」の合本は私の手もとにもあった。「草の実」についても我が家及び発行所に残されていたので、それらの歌誌にはほとんど目をとおすことが可能であったが、「月光」のような小さな、しかも戦時下の結社雑誌にそれを期待するのは無理なことであった。現在私の手もとにあるのは、昭和女子大学図書館所蔵の一巻三号（三九年九月）同六号のコピーと、東大寺龍松院に筒井英俊が保存していて、その子息である寛秀（二一二代管長、のちに長老）より送られた四巻六号（四二年六月）～六巻三号（四四年三月）、そしてわずかに残されていた冊子（ひとから送られたものをふくむ）一巻五号と二巻七号、同一一号（三九年一一月と四〇年七月、一一月）のみである。したがってたとえば創刊号には北見志保子自身による「月光」という誌名の由来や創刊の意図なども記載されていたのではないかと推測しているが、創刊号は未見である。

ただ小夜子自身の歌についていえば「月光」の時代、他誌に発表した歌もあわせて、彼女自身が書き写したノートが残されている（「草の実」「多磨」「月光」とそれぞれに分冊）。ただし「月光」については三巻八号（四一年八月）で中断したままになっている。また「月光」に発表された批評、感想などの文章は、没後一年に遺稿集として家族が編集した『草紅葉』におおよそ収録されているので、彼女のいわゆる歌のうえでの足跡をたどることはできよう。そのなかの四巻七号（四二年七月）から六巻五号（四四年五月）まで一六回にわたって連載された「季節の秀歌」には格別の思いいれがあったように見うけられるが、これら『草紅葉』所収の散文は、生前すでに出版を考えていた小夜子自身の手で整理されていた部分もあったらしい。「季節の秀歌」で小夜子がどのような歌をとりあげていたかについては後述するつもりだが、そのほかに「万葉集女流の月の歌一〜四」（一巻二号〜五号）初出は不明だがかなり長文の「大伴坂上郎女の歌」、おそらく四〇年後半ごろの「月光」に発表された、古泉千樫『屋上の土』川田順『鷲』北原白秋『黒檜』の書評などが、「月光」の時代の研究・鑑賞の文として『草紅葉』に収められている。またここには「月光創刊に際して」と題された一文もあり、創刊の意図あるいは意気込みのようなものを期待したが、あまり明快な答はみえてこなかった。冒頭の部分を引用する。

長年の多磨を離れて北見さんとだけの道になつた。急に支へ木を取られた様な気もする。今迄の間に自分は如何程のものを蓄へ、どれだけの力が養はれてゐたであるかを試す可き時になつた。さあ起たう。考へてみると私等の歌の道は一本道ではなかつた。一人の師に乞ひ、そして一つの結社で修めてゐる人の穏かな道ではなく、幾つかの波瀾を越えて、遂に此処まで来た道である。然し過去の事が、省みられてそれを悔む事はひとつもない。すべてが、たゆまない道であつたからである。

このあとに、いままた「月光」を創刊することになってみれば「草の実」をやめる必要はなかったのではないかと思う人もあるかもしれないが、そのときは「『多磨』に専心すべきが道であ」り、その「多磨」を離れることになったのもなるべくしてなって「この道が展けた」のだとつづけている。ここで「私等」としているのは北見志保子と小夜子のふたりを指していると考えてまちがいないと思うが、彼女たちが経てきた道筋について「悔む事はひとつもない」と言いきっているところに、今後の方向づけをあえて自分自身にも納得させようとしているいささかこわばった姿勢がみえはしないか。そして気になることがもうひとつ。「歌の道」という物言いである。それはたんなる道程あるいは過程という意味にとどまらず、種々の教養や体験、生活などの修練を経て究められてゆく道であり、そのような人としての修練をつみ道を究めることで「歌の価値も高く濃くなつてゆくもの」と小夜子はいう。結社に拠ってくる若い女性たちにむけて書かれたものとはいえ、彼女がここで思い描いていた歌とはどのような表現体であったのだろう。すこし先走ることになるが、「歌の道」（四〇年七月、月光の窓）という小文がある。「短歌の歴史を考ふるとき、この三十一音律の詩形がいかにわが国土ならびに民族に適してゐるかがわかるでありませう。われわれは歌の修行士として、この道のこの国土とともに永遠ならむことをひたすら希ふて止まぬものであります。然しながら、この道の盛衰は、すべて行ふものの精神にかかる事はいふまでもありません」とはじまるこの小文が、歌の道という言葉のもつ修養の場としての意味合い、あまりにも日本的な精神涵養の方向において、創刊号のそれと微妙にちがってきていることに気付く。精神的《モラル》な道を追究するという意味合いではたしかに同じスタンスだが、前者がまだ個人的な体験、個人的欲求の色合いが濃いのに、後者ではそのような個人の意識は国家という概念のなかにのみこまれてしまっている。わずか一年後のことだが、結社のリーダーとしての発言と言いきってしまえないのではないか。「歌の道」というようなもののとらえかたに足を掬われる危険性がはらまれていたのかもしれないが、私は、なによりもそこにひとびとを戦争へと駆りたててゆく時代の潮流を読みとらざるをえない。

前述したように創刊号は未見なのでどのような内容であったかを知ることはできないが、創刊の年の幾冊かによって類推してみよう。月光規約は「本会は北見志保子、川上小夜子の責任編輯とす」という項目にはじまり、ついで「本会は短歌の研究を目的とし、併せて人間としての向上を計るを目的とす」とつづき、毎月一回の雑誌発行と研究批評会開催を約束している。短歌の研究ということのなかには当然古典の研究もふくまれていて、三号の吉田精一「和泉式部」（前号からの連載）、五号、筒井英俊「万葉集歌人と大仏供養会」（同じく連載）の寄稿、小夜子の連載（前出）のほかにも、高田瑞穂「短歌的伝統」、永井善次郎「風雅について」の連載などがあり、さらに一周年記念号には武田祐吉「鹿と蟹」、吉田精一「日本文学に於ける頽唐詩情」、円地文子「たきもの」等々。この号には徳田秋声、上司小剣、平塚らいてう、村岡花子、生田花世らの寄稿もある。

短歌欄はまず同人の志保子、小夜子、館山一子（のちに大河内由芙子らが昇格してゆく）の頁があって、そのあと第一作品から第三作品まで会員の短歌作品、志保子の「短歌初歩講座」（毎号）「短歌添削実例」など。三号の月光創刊祝賀会の記事中に「月光としての仕事をすること」として「万葉集の形式の分類分けに掛ることになり、それぞれに仕事が割り当てられ」とある。こういう作業がいつまでつづけられたか不明だが、歌会は毎月休みなくつづいていたようだ。それも東京だけでなく、大阪守口の小夜子の自宅にも三人四人と集っている。通信手段が郵便と電報にかぎられていた当時、責任者が東京と大阪に離れていて、しかも「多磨」掲載最後の作品となった「白木瓜」（三九年三月）の詞書には、「旧臘半ばよりまた病臥、三月にわたりなほ癒えず即ち日記風に素描のままを」とあり、このころ病牀にあることの多かった小夜子を一方の責任者にして、よく月刊の歌誌を出しつづけることができたものだと思うが、はたして一巻六号の後記に「川上さんが又寝て了つて、私一人では片手なので色々手落ちになりました」と志保子は書いている。小夜子は「白木瓜」の時期からはいったん癒えて「月光」の創刊となり、二号〜四号の連載「万葉集女流の月の歌」と、この年六号（一二月）までに一一三首の歌を「月光」誌上に発表している（一二月号の統計による）。この歌数は七四首の志保子とくらべても抜きんでている。創刊号の歌を、多少異なるところは見られるが、とりあえず自筆ノートを参照しながら『朝こころ』所収にしたがって引用してみる。

天地の春の明るさは長かりし病床《とこ》を離れし身に眩しき如し
起きてゐて疲るる身には病床にありし日の憂鬱が再び襲ふ
家にゐて想ふ桜は散りしならむわが視野には犬がひとつ走れる

野末なる空の濁りにうち群れて鷺舞ひあそぶ白光のごと
草の路どこまでぞゆく男童の姿まぎれぬ夕明りなり
野にむきて呆けゐるわれをしばしばも子は呼びてゐき深き夕靄　（春、初夏・病退きて）

また三号にはつぎのような歌もある。（（　）内は『朝こころ』）

国をあげて日本精神《やまとごころ》にたける世を唱へし父は逝きて二十年《はたとせ》
日のもと（本）つ国の尊さしらしむと父が一生《ひとよ》はそれにかけましき
よきとなく外つ国振りに酔ふどちにやまとごころを説きけり父は
国こぞりやまとごころ（日本精神）に燃えたてるこの今の世（現世《いまのよ》）に父をあらしめたき
（孟夏吟・父）

小夜子の父、川口深造が朱子学派の儒学者で生前福岡県八女郡教育界にあって重きをなし、皇国史観の強い『稿本八女郡史』を著したことについてはすでに触れたが、この時機、父への愛惜の思いをもこめてうたったものであろう。

24　ふたたび東京へ・「月光」という歌誌

一九四〇年、いわゆる皇紀二千六百年、昭和十五年について三枝昂之は『昭和短歌の精神史』

のなかで「昭和十五年は昭和短歌の曲がり角である」と述べている（第一部・4、分水嶺①紀元二千六百年奉祝歌集）。三枝によれば、奉祝に関する番組がこの年のNHKの年間をとおしてのテーマとなり、国家をあげて祝賀気分を盛りあげたことが、長期化する日中戦争のなかで「出口が見えない状態に陥っているとき」に「国民意識の立て直しの絶好の機会として機能した」という。子どもごころにもたしか秋のころ皇居前で盛大な式典が催され、昼には花電車、夜は提灯行列というお祭り気分で騒然としていたことや、小学校では記念の文集が編纂され、子どもたちも奉祝の作文を書かされたことを記憶している。「日本短歌」「短歌研究」「短歌新聞」などの短歌雑誌もこの年にはいるといっせいに皇紀二千六百年奉祝の風潮に同調していき、大日本歌人協会によって二月一一日紀元節の日にあわせ、『紀元二千六百年奉祝歌集』が発行されたことを、三枝は指摘する。この歌集は千数百人の会員を対象に歌人協会がよびかけたものだが、集まった歌は一人一首の六二五首、「畏くも神武天皇肇国の古より、皇国進展の歳月を歴ること正に二千六百年、ここに輝やかしき紀元の佳節を迎へて、国民精神の高揚いよいよ盛んなるものあるは、実に一億無限の慶福たり歓喜たり」にはじまる序文は、この時機国家における民族的伝統としてはたすべき短歌の役割を誇示している。前号で指摘した「月光」誌上、歌の道に関する小夜子の論調のわずか一年後の変化もこのような時代の流れと無縁ではなかったといえよう。この集の小夜子の歌は「橿原の御代よりつづく国つ魂貫きてあがるけふのよろこび」であり、北見志保子「大亜細亜み稜威《いつ》平らかにかがやけば天地《あめつち》も讃ふ皇紀二千六百年」、白秋「遥けくも今に澄みたる天《あま》の原その蒼雲に直むかふ我は」、釋迢空「畝傍山。かしの尾の上に鳴く鳥の鳴き澄む聞けば、遠世なるらし」、木俣修「外《と》に荒ぶるもの撃ちてしやまむ御軍《みいくさ》はいよよ勢《きほ》ふか紀元二千六百年の春を」など、皇紀二千六百年をはじめとして、天の原、高千穂の宮、畝傍山、橿原の宮など、いまで言えばほとんど神話の時代にまつわる地名と言葉がならんでいる。

　昭和短歌の曲がり角となった一九四〇年は、小夜子個人にとっても転機となった年である。四月、彼女は八年ぶりに東京に帰ってくる。だがこの転居は陸軍造兵廠大阪工廠勤務の夫修一郎の転勤にともなうものだったから、このときの小夜子の転機自体個人的な、というより、戦時下、紀元二千六百年という年の状況とむしろ密接なかかわりがあったと考えるべきかもしれない。軍属という身分がいつのころから定着して用いられるようになったか記憶は曖昧だが、背広に中折れ帽という通勤のスタイルはやがて軍服まがいのカーキー色の制服に変わっていったように思う。そして四一年太平洋戦争のはじまるころには、修一郎は技術将校の少佐として軍服帯剣の通勤姿となっていた。東京移転の直後は新開地の板橋に二か月ほど住んでいたが、そのころの修一郎の勤務先は板橋か王子あたりにも在った造兵廠の現場だったのだろうか。その後かれは管理部門の陸軍兵器本部に籍をおき軍需産業の元締として敗戦時までその職にあり、二千六百年の記念式典にもむろん参加している。

　樟ならむ遠き木立の冬長かりしわれは見侘びぬ椿にてもあれ
　雪消えの靄ととけあふ曇り空重くのしきて時もわかたぬ
　濃く淡く影とかさなり飛び乱れゆゆし群鳥の雪空渡る
　薄福はわれにのみかは病みよわきをいたはりつづくも切なかるべし

『朝こころ』「河内野集」最後のころの歌から引いた。いずれも「月光」二巻四月号までに発表されたものである。「薄福は」の歌、初出では「病みよわき妻を」となっていたらしいが、あえて「妻」の語を消し暗示するにとどめたところはいかにも小夜子らしい。しかし「切なかるべし」という結句にはたがいを思いやっている切なさが感じられよう。『奉祝歌集』掲載の歌をふくむ連作「佳節に寄する」も『朝こころ』にこのころの歌と併載されている。

病人の小夜子と小学生の子ども三人をつれて大阪から東京への移転がどれほど大変だったか、夜行寝台の二等車で、小夜子は横になったままの移動であった。五年前「多磨」創刊記念歌会のために上京したときの躍動感とはくらべようもない旅であったろう。しかしこのような歌がある。

病める身を夜深き汽車に運ばれゐるこのわれにして心のしづけさ

東京駅では兄姉妹友人たちに迎えられ、そのまま家族ともども本郷西片町の姉石田季子の家で病臥の幾日かを過し、そのあと板橋のあたらしい借家に移っている。そして初夏のころまで病床をはなれることができなかった。

土の上に慄へとどまらぬわが歩み大気に圧されて身はすくむかと
（初夏・病後初めて道を歩みて）

この板橋の家はまだ周辺を麦畑にかこまれていて、小さな神社（氷川神社？）の境内の林地に隣あっていたように記憶している。そのころ避病院とよばれていた伝染病専門病院の白いコンクリートの建物が遠く見えていた。

六月、小夜子念願の本郷曙町（現文京区本駒込）に移る。

ここですこし「月光」誌上のひとびとについて書いておきたい。三枝昂之は前記の本のなかで、一九四〇年にはすぐれた歌集が相次いで出版されているが、それは「自由な内面を表現できるぎりぎり最後の年」と歌人たちが感じとっていたからだと指摘し、『新風十人集』（八雲書店）にはそのような特質がもっともよくあらわれているという。新風十人とは、筏井嘉一、加藤将之、五島美代子、斎藤史、佐藤佐太郎、館山一子、常見千香夫、坪野哲久、福田栄一、前川佐美雄で、集中の館山一子は創刊以来の「月光」同人である。前稿でも触れたが、当初の同人は、編輯責任者であった北見志保子、川上小夜子のほかは館山一子のみであるが、歌会などで指導者としての役割をはたしていたこと以外に、彼女がどの程度「月光」の編輯にかかわっていたかはわかっていない。三枝の解説には「館山一子は窪田空穂に師事し、プロレタリア歌人同盟にも参加、昭和四年には『プロレタリア意識の下に』を発行した」とあり、そこでとりあげられている歌は「漬物屋の前にしてふときときとめし嘆きはわれにそのまま残れり」「ばんざいの声に送られ征《ゆ》きし人帰りかへらず夏たけにけり」など四首で、情景も作者の心情も素直につたわってくる。「月光」掲載の作品でも、たとえば「朝々の窓辺に見らく死屍《しし》の群《むれ》虫の世界とのみ言はむやも」「世の動向《うごき》とらへかねてはあえぐ日の誰ぞわれに来て真をしへよ」などがある。「月光」二巻七号（四〇年）には小夜子の「新進五人集について」一、という論評文があり、東京朝日新聞からの転載らしいが、『新風十人集』のほかにも類似の合同歌集があったのだろうか。この号でとりあげられているのは筏井嘉一と館山一子である。この文のなかで小夜子は一子の歌について「月光」

創刊のころにはまだ「内部生命の燃焼がうまく発表できないもどかしさ」があったが、その内部生活の考察が深まって歌の世界が展けてきているとたかく評価している。

滝口雅子という詩人がいる。いる、というより過去形でいうべきか。彼女は二〇〇二年、八四歳で死去している。十二指腸癌のため調布病院に入院中の晩年のころ、友人から見舞にいってほしいとたのまれたことがあった。初対面のひとに対してはつねに気後れがちの私は、ついその機を逸してしまったが、送られてきた没後編纂の詩集（土曜美術社・新現代詩文庫）に付された年表をみて、彼女が「月光」の会員であったことを知ったのである。四〇年「このころ、短歌誌『月光』（北見志保子）に参加。初めて奈良に遊び……」と自筆年表による記述があるが、「月光」会員一五人による奈良旅行は四三年四月、奈良の宿は東大寺龍松院の筒井英俊宅、案内役としても英俊師に教えられることの多い旅だったろう。この旅行のときの歌が年表にみられる「雨ふふむ馬酔木の花に傘ふれて友よぎりゆきぬ春日の原を」（「月光」五巻五号）で、同号のそれぞれの旅行記のなかに彼女の「奈良の印象」という一文もある。滝口雅子は当時桑原雅子の名で誌上に登場している。年表にそのような記載はなくて、私は右記の歌をてがかりに探しだしたのだが、桑原雅子の名による作品の初見は私の手もとにある「月光」にかぎれば四巻六号（四二年）だが、そのときすでに歌会の幹事役をひきうけていたところをみると、それより以前だったと思われる。その後入手した「月光」の記載によると、四一年一一月入会、一二月（三巻一二号）から歌を発表している。その最初の掲載歌には「大き海に沈む太陽と友詠めり吾はその太陽を見たしと思ふ」「吾が心大いなるものに向ふ時手放しにして泣かむとするを」のような歌がみられる。しかし冒頭におかれているのは、それにつづく引例歌のような八首とはまったく異質な「捕虜の身を遊び興ずる支那兵等皇国の意志をまこと悟りしや」という歌で、いま私はその意図をはかりかねている（あるいは選者の意向だったのかとも）。年表所載のもう一首は「死に近き虫の喘ぎを見究めし作家の愛情はむごきに似たり」（室生犀星『虫寺抄』を読みて）（五巻三号・三月特選集）。ほかに「訃報手に怒りにも似し吾思ひ生きむ熱意のあらば起ち得しに」「誠もて書きし言葉も甲斐なけれ心徹らず人逝かせたり」（四巻三号）「知らぬ道を尋《と》めつつ行くは楽しかり我に流転の血や潜むらむ」（四巻八号）。しかし親しいひとの訃報に「自殺に似たり」と怒りをこめてうたった彼女も四三年一一月号の「国と共に高揚しゆく魂ありて傷める過去を今は思はぬ」「垣もとの醜草に黄の花咲きてただそれのみに心和む日」と変貌してゆく。いつまで「月光」の会員だったか、このときの歌が手もとの誌上でみられる最後である。四三年「詩と詩人」同人になる、と年表にある。第一詩集『蒼い馬』（五五年刊）の冒頭の詩「歴史1　海への支度」のはじめの部分を引用する。「それは流れるために　木の破片や樹の葉を／めぐって遠回りしながらもあきることなく／流れつづけるためにある／おおいかぶさる樹木の緑にかくれながら／岩にぶつかって　のけぞって／退いてきた水の瞳は灰色に洗いさらされ／しるされた傷の重たさが水底に沈む」

いつも後手になって滝口雅子からも直接「月光」や小夜子のことを聞く機会を失した私は、いま、できることなら時計を逆にまわして数十年前の場にもどりたい気分に陥っている。それは前回記した「月光」の寄稿者について、針生一郎から「永井善次郎が佐々木基一さんの本名とはご存じですね」という手紙をもらったことにはじまる。知っていたが、「月光」と関連づけて考えることができなかったのである。阿部知二の名を「覇王樹」にみつけたときですら信じられなかったくらいだから、あまりの意外性に疑ってみることもしなかったといえる。佐々木基一は私にとって教えられること大であった評論家で、くりかえし読んだ本も幾冊かあったが、晩年になって書かれた小説には未見のものが多い。『停れる時の合間に』は「近代文学」の創刊号から四六年一二月号まで連載され、以後七八年まで中断、八四年に未完のままに終わった自伝的要素をもつ小説で、はじめの部分にあきらかに北見志保子の家と思われる描写があり、そこは私にとってもなつかしい場所であった。この作品に付記されている詳細な年譜によれば、三五年北見志保子のサロンに参加して、とある。

25 「曙雲抄」そして『停れる時の合間に』

一九四〇年六月、小夜子一家は本郷区曙町に転居する。この移転について小夜子は『朝こころ』のあとがきに、「私は関西にゐる時に、もし東京に帰る時があつたならば本郷に住みたいと思ひ、本郷でも曙町のあたりを最も好もしく思つてゐたのである。そしてまことに不思議にも、思ひ通りに曙町に住むことが出来たのである」と、この歌集の前半（年代からみると後年）の部分を「曙雲抄」としたことの由来を記しているが、なぜ曙町にこだわっていたのかはよくわかっていない。二七年ごろ、小夜子も参加していた脚本（劇）朗読会の「鷗会」とその機関誌「海鷗」発行の拠点となっていたのが、小石川区駕籠町の北見志保子（浜）宅であり、その後小夜子自身離婚前後の逼迫した状況のなかで幼女ふたりをつれて身を寄せ、隠れすんでいたのが北見宅とその近くの小家だったから、駕籠町にこそさまざまな記憶と思いがのこされていたのではないかと考えられるのだが。もっとも曙町と駕籠町は隣接していて（現在は同じ文京区本駒込の一丁目と六丁目）歩いて行き来できる距離にあり、「月光」の編輯、発行には至便の地であったろう。しかし小夜子の北見宅訪問は、子どもたち連れの機会もしばしばであったから、「月光」の編輯など仕事にかぎられるものではなかったとも思われるし、そこは子どもにとっても馴染深い場所であった。前節で触れたように『停れる時の合間に』（佐々木基一著）のなかで北見志保子をモデルにした歌人、飛鳥うめの女史の邸内の描写にすくなかからぬ衝撃をうけたのはそのためでもあったが、同時に佐々木基一という評論家が私にとって格別な存在であったことにもよる。したがってこのあたりの記述は小夜子にかかわることというより、私の個人的な感慨になるかもしれないが、お許しいただきたい。ただいっぽうで小夜子にとって終生ともに歩むことの多かった北見志保子という女歌人の一側面について知る手がかりになることもあろうかと思っている。

それは作家の個人的な事情にとどまらないことかもしれないが、「停れる時」とはどのような時代を指しているのだろうか。未完に終わっているので、作家の意図するところがはっきりと伝わってこないきらいもあるが、思考停止せざるをえなかった時間、一種の猶予の期間を指すのだろうか。もしそうだとしてもこの作品のなかにはなんと厖大な時間の流れがあることか。たぶんに自伝的作品と考えられるこの小説は、いわゆる太平洋戦争も末期に近い四三年冬のはじめごろ、主人公須永五郎が病気療養のため信州追分にむかうところからはじまるが、第二章でその宿泊先の別荘の斡旋をたのみに飛鳥うめの女史の家を訪ね、以下「飛鳥うめの女史のサロンで、須永五郎が岡朋子と知り合ったいきさつ」「須永五郎と岡朋子」（三、四章）とつづいて、うめの女史の人物像や家庭、岡朋子との結局はプラトニックに終わることになる恋愛の様相が語られてゆく。うめの女史のモデルが北見志保子であることはこの小説に付されている年譜のなかでも指摘されていて、佐々木基一と北見志保子との接点もはっきりしている。それによると佐々木基一は三五年四月山口高校から東京帝国大学文学部美術史学科に入学、その年に仲賢礼の紹介で志保子のサロンに参加、とある（仲は師片岡良一の学をついで日本近代文学を専攻し、文学雑誌の編輯に携わっていたというからそのあたりで志保子との関係も推測される。作中では菅隆之助）。サロンについては「中国との戦争がまだ本格化していなかった頃、若くて独身の文学青年や学徒たちがここに集まって、酒やビールを飲みながら、存分に議論したり、気焔をあげたり、夢を語ったり」し、それが可能だったのは夫の松本氏の趣味か、女史の人柄の反映なのか、ほのぼのとした暖かみのあるこの部屋の雰囲気のせいだったかもしれないと、全盛期のサロンから数年後、主人公の須永五郎はあらためてその客間を見まわしている。ガラス戸つきの本棚には第一次大戦後のドイツ留学中に松本氏が買いもとめたらしいドイツ語のリルケやデーブリンの詩集、グロスの画集などが収まって……と。どのような本が並んでいたか、子どもには知るよしもなかったが、当時の浜（北見）家を知っていたものにはまざまざと思いだすことのできる室内の描写である。

かつての「鷗会」とはちがい、このサロンに集まっていた青年たちのなかで志保子はどのようなところに位置していたのだろうか。岡朋子のモデルとなっていると思われる女性（創刊以来「月光」の会員であったこのひとについても、私たち子どもには親しくかわいがってもらった記憶がある）をはじめ、若い人たちの面倒をよくみていたことは確かだ。歌会や古典の講義（たとえば片岡良一の源氏物語）にさそわれたことがあると、そのころ女学生だったひとから最近偶然聞く機会があった。ひとの面倒をみることと、ひとに頼られてその中軸として在りたいという願望が表裏をなしているとするのは少々乱暴な言だろうか。「多磨」退会の遠因も案外そんなところにあったのではないかと思えないこともない。佐々木基一の小説のなかで、うめの女史は「そこはかとない特権意識」を感じさせるとはいえ、「大正時代の女性解放の空気を吸って育った女性であった。そのためか、体質的に寛容な自由主義者で」「南国生まれの女らしい情熱と、おおらかな母性愛を混ぜ合わせたような心情の持主」として描かれている。もっともここでは「うめの女史が中心のサロンというより……彼女自身は若い人々の議論の聴き手」となって若さを保つ栄養源としていたのかもしれないと、須永五郎はみているが。治安維持法のもと状況が逼迫してきて五郎のグループのなかからも逮捕者がでるようになったと聞いても、うめの女史の楽天的な態度はあまり変らない。そのようなおおらかさに頼って、いろんな頼みごとや相談を五郎は彼女にもちかけている。実際佐々木基一自身、年譜によると戦後も結婚後の住居の世話などを北見志保子からうけている。「垂直に切りたった懸崖を思わせ」る岡朋子の歌と比較してのことだが、飛鳥うめの女史の歌について五郎は「どちらかというとおおらかな作風で、なだらかな起伏をもつ丘陵の連らなりを連想させる、ゆったりとした歌」という見方をしているが、この見方は、うめの女史として描かれている人物像のもつ雰囲気に近いと同時に、北見志保子の歌の特徴の一面をあらわしているともいえないだろうか。『停れる時の合間に』第一章が書き起こされ「近代文学」創刊号に発表されたのは四五年一二月、二～五章は四六年中である。志保子がこの作品の五章までを読んでいたことは当然考えられるし、作家自身もそれを意識して書き継いでいたことは容易に推測される。

ところで本名の永井善次郎で発表された「月光」掲載の論考「『風雅』について——芸道論の覚え書——」は、連載のうちの四（一巻六号、四九年一二月）のみが現在私の手もとにあり、おそらく創刊号、二号、三号に掲載されていると思われる一～三については未見である（連載の五以下があったか、不明）。この論考については『停れる時の合間に』付記の年譜にも記載がない。全体を見ないでこの論考の要旨を述べることはむずかしいし、誤解の生ずることもあろう。ただ（四）のみにかぎっていえば、すでに俳誌「草くき」の会員となって（三五年）、同誌に俳句、句評、詩論をさかんに発表していたという（以上年譜による）佐々木基一にしてみれば当然のテーマであったと考えらるが、俳諧における談林派を、また談林から蕉風への転換をどうとらえるかという問題をめぐる二人の論者の趣旨を紹介している。談林の俳諧を過渡的なものとするのは通説だが、一方の岡崎義惠はそれを文芸学の立場から談林の俳諧を抒情詩のジャンルとしてみとめず、西鶴の浮世草子の方向にもってゆき、もう一方の頴原退蔵が、岡崎の論考を批判し、むしろ談林派の町人文芸としての進歩性を認めながらも、町人的民衆的性格を抒情的心情にまで発展させることができなかったとする点においては、和歌連歌すなわち「あはれ」にかえることで芭蕉が抒情的精神を更生させたとする岡崎の論旨と軌を一にしていると永井は評し、問題は未解決のまま残されていると、戦後の方向に対しても示唆的で興味深かった。佐々木基一は晩年まで連句の座に参加している。

「月光」四巻一〇号（四二年）に、北見志保子の「信濃追分にて」という一文があり、おそらく前記サロンのメンバーたちとのにぎやかな交流のあった数年まえの追分の様子や、木崎龍（仲賢礼の筆名）、永井善次郎の名もみられる。そしてこのとき『停れる時の合間に』に書かれている状態とおなじように大連で病床にあった木崎龍を案じ、永井の一週間ほどの追分滞在にも触れている。おそらく『停れる時の合間に』の作中の時間とかさなっているのではないだろうか。

佐々木基一と小夜子のあいだに接点があったか、どうか、ということについてはまったく不明である。永井善次郎の論考が連載されていた時期には小夜子はまだ大阪にいたわけだし、彼女の上京後は、すでにサロンも解消され佐々木基一自身も病気の療養や仕事の関係などで北見宅から遠ざかっていたと思われるから、直接的な接点はなかったのではないか。戦後、佐々木基一がすすめていった芸術運動の方向、その多様な翻訳、批評活動と、この女歌人たちの歌の仕事とのあいだになんらかの関連性をみつけることは、いまの私にはできない。たぶん大きな時代のながれのなかで全体を見通してゆくことがつねに要求されてくるのだろう。

念願の曙町に居をさだめたとはいえ、最初の家は、屋敷町といわれていた曙町一一番地のうちでもその片隅のちいさな借家で、一方は隣家の庭に、反対側はすぐ隣の板塀に接していたから隣家の話声も耳にちかく、この家について語るとき小夜子はよく「夕顔」の宿を譬にひいていた。仕事場にもなった居室の窓のむこうが隣家の庭で、「河内野集」のころあれほど自然の景に身を託して歌をつくってきた小夜子にとって、この町中の隣家のちいさな庭が日々身近に接することのできたほとんど唯一の自然だったのではないだろうか。このころの歌を『朝こころ』のなかからいくつか引いておく。

この窓の向ふに水の湧く井戸のありと思へば夏の清しさ
朝はとく井戸のたたきを洗ひあげそこら濡れたる夏草の花
街住みは家のうち暗くひと方の青葉の窓の光をたのむ
蛙のごと野天に喚《わめ》き育ちし子が市中の家に声もはみだすよ　（曙町に住む）
柿熟るる隣の庭は窓越しにこの古家もいつか住み経ぬ
色ふかき実におくれつつ柿の葉のもみぢそむるがたのし窓の辺　（丸の内にて・古家）
世にかくり住居し頃の家の門椎に覆はれて今も閉せり
この道を踏まざりし間の六年はわれになかりしごと往き来す日日に　（秋を呼ぶ・駕籠町）
秋の灯をひとつともして椎のかげや遠き愛慕にひとり眠りし　（同・その頃を）
ゆくりなくみづみづしき月が登《のぼ》りそめて静かに街のうるほふを見ぬ　（同・山の手線にのりて）
建物も石の面つめたき夕ぐれはわれも小さき秋の人なる　（愁人）

26　外にむかって歩きだすということ

前節の最後に引用した歌のうち、「ゆくりなくみづみづしき月が登りそめて静かに街のうるほふを見ぬ」は詞書にあるように山手線の車内から眺めた風景だが、「建物も石の面つめたき夕ぐれはわれも小さき秋の人なる」を、私はこれまで丸の内のビル街にたたずむ、あるいは通り過ぎる、ひとのすがたを目に泛べて読みとってきた。しかしあらためて『朝こころ』及び諸誌掲載歌を筆記した自筆ノートを見ても「愁人」と記されていて、「丸の内にて」の連作はその二号あとの「月光」（二巻一二号）に発表されている。歌集のなかで近いところにあったこと、石造りの建物のならぶ街の閑散とした夕暮の印象による思いこみだったようで、「すさまじき争ひのごとも揉みあひて電車にのれるも世相とのみや」「樹々の群秋をつかれし表情は見てなぐさまねば歩みをうつす」のような「丸の内にて」の連作とはかなり趣が異なる。それにしても四月、抱きかかえられるようにして東京駅に着き、「土の上に慄へとどまらぬわが歩み大気に圧されて身はすくむかと」（初夏・病後初めて道を歩みて）を発表したのがその年、四〇年七月号の「月光」であったことを思うと、六月の板橋から本郷曙町への移転もあってのことだが、外の世界にむかって積極的に歩きだしている様子がみえてくる。このときの急速な健康恢復について、年譜（「林間」追悼号）は、「心身統一法を教義とする天風会に入会し、中村天風師の薫陶をうけ健康を恢復す」と記している。「天風会」がどのような性格、目的をもつ団体であったかを正確に言うことは私にはできないが、インド・ヨガの方法を基盤として編みだされた心身統一による健康法の実践を伝授する道場、とでも言っておこうか。主宰者の中村天風というひとは、戦前の右翼の巨頭、超国家主義者の頭山満（玄洋社）の弟子として大陸浪人（密偵）などの経歴があったというから、日中戦争から太平洋戦争へと突きすすんでいたその当時、どのような態勢で講習会や修練会がおこなわれていたか、想像に難くないだろう。戦意昂揚の旗振りが当然の日常で、大方のひとがあまり疑問ももたずにその波に容易に乗せられていた時代だったから、師に対する絶対的な崇敬と信頼（そして服従も？）が前提としてあったとはいえ、はなばなしい戦争遂行の気風もあたりまえのこととして受入れられていたのだろう。（戦後一八〇度の転換をしたことはいうまでもない。）この天風会に小夜子を紹介し連れていったのは、北見志保子である。彼女をこの会に紹介したというひとについて最近知る機会があったが、志保子自身、心気亢進をこの会に参加することで克服したと記している（噫、川上小夜子さん・天風会機関紙「しるべ」追悼文、五二年六月）。「林間」追悼号に中村天風の文があり、それによると、彼女がはじめて会に連れてこられたときにはあと二、三年の命ではないかと思ったほどだった。しかし健康を恢復し十五年も生きのびたのはひとえに彼女の精神力によるものだったと、小夜子の努力を称讃するとともに「心身統一」の方法を評価している。大阪在住のころに彼女の病状を悪化させていた遠因には多分に精神的なものがあったかもしれない。

外に出て、ひとと接する機会がふえればそれだけ精神的あるいは感情的な摩擦も多くなったのだろうか。このころの歌にはなんとなく気にかかる歌がある。たとえば、

幾日かこころの在りど探しゐて引き裂かれゐるあはれさに会ふ　（秋を呼ぶ・こころ）
とげだちし心の先端《はし》をむけかねて堪ふる冬の夜は頬の灼けくる　（灯）
心いたくかき乱されてかへり来し我が家の子等の息吹あたたかさ　（糧）
子のことを言はるるは母をうつ鞭ぞひびく痛さに堪へ堪へて幾日　（母が歌ふ）
敗かされてゆくおのれかと思ふとき椎の花の香はいとはしく来ぬ
誰ぞ来てこのおもき胸ひらけともてあます日を騒がしき子ら　（雨季）

四〇年八月からほぼ一年のあいだの作品である（以上『朝こころ』による）。傷ついた心をかかえて家にたどりつく、ときには子どもの容赦ない言葉に不意をつかれることもあったかもしれない。どのような痛みを堪えていたのか、どのような鬱屈をかかえこんでいたのか。子のことを言われて、ということ以外には具体的に解りようもなく、重苦しい気分だけがつたわってくる。北見志保子の追悼文（歌人クラブ会報）中に「川上さんの神経の容易さ」という箇所がある。たとえば「『貴女に言ふと怒るから黙つてしたわ』と裏切りにも値することを平気でやつてのけ」、たとえ「本気で絶交しても『ええ、いいわ』と月日とともに忘れて了ふ事の出来る容易さ」というのだが、これらの歌から見えてくる小夜子の心情はこだわりのない、明るいものだけではなかったといえよう。長い交遊関係のなかでも見えていないところがあったのだろう。ここまで書いてきて、私はそれにしてもと、川上小夜子と北見志保子というこのふたりの関係をどのように考え

るべきか、途惑っている。小夜子からみた志保子あるいはその逆の立場、歌壇という一種の閉鎖社会のなかでの在りよう、等々。「覇王樹」から「月光」まで、私生活の部分もふくめて知りつくしたとはいえないまでも、その密接な関係のなかで互いを窮屈に感じたことがなかったとはいえないだろう。そのあと戦後になっても、北見、川上とペアで考えられることの多かったふたりである。

引用歌について私が気になるのは、作者の鬱屈がつねに内側にむいていること、その沈潜する気分を転化することなく直接言葉にしているところにある。たとえば外の世界に在る事物によって言葉を造型し、異化された現実との関係をつくりあげてゆくような方法も可能だったのではないか、そのことによって自己主張やあたらしい自分の発見があったかもしれない、と考えるのは性急な要求だろうか。

この時期小夜子は二本の映画を題材に歌をつくっている。三六年のベルリン・オリンピックを撮ったレニ・リーフェンシュタール監督の「民族の祭典」をみて、という連作（四〇年一一月「月光」）と、アフリカの記録映画でもあったろうか「猛獣群」（四一年四月「月光」）と題された「映画ウガンダ」である。

攻略の空爆劫火殺戮の今を思へばこの画夢の如し
かの一令攻略の劫火燃すなるヒトラーの物腰何ぞ人めく
廃墟の跡ここにまざまざ映されありて歴史は又も破壊をくりかへす（「民族の祭典」をみて）
猛獣らかくほしいままなる原始地の残れるはいまだ人類に未来あるなり

諸の国相せめぐより創造者《かみ》の手のまだそのままの原始地を見よ（猛獣群・映画ウガンダを観る）

当時、映画館にわざわざ出向いていかなければ目にすることのできなかった具体的で直接的な映像のもつ力を思わせる連作で（あるいは中国大陸やヨーロッパ戦線のニュース映画などとあわせて上映されていたかもしれない）、むろん明白な非戦を表明する歌ではないし、作者自身どれほど意識的だったかわからないが、悲惨な時代の状況に対するすなおな情感を読みとることができる。戦争の仕掛け人であるヒットラーも生身の映像では「何ぞ人めく」と奇妙な思いをし、人間の手の入っていない原始の地が残されているのをみて「人類に未来あるなり」と感動しているところなど、理屈ぬきで作者の心情に近づくことができそうだ。

「月光」創刊にあたって小夜子があたらしく取り組もうとしたことに日本古典文学、特に和歌の研究があったと推測される。「草の実」にもほとんど毎号のように散文を執筆しているが、「草の実全巻を通して小夜子さんが批評の役を引き受けて……」と水町京子の追悼文（「林間」）にあるようにこれらの散文は岡本かの子、杉浦翠子をはじめとする当代の歌人、歌集に対する批評が大半を占めていて、古典に関する文章は「万葉の片々」（四〇年四月号）のみである。しかもこの一文は浜木綿、生駒山、勝間田池、と彼女自身の周辺にあるもの、あるいはかつて訪ねた地にかかわる「万葉集」中の歌にふれて書かれた身辺雑記にちかい随想である。古典研究の最初の試みである「万葉集女流の月の歌」は「月光」一巻二号（三九年八月、収録されている『草紅葉』

に七月とあるのは執筆時・本人による記述）～五号まで四回の連載で、額田王の「熟田津《にきたづ》に船乗りせむと月待てば潮もかなひぬ今は榜《こ》ぎいでな」の歌からはじまっているが、この歌については歌そのものの解釈より額田王に関する記述に多くを割いている。ついで大伴坂上郎女の歌を五首。作者を「巧みな」歌の作りてとして評価し、「歌境も広く複雑でしっかりした気性の女性らしく」「その時代の女性には珍しく複雑な、理性的な素質があるやうに伺へる。それらの中で、月を詠んだ歌だけは、対照《ママ》が清らかな月であるだけに、割合と心も単純に、表現も単純化されて成されてゐる」とある。連載（一）の最後は豊前国娘子《をとめ》の歌を二首。（二）は加茂女王にはじまり、作者未詳の「悲傷膳部王《かしはでべのおおきみ》歌一首」と大伴坂上大嬢《おおいらつめ》が夫家持に贈った歌。つづいて家持の返歌と、大嬢の歌が数首あげられているが、これらの歌は月を題材としていない。この回は月の歌より坂上大嬢に関心がむいているように見うけられる。（三）には紀女郎《きのいらつめ》の、月夜の梅花にことよせて若年の家持とかわした相聞歌と、おなじ作者による同様な情景の、こちらは雑歌。（四）は湯原王の月の歌にこたえた作者不詳の歌を贈答歌のかたちのままとりあげ、さらに湯原王のそれ以外の月の歌を紹介し、湯原王に対する「尽きぬ興」を述べている。ほかに家持をめぐる女性のひとり河内百枝娘子らの歌三首。女流の月の歌を標題としながら、そこに限定できなかったのは、月の歌に、作者不詳の歌が多く、そのなかで女性と断定できる歌の意外にすくないこと、多作な女流歌人に月の歌がみられないことなどがあげられている。小夜子があえて「女流」にこだわったのは、「月光」という歌誌の性格上、また「草の実」以来の関心のありかによると思われるが、私としてはこの連載で女流の枠からはみだしていったところにむしろ惹かれる。最初のテーマとしてあえて月の歌をえらんだことには、誌名「月光」以上になんとなく微笑ましい気持で思いおこす情景がある。この小論の書きつがれていたころ小夜子はまだ河内野に住み、病臥することの多かった二階の北窓からは生駒山頂にのぼる月を心ゆくまで眺めることができたのである。しかしいま読みかえしてみると当時の小夜子の作品に月の歌は意外にすくない。古歌をこえることのむずかしさを知っていたのかもしれない。当時の歌人にとって古典を知ることは必須の条件だったろう。三五年刊の『万葉集総釈』十二巻（楽浪書院、編著者は武田祐吉、土屋文明をはじめとして各巻二名ずつ）は全巻そろっていて、この小論を書くにあたってこれらを参照したと思われる。また私の手もとにある岩波文庫『白文・万葉集』（佐々木信綱編・三〇年刊）には細かい書き込みがあり、上京後か、またはそれ以前に万葉集全講会（武田祐吉・月二回、文芸家協会）などにも参加していたか。

27 「季節の秀歌」

小夜子は「季節の秀歌」というタイトルの小論をおよそ二年にわたって「月光」に連載している。四巻七号（四二年七月）から六巻五号（四四年五月）までと思われる一七回で、そのうちの一回（五巻二号）をのぞいたほぼ全文が遺稿集『草紅葉』に収録されている。『草紅葉』は没後、一周忌のために遺族が編纂した冊子で、『光る樹木』以後の短歌と、生前、著者自身が整理していたと思われる散文を集めたもので、夫久城修一郎の後記には、散文のなかでも「月光」連載の「季節の秀歌」は「著者が最も力を注いだもの」とある。いまとなっては私自身ほとんど記憶にないので、多分としか言いようがないが、「季節の秀歌」も切抜きのようなかたちで保存されていたのかもしれない。一回分の欠落はその段階ですでになかったものと考えられるが、敗戦を経た状況の変化によって小夜子自身があえて削除したと思われる部分もある。それらのことは最近手もとにとどいた当時の「月光」と照合してわかったことだが、連載の最終二回、戦地にある兵士の歌及び川田順の日中戦争開始時の歌についての文章はまったくそのまま収録されているようにみえ（このときの「月光」については未見）、いかにも整理の途次であったと推察できる。

『草紅葉』は歌についてまったく素人の遺族の編輯だったので、いま読みかえしてみるとたんなる誤植ではない間違に気付く。一行近い脱落のために言わんとする意味が不明になったり反対になったり、申し訳なかったと思う。だがいまさらながら、この誤り、だれに対してあやまるべきなのだろう、引用されている歌の作者にか、それとも著者に対してか、あるいは読者にか。

タイトル「季節の秀歌」は八回目以降「季節の歌」に変更されるが、とりあえずそのあたりまで、この連載でとりあげられている歌について記しておく。小夜子の関心がどのあたりにあったかということもおのずから見えてくるかもしれない。季節の、という限定が発行月の季節を指しているのはいうまでもないことだが、連載初回の冒頭に、彼女は、「眼もそむけたくなるやうな戦場の自然が、時には涙も流れるほどの美しい夕景色となつて眼に映り」そういうときに歌心が生じたという、戦地で経験してきた歌人の言を引き「自然の命にふれることによつて」詩情は培われるとし、自然詠の秀歌を読みかえすことの必要性を説く。その初回に白秋をとりあげたのは彼女としては当然のことだったろう。

まず『白南風』から「梅雨ふかし薄ごもりに生みためて卵《かけ》の光沢《つや》も失せぬる」をあげ、その序文の「自然の観照に於ては必ずしも名山大沢にこれを索めず居に従ひて遂に咫尺の四囲にすぎず」というフレーズを引用、白秋の自然詠について、「日常生活の中から詩情を汲」みながら「宇宙自然の生命と己れの命とが渾一にして融通自在無碍とでも言ひたい」と書く。少女のころから身近に鶏を飼っていた小夜子にしてみれば、梅雨の季節の鶏の習性にも通じていて、そのあわれさもふくめ、この歌の情景のもつひろがりをいっそう深く読みとることができたのだろう、歌の解説からそのようなこともみえてくる。この季節の歌として「他の追従をゆるさぬ秀品である」としている。ほかに「月の出や稲葉爽立つ夜嵐に蛍あふられ田の面立ち消ゆ」など三首をあげる。次号は島木赤彦の大正一二（一九二三）年夏の作品から八首。

九月号は木下利玄の「曼珠沙華の歌」をめぐる文章であるが、もっとも私の興味をひくところとなった。畔道の草むらにもえるような赤さで咲き盛っている曼珠沙華の景は、小夜子にとってやはり忘れられない故郷の秋の情景で、その記憶が利玄のこれらの歌を九月の秀歌として選ばせたことはたしかだろう。しかしとりあげた歌についての解説に私は、彼女としては、ひどく新鮮なものを感じたのである。はじめに「曼珠沙華の花の群りに午後秋陽照りきはまりゐてむつつりしづか」「曼珠沙華真赤に咲き立つほそ径を通りふりむけばそのまま又見ゆ」など四首をあげ、

「初秋の趣をあますところなく感得せしむる」と記したあと、「表現の方法が自由奔放、散文に見るやうな口語の調子さへ加へられて練り上げられてゐる点を見のがしてはならない」と指摘している。「むつつりしづか」という語句について「断然、利玄独特の表現」と絶賛しているが、そのあとに「言葉の表情という語を使つてあつたが」とあるのは利玄の歌についてそのように評した論でもあったか。口語自由律の短歌についてはすでに昭和初年ごろの前田夕暮の方向もみてきているわけだが、それとはまた違った練りあげられた表現を感じとっているように見うけられる。そして先にあげた二首目の「曼珠沙華真赤に咲き立つ」の歌を「狐ばな」という詞書のある連作のなか「舂《うすづ》ける彼岸秋日に狐ばな赤々そまれりここはどこのみち」「曼珠沙華咲く野の日暮れは何かなしに狐が出ると思ふ大人の今も」などのあいだにおいてみたとき、幻の世界のなかで狐にまどわされているような感じで思わず利玄の世界にひきいれられると、ある。

「曼珠沙華の歌」は二五（大正一四）年一月の「日光」に発表され、利玄の最後の傑作として名高い（中公文庫）とのことだが、「日光」は石原純、釋超空、白秋、夕暮らによる歌誌なので、発表当時すでに小夜子が読んでいた可能性はおおきい。その「日光」（二四年六月号）に白秋の「口語歌について」という文章があることにたまたま気付いた。白秋は「雅語を口語に直しただけでは単に翻訳に過ぎないであらう。口語の歌は口語の発想でなければならぬ時にのみ成る。……現代の口語歌作者の多くは、内容から形式が必然的に成ることを度外にして、旧形式に強ひて、口語を歪《ひづ》めようとしてゐる」と安易な口語の作歌を批判し、内容の質の高さをもとめ、形式についても「詩の技巧を研磨」すべきであると説く。興味深いのは、短歌作者としても多くの体験を経なければ「あの微妙な口語の持ち味といふものは遂に知られないであらう」（傍点筆者）と記しているところである。そして「ただ、短歌は短歌としての格律が口語としても守られなければならぬから、事が容易でないのである」と、伝統芸術に寄せる思いのなかで変革をもとめている、どこか誇らしげな自負と苦渋の姿勢も仄見できる。木下利玄も前田夕暮も、このような流れのなかにあったと考えられよう。どのようなかたちであれ、小夜子が口語による作歌を試みようとしたか、否か、いまのところ私は知らない。

第四回の一一月は伊藤左千夫の「あづさの霜葉」の連作。著者によればこの作品も前回の利玄同様代表的傑作で、信州の山々を詠んだ歌に佳い調べの作品があるとのこと。

四三年一月の第五回は「愛国百人一首中より」である。正月の遊びとして親しまれてきた小倉百人一首が戦時下の愛誦歌としてふさわしくないと、おそらく四三年の正月にまにあうように制定、発表されたものだろう。小学校入学まえから百人一首のかるた遊びになじんできた子どもの私たちは、新聞に掲載された愛国百人一首を、小夜子に筆写してもらい、かるたの形に画用紙をはりあわせて手製のかるた札をつくった記憶がある。巻頭の歌は、たしか柿本人麿の「大君は神にしませば雨雲の雷《いかづち》の上にいほりせるかも」（万葉集巻三）ではなかったか。実朝の歌もあったように思うが、ほかにどのような歌が採られていたかほとんど覚えていない。『万葉集』ばかりがもてはやされていた時代だったから、『万葉集』からの採歌も多かったのではないか、なんとなくそのように思われる歌にであうこともあるが、それは「大君の」という語をふくむ歌であることが多い。わざわざ作って遊んでみたものの、この百人一首でかるた遊びに興じたということはなかった。選定にかかわった特定の歌人たちについては不明だが、文学報告会の結成が四二年五月、その事業のひとつが「愛国百人一首」の選定だった。いま私の手もとに昭和十七年六月の日付のある「日本文学報告会要綱」という小さなパンフレットがある。六月に発会式がおこなわれたというから、参加した小夜子のもち帰ったものであろう。「愛国」という言葉が大手をふって歩きはじめている現在、「愛国百人一首」という官製の「遊び」が選定、宣揚された時代をかさねて考えることも必要ではないか。

一月号の季節の秀歌「愛国百人一首中より」は、『草紅葉』収録に際して、前書きにあたる部分、半ページ分が全文削除されている。削除された部分には、その選定が「情報局や文学報告会の手によって」とあり、軍官の介入が明示されている。百首のうちの半数が「徳川後期の皇学興隆から幕末維新の志士の歌」、『万葉集』から二三首、その「中間の二五、六首が勅撰集時代の太平讃歌や南北朝時代の悲歌、元寇の国威発揚の歌などで占め」られていたとある。これらの歌について小夜子は「この愛国といふ意味が狭義の尽忠報国の範囲をこえた広義の愛国で、その中には孝行、母性愛等の日本精神の基をなす歌、太平の御世を寿ぎ君万歳を讃ふる歌等もあつて、悲壮な愛国尽忠の歌の厳しい色彩を和めてゐるのはよいことである」と記している。この文章はてもむなしい。そらぞらしい感じさえする。しかし当時としては当然の国策に沿った一種の美辞麗句のスタイルであったと思う。あるいは母性愛云々などをもちだすことであえて自分を納得させようとしているのだろうか。

『草紅葉』では以上の部分は削除、葛井諸会《ふぢゐもろあひ》の「新しき年のはじめに豊の年しるすとならし雪の降れるは」（『万葉集』巻一七）からはじまっている。新年とはいえ季は冬、雪の歌がつづく。もっともここでとりあげられている「愛国百人一首」中の歌「降る雪の白髪までも大君に仕へまつれば貴くもあるか」（橘宿禰諸兄）「天の下すでに覆ひてふる雪の光を見れば貴くもあるか」（紀清人）は、葛井諸会の歌ともども同じときに元正天皇の詔にこたえた歌である。いずれも雪の景に寄せて、太平の世と天皇をことほぐ歌にかわりはない。ほかにこの百人一首にとられていないが紀朝臣男梶、大伴家持の同じときの歌、おなじく家持による『万葉集』最終歌「新しき年の始の初春の今日ふる雪のいや重《し》け吉事《よごと》」。あとは加茂真淵の門下という楫取《かとり》魚《な》彦《ひこ》と、荒木田久《ひさ》老《おゆ》の「初春の初日かがやふ神国の神のみかげをあふげもろもろ」、最後に橘曙覧《あけみ》の「春にあけてまづ読む書も天地のはじめの時と読みいづるかな」をあげ、「古事記即ち天地開闢日本国土成立の歴史を何書よりもまづ新春第一に恭々しく繙き、日本人としての尊い感激に浸るのである」と結ぶ。

二月号と三月号は中村憲吉をつづける。二月は『しがらみ』中の「氷川」「雪の朝」の連作からと、『軽雷集』の「梅林の鶴」。三月はおなじく『軽雷集』の二三首の連作「月ヶ瀬行」のなかから選ぶ。憲吉の歌について著者は「季節感の豊かな歌が多くて、全集を拡げれば一年中の季歌は豊富に選ばれると思ふ」と記す。四月号は休載、五月号から「季節の歌」とタイトルを変更。この回はこれまでのように名のある歌人の作品ではなく、身近な女性歌人の歌に注目する。前文で小夜子は、女たちの歌があまりに幽かに感じられるのは、彼女たちが女であることに拘りすぎるか、甘えた気持があるからかと問いかけ、「小さなる形式の歌に大きな生命を、たくましいものを、ふかきたましひを」と、その思いを述べている。

28　「季節の歌」とふたたび「曙雲抄」のころを

五月号、身近な女性歌人たちの歌は、ヨーロッパから帰国直後の五島美代子の、若葦の景を、窓を要《かなめ》として「口語めいた」「自由律めいた」表現で歌いあげた歌と、しみじみと心にひびく杉田鶴子の哀悼の歌とを比較しながら鑑賞するところからはじめ、栗原潔子、遠山英子、若松仲子とつづけ、遠山光栄の「この峡のはるる日照雨《ひばえ》に青しづく蕨をしめす稚き夏もえ」について「夏もえのわらびの瑞々しく、而も幽かなる風情は、何と深いものであらうか」としめくくる。六月は雨季、ほととぎすや五月雨の古歌を引いたあと、今井邦子、阿部静枝、北見志保子、若山喜志子ら女歌人の雨季のころの花の歌がつづく。七月は当然のように人麿の七夕の歌にはじまり、西行、実朝、木下利玄とつづけ、古泉千樫の「飽くばかりうち息はむと吾が待ちし夏の休みは来れるものを」「外を見ればいたき光りのみなぎれりむなさわぎつつ汗湧く吾れを」をあげて酷暑のなかの生活の息苦しさも指摘する。この号にも水町京子、館山一子らの女歌（月の歌）をとりあげている。七夕の歌について記したあとにこの決戦下優雅な行事どころではないとして「どうでも勝たねばならぬ日本なのである。彦星も織女星も天上にあつて、日本の勝利を祈つてゐてくれるであらう」とあえて書かねばならなかったところむしろいじましい感さえある。八月は立秋の季、式子内親王（古今集）と永福門院（玉葉集）など古歌の引用のあと、長塚節、与謝野晶子の歌があるが、この後半の部分は『草紅葉』では欠如。次号（一〇月）も、若山牧水「故郷」の連作から「阿蘇荒れの日にかもあらめうすうすとかすみのごとく秋の山曇る」「母が飼ふ秋蚕の匂ひたちまよふ家の片すみに置きぬ机を」「われを恨み罵りしはてに噤みたる母のくちもとにひとつの歯もなき」などを引き、「一種の暗さと頽廃的な気を感じさせ」「複雑な人間の感情感覚が立体的に取り扱はれてゐて、この感覚は万葉でも、古今でも、新古今でもない」とする後半を削除して、『万葉集』『古今集』中の雁や鹿鳴の歌について記した前半のみを『草紅葉』に収録しているが、これらの削除については推測しがたい。

秋の歌には耳目に親しい古歌が多い。それら古歌のなかから「この葉散る宿はききわく事ぞなきしぐれする夜も時雨せぬ夜も」（源頼実・後拾遺和歌集）を筆頭に、「心なき身にもあはれは知られけりしぎたつ沢の秋の夕暮」（西行・新古今集）「見わたせば花も紅葉もなかりけり浦のとまやの秋の夕ぐれ」（定家・同）などをえらんで一一月号の歌とする。次回は翌四四年二月、やはり古歌である。『万葉集』巻五、大伴旅人は任地の太宰府の館に客人を招いて梅見の宴をひらき、三二首の梅の花の歌が列挙されていると記し、この回の季節の歌はこの三二首のなかからと、旅人自身が追和した歌などのなかから梅花に関する歌のみをとりあげている。二月の梅とはいささかステレオタイプでありすぎるような気もするが、桜よりも梅を珍重していた万葉時代の古典の紹介としてはやむをえなかったというべきか。三月号は窪田空穂の長歌「春来る」を冒頭に置き、ふたたび白秋の『白南風』から三月に吹きあれる東京の風の歌「霾《つちふ》らし嵐吹き立つ春先きは代々木野かけて朱の風空」などをあげ、当時の代々木練兵場の土埃のものすごさに同感し、「霾《つちふ》らし」や別の歌の「錆いろの風」というような表現など白秋の言語感覚の独自性を指摘している。そのあと当時アララギの新進歌人であった佐藤佐太郎の作品から季節の秀歌を選びだすことのむずかしさについて、「哄笑がまだ残るかといふほどのその部屋を出て廊下を歩む」（春音）と「春の露あらはに置きぬ北窓に吾れの見てゐる庭草の上」とをあげ比較しながら説明している。前の歌ではその「心の様相や生くるいのちの態度」のようなものは理解できても、あとに引く余情や余韻にものたりなさを感ずる。しかし後者には「春の露のみづみづしさ、植物の生々しさ、はては朝の空気の肌触り、空の色、等まで」を読みとって「全体の背景に新鮮な春の天地を感ずる」としている。多分に深読みの感がしないでもないが、このあたりにかえって自然詠に対する小夜子自身の考えを読みとることもできよう。

「自然を相手にした季節の感覚をもつ歌は、心の様相の外にその余韻のひろがりがずつと大きくなつてゆく」と書くとき、彼女はそこに自分と同質の経験、同質の対自然観を期待してはいないだろうか。日本の四季の多様で微妙な移ろいにふれ、大きな自然のうちにつつまれて在る自分をみいだすとき、ひとはそれぞれの複雑な感情や、その生死にまで思いをひろげてゆくこともできよう。これはいまここでもちだすべきことではないことかもしれないが、このような認識が個をこえて世界、あるいは時代とつながってゆくためにはどのような方向があるのか、また敵対する自然と対峙したときにはどう対処することになるのか。「季節の歌（秀歌）」のなかで小夜子がそのような問題意識にふれた部分は見あたらない。あるいはこれらのことは私たち自身の問題かもしれないが。

「廃刊(筆者註「月光」の)を断行する日も間近に迫つて」という前書きのある十五回(四四年四月号)の冒頭は、山本友一の「靖国神社臨時大祭」(春)の歌にはじまるが、戦時下の型どおりの作品でおもしろくない。しかし「稲青き水田見ゆとふささやきが潮となりて後尾に伝ふ」「落ち方の素赤《すあか》き月の射す山をこよひ襲はむ生くる者残さじ」など当時戦場にあった宮柊二の歌には惹かれるものがある。特に後者について小夜子は「激越な闘志をもちながら、作者はなほ光らぬ朱の下弦の月のさす山と心に余裕のある詩情を見せてゐる心にくいまでの詩人」と記しているが、この結句にいたるまでの作者の心情には「激越な闘志」などという表現では覆いきれない、否むしろ残酷な戦いの場にのぞまねばならない、敵味方をこえて悲痛な思いがこめられるはずではなかったか、このような結句にせざるをえなかった時代の不幸を思わずにはいられない。最終回は先述したように省略削除された形跡もなく、日中戦争の発端となった時期の川田順の歌がえらばれ、それから七年後の今日「どんなことでも驚かない。勝つまでは、といふ国民になつてゐる」とむすんでいるが、この時期、二、三の例外をのぞいて、自然を対象とする季節の歌にあえて取り組もうとしていた態度を思いやるべきかもしれないと今思っている。

このころ小夜子自身の周辺にあったいくつかの変化について記すまえに「月光」誌上にみられる戦時下ならざる事象について紹介しておく。おそらく多くの短歌結社でおこなわれていたことと思うが、戦病傷兵の療養所訪問である。三枝昂之『昭和短歌の精神史』によるとこの療養所訪問の発端は、陸軍病院に療養中であった一傷病兵の、佐々木信綱（「心の花」）宛の手紙にあるという。「傷病兵に歌を教えて欲しいという要請」にこたえて、三八年九月、信綱は陸軍第一病院を訪れ、三九年には『傷病軍人聖戦歌集』も発刊されている。

「月光」の最初の訪問は四二年九月の茨城県村松村の晴嵐荘である。東海村村松の、日本原子力研究所（および原子燃料公社）を経て、現在は日本原子力開発機構となった松林の敷地に隣接する国立病院で、戦後しばらくは結核療養所として機能していた。参加者は北見、川上、大河内ら九名。そのときの記事と傷病兵、看護士らの歌が一一月号に三ページにわたって掲載されている。重病者にはマイクで放送されるなど盛大でなごやかな雰囲気であったようだ。二回目は同年一一月の千葉県千城村傷病軍人療養所で、「多磨」の鈴木英夫が短歌部の指導にあたっていて、「香蘭」の社人も時々たずねていたらしい。慰問歌会の三回目は東京府下清瀬村（現清瀬市）の東京療養所であった。四三年四月、近郊であったためか参加者も多く記念写真も残されている。晴嵐荘訪問以降、ほとんど毎号のように各療養所の歌稿が掲載されている。兵庫療養所の名もみえるが、もっとも熱心につづいていたのが晴嵐荘であったようだ。いわゆる「銃後」の奉仕という義務のようなものだったと思われるが、いつまで継続されていたのだろうか。晴嵐荘と清瀬療養所訪問時の小夜子自身の歌が『朝こころ』に収録されている。初出はむろん「月光」である。

むきむきの松のなりこそゆたかなれここは果てなき松原の秋
幾日経ていまも眼にのこる松が根の女郎花の花の夕明りさへ
した草の蕨萌ゆとふ榛原に春を嘆ける兵を愛しむ
（晴嵐荘行）

榛原の芽ぶきはまだし匂ひそむる桜まじへて春日はたけぬ　（榛原・清瀬行）

連作のなかから幾首かを引いてみたが、あからさまに療養所行きや傷病兵にふれた歌よりも周辺の自然をうたった作品に目がむいてしまうのは、傷病者にたいする戦時下の型にはまった表現を忌避したいだけではなく、これらの自然詠の歌からその底をながれている情意を汲みとることができるように思われるからだが、それはその状況を知ったうえでの深読みなのか、それとも小夜子自身が「季節の歌」のなかで指摘していた「余韻のひろがり」と関連しているのだろうか。「した草の」の歌、初出は「ひとを愛しむ」で、当時の事情は理解できるとしても、あえて「兵」とすることによって歌のすがたは損なわれたようにみえる。

私の手もとにある「月光」は四四年三月号が最後だが、その後まもなく統廃合されたと思われる。同年一〇月号の「短歌研究」に歌誌の統廃合にふれた北見志保子と山形義男の文章があり、それによると一般歌誌は四月号をもって打ち切り、七月あたりを目安に合併号を発行することになっていたらしい。女性歌誌も八月発刊の予定がのびているとあるが、それが「芸苑」であった。「芸苑」（女性文芸誌と銘記）は「むらさき」を主体として六種の女流歌誌を統合し八月に創刊された（発行巌松堂）、「女性の為の唯一の古典及び文芸の雑誌」とある（水町京子の年譜による）。水町の主催する「遠つびと」と「月光」以外にどのような歌誌が加入していたか、いまのところ私には解っていない。ただ歌の選者として、今井（邦子「明日香」）、水町、川口（千香枝「草の実」）、北見、奥村さき、相沢照子の六名の名があがっているところを見ると、それぞれの歌誌を代表して、と推察できる。近代文学館の所蔵は九月発行の一巻二号から。この二号に小夜子は実作指導「季節の歌――古歌より」を掲載、大伴家持、藤原定家の秋の歌をとりあげ解説している。「むらさき」は、一九三二（昭和七）年に創設された紫式部学会（会長・藤村作）の機関誌（会報）として三四年に創刊。当学会は『源氏物語』の完訳及び平安朝女流文学の研究者としての与謝野晶子の業績をたたえ、通常会員として女性の参加及び研究を奨励している。「芸苑」が女性のための文芸誌として発足したこともこの流れのうちにあったのだろうか。池田亀鑑は三三年来『源氏物語』講座の講師をつとめるなど、当初から深くかかわっていたと思われる。「芸苑」一巻四号（一一月）には池田の「古典に見る元寇」が掲載されている。

すこし溯って小夜子の身辺をみてみよう。「月光」五巻四号に「同じ番地でたつた一側の家並を距てたばかりの今度の家居は、家も環境も丸で違つた世界のやうであつて、私は久しぶりに家らしい家に住んだ心地がする」（春居雑記）とはじまる随想を載せている。四〇年に念願の曙町に移居してきたものの、夕顔の宿と小夜子をして言わしめていたちいさな家からの転居であった。自邸用に建てられていた家を借りることになったと記憶している。随想は四三年だが移転したのはその前年の春以前だったろう。六月号に「習字の稽古、川上方」の記事がある。二階の二部屋続きの座敷が、歌会などにも開放されていたと思われる。このときの習字の指導者は「月光」同人の大河内由芙。書家鷹見芝香との出会いはまだだったか。

はばからず下りたちて踏む庭ありて白き沈丁のはや匂ひそむ
春めきし庭土のいろゆたけくて幾日にもならぬ家居たのしも

空襲は避くべからじをゆとりある家に移りて何かたのまる　（移居）

「この冬期、帝都は夜毎灯火を暗めて闇なり」という詞書のもとにこんな歌もあった。

窓の灯を洩すさへなき屋敷町の闇に人をば送りて気遣ふ

ほのかなる宵月のかげに照らさるる街は凍《し》みつつ匂ふが如し　（月かげ）

戦局がしだいに激化していった時期にもかかわらず、どことなくゆとりさえ感じられるのは、新居住まいのみならず、自身の健康恢復、子どもたちの順調な成長、しかも夫修一郎はそのころ陸軍兵器本部勤務の技術将校として軍需産業の中心的な地位にあり、皮肉なことに小夜子にとっては生活のうえでももっとも安定していた時期だったのかもしれない。

29　ある物語への旅

一九四三年八月八日、小夜子の次兄丁次郎病没。次兄とはいえ、長男甲太郎の夭折にともない事実上川口家の家督を継ぎ、多面にわたって弟妹たちのめんどうをみてきて、小夜子も離婚前後の一時期この兄のもとに滞在していたこともあり、また長男出産時には長女を預けるなどもっとも頼りにしていたと思われる。薬剤官として長期間陸軍病院に勤務、天津、ウラジオストックなど外地をふくむ各任地をへて、最後は鳥取の日赤病院に在職していた。

実は、この次兄丁次郎についてもうすこし知りたいと思い、小夜子の実家である川口家の家系図をなにげなく眺めていて、そこで「仲賢礼《よしのり》」の名にであったのである。ありふれた名前ではない。重複することになるが、確認のため少々復習することにする。本書24（「ふたたび東京へ・「月光」という歌誌」）でとりあげたように、歌誌「月光」（北見、川上共同編集）には評論家佐々木基一が本名の永井善次郎名で「『風雅』について」というエッセイを連載している。私はまだ「月光」の全巻を手もとにそろえることができないでいるので、この連載の（四）に目をとおすことができただけだが（佐々木基一の年表制作者あるいは編集者もこのエッセイの存在を知らなかったようだ）、私としては、戦後もっとも敬してきた評論家としての佐々木基一、当時としても新進気鋭の批評家であったと思われる佐々木基一と、女性だけのちいさな短歌誌との関連をどう考えたらよいのか戸惑ったというのがほんとうだ。もっともその疑問は、戦後まもない四六年創刊の「近代文学」に同年一二月まで連載されたのち、七八年の再開まで中断、八四年未完のままに終わった自伝的大河小説『停れる時の合間に』によって解明されることになる。この作品には膨大な年譜と注が付されていて、それによると四〇年ごろ北見志保子は自宅に学生や文学志望の青年たちのためのサロンをひらいていて、佐々木基一は仲賢礼の紹介でそこに参加するようになったと、ある。25「『曙雲抄』そして『停れる時の合間に』」で私は仲賢礼について、「仲は師片岡良一の学をついで日本近代文学を専攻し、文学雑誌の編輯に携わっていたというからそのあたりで志保子との関係も推測される」と記した。北見志保子は山川朱実というもうひとつのペンネームで徳田秋声に師事し、小説家としても立とうとしていたと思われ（我が家の本棚には樺太探訪記の『国境まで』と『朱実作品集』があったように記憶している）、文壇などとの接触もおろそかにはしていなかったのではないだろうか。最近、仲賢礼が「徳田秋声論」を書いていたことを知って（川崎賢子の資料による）、片岡良一とのかかわりに限られていなかったとも推測できよう。北見志保子が、活気あふれる青年たちにかこまれていることをたのしみ、かれらの面倒をみることに積極的であったことは、東大寺ののちの管長筒井寛秀の学生時代、浜家から通学させ、『停れる時の合間に』で主人公の恋人役として登場してくる岡朋子のモデルとなった同郷の若い女性を身近においていたようなことからも理解できる。夫浜忠次郎の人柄、経済的なゆとり、自身に子どもがいなかったこと、父亡きあと母親をたすけて弟妹たちの面倒をみてきたことなど、世話好きな側面もあったろう。しかしそれがあまり自分にとって利益をもたらさないと判断して手加減することもあったのではないか、そこまでのいわゆるお人好しではなかったと思う。しかしサロンに集まってきていた青年たちの活発な議論のなかにあって「聴き手」となり、それらを自身の若さを保つ「栄養素」としていたようだったとしても（『停れる時の合間に』）、それらの要素が彼女の歌になんらかの影響をあたえたとは、いまのところ私には見えていない。

仲賢礼はその後も佐々木基一に小田切秀雄を紹介するなど文学仲間の中心的な存在だったと思われるが、三七年、満州にわたり国務院総務庁弘報処の役人となって「宣撫月報」の編輯を担当する。その一方で「満洲浪漫」を創刊、「作文」の同人となり、木崎龍のペンネームによっても多くの評論を発表するが、四三年一月大連にて病死している。この仲賢礼なる当時気鋭の評論家が、外戚になるとはいえ、小夜子の実家川口家の系図にある「仲賢礼」と同一人物だったのか、もしそうだとすれば北見志保子とのあいだに、当時大阪に在った小夜子に直接のかかわりはなかったとしても、小夜子の従姉妹であって、義姉となり、且つ「草の実」の同人としても志保子と親しくしていた川口千香枝が介在していた可能性がまったくなかったとはいえないかもしれない。これまでに私が目をとおすことのできた小夜子の文章のなかに仲賢礼の名を見た記憶がなかったので、すくなくとも近世以降は信頼するに足る、川口家の家系図記載の事実をたよりに探しだすことしかできなかった。

系図記載の仲賢礼は、小夜子の父川口深造の従兄弟にあたる川口虎雄の長女ケイ（と大山與一郎）の長女千代子と結婚、一女がある。川口家の系図は父祖伝来のものを私の従兄弟川口邦彦（千香枝の長男）が整理付加し、さらに川口虎雄の末娘古田テルらが、父虎雄の年譜、業績、写真などを加えて完成したものである。賢礼の妻となっている千代子からみると古田テルは叔母にあたるが、五女のテルは千代子よりも年少だったという。この系図本は古田テルから直接私あてに送られてきて、その後も手紙のやりとりはあったものの二年余まえに急逝、直接そのひとのことをたずねる手がかりは断たれていたのである。

しかし河出書房新社の福島紀幸もと編集部員から、インターネットの検索によって、長谷川濬《しゅん》の追悼文「亡き友へ——身辺雑記」（「北窗」五巻三号）など、また川崎賢子による木崎龍の研究（「満洲文学とメディア——キーパーソン［木崎龍］で読むシステムと言説」インテリジェンス四号）のあることを教えられたのである。「北窗」（満鉄哈爾浜図書館）は最近復刻版がつくられて大学図書館が所蔵、川崎賢子の論考も国会図書館からコピーをとりよせることができ、一挙に事は解決することになった。長谷川濬は、海太郎（谷譲次、林不忘、牧逸馬の筆名をもつ）を長男とする長谷川四兄弟の三男で、四郎の兄である。「K君　君が逝つてから幾日経たであらう」とはじまるこの追悼文には「K君、安心し給へ、君の奥さんと赤ちゃんは僕が無事広島に送り届けた。僕が全責任を以て奥さんとよし子さんを守つて朝鮮を旅し、海を渡り、広島の奥さんの実家へ送り届けた。」（Kは木崎のK、仲賢礼を指す）とあって、その赤ちゃんの名と系図上の仲賢礼・千代子夫妻の長女の名前が一致したのである。その当時大山与一郎・ケイ夫妻が広島に住んでいたかどうか、私には確かではないが、川口虎雄一家が、虎雄の広島高等工業学校初代校長就任の一九二〇年ごろから広島に在ったことは事実である。

先述したように虎雄と、小夜子の父深造は従兄弟の関係で、現在の感覚ではそれぞれの家族がそれほど親しいとは思えないかもしれないが、当時の地方の旧家の慣習だったのか、あるいはそれ以上になにかあったのか、両家はかなり親しい関係にあったようだ。虎雄の妻ハマ（姫路藩士の裔、検事伊藤潜長女）と小夜子の次兄丁次郎の妻マツは姉妹で、小夜子は、熊本高等工業高校長時代の虎雄の自宅から尚絅高等女学校に通っている。また小夜子一家が大阪守口に住んでいたころ、虎雄の第三子である長男武一郎一家は近くにいて、年齢の近かった子ども同士で遊んだ記憶も幾度かあった。仲千代子の両親の記憶はおぼろげだが、虎雄の次女シズ、すなわちそのころ陸軍中将だった尾藤加勢士夫妻の印象は子どもごころにもかなり鮮明である。何度か会ったことがあるのだろう。『停れる時の合間に』に付記された注によれば、賢礼は東京生、姫路に育つ、とあり、千代子の祖母姉妹の父親が姫路藩のひとであったこと、また賢礼の父も陸軍の軍医であった（川崎賢子の資料による）というから、薬剤官として陸軍病院勤務の小夜子の兄丁次郎をはじめ、川口家との縁故は深かったのかもしれない。そのような推測やら探索をかさねているうちに、系図を完成させた古田テルの遺族のひとりとようやく連絡がとれて、「赤ちゃん」だった長女よし子はむろんのこと賢礼夫人も健在であることを教えられたのである。

仲賢礼が満州にわたるまえ、近代日本文学の研究者として発表した批評、論考については川崎賢子の前掲文中の年譜に詳しい。それによると北村透谷、島村抱月、森鴎外、児玉花外、徳田秋声、谷崎潤一郎論など多岐にわたり、私自身ぜひ読んでみたいと思うものもある。渡満後は映画の脚本、小説なども手がけている。「彼の歴史把握は同時代のマルクス主義者の方法によっていたが、彼自身は活動家ではなかった。明治の、支配的言説に対して対抗的あるいは抵抗的な文芸、および初期の社会主義文芸には、未分化のまま排除されることなく残されていた要素――それは彼と同時代の左翼思想においては排除の対象とされた神秘主義的要素を含む――それらにたいする強い関心も、書き残されている」と川崎賢子は記しているが、これらの文学活動を一時中断するようなかたちで満州での官職につき、再開したことにどのような意味が読みとれるか。長谷川濬の前記追悼文中に「東京の人人は型が出来上つてゐる。新京の人人は未だ型が出来ていないような気がする。従つて文学の在り場でも一様ではないのだ。君の云つた通り、Aでなく、A′であり、A＋A′型の人間が、何かを企画し、夢見て、建てたり、ばらしたり、作り直したりする処が新京だ」とあるが、これもその答えのひとつかと考えられよう。しだいに逼塞感の強まってきた日本から何かをもとめて脱出していった多方面にわたる多様なひとびと。川村湊の『異郷の昭和文学』（岩波新書・九〇年）はむろん「満洲浪漫」にもふれていて、矢田津世子や檀一雄ら満州を舞台とするあたらしい世界を造型しようとした多くの作家も紹介し、最後に安部公房、三木卓、宮尾登美子ら「子供たちの満州」とその故郷喪失にまで至っているが、そのほかにも別役実らもふくめて、いわゆる満州文学の見直しの必要性をあらためて考えなければならないのではないか。こころざし半ばにせよ、満州文学時代のオピニオンリーダーであった仲賢礼（木崎龍）にはからずも出会うことになって、私はいまあらためて新しい問題提起に直面させられると同時に、人と人とのつながりの不思議な縁みたいなものに大仰にいえばいささか感傷的になっているところである。

兄川口丁次郎の葬儀にむかう車中と、焼場に送る歌から。

日本海の昼凪ぎの照りまともなれ兄の葬りにゆくこの旅に

山の崖は桔梗はな咲き真葛這へ何の旅ぞと一人し哭かゆ

ゆく手には真赤く灼けて陽ぞ沈むこの葬り道《ぢ》の果て無けと祈る

（『朝こころ』・藤衣）

丁次郎の妻マツの姉ハマは、仲千代子の祖母にあたる。この葬儀の席で、若くして未亡人となった千代子と賢礼のことは話題にならなかったのだろうか。賢礼の病没もこの年の一月、戦争と結核が多くの若いひとたちの命を奪った時代であった。ほとんど日常的にさえ。

（仲賢礼氏の遺児よし子さんと電話で話す機会があり、若くして逝った父君の仕事にも多大な関心をもっていられることを知って、私は嬉しくもあり、ほっとした気分でもある。このあとで、戦争中の小夜子の手帳に仲賢礼、千代子夫妻の新京と大連の住所が記されているのを発見する。仲賢礼と小夜子は系図上の姻戚関係というだけではなく、直接のコンタクトがあったとも考えられる。）

30　『朝こころ』の出版、戦争の時代

小夜子の第一歌集『朝こころ』の出版は一九四四年三月である。一九一六年第一次「詩歌」にはじめて歌を発表して以来、「覇王樹」「草の実」「多磨」「月光」と短歌ひとすじにすすんできた女歌人の第一歌集としては、当時としてもかなり遅かったのではなかろうか。「草の実」の誌面で新刊予告の記事を見たような記憶もあるが、実現していない。もっとも四一年に『現代女流・新鋭集第二輯』（日本短歌社）として、北見志保子、高橋英子との合同歌集をだしていて、小夜子自身はそのタイトルを「河内野集」としている。しかしその三年後、みずからの第一歌集となる『朝こころ』を編纂するにあたって、その後半（といっても、この歌集全体の組みかたは逆年形式をとっているので、年代順では前半ということになる）の部分を「河内野集」とし、そのことについて彼女は『朝こころ』の後記に「幼い子供の養育と病臥のために、殆どその住居たる河内野、守口から離れることが出来なくて、その豊かな広々とした河内野の四季の変化にのみ私の

詩情は尽されねばならなかつた。従つてその多くの自然詠に、或ひは一色の単調さを感じられるかもしれないが、其処に親しんだ私には飽くことをしらぬ濃やかなものである」と「河内野」という表題への執着を語っている。合同歌集となれば当然誌面の都合による制限上、歌数はかぎられるから、新鋭集の「河内野集」は二六一首、『朝こころ』のそれは六二二首であった。これまで私は「草の実」「多磨」「月光」と、それぞれの時代のなかでこれらの歌を紹介してきたので、あえてここでは引用はしないが、「昭和十五年四月より昭和八年まで」（四〇年〜三三年）としている『朝こころ』の「河内野集」の後半（すなわち年代としてははじめのころ）には、「大和の春」「夢殿」「法輪寺」「猪名野昆陽寺」「嵯峨野に遊ぶ」など奈良、京都近辺の旅の歌や「田園賦」のような周辺の田園風景をむしろさわやかにうたいあげた作品が多く、読むものの心を豊かにし安らぎをあたえてくれる。しかしその後半になると「下庭に遊べるこゑの幼さよ母はまことに生きたかりけり」というような死とむきあう心境のもとで、空や野、木や鳥を見、子どものすがたを追っている歌が多くなっていることをあらためて記しておこう。

歌集の前半「曙雲抄」は「自昭和十八年　至昭和十五年」（四三年〜四〇年）となっていて、帰京後の本郷区曙町時代の歌四六九首をおさめている。出版は四四年三月だが後記は四三年一一月一六日の日付である。念願の曙町に住むことができて健康も恢復し、個人的には生活も安定していたと思われる「曙雲抄」の時代だが、殊にその出版の年になると戦況がしだいに悪化していった時期である。アッツ島守備隊の全滅（当時は玉砕と称した）、山本元帥の死（以上同年）については、歌の主題にもなっているところをみると、あきらかに公表された事象に拠るものであろう。しかしその直前のガダルカナルの敗退がどこまで伝えられていたか、疑わしい。小夜子はその後記のなかで「皇国の興亡をかけての戦ひが、今決戦を期する必死の時期に来ている。ブーゲンビル島沖航空戦は、第一次、第二次、第三次、そして第四次の輝かしい戦果が発表されてゐる時である。戦の荘厳さを全身全霊を以て感じ……」と戦時下の歌人としての覚悟みたいなものを記している。

考えてみるまでもなく、歴史的観点からみれば三三年から四三年までという『朝こころ』の時間はまさに十五年戦争のまっただなかといえよう。いっぽう小夜子自身にとってみれば、前の結婚相手との離婚がようやく成立し、当時の戸籍法のもとでは久城家への入籍にはある程度の時間を要したとはいえ、夫修一郎の就職先もきまり、かれの仕事はむしろ順調に時代にむかえられ、幼児三人ともども、河内野でのあたらしい生活にはいっていったのが三三年であった。

（「詩歌」の期間は習作の時代と考えられるから、この時期の作品を除外するのは当然だが、「覇王樹」や「草の実」の三二年以前の作品を第一歌集である『朝こころ』からあえてはずしたことについてはあらためて考える必要もあろうか。）

28「『季節の歌』とふたたび『曙雲抄』のころを」に、「月光」の会員と清瀬療養所をたずねたときの歌「した草の蕨萌ゆとふ榛原に春を嘆ける兵を愛しむ」（『朝こころ』）について、初出が兵ではなくひとであったことを指摘し、私が、改稿することで歌のすがたが損なわれたように思うと書いたところ、戦時下、大学を早期卒業させられて、国内勤務とはいえ海軍将校として徴兵された経験のある、詩人の島朝夫から『兵』とされたことにも大いに意味があると見ます」という手紙を頂戴した。療養所訪問が四月（「月光」五月号）、歌集収録のための改稿が一一月以前、私はその数か月の情勢の変化に対応したものではないかと単純に考えていたのだが（この歌に併記されている他の作には「つはもの（兵）」の語がある）、歌にかぎらず戦時中の作品に対するとき、まずその時代の状況のなかに身をおいて感じとるところからはじめなければならないことを教えられたように思っている。かつての戦争前夜を想起させられるような方向に傾いている現在、私たちはあらためて真正面からこの時代の歌とむきあう必要があるのかもしれない。

前々から気になっていたことがある。それは、すでに指摘したことだが、「多磨」誌に発表された作品には戦争にふれた歌がわずかしかみられないのに、同時期の作として『朝こころ』には「戦ふ秋」という総タイトルのもとに「戦雲」「我が空軍」など十数首の歌がならんでいることである。

凪ぎつづく穂田は美稲《おしね》の秋たけて国戦ふと思ほへなくに
美稲田や雀むれたつ安けさも国の御稜威《みいつ》とただにかしこき　（戦ふ秋）
かなしきよ護国のみたまつぎつぎと帰ります秋を雨ぞふりつぐ
いやしさは世にたぐふなき支那兵の弾丸《たま》にうたるる益良夫に哭く　（戦雲）
燃え墜つる機影は星の流るかと一瞬にぞ見えし僚友《とも》は爆《は》ぜたり　（我が空軍）

これらの歌は大阪毎日新聞や歌人協会の機関紙など、外部からの依頼によって寄稿されたものであったことを、今回彼女自身のメモ・ノートから知ることができたが、やはりそれも時代の要請であったのだろうか。「河内野集」はまだ日中戦争がはじまったばかりのころの歌であるが、二首目の歌、また特に四首目の歌には当時の国家の意志と宣布がありありと見えてくる。どのような思いをかかえてこのような歌を作ったか、あるいは作らざるをえなかったのか。戦死者を悼む歌が随所に見られるのは、素朴ともいえる直接的な感情だが、それが当時の彼女にとってのひとつの答えだったかもしれない。

『近代戦争文学事典』（天野貫一編・和泉書院）という本を図書館で発見。その第二輯に、北見志保子他として『新鋭集・第二輯』がとりあげられていた。川上小夜子については「河内野生活の後半は病床生活と、日支事変とであった……」という後記を引用し「皇紀二千六百年を迎ふ」（三首、初出は「月光」か）を冒頭においていることを指摘し、ひきつづき「欧州再び独逸によ り戦乱となる」の詞書による歌、

　わが狭き庭に喰みあふ虫類とたがはぬ世かも弱きを襲ふ

をあげている。同じ詞書のもと、この歌のまえには、

　朝庭は日かげまだ来ぬうらじめり蛙が虫をはたと含みぬ
　白き蛾をたべし蛙があと口のまだ動きつつ日のささぬ庭

の二首が置かれ、連作となっている。冒頭の、この二首は「朝庭」のタイトルのもとに、

　しのび足に蛙歩みてねらふもの見極めむ凝視の鋭く久しさ
　ねらはれて足長の蜂は飛びにけり空しき蛙の木斛より落つ

などとともに『朝こころ』に収められて（初出「月光」一巻三号・三九年九月、孟夏吟・朝庭五

首）いるが、「欧州再び……」の詞書も「わが狭き庭……」の歌も、ない。

　ドイツのポーランド侵攻に対する率直な感懐と思われる「わが狭き庭に」の歌は、「欧州再び独逸により戦火切らる」という詞書を付して、その直後の、「月光」の三九年一〇月号の作品「秋澄む」の最後に一首のみ掲載されている（初出歌の最終句は「戦火絶ゆなし」）が、四〇年一一月にまとめられた『新鋭集』に最終句をあえて「弱きを襲ふ」として収録したことを、日独間の関係がさらに深化していった状況のなかで、どのように理解すべきなのか。『朝こころ』に収載されていないのは、あきらかに日独両国の関係のなかで削除されたと判断せざるをえない。しかし同時にこのような一見わかりやすい安易な比喩で事態を表現したくなかったのではないか、と読むことも可能だ。日独伊三国軍事同盟条約の調印は四〇年九月、ドイツが独ソ不可侵条約をむすんだうえでポーランドに侵入し、第二次世界大戦のはじまったのが三九年九月である。『近代戦争文学事典』の筆者は、小夜子が「日本精神《やまとこころ》にたける世」を唱えていた父をうたった作（23「『月光』の創刊」に引用）をあげ、彼女の時代感を指摘。しかし「著者はイギリス贔屓らしい」としているのは、イギリス国王の退位にまつわる連作などにかかわっての記述と思われるが、いささか的はずれの感をまぬかれない。

　「河内野集」の時代は、それでもまだ遠い野のはてに思いみることのできる戦争だったように思う。しかし「曙雲抄」はいわゆる皇紀二千六百年にはじまり、太平洋戦争に突入していった時期である。四二年四月一八日、ただ一機の「敵機」が東京の上空に侵入してきたことはあったが（「その日」）、まだ本格的な空襲の恐怖にさらされることもなく、先に触れたように、皮肉なことに生活のうえでも健康上でも、小夜子にとってはもっとも安定していた束の間であったのかもしれない。安定していたから、公表される事象、また当時、詩歌の世界でも多用されていた言葉にたいして疑問や抵抗感をもつことなく容易にそれらをうけいれることができたのだろうか。(と書きながら私はいまこのように考えてしまってよいものかと果てしない疑問にとらわれている。)

たとえば

佳き秋の菊のかをりは国に満ちみ民われらがけふあぐる鬨
二千六百年は杳かなれどもひと日だに古国《ふるぐに》ならず勢ふ国民　(祝典の秋・皇紀二千六百年)
皇室は御安泰にましますとラヂオに聞けば涙落ちくる　(その日・四月十八日)
よくぞ撃ちし一億の血をあつめたる力に砕く敵国の夢　(頌歌・真珠湾攻撃)
つはものの業にたぐふはをみなわれよき子育み捧げまつらく　(功)
おほみかどいたたし踏ましし山の上のおほけなき土今日を来て踏む　(秋山・飯能天覧山に登る)

「祝典の秋」は東京日日新聞など外部の紙誌に発表された作品だが、それにしてもこのような歌に作者自身の内面がどれほど映しだされていたか、これらの歌を読みながら私は、教育勅語や歴代天皇の名称を暗記させられ、薙刀をふりまわさせられたあの重苦しい小学校の日々を思いださざるをえず、あまりよい気分にはなれなかった。むろん「曙雲抄」のおおかたが戦争にまつわる歌で占められているわけではない。むしろ幾年ぶりに帰ってきた都会の生活や子どもたちとの日常、そのなかでかかえこむことになった折々の思いをうたった作品のほうが多いといえよう。

天覧山の風景、箱根仙石原、六義園や向島百草園、武蔵野の池辺、鎌倉。だがこれらの日々にたえず戦争が影を落としていたことも事実である。

31　あたらしい友人、鷹見芝香

歌集『朝こころ』は「飯能天覧山に登る」という詞書の付された「秋山」からはじまっている。初出は「月光」五巻一一号（四三年一一月）。天覧とは天子が見るという意で、たしか明治以降のいずれかの天皇が登った事跡があって、当時の小学校の遠足ポイントでもあった。作歌時期が最後であるとはいえ、この連作を冒頭においた意図をそこにみるのは考えすぎかもしれないが、先に引用した「おおみかど……」の歌はそのことを踏まえている。天覧山などという名はすでに変えられているだろうと、あらためて地図を見たところ意外にも依然としてその地名がつかわれていたのである。「おおみかど」に類する歌は一一首の連作のうちほか一首のみで、あとは、

　光らねど水の面《も》白し秋川のうねりて消ゆるわが視野のはて

　秋ふかき山のしじまの身に徹り心も澄めば愛しき木草

のような秋山の景をうたった作であるが、連作にはやはり時代の状況も加味されていると考えざるをえない。

次項の「箱根仙石原高原」は四三年の初秋、仙石原の鷹見家の山荘に招かれたときの歌である。私自身ここに滞在した記憶のあるところをみると、この歌の作られた翌四四年の夏にも、ふたりの娘とともにこの山荘を訪ねたのであろう。四四年には小学生だった長男は岡山の祖父母の家に疎開していて、夫は中国か朝鮮方面に出張していた期間でもあったろうか。当時の仙石原はただいちめんのすすきの原で遠くつらなる山脈がそのすすきの原をとりかこんでいるばかりの高原の景であったと記憶している。その連作のなかから。

山群《むら》につつまれてなびくすすき野や見放《さ》くれば風に果なかりけり

山の雨この夜をしげし高山の雲にまかれてわれはあるらむ

山に来て雲と交《まじ》らひ浄まりし命と思ふ朝をすがしく

湖《みずうみ》はこの夜の山のいづちかとおのづからなる寂しさに問ふ

昼もなほしじまはふかき秋山のたまたまに徹る声の親しさ

ここに戦争の影はみられない。束の間の休暇の日々だったたか。

書家、鷹見芝香《しこう》との交遊のはじまりについて、芝香は「川上さんと私との交りは曙町時代である。私が長崎に居た時親しくしていた上野節夫氏（歌誌「みちのく」主宰）が偶然にも川上さんと御親せきであつたので、お二人が御一しよに訪ねていらした時から始まる。その時上野氏は御自分の歌碑の下書を依頼しに来られたのである。」（曙雲抄時代・「林間」追悼号）と記し、やがてその席に夫の鷹見久太郎も加わって、みんなで何か書こうということになったが、半截の紙をまえにした小夜子は「私大きな字なんて書けないわ」といいながら「棚梨の花」の歌を書く。一見して「あんなに弱々しい方がどうしてあんなに大胆な字が書けるのかと思つた」と芝香は回顧している。このはじめての訪問は、同じ曙町一一番地ながら「久しぶりに家らしい家に住んだ心地がする」と小夜子がいう二軒目の家に転居した四二年春以降と思われる。というのもこの家はいわゆる屋敷町といわれていた側に面していて、鷹見家は都電の通っていた旧白山通りにむかう同じ道筋を百メートルも行かない、やや台地になったところにあって、やがては日になんべんも行き来するほどになったのである。芝香はそこで明星書塾というかなり大きな書の教室をひらき、同時に府立高等女学校の講師もつとめていたように思う。この書塾生を会員とした「しらゆふ短歌会」をたちあげたのは四二年後半ごろか。ガリ版刷りの会誌「しらゆふ」第二号がいま手もとにあってそれを見るといかにも初心者らしい会員への懇切丁寧な指導のあとがうかがわれる。『朝こころ』の上梓とその出版を祝う会の記事、また記念として集中から十首をえらび芝香筆による色紙を散らした屏風を送ろうという話題（背丈ほどの高さの二曲のあの屏風は無事に疎開させることができたようにも記憶しているが、その後どうなったか）、五月短歌会の記録、小夜子自身の後記に歌誌統合のことが記されていることなどから、この二号は四三年六月ごろの発行とみられよう。「しらゆふ」の表紙文字はむろん芝香筆だが、『朝こころ』の題字も、のちの川上小夜子という墓碑もまた芝香の筆によるものである。端正な文字を書くひと、という印象がつよい。書家としての仕事のうえではきびしかったが、おおらかで悠然としたやさしさもそなえていた人柄だったように思う。

芝香の夫、鷹見久太郎は絵雑誌「コドモノクニ」の出版元であった東京社の創業者で、現在、古河文学館には「鷹見久太郎とコドモノクニ」というコーナーが設けられている。それが、古河であるというのは、久太郎が、古河藩の蘭学者で、のちに藩主土井利位（始祖は利勝）に重用され家老もつとめることになった鷹見泉石（1785～1858）の直系の曾孫にあたるひとだったからである。渡辺華山（1793～1841）の「鷹見泉石像」は華山の代表作として有名である。また曙町一一番地が土井家の下屋敷跡を分譲した地であったといわれていたのも、その歴史を知って納得したことであった。古河城址の堀と、渡良瀬川へくだってゆく道をへだてて隣接する古河の鷹見邸は、現在、古河歴史博物館の別館・鷹見泉石記念館として公開されているが、鷹見家の縁で、四五年三月一〇日の大空襲直後、小夜子と子どもたちも古河の鷹見邸近くに疎開することになったのである。

『朝こころ』出版のあと、「月光」のほとんど最終号近くかと思われる六巻三号（四四年三月。私の手もとにある最後の「月光」）掲載の「利根川近く」は、この地に疎開することになる一年以上まえ古河の鷹見邸訪問時の連作であろう。古河は、実際には利根川ではなくその支流の渡良瀬川沿いの町であるが、この連作中には古河という地名もなく、あえてそれら固有の名をはずすことで、個別化を避け、関東平野の広大な景を望見しようとこころみたふうにもみえる。

ささ波の返す光りのまぶしくて利根の流れや春浅きなり
空よりも濃き水冴えし大利根の堤より見る国春浅き
毛の国の山群といふかきさらぎの遠嶺の雪はくきやかに光《て》る
入《い》つ《り》日の残す茜もまだ寒し利根の堤や長長と引く

このときにはまだこの地に疎開せざるをえなくなるなどとは考えも及ばなかったにちがいない。先に述べたガリ版刷りの「しらゆふ」とこの「利根川近く」の連作が『朝こころ』以後、古河に疎開するまでのあいだに活字化されたものとしていま私の見ることのできる作品である。「女人短歌叢書」のうちの一冊として出版された『光る樹木』第一部の、昭和二十年の章のうち「三月十三日」「桐の花」「郭公の森」「葉煙草」「友」がおおよそ古河に疎開していた時期の歌とみてよい。空襲の激化とともに活字の媒体はおそらく新聞ぐらいに限定されていったことと思うが、たとえば統合された歌誌「芸苑」は翌二〇年二月から八月まで休刊、戦後再刊された二巻二号（九月）の巻頭には中野好夫の「コペルニクス的転換」という表現をふくむ「明日を担ふもの」があり、十月号に小夜子の歌「平和の秋はひとしほ国の花菊のおごりも期して待つなり」（今年の秋）もみられる。

いまのところ私の手もとにはこの時期に発行された歌誌はなく、走り書きの草稿とみられる自筆ノート、手帳の類が残されているだけである。そのノートのなかには「利根川近く」のおそらく決定稿（あるいは写しか）とみられる連作もあるが、『光る樹木』二十年の章の最後におかれている「花の庭」の草稿と思われる、書いたり消したりの未定稿、結局は『光る樹木』に採られていない歌などが記されている。この「花の庭」については『光る樹木』には「花の庭はわが焼け果てし家の庭の思ひ出なり」という註を付しているが、たしかにこの歌集編纂の時点からみれば「思ひ出」であったとしても、作歌の時期が四五年四月一三日に本郷曙町の家が空襲による火災で焼けたあとか、あるいはそれ以前、疎開まえの作か、特定できない。しかしこのノートを見るかぎり戦時下の歌であることだけは、前後の草稿からみて、たしかである。「利根川近く」と「花の庭」のあいだには「軍旗を守りて一月を南海に漂流する我勇士を讃へむ」という見出しで、

大君のいくさのみ旗守るべく命をつくす漂流一月
死す道はたやすかるべし海の上に軍旗を守りて生きむとたたかふ

などがあり、これらの歌がどこかに発表されたものであろうことは容易に察しがつくが、これに類する数首の歌のあとには、「春の試験すみたる子等はくつろげりわれも気がねなく用いひつくる」「親のため育てしにあらぬこの子らがいつしかかくも母をたすくるよ」のような日常を彷彿とさせる歌もあった。「花の庭」の草稿のあとには、

わが国土のいづち襲ふとうかがう《ママ》や警報のサイレン夜雨にひびくを
空襲も警報もただあるままに育ちゆくものは順ひて伸ぶ

の二首が判読できるが、二首目の歌は「花の庭」の植物についての感慨か、あるいは子どもたちへの賛歌だったのだろうか。

「空襲日記」と題されて数枚のレポート用紙に書かれた作品がある。すべてが同時期に書かれたものであるとは考えられないが、すくなくとも疎開まえ、空襲下の東京に在ったときの歌と想像できる。たとえば次のような歌。

日をつぎて空襲はあれ飲食の業も掃除もかくべからじを
空襲に穴ごもりせし幾時に滞りたる家ごと忙し
足音のみだれしきけば爆撃下学徒勤労の吾子がかへり来しぞも

爆撃の街をひたすら帰り来しこの子を見れば胸ふたがりぬ
焼け跡の荒れ地にしづむ大いなる夕日をみしと人は来て告ぐ

当時旧制高等女学校二年（現在の中学二年）だった私自身、動員先の三田の貯金局から自宅まで、都電を降りて電車通りの粗末な防空壕を出たり入ったりしながら帰ってきた経験がある。四四年の一一月のことで、まだ焼夷弾による都会の焼尽作戦がはじまるまえであったが、小夜子は娘たちに翌日からの出勤をやめさせてしまった。

尺に満つうすくれなゐの花牡丹極り匂ふ青葉の庭に
蕾いくつまだ保てれば一株の牡丹の勢《きほ》ひ花ぞ放てる
一夜さの夜気にふたたび鮮しき牡丹はつつむ朝の色香を
雨すぎて残せる露にとりどりのつつじの花の色は染むかと
（「花の庭」から、『光る樹木』所収）

街なかの家である、それほど広い庭ではない。しかし隣家との境の塀に沿って檜葉の木、西側には梧桐の大木が茂り、それらの樹々の根方ちかくに牡丹やつつじなどの植え込みがあったように記憶している。その庭先のベランダに接して特製の防空壕をつくらせたのは、陸軍兵器本部勤務の技術将校であった夫、修一郎の職務にかこつけた力業だったろうか。爆撃による少々の衝撃は避けられるだろうという予測で鉄筋入りコンクリート製直径一メートル余の円管を、板塀をはずして運びいれて庭に埋めさせた大仰な作業であった。

32　古河町へ疎開する

三月一〇日の大空襲の夜を、小夜子の一家は庭の特製防空壕のなかで耐えていた。そのころのアメリカの焼夷弾は百個ほどの小型焼夷弾を金属製のバンドでくくり、ある高度まで落ちてくるとその束がほどけて飛散する仕組みになっていた。そのほどけた焼夷弾群の流れおちてゆく激しい音の下でどれほどの時間をすごしていたか。空襲警報が解除になり、壕の外に出て時計をみると午前四時まえ、四辺を覆う赤い空のしたで父親の時計の文字盤が鮮明であったことを私は記憶している。〇・〇何秒か投下ボタンを押す手が早かったら、あるいは風速や風向が異なっていたら、私たちも炎のなかを逃げまどうことになったかもしれない。翌日になってわかったことだが、百メートルも離れていない、我が家の東側の区画のすぐむこうの坂下から本郷三丁目のほうまで焼け野原であった。このあたりの消息を小夜子は岡山の祖父母のもとに疎開していた長男育夫にあてて「十三日に曙町の方にお電話をかけて下さつた相ですがその晩に私と珠ちゃんと鏡ちゃんと古河に来ました。お父さんが送つて下さつたのです。曙町は川崎さんのすぢ向ふの今村さんのおうちに投弾されてそこから火が出て肴町全部、それからもつともつとひろくやけました。それでお父さんが女ははやく東京をにげた方がよいと被仰つて、鷹見先生も一緒に古河にソカイしました。……」と書き、最後を「ソカイからかへってすぐ焼け死んだ人もあります」としめくくっている。三月二一日付のはがきである。

おそらく軍需産業関係の会社のトラックだったろう、荷を積んだトラックに私たち家族も同乗して、前々夜の被災地のなかを通る現在の四号国道を古河にむかって行ったのである。「鷹見先生も一緒」ということだとすると、トラックは二台だったのだろうか。わずかに鍋釜、布団の類だけを背負った被災者の列のあいだを車で通りぬけながら、子どもごころにも申しわけないような辛い気持を感じていたことを思いだす。そのときの小夜子の歌が『光る樹木』昭和二十年の章にある。

絡繹とつづく避難の車、人、利根川こえてあと断ちにけり
埃あげてわれらのみゆく利根堤安堵にも似て安堵ともなき
（三月十三日・三月十日は東京の悪日なりき）

鷹見家の斡旋で小夜子が子どもたちと暮らすことになった家は東鷹匠町の一隅、家主の裏庭に建てられた離れで、縁側つきの六畳と四畳半、まだ電気も引かれておらず、庭先の手押しポンプの井戸まわりが炊事の場所であった。

離れ屋はまだ電燈《あかり》なきを子と棲みぬ日暮るれば寝る小鳥の如く
（三月十三日）
安けきは幾日もあらず夜の恐怖がここにても轟き頭上をばすぐ
（同・太田市壊滅）
暗黒の遥けき南に爆ずる火花火花の中に浮くたれかれの顔
黄の煙朝空かけて流れ来る一夜のあとと見る力なし

生々《なま》とわが体験しきたりたる恐怖の朝の黒き太陽
四月一三日は曙町の家が消失した日である。
海越えてかへりくる夫にかく手紙家焼けたれば古河に来ませと
住む家が焼けゆくさまをこの眼もて見ざりしことを幸といふ
その後岡山の祖父母のもとにあずけてあった長男を父親が迎えにゆくが、帰途大阪の空襲に遭遇、金沢まわりの一日遅れで古河に到着する。
過ぎて来る大阪がつひに混乱の報導ありて今宵来たらず
深夜にて二つ乱るる窓下の足音まさしく吾子とその父
（同・四月十三日）
ようやく家族全員がそろうことになったが、夫修一郎は仕事上ほとんどを東京の帝国ホテル住まいであったように思う。「三月十三日」として『光る樹木』にまとめられているこれら日録ふうの連作がいつ作られたものか、いまのところ正確に知るすべはない。初出がこの時期のものでないことだけは確かだが（この時期、歌を発表する場があったとは考えられない）、原稿用紙やレポート用紙の裏表に走り書きされた草稿の断片にはこれらの歌にちかい作品、たとえば「今し今敵襲ひ来て投弾す閃きが見ゆ都の方に」「住みし家極りに狂ふ火の渦が迫る瞬時は思ふも苦し」などの歌、またこれらとおなじ紙面に書かれている「焼かば焼け三千年伝ふみ祖の血焼きて滅ぶるものならなくに」「十二歳のヒトラーユーゲン《ママ》が手榴弾もて敵に迫るとふあはれ独逸よ」のような歌も判読できるし、「白旗をかかぐるなかれ」「死守せよ」「大君の都」「醜敵」などの言葉をひろうこともできる。結局これらの歌が発表されることはなかったし、またいまさらこのようなかたちで公にされることも作者にとっては不本意であろう。作者の心意を察すると申しわけないような気持であるが、そのころのいたたまれない気分、恐怖や口惜しさが、発表するあてもないのに、おのずと歌のかたちになっていったのではないかと思いたい。そして同時に当時のごくふつうの人々の心情をそこにかさねて読みとることもでき、いまになってみると、勝てるとは思えない戦いに勝たねばならぬと信じようとしていた、あるいは信じさせられていた風潮が痛々しい。

『光る樹木』昭和二十年の章のうち「三月十三日」のあとは「桐の花」から「友」までが疎開地古河の経験を題材とした作品だが、ここにはほとんど戦時下を思わせる歌はみられない。八月十五日にふれた二首（葉煙草）以外はおおかた古河の風景、あるいはそれに喚起された心情といえよう。「桐の花」の冒頭の「まくらがの」と「家ごとに」の二首のみについては、前述の走り書きの紙片の最後にその断片をみることができる。

　まくらがの古河と古りたる町に来て渡りをきけど知る人あらず
　家ごとに桐を植ゑたり花咲きて朝の道の上散る花多し

古河は桐下駄の産地で、その桐材を下駄の原形のかたちにして高く組みあげ、乾燥させている風景がめずらしかったことを私も記憶している。「まくらがの」の歌は『万葉集』巻一四、東歌相聞の「眞久良我《まくらが》の許我《こが》の渡のから梶の音高しもな寝なへ児ゆゑに」に拠っていて、走り書きのメモにははじめ古河と記しそれを「許我《こが》」に訂正している。「あはずして行かば惜しけむ眞久良《まくら》我《が》の許我《こが》こぐ船に君あはぬかも」という歌も同じ東歌の部にみられる。

　渡良瀬川と思ひ川とが寄りてあふただ眼にひろき河と蘆原

（桐の花）

晴れし日は晴れてひるがへり梅雨ぞらはぬれて勢《いき》ほふ葉煙草の畑
人呼ぶに似て田の上をきこゑくる森の郭公よ白鷺が来る
森かげの水沢《みさは》は澄めり蘆の間に白鷺が降りてその影しづか

河内野集以来の身近に白鷺をみる田園風景であったろう。しかしこの連作の最後はつぎのような歌で終えている。

しづかにてゆたけきこの村傷づ《ママ》かずあれとは思へすでにきびしく　（以上、郭公の森）

そして八月一五日である。

ラヂオの前嗚咽も洩りし一ときが過ぎて生きゆく力もゆるむ
葉煙草は夏たくるまま花過ぎむこの悲しかる心にゆき見む
身の力抜けしやわが子少女すら夜々熱いだしねむりつづくる　（葉煙草・八月十五日）

歌集に収録されている敗戦のころの歌はこの「葉煙草」の連作中の三首だけであるが、レポート用紙の表裏にびっしり書かれた「停戦の日以後」と、「我焼土に半歳にして立つ」と題された連作の歌稿がある。おそらく未発表の作と思われるが、○印などのチェック記号やナンバーの付された歌があって、発表するために取捨選択をしたように推測できないこともない。しかし「臣われら力の限りささげしやかく思ふときおののきやまず（下の句「悔い哭きいざ《ママ》つもすべはなしはや」との訂正もある）」にはじまる、この類の歌のどこにひとりの女歌人の独自性を読みとることができようか。あえてそのなかから、

民の力足らぬ不忠もいましめず忍べと天皇《きみ》は宜り給ふぞや

ふとさめて暁の光に思ほへば昨日なき国の賤民われは
三千年の国のほこりをきずつけてみづからうくる民族の辱め
おごりたる民の誠の足らずしてまねきし悲運の責任《せめ》を責むべき
夕もやは道にほのけき季くれどすべてをかへし国の相か
かしぎすと日がな竈をくすぶたれ疎開の秋もあはれとふべき
（以上「停戦の日以後」の草稿より）

『光る樹木』にはこんな歌もある。
この町に唯頼《よ》るひとりの友ながら旧家誇れば連れ行く日なく
いくばくの命とはなき老い夫を憂ふる友が散歩せむといふ
しみじみと秋ふけ渡る野の風に波立ち白きそば畑の花
東京にかへりてわれは漂《さす》らはむ友もあてなきことをばいひつ
（友）

鷹見芝香のほかには知るひともなく、陸軍兵器本部勤務の技術将校だった夫の修一郎はおそらく残務整理のためだったろう、古河の疎開先で家族そろって暮らした記憶はあまりない。勤労動員の工場からそれぞれ土地の女学校にもどった娘たちと小学生だった息子に、「食べさせること」だけに専心しなければならなかったと思われる日々の暮らしのなかで、将来の見通しをふくめて小夜子がどのような思いをかかえて生きていたか、数すくないこれらの歌からも、いま私は、当時の彼女の心情を汲みとることができるような気がしている。戦争が終わって、毎夜、明々と電燈をつけていられることに象徴される解放感にただ浸っていた私たちに比すと、どれほど心細く、不安だったか。なんとしても東京にもどらなければならないと考えたのは当然のことと思われる。「我焼土に半歳にして立つ」はその年の秋のうちに東京をたずねた折の歌であろう。年内に帰京しなければ東京に入れなくなるという制限があって、帰京の目処をたてるための旅と推測できる。

おびただしき瓦礫の間にも雑草しげり秋の穂草の実をむすぶなり

愛でてゐし支那七宝の焼皿が今日訪ひし我れの目に触るるなり

（以上の二首は前記草稿による）

支那七宝の歌は形を変えて『光る樹木』に見られる。

V

33　戦後はどのように始まったのだろう

四五年一一月小夜子一家は古河をはなれ、わずかに焼け残っていた牛込北山伏町の土井重義宅の玄関脇の一室に移転してくる。その家はもともと英語学の泰斗で東大の図書館長をつとめていた市河三喜の邸であったが、市河家はすでに成城に居を移していたので、かれのもとに勤務していた土井重義があずかっていたのだろう。当時のこの邸の事情については9「大正という時代」で触れているように、市河氏の所縁ですでに英文学者の大和資雄一家と、離れの書庫にはイギリス人の大学講師が入居していて（後になって野上豊一郎、弥生子の長男素一が家族ともどもイタリアから引き揚げて同居する）、この小夜子一家の転居はかなり強引なものだったと想像できる。土井重義とはかつて浜、北見志保子夫妻が中心になって作られていた劇の朗読会鷗会（会誌「海鷗」を発行）のおなじ仲間で、奈良旅行もともにしている。年内に帰京しなければならないという事情のもとで小夜子としてもやむをえなかったと思うが、極度の食糧難の時期、可能なかぎりたとえば俵づめの甘藷などを用意しての移転であった。

疎開地より甘藷の俵《ひょう》をはこび来て、羨望の眼もひそかに堪ふる
露骨《あらは》にもわが子にあたる高ごゑに息のみて堪ゆる共棲みの冬

（斑雪『光る樹木』昭和二十年、初出不明）

どのようにして甘藷や南瓜などの食糧品をかなり大量に入手したのか、疎開さきの古河で夏から秋にかけて縁側の天井の梁に三個ずつ荒縄でくくった南瓜が幾本も吊られていたのをおぼえている。それはたぶん当時のすべての母親たちのやむにやまれぬ生きかただったと思うが、この食糧あつめも移転の強行もあの弱々しくみえていた小夜子のイメージを越えるものがある。このような行動力はやがて戦後の多方面にわたる彼女の活動、作歌関係のみならず出版事業への参入というような活動にまでつながっていたのかもしれない。しかし今になって考えると、この外へ外へとむかおうとする行動力は小夜子にとって本来の志向、本質的なものだったのだろうか。病臥の日の多かったことは考慮しなければならないが、主として歌集『朝こころ』に読みとれる、自然と対応しながらひたむきに内側へ内側へと眼をむけていた小夜子の在りようとくらべるとどこか違うような気がするからである。だが戦後のいわゆる女性解放の意識や運動と軌を一にするものでないことだけは断言できよう、かつて彼女自身ある桎梏からの解放をみずからかちえていることを考えれば。（もし彼女が解き放たれなければならないものをその内部に抱えこんでいたとしたら、それはその時代の風潮とは別の側面から探ってゆかねばならない問題であり、いずれ解明する必要があるとは思っているが、そのことについては今は措く。）

北山伏町の土井宅に同居していたのは翌四六年五月ごろまでで、六月には杉並区今川町一八五番地に転居している。そこもまた廊下をへだてた離れの建家で、広々とした庭に面した二部屋の住居であったとはいえやはり縁側と庭を炊事、洗濯の場とせざるをえなかった不自由な生活を強いられていたことに変わりはない。戦後東京のやむを得ない住宅事情であった。ここで小夜子は婦人文化社をたちあげ、雑誌「婦人文化」を創刊することになるが、そのまえにもうすこし彼女個人の、あるいは家族のことについて記しておこう。

「林間」の年表、四六年の項には「珠子（長女）日本女子大、育夫（長男）東京高師（現・筑波大学）附属中学校に夫々入学」とある。三月、まだ牛込の土井宅にいたころである。大久保通りに近いそのあたりからなだらかな起伏のある一面の焼け野原のむこうに目白台地の森がみえていた。ところどころに焼け残ったか、冬枯れの立木があった。その焼け野原のなかの道を、長女珠子は歩いて目白の大学まで往復していた。子どもの進学に親がどのようにかかわろうと何の意味もないのだが、小夜子は彼女なりにかなり気をもんで、そのあたりの事情を知ろうと奔走していたふうにもみえた。

長男の入学試験の日をうたった作がある。

ささ濁る水のうごきの上にありて咲ける辛夷《こぶし》は春の愁ひか

引きしまる顔やや蒼ませ試験場より出で来し吾子は母を探せり

（占春園の池『光る樹木』昭和二十一年）

このときの歌について、小夜子は「子に関する歌」——自歌自釈——（「女性短歌」四七年六月）の冒頭に解説を書いている。「春の愁ひ」について彼女は「これは決して現前の吾子の試験の事を心配してゐる愁ひではない。それとは別種な花の情趣に誘はれて湧くむしろ仄甘い郷愁にも似た想ひ」「春の物悲しさとでもいふ種類のもの」で「さうした孤独の世界の静寂に耽つてゐる私の眼に……」と自解している。初心者むけの解説とも考えられるが、ここにはかえって彼女が好んでもちいる抒情表現のかたちがみえているように思う。このあとこの文章は、以前私自身、好きな歌として連載のなかでもとりあげたことのある長男誕生のころの歌、また庭で遊ぶ子どもたちの声を二階の病床で聞くよりほかにすべもないという母親としてのせつない気持を詠んだ歌などに触れている。実をいうと、この文章を読むことができたのはごく最近のことで、こういうものがあることすら知らなかった。

敗戦直後の一九四五年九月以降四九年一一月まで、日本では「占領軍による日本出版法」にもとづいてＧＨＱ（連合軍総指令部）による徹底的な言論統制と検閲がおこなわれていたのである。新聞、雑誌、図書などの出版物、ポスター、通信、放送、映画、演劇、郵便などあらゆるメディアがその対象となっていた。出版物については、校正のゲラのままで提出するか、あるいはたとえできあがったものを提出したとしても検閲に引っかかるとそこは削除しなければならなかった。これら検閲済みの全資料は、当時ＧＨＱに勤務していたプランゲ博士の所属するメリーランド大学にその後寄贈、保存されていたが、二〇〇六年になって国会図書館との共同事業として新聞、雑誌のマイクロフィルム化が完了し、現在プランゲ文庫として国会図書館の憲政資料室で閲覧することができるようになっている。以前仲賢礼について多くの示唆をうけた川崎賢子によって、私はプランゲ文庫の存在を知ったのだが、このプランゲ文庫の資料のなかから川上小夜子（本名・久城慶子をふくむ）の名でとりだした一覧表のコピーも同時に私の手もとに送られてきたのである。単独のエッセイなどはネットでも巻号、頁をしらべてコピーを依頼することもできるが、短歌作品などは題名によって作者を特定できない場合もある。しかも検閲「有」と記されている資料については、どの部分が検閲の目にとまり非とされたのか確めたい気持もあった。またその一覧表には私の手もとに残されている雑誌（歌誌）以外にも川上小夜子の作品が散見できたこともあって、慣れないマイクロフィッシェ機器の操作、読みとりにくい画面に苦労しながら、国会図書館通いの日がつづいた。しかしその結果はかなり興味ある収穫があったというべきであろう。

プランゲ文庫の閲覧で私がもっとも知りたかったのは、小夜子が戦後どのような歌誌にはじめて歌を発表したのだろうかということだった。それはまたどのようなかたちで歌壇の人々との関係を回復したのかということにもかかわってくる。綜合歌誌である「日本短歌」「短歌研究」、東京歌話会の機関誌「短歌季刊」、結社誌「珊瑚礁」「短歌雑誌」などは私の手もとにもあったが、すべてではない。

東京歌話会については「短歌季刊」の創刊第一輯（四七年一月発行・アルス）にその記録がある。「紀要」によれば「大日本歌人会の文報（文学報国会）短歌部吸収以来、実質的には自主的な歌壇の中央機関は喪失したものといつてよかつたが、敗戦に伴ふ文報の消滅、随つて同短歌部も消えてしまつたので、名義的にもこれで歌壇の中央機関はなくなつてしまつた。（中略）たまたま『短歌研究』座談会に集まつた人びとの間に、期せずして矢張りこの種（筆者註・中央的な機関の開設）の要求があり」「雑談会の名目で三十数名の東京及び近郊の作家に通知を出し、第一回の集りが三月十七日（四六年）に実現した」とある。通知状の世話人は阿部静枝、筏井嘉一、窪田章一郎、五島茂、佐藤佐太郎、中村正爾、長谷川銀作、松田常憲、矢代東村、山口茂吉の十名、当日の出席者はこのほか川上小夜子、柳田新太郎、小笠原文夫、佐々木妙二、北見志保子、村磯象外人、木俣修、上田穆、岡野直七郎、富永貢の名があり、これらの顔ぶれから「だいたいこの会が何を意図し」ているか判明するだろうと記している。

プランゲ文庫によるとこの東京歌話会の発足以前の四五年一一月一日発行の「短歌研究」(二巻二号)に「短歌作品(二一四首)」として佐々木信綱以下二一名が歌を発表、そのなかに川上小夜子の名があった。ほかに川田順、松村栄一、臼井大翼、窪田空穂、金子薫園、中村正爾など、女性は今井邦子、水谷静子、小夜子の三人のみ。どちらかというといわゆる大家が多く、どのような経緯でこうなったかはわからないが、とにかく公刊されていた歌誌にみられる小夜子の戦後最初の短歌とみてよいだろう。

「終戦」という小見出しで一〇首、「我焼土に半歳にしてまみゆ」として三首。前節32の終りのほうに、レポート用紙の表裏に書かれて、あるいはどこかに発表されたかもしれない歌として紹介した歌の草稿のうち「ふとさめて」「三千年の」「おごりたる」「夕もやは」の四首が「終戦」に、「おびただしき瓦礫」が「我焼土に」にふくまれている。冒頭の歌は、

張りつめし弓弦断たれし如くなる闘魂のたぎり何とすべけむ

だが、問題は二首目の歌にあった。プランゲ文庫の一覧表には、そのためのGHQによる収集だから当然のことながら検閲の有無が、「有」という文字記号で記入されているのだが、この「短歌研究」にはそれがあった。その「有」が小夜子の歌にあったとは意外な発見というべきか。二首目は初句の「たとへば思ふ強者」のみで以下は空白であった。草稿には、

たとへば思ふ強者一人をよりたかり袋たたきにするに似たりと

この歌については仕上りのよい作品とは思われず、表現自体にもあいまいなところがあって前節ではとりあげなかったが、もし強者を日本、袋たたきにした者が連合軍諸国、というほどの単純な比喩をただ恨みがましく率直に表現したものとしたら、検閲でチェックされるのは当然だろう。しかし小夜子の表現意図はそれほど単純だったのだろうか。前に引用した歌の「昨日なき国の賤民《しづたみ》われは」「おごりたる民の誡の足らずして」のような句や「卑屈にはなあらしめそ潔く敗けたる国の辱をぞうけむ」の歌には、ただ解放感に浸されていた少女期の私たちとはまったくちがう感慨、敗戦の屈辱をみずからの責任において引き受けるとでもいうような姿勢がみえる。それが本心だったのかは判然としないが、すくなくともその年代の人々にとって敗戦という現実は未曾有の経験だったのだろう。

小夜子以外の検閲有の歌についても引用しておく。〈　〉内が削除された箇所である。「すがやかに翔ぶあめりか機頭《づ》に響きあまり間近き時〈は憎悪す〉」（谷鼎）、「〈一億の〉心いみぢく衝たれつつ如何なりけむ彼の日ひととき」（塚田善紀）、「戦ひをここに終へしむ〈見えがたき原子破壊の大き意思あはれ〉」（服部直人）、川田順の連作『史記』に題材を得た連作「〈七十度《ななそたび》かちしいくさを恃みすぎ〉たびにして大きく敗る」（項羽本紀・垓下戦）。この歌のまえには「戦ひをやめよといふ天の声ならし……」といういわゆる「四面楚歌」を題材にした作もある。「〈無頼漢盗人《ならずものぬすびと》どもは剣研ぎ世のみだるるを〉片待ちけらし」（黥布列傳）。『史記』に題材をとり、それを現在の状況の比喩としてつくられた歌と解することは可能だが、検閲者もそのように理解したのだろうか。英文の註記には「日本はすべての戦いに勝利してきたが、最後に唯一度敗北した（原子爆弾！ロシアの参戦！）となっている。

34　雑誌「婦人文化」の創刊まで

プランゲ文庫の資料でみるかぎり、前節で触れた四五年一一月の「短歌研究」（三巻一一号）のあと四六年に発表された小夜子の歌は、七月「日本短歌」（一五巻六号）の「たばこ草」、「ＬＰ（婦人と政治）」八月号の「夏夜吟」、九月には「不死鳥」（一巻六号）の「一年」、そして小夜子自身の編輯発行になる「婦人文化」の創刊号（九月）と二号（一一月）所収の作品である。このうち短歌関係の専門誌は「日本短歌」のみで、「ＬＰ」は誌名が示すままの雑誌で、巻頭論文は平野義太郎「民主主義の徹底による婦人の解放」である。のちに社会党から区議となった阿部静枝の「食糧と女の志操」という文章も目次にあるところをみると、どちらかというと社会党系の啓蒙誌で、阿部静枝の依頼による文芸欄の一部（かこみ欄）であったろう。「不死鳥」（野村書店刊か）は、旧市河邸でやむなく同居することになり、知己となった英文学者大和資雄の「米国建設の文筆家たち」が巻頭にあり、短歌作品としては相馬御風を筆頭に小笠原文夫、中井克比古、長谷川銀作らの名がみえる。二〇ページ余の小誌で、歌数も各人五首前後である。「日本短歌」

掲載の「たばこ草」一三首には、「買出しは生くる常なみの事となりゆかり頼りて我は来にしを」「丘畑の小径のうねりわれは来て煙草ぐさの畑は驚嘆《おどろき》に似る」「郭公は霧らふ朝野に誰を呼ぶこゑかとひびく彼の森辺より」などがあり、これらの歌が古河疎開時のころを題材としていることは瞭然としていて、ノートに走り書きの断片めいたものもないわけではないが、作歌時期が不明であることについては前に記したとおりである。むしろこの「日本短歌」に発表した作品に手をいれ、景をひろげて完成させた歌が『光る樹木』昭和二十年の章所収の「桐の花」「郭公の森」「葉煙草」のシリーズとなったと考えたい。「LP」所載の「夏夜吟」には「わが瞳《まみ》をけがすことなき浄らなるをとめもいでよ新しき世に」のような掲載誌むきの歌もあるが、「不死鳥」の作品もふくめておおかたが無難な叙景歌で、前年の「短歌研究」に掲載されたような敗戦時の感情をあらわに流露させた作は見当たらない。ただ「鳴きたつる蟬のもろごゑにひしひしと去年の恐怖よみがへるなり」（一年「不死鳥」）にうたわれている恐怖とは、なにを、あるいはどういう状況を指していたのか。ひとの生死もさだめがたかった戦争末期の空襲下の恐怖だったのか、それとも敗戦という未曾有の経験のなかの将来にたいする恐怖だったのか。この歌のあとに続けて「けふの命明日をしらずとひたすらに勢ひし夏の思ひ出あらた」の歌があり、とすると、戦争末期の死の恐怖だったのだろうか。「不死鳥」掲載四首のうち、この二首をのぞく「むらさきは」「涼しくも」の二首は『光る樹木』に「一年」のタイトルを付して収められている。いずれにせよ、四五年一一月の「短歌研究」から四六年九月の「不死鳥」まで公刊された四誌に掲載された歌はそのままのかたちで、小夜子の歌集『光る樹木』に収められることはなかった。しかし発表する場とてない日々のくらしのなかで、どのような状況下であろうと、目に映る景やこころをよぎった思いを五、七音の言葉としてとらえ、その断片をノートに記していたことは推察できる。それは歌人として当然の習性だったろう。「疎開より帰りわが焼跡にたてば澎湃として湧く感情あり」という詞書のある「萌ゆるもの」も昭和二十年の章のはじめに置かれているが、初出は四七年九月刊の「短歌季刊」である。初出作品に近い草稿の記されたノートもあるが、作歌の時期がたしかでないことは先にあげた歌同様である。『光る樹木』所収の歌は改稿されて、リズミカルに調べがととのえられた感があり、それだけ感情はおさえられ、傍観者の視線がつよくなったようにも見える。たとえば「高々と夏は葉込みの桐一木月かげ洩りしその根さへなし」が「高々と夏は葉ごみの月の光《かげ》洩りたる梧桐《きり》の根をさへ焼かれ」となったように。

『光る樹木』昭和二十一年の章は「占春園の池」「旅にて」「朝」「今川町にて」「一年」「もろこし」「八月某日をしるす」とある。小夜子にとってこの年は大きな変革、外の世界に積極的に踏みだしていった変革の年といえるかもしれない。「占春園の池」は前号で紹介した自歌自釈文中にあるように、長男中学入試の日の景である。

長男と長女がそれぞれ中学と女子大に進学をきめた三月～四月のたぶん春休みのころ、小夜子夫婦は長男をつれて京都に旅行している。どういう目的があったか、むろんそのくらいの余裕があってのことだが、終戦による一階級昇進の陸軍技術中佐として退職、即公職追放となった夫修一郎の、戦時下に親しかった知己をたずねて今後の相談をすべき意味合いがあったかもしれない。「旅にて」はその旅の東海道線の車中から眺めた風景と戦禍をうけなかった京都の町を歌った作である。そのなかから。

　棚梨の花は幽かにありながら花よりかなしほの赤き芽の
　加茂川の瀬にたつ水の白々と流れて無限の時をこそ見め
　浅き瀬の波立ち白きこの河原世々の歴史には触れまじとする
（旅にて『光る樹木』初出「婦人文化」創刊号）

棚梨の花を詠みこんだ小夜子の歌はほかにもあって（『朝こころ』「大和路」）、私には、花そのもののすがたよりも（あるいは同時に）この言葉のもつ音のしらべに彼女が惹かれていたように思える。二首め「流れて」ははじめ「行きて」で、私自身ながいあいだそのように記憶していたせいもあろうか、「行きて」のほうに時空をこえた「無限」の方を思いやる作者の視線が感じられる。過去でもあり未来でもある、どこか遠いところ。戦火によって廃墟と化した東京から古都京都にきてその思いはつよかったのだろう。「こそ見め」の語法が彼女の思いを強調する。三首めは「加茂川の」の現実的解釈、歴史に触れたくなかったのは作者自身だったかもしれない。「婦人文化」創刊号の歌は「占春園の池」「旅にて」のうちの大半と「朝」の連作のはじめの三首で、『光る樹木』にまとめられたとき「朝」には「国敗れて昏迷のなかにも春は酣なり」の詞書をそえている。

　もろもろの花は若葉の中に散る春一季《ひととき》のかぐはしき朝
　いかにもあたらしい出発を暗示するかの景である。

「婦人文化」の創刊は四六年九月一日になっているが、編輯後記によれば「六月一日を期して創刊の予定」で原稿依頼もそれにあわせてあったが、「印刷界の混沌たる事情に災ひされて、今日に至つた」とある。「林間」年表によると「六月杉並区今川町に転居」とあって、転居と同時にそこに「婦人文化社」を設立する予定だったのだろう。

いまでこそまったくの住宅地となってしまったが、青梅街道ぞいの荻窪警察署と荻窪郵便局のあいだの道を西武新宿線上井草駅にむかう途中右手に、町名の由来かといわれている今川義元の墓のある観泉寺があり、新しい借家の離れはその寺に近いところにあった。青梅街道をはいってすぐのあたりは旧中島飛行機（のちに日産、現在は緑地か）や鉄道車輛の工場、奥に荻窪病院と中学校の校舎がつづいていたが、観泉寺のむこうは野球場のある上井草駅付近まで、点々とちいさな店屋や農家、交番、風呂屋などがあったように記憶している。砂利道の両側はなだらかに起伏する麦畑が見わたすかぎりひろがっていて、私はそこで麦秋という言葉を実景として知ったのである。雑木林もまだそこここにあって、夏の夜どこからともなく祭り囃子をならう音がひびいてくるなど、武蔵野の風物には事欠かなかった。すでに当主は故人となっていたがその家は広い庭に面して玄関を中心に左右に広がり、その西の側につくられた離れの一階が小夜子一家の仮住居となったのである。その家には玄関までゆるやかな半円弧をえがいて二つの門があり、その西寄りの門柱に婦人文化社という表札をかけていたように思う（というのはその表札をみてたずねてきたひともいたからだが）。

「終戦後の雑誌の刊行は素晴らしい勢で、各方面ともに驚くばかりの氾濫ぶりである」と編輯後記の冒頭にもあるが、それでもそれらの雑誌（おおかたが素人の手になったものか）はよく売れていたと記憶している。多くのひとが活字に飢えていたのであろう。そのような状況のなかでキーワードとしてもっとももてはやされていたのが、平和と文化ではなかったか。婦人の地位向上も基本的なコンセプトだったろう。発行兼編輯者は小夜子の本名の久城慶子となっているが、むろん夫修一郎の援助なしにはできなかったと思う（表紙の装丁などはかれの手になる?）。しかしこの雑誌発行の立案と実現に直接関与していたのは、曙町以来親交をむすんできた鷹見芝香だったのではないか。創刊号の扉には芝香の毛筆とペンによる習字の手本があり、巻末には小夜子の短歌指導とならんで芝香の習書指導のページが組まれている。曙町時代、彼女の書塾に併設されていた「しらゆふ短歌会」も誌上に健在であった。創刊号の目次を記しておく。

（評論・随筆）婦人の社会的解放／平貞蔵、平安朝の歌と絵／藤懸静也、森鴎外の「礼儀小言」／雅川滉、墨線の親しみ／鷹見芝香、春・老齢・希望／吹田順助、羅馬の広場巡り／野上素一、斜面荘歌話／土岐善麿

（詩・短歌）花の香／佐藤佐太郎、朝／川上小夜子、晩春／吉田恵子、日は暮れぬ／ロングフェロー・大和資雄訳

（研究）細木香以と馬十連（その一）／土井重義、御伽草子の中から／市古貞次、柱談義／関敬吾

（創作）白藤／豊島与志雄、慈悲／渋川驍

ほかに、日本の化学工業に就いて／大島竹治、家庭婦人の工作美術／板倉賛治。そして習書指

導室と短歌指導室。

これらの執筆者について詳らかではない場合もあるが、私のおぼろげな記憶のなかでは、藤懸静也（文学博士）と板倉賛治（画家、元東京文理大教授）が鷹見家の縁者であり、大和資雄、野上素一、土井重義が旧知の関係をもふくめて、牛込の旧市河邸でともに暮らしていたこと、吉田恵子は小夜子の守口時代以来の門人（のちに「林間」、「女人短歌」に参加）であったことなどからみて、友人、知己を総動員して発足した感がある。化学工業統制会資材部長の肩書きのある大島竹治は夫修一郎の知己であったか。一一四頁、いくらか文芸寄りとはいえこのまとまりのない、格別啓蒙的な傾向があるともみえない雑誌はなにを目指していたのだろう。「文化日本として発足する新日本の婦人に、高い教養と豊な趣味とを与へ、知識、趣味の点で世界の婦人に伍し」（久城〈小夜子〉）「日本婦人が未だ多く身につけてゐる封建的なものは近代的なものに改められねばならぬ」（草光〈修一郎義弟〉）と後記にあるが、敗戦直後の風潮を見る思いがする。

一一月発行の二号になるとやや方向のさだまってきた感がある。詳細については次回にまわすことにし、とりあえず巻頭の論文が池田亀鑑の「源氏物語の主題について」であることだけを記しておく。というのもこのころ小夜子は池田亀鑑の知遇を得、以後最期まで多大の学恩をうけることになるからである。のちの日本女子専門学校（現昭和女子大）短歌部講師の任についたのも池田亀鑑の推薦によっている。この平安朝文学研究の泰斗を小夜子に紹介したのが鷹見芝香だったような記憶もあるが、確かではない。「芸苑」の関係で文通があったとも考えられる。鷹見芝香との多方面にわたる関係や「婦人文化」の発行は、一方で北見志保子とのあいだに、ある距離をおくことになったと言えるかもしれない。

35 「婦人文化」第二号、そしてある青年の死

「婦人文化」二号の発行は二一年一一月である。創刊号が九月だから隔月刊の予定だったと思うが、三号は翌年の四月でその編集後記に、用紙難など諸種の事情により今後当分のあいだ季刊にするとの断り書がある。しかしその後「望郷」と改題した四号以降も発行の期日に関しては不規則で、かならずしも季刊の名目はまもられていない。一、二号は六円五〇銭、三号一五円、四、五号三五円、六号になると六五円とその定価が急上昇してゆくのは戦後のインフレーションを反映してのことだが、雑誌の発行を継続してゆくことには多様な困難がともなっていたことは想像に難くない。

戦時下一〇〇〇社以下に統廃合されていた出版社が四八年には三五〇〇社に、また数百にすぎなかった雑誌は一万点をこえるようになり、「いわば仙花紙とガリ版を使ったブログの時代」と指摘される（山本武利「『占領期雑誌資料体系』（岩波書店）の刊行にあたって」）その時代に、まったくの素人が文芸誌（はじめは女性むけの）を企画、市販しようという試みはかなり思いきっ

たものだったのではないか。いま私自身、家計をあずかるようになってみると、婦人文化社を起し、雑誌を発行するにいたった資金はどのように調達したのだろうかという疑問にとらわれる。夫、修一郎の退職金があったかもしれない。しかし陸軍技術将校としての公職追放、新円切り替えの時期、もともと財産を蓄える夫婦でもなかった。修一郎の実家は戦時中の統制で老舗だった呉服店も廃業していて、むしろ長男である修一郎をあてにする方向にあり、かれはたぶん種々の職探しの最中ではなかったろうか。「婦人文化」一、二号に「サンスター」の練歯磨など（星光社）の広告があり、関東総代理店として婦人文化社の名が記されている。部屋の奥の廊下の隅にそれらの品物がおかれていた記憶もある。

さすらひの運命《さだめ》は尽きず武蔵野の森の寺近く移りきぬまた
（二一年『光る樹木』昭和二十一年）

いつの日に構ゆる家に住むべきと子らは切なく嘆きて問ふを
（今川町にて『同前』、初出「婦人文化」二号）

このような歌にみられる心の揺れをかかえながら、家を構える算段などより、まず外の世界にむけて自分の関心事を解きはなっていった小夜子の行動力（あるいは事業に対する願望ともいえようか）に、時代の風潮とはいえ、いまの私はむしろ羨望の思いをもつ。そして同時に裏方として、また共同の事業者として助力を惜しまなかった夫修一郎のことも考えにいれなければなるまい。これは後のことになるが、「経済往来」四九年九月号に掲載されている小夜子の作品（プランゲ文庫の資料による）をみていて、その雑誌の編輯人として久城修一郎の名が記載されているのに気付いた。「婦人文化」などの編輯経験が活かされたのだろうか。

「婦人文化」及びその後の「望郷」の発行が不規則になったのには、用紙難だけではなく、回転資金の問題もからんでいたのではないかと思う。ともかく創刊号にひきつづき隔月の四六年一一月に発行された二号の目次は左の通り。

（評論）源氏物語の主題について／池田亀鑑、天才歌人和泉式部／窪田空穂、女性・仕事・生活／的場徳造、日本女性の封建性について／藤原治、フロオベエルの女性教育／辰野隆、共同生活／岸田日出刀

（短歌）夏山行／土岐善麿、雲／五島茂、秋思／川上小夜子

（随筆）初孫／川田順、流れの中で／福井研介、随想／藤川栄子

（創作）夕闇の道／大谷藤子、お針のけいこ／網野菊

ほかに、家庭婦人の工作美術2／板倉賛治、時評、習書と短歌の指導室。

（目次に評論という項目はなく、筆者が便宜上まとめて併記したが、実際にはただ内容によって分けられている。）

『源氏物語』と「和泉式部」という小夜子にとって終生の関心事、研究対象となったふたつの主題が巻頭の評論としてとりあげられていることに注目しておく必要はあろう。「婦人文化」は、四号以降「望郷」と改題されて文学の専門誌となっているが、七号（四八年一一月）は「和泉式部」、八号（四九年六月）は「源氏物語」のそれぞれ特集号として編集されている。「林間」の追悼号に、窪田空穂は「三、四年前にならう、一日わたしは、思ひ懸けず川上小夜子さんの訪問を

受けた。これが初対面であつた。……当時川上さんの編集されていた雑誌『望郷』へ、和泉式部に関しての一文を書けとのことであつた。題目に心ひかれて拙文を書いたのであつた」と述べている。空穂は「婦人文化」二号と「望郷」特集号と、二回執筆している。この追悼文にある原稿依頼がそのどちらであったか、「望郷」とあるから特集号のようでもあるが、初対面であったことなどから考えると、最初のときのようでもある。「川上さんは和泉式部の歌に心ひかれて、研究に志してゐるが、解しにくくて困ると云つて笑はれた」と先の文章につづけている。小夜子が池田亀鑑指導の平安朝文学研究会（東大文学部研究室）に参加するようになったのは年表によると四八年五月である。池田亀鑑は同追悼号のなかで「この会は、終戦の年から和泉式部集評釈を続け、毎週一回づつ集まつてもう二百数十回も会合したし、今日もなほ営々として努めてゐる」と説明している。

「婦人文化」二号は校正ゲラの段階でGHQの検閲機関に提出されたようで、プランゲ文庫のデーターベースには全文のタイトル前に検閲前と記入されているが、検閲「有」とチェックされているものが四点あった。「雲」五島茂、「家庭婦人の工作美術」板倉賛治、「時評―憲法の民主化―」草光実、「お針のけいこ」網野菊である。これらの作品および論評がなぜとりだされたのか、よくわからない。時評「憲法の民主化」についてならばその意図を確かめる必要があったかもしれない。マッカーサーの言を引用した部分の上部に線が引かれているが、OKとなっている。しかし最初気付かなかった五島茂の、二頁め初行の歌が削除されていたのである。削除された箇所がわからないように、というのが検閲機関の指示であったから当然のことだったかもしれないが、削除された歌は、かつてイギリスに外遊したときの街の景であろう「口紅のはげしく濃きは街娼ときまりゐしはロンドンの街上なりき」で、この歌につづく「額しろく汗にゆらめきて叡智見ゆかかるをとめらもまじる街となりぬ」を、削除された歌とあわせると、敗戦直後の激変した生活のなかでやむなく街娼とならざるをえなかった「叡智見ゆ」女性の姿が作者の目にいかに痛ましく映ったかが納得される。網野菊の創作にはなんのチェック跡もなく、他の二編には一部傍線や括弧が記されているが、OKとなってできあがった雑誌に変化はみられない。

二号の編輯後記の小夜子（久城）と草光のあいだにKという署名の、いかにも青年らしい固い一文がある。婦人文化社の表札を見てアルバイトを希望してきた青年ではなかったか、母親、妹二人とともに沖縄から移ってきていて旧制高校受験の準備中であった。沖縄がどのような状況に置かれ、いつ東京のその地に移り住むようになったか、というようなことについて何かを聞き及んだ記憶は私にはない。沖縄戦の詳細についてはまだ語られることが少なかったのだろうか。この青年は雑誌の編輯を手伝い、小夜子もよく面倒をみてやっていたようだ。しかしやがて『光る樹木』昭和二十二年の章「くれなゐのいろ」にうたわれているような事態が起こる。この連作の初出は「短歌季刊」四八年二月号だが、歌集編纂にあたってあえて前年の四七年に組みいれたのは、事がその年に起こったからだろう。

とめどなく若き血しほを吐きあげて蒼ざめし人を灯のもとに置く
戦ひの犠牲はここに生きのこりし若き命が吐血に衰ふ

店の灯にガーベラの花いろ濃くて鮮血の記憶まざまざと浮く
（『光る樹木』による）

「婦人文化」三号は四七年四月に発行。その頃はまだこの青年の病状が表立つことはなく、三号の編集も手伝い、旧制高校の一次試験にも合格していたように思う。「くれなゐのいろ」は『光る樹木』の逆年形式の掲載順からみると、小夜子一家が山形県赤湯温泉にしばらく滞在していた、四七年夏の連作「みちのくの旅」のあとに組まれているので、たぶんその年の春から初夏のころまでのあいだか、その前後の出来事だったのではないだろうか。いつか帰ることを夢みていた沖縄に、思わぬ事情で帰らざるをえなくなったまま、途なかばにして命尽きた青年がそこにいたのである。

紺青の波が泡だち白々とよれば珊瑚礁さへ悲しといひき
首里城の甍の色もふたたびに見むと行きしが消えしうつそみ
血につながるえにしなければ別れ去り若き命を死なしめにけり
（憶琉球『光る樹木』昭和二十四年）

親身になって面倒をみ、その将来をも嘱望していたひとりの青年の死を知って、そのころであれば、おそらくかれ自身の語った言葉によってしか想像しえなかった琉球（沖縄）を、小夜子はどんな思いをこめて歌に詠みこんだのだろう。

事の次第を四六年にもどす。「林間」の年表には、日本女子専門学校（現昭和女子大）短歌部の講師となったのがこの年となっているが、あらためて資料をみていて、それは四七年五月であったことを知った。この事項の詳細についてはあとで述べることにし、『光る樹木』昭和二十一年の章に組まれている歌について見てゆきたい。
「朝」の冒頭の歌は前節で紹介したが、戦後と「婦人文化」の創刊という二重のあたらしい出発の気分にふさわしく、桜、白木蓮、ライラックなどの花々をうたいあげている。「もろこし」「乱世」「今川町」は「秋思」と題して「婦人文化」二号に発表した歌のなかから抜粋し、主題ごとにわけたものである。「秋思」には「荒れはてし都の跡をたかだかと歌ひしことは遠きいにしへ」の詞書がある（『光る樹木』の「もろこし」の詞書は、「遠き」以下が「歌聖人麿」と改められている）。この詞書の意味するところはどのようなものであったのだろう、「もろこし」のはじめの二首をあげる。

蜀黍《もろこし》ののびてそよげるこのあたりいかなる街の跡とやしらず
瓦礫の跡穂立のみのりそよがせて蜀黍の秋か日にけに深む

雑誌の編集や東京歌話会など外にむかって多様な活動をはじめた小夜子には外出の機会もふえたのであろう、「八月某日をしるす」と題された連作には、「八月某日種々の用をもちて人を訪ふこと四件、内、二人はさる名ある小説家なれど、世相はこの二人にも厳しからむ。又一人はこよなく親しき友にして、其閑居美し。この一日晴るるかと思へば驟雨激しく、至り定まらず。様々なる人生を経ての帰途満員の省電より人落下して轢かれたるを見る」の詞書がある。そのなかから、

一隅は粟の垂穂《たりほ》にしめられて庭は秋立つ友が家居か
初に訪ひ降りこめらるると待つ刻を借り間住居の暗きに坐せり　（訪問）

明日の銭なしと訴ふへだてなさ思はざりしかば嬉しく渡す　（ある作家）
二つなき命をむざと落ししは其人にして他はかはりなきさま　（轢死）
この夕べいでたるままに帰らぬをひたにただ待つうからは誰れぞ
（以上初出は「短歌季刊」創刊号）

36　さまざまな活動の只中へ

いま私の手もとに「早春賦」と題されたガリ版刷小誌のコピーがある。たしか尾崎孝子ら当時の女歌人についての研究をしているという方が、日本女子専門学校短歌部時代に川上小夜子に短歌の指導をうけたうちのひとりから入手して、送付されたものである。「あまだむ」で、この連載がすでにはじまっていたころと思う。「早春賦」は「昭和二十二年度日本女子専門学校短歌部作品集」というサブタイトルにあるとおり、四七年六月からはじめられた短歌部の創設に努力した最初の卒業生を送りだすための記念誌（四八年三月発行）で、発足当初は百人近かった部員も、実作を中心にしたためしだいに減ったが「驚くべき進歩の見られる人」もいて、生涯にわたってつづけてほしいと、小夜子はあとがきに記している。「ふたたびは得がたきときと書きのこすおとめの歌よひびけ高々」「おみなごの道はさびしきものなりきいにしへ人もかく歌ひ来し」など五首を「序にかへて」として巻頭においているが、いささか公式的な挨拶の域をでるものではなく、殊に「おみなごの道」の歌は今になってみると今更の感がつよい。そのころも彼女は心からそう感じていたのだろうか。この序の歌につづけて「早春賦」と題された一〇首があるが、これらの作は他誌に発表された様子もなく『光る樹木』にも収録されていない。「くるめきて霞のなかに沈む陽の燃ゆばかりなる如月にして」「らんらんと燃ゆる入り日の前につかれ思ふことはや祈りに似たり」以下武蔵野の景をうたう。この記念の小誌には三二名の短歌部員の作品が収録されていて、そのなかには雨宮雅子、河口恒子、三橋鳩世のように、その後「女人短歌」「林間」にそれぞれ参加し、小夜子のもとで作歌をつづけたひとの名もみられる。馬場暁子（あき子）の作品もあるが、彼女はこのころすでに他の結社に属していて、小夜子からはなれたところで作歌をつづけ今日に至っているが、経験ある三年生として短歌部創設に努力したのではないだろうか。この小誌発行のあとになってから入部したと思われる野々山三枝の歌集『月と舵輪』（かりん叢書、八二年）の解説に馬場あき子は「野々山さんは学校も私の後輩に当り（中略）短歌は昭和女子大の短歌クラブを指導していた川上小夜子の手ほどきを受け、その作品は旧姓高松三枝の名を以て、昭和二十五年の『女人短歌』に何回か掲載されるという師恩にあずかったが、卒業直後に川上小夜子は急逝し、野々山さんは歌の方途を失い、いつしか歌から離れてしまった」と彼女の初期の歌歴を紹介している。かつて「処女文壇」を探すために昭和女子大の近代文庫（現在は図書館に併合）を訪ねたとき、私はまったく偶然、そこに勤務していた野々山三枝と出会ったのである。小夜子がどのような指導をしていたか私には知る由もないが、毎週金曜日の会合で小さな種子のいくつかは蒔かれていたようだ。

そのころの日本女子専門学校は世田谷区三宿にあった広大な兵営の跡地の一部に移転してきたばかりで、だだっ広いだけの、夜になるとわずかな街灯の明かりだけがたよりのほとんど暗闇の敷地内を歩いた記憶がある。木造二階建ての校舎がずうっとつづいていたように思う。あれは旧兵舎をそのまま利用していたのだろうか。「林間」追悼号に三橋鳩世は「戦災に戦災と追われるように移つていつた私達に学問する事がやつとの時、いゝえ全然本やペンを取る事の出来ない材木などを運んだ終戦後、荒れはてた兵舎に、やつと、形をととのえて勉強の体制が整えられてまもなく女性の潤いにと短歌部が生まれました。もとは北原白秋先生が短歌を指導していらつしやつたとか、うかがいました、その伝統にかけても、よき師を得たいと、方々もとめて池田先生の御推薦で、川上先生をお迎えする様になりました。先生は学校とは全く違つた雰囲気で私達と接し引きつけてしまいました。先生のいらつしやる日は、門までお迎えし、駅までお送り致しました。食糧難時代の事で寮生であつた私達に、いろいろお心遣いをいただきました」と当時を回想している。

雨宮雅子には『女歌人小論』（女人短歌会編・短歌新聞社、八七年）所収の「川上小夜子覚書」というすぐれた論考がある。著者は「覚書」と称しているが、遺稿集をふくめて三冊の歌集と「詩歌」「覇王樹」「女人短歌」「林間」に発表された歌から、それらの歌の解釈のみならず、歌の行間に垣間見られる小夜子自身の生の在りようをもみつめ、その全体像をうかびあがらせようとする姿勢がみられる。小夜子の突然の死に直面して「歌を本気でやらなくてはとつぶやいた」という著者の、小論ながらかなり的確なこの論考を、いま私はむしろありがたいと思う気持で読みなおしている。

「婦人文化」の三号は、この年の日本女子専門学校短歌部出講以前、四月に発行されている。これといった格別のまとまりのあるようにも見えない内容で、煩雑の感もあるが、目次を記しておく。

（評論）古代文学の探究／武田祐吉、庶民の実生活描写の絵について／藤懸静也、現代人の作歌態度／渡辺順三、家庭の喪失と非合理主義／戒能通孝

（随筆）北の果てに／神近市子、音楽を愛する人々に／平井保喜、湖畔風物志／磯萍水、北京追想／谷中僕士

（短歌）春の一齣／筏井嘉一、武蔵野／川上小夜子、ニコライ抒情／中村正爾、（詩）矢野克子、伊藤康円

（小説）林檎／田宮虎彦。巻末に習書と短歌の指導室

ただこの号の後記に以下のような記事があることには注目したい。「今後、用紙不足は尚相当長期間続くものと考へられるので、文化講演会及音楽会等を定例的に開催し、知的慰安を求める現代人を対象とする文化事業を開始することにしました」とあって、第一回の文化講演会を、六月一日午後一時上野科学博物館講堂、音楽鑑賞会を、五月三〇日午後三時早稲田大隈講堂で、と予告している。音楽観賞会については、北見志保子の「平城山」など、また小夜子の「友」を作曲した平井保喜（康三郎）の指導による隔月一回開催予定の「よい音楽をきく会」を後援するこ

とになった、とある。第一回の文化講演会でどのようなプログラムが組まれていたか、たしか子どもたちも手伝いがてら出席させられたように思うが確かな記憶はない。文芸専門誌として「望郷」と改題された四号（日本文芸作家評論特集）の巻頭論文、片岡良一「現代文学の一つの課題」について、四号の後記に「片岡先生の現代文学の一つの課題は去る六月一日本社主催の文化講演会にて一時間に亘り熱演された先生独特の名論」とあるところをみると、これが主要な講演だったと思われるが、たぶんそれだけで終わったのではないだろう。この論文には「今日に於ける芸術主義の意味」というサブタイトルがついていて、坂口安吾「堕落論」や芥川龍之介「地獄変」などを例にあげて思想やモラルに裏打ちされた本来的な芸術主義と、安易な主情主義的芸術主義とを対比区別しようとする現代文学批判と読めるが、当時の文学状況のなかでどのような世代の関心事となったのだろうか。ということはこのような講演会が成功したのかどうかという問題でもあろう。

音楽会についていえば、いま私の手もとにあるかぎりの資料によっても、婦人文化社は四七年五月以降、四九年六月までに幾冊かの平井保喜（康三郎）歌曲集を出版している。発行順に記すと「大和路」川上小夜子作歌、「ゆりかご」平井保喜作詩作曲、「ラジオ愛唱歌・春のうた・北見志保子詩、心の港・深尾須磨子詩、白梅・竹内てるよ詩」『女声合唱曲集第一編』（以上四七年まで発行者久城慶子、四八年以降は夫の久城修一郎が発行者となっている）。『女声合唱曲集』（二編をのぞき前記と同内容）、『日本の花』大木惇夫詩（四八年）、『混声合唱曲集』である。ほかにソプラノ独唱「和泉式部の歌」（あらざらむ、など五首）、平井保喜作曲というガリ版刷り表紙の作品があるが、いつ、どういう機会に、など詳細は不明。小さなメモ帳がある。前半には小夜子の歌集『朝こころ』の注文、送り先、入金の状況などが事細かく記入されているから戦争中から使用していたものだろう、その余白の頁に音楽会のプログラムの詳細なメモがある。以下書き写す。

第一部　Ⅰソプラノ独唱　1ゆく春（長田幹彦詩）…山田耕筰曲、2かもめ（島崎藤村詩）…池譲曲、3夜曲（内田巌詩）…平井保喜曲、4大和路（川上小夜子歌）…平井保喜曲、Ⅱピアノ独奏　1無窮動…プーランク曲、2ポロネーズ変イ長調…ショパン曲、Ⅲバリトン独唱　1野の羊（大木惇夫詩）…服部正曲、2もの（北原白秋詩）…山田耕筰曲、3あの子この子、4ちびつぐみ（3、4ともに白秋詩、平井曲）、Ⅳヴァイオリン独奏　1ラルーゴ（新世界交響曲より）…ドボルザーク曲、クライスラー編曲、2妖精の舞踏。このあと休憩があって第二部になる。第二部は、Ⅰヴァイオリン・ピアノ二重奏　クロイツェル・ソナタ…ベートーヴェン曲、Ⅱバリトン独唱　二人の兵士（伊藤武雄訳詞）シューマン、ほかに「魔王」など二曲、Ⅲソプラノ独唱　小夜曲…シューベルト、ほか「鱒」など、Ⅳ二重唱　歌劇「ドン・ジュアン」「フィガロの結婚」より、Ⅴ合唱　平井保喜「日本名曲集」

出演者は記入されていない。未定稿の案だったのか。早稲田講堂での音楽会を聴きにいったことはある。それが一度だったか、それ以上だったか確かではない。ピアニストだった伊藤武雄が戦傷で隻腕となり歌手に転向したこと、平井友美子夫人がヴァイオリンの名手だったこと、アルト歌手の内田るり子とその後も親しくしていたことなどから、かれらが出演していたのかもしれない。いずれにせよ、音楽についてはまったくの素人だった小夜子夫妻のことだから、楽譜の出版も音楽会の企画も平井保喜の意向に沿ったものと思うが、そこにはそのような事業に対する小夜子自身のなんらかの期待や願望もこめられていたと考えるべきだろうか。

この年の夏、小夜子は家族とともに山形県赤湯温泉に逗留する。それまでもゆとりのある生活ではなかった。鎌倉に住む親戚の家で夏の幾日かを過ごしたことはあったが、戦争があり極度の食料難の戦後の時期、都会をはなれて避暑の日々をすごすことなど私にはひどく贅沢なことに感じられていた。温泉宿といっても鄙びた田舎の湯治旅館で、むろんお米持参のなかば自炊だったように思う。それでも疎開時の生活とは違って、山間の小村ですごした数日はものめずらしいことも多く、のどかな時間だった印象がつよい。畳敷きの映画館では雨の降るうすぼんやりとした画面を一匹の猫だけが見ていたり……。はじめて蓴菜《じゅんさい》なるものを食し、蓴菜のとれる湖に案内され、その湖から立ちのぼる霧によって葡萄がよく育つことなども教えられた。この旅を小夜子は「みちのくの旅」としてまとめている。初出は「八雲」四七年一一月「みちのくにて」と題し、歌のかたちも内容もかなり変化している。

蔵王嶺茂吉が歌もうかびくる旅の車窓の眺望に展け
目にせまる山また山がおのづから暮れて夜となる大き寂寥
吾妻嶺は巻く雲さらずはろばろに展くる青田の波わくる風

（みちのくの旅『光る樹木』昭和二十二年）

茂吉の故郷、結城哀草果の住居も近く、訪ねてみたかったようだ。

37 「婦人文化」を「望郷」と改題、発行を続ける

四七年一二月、「望郷」四号は「婦人文化」の通巻号数をひきついだまま、内容を一変し文芸の専門誌として発行される。四号は「日本文芸作家評論特集」、以下五号「外国文学評論特集」、六号「特集・近代の抒情」、七号「恋愛歌人・和泉式部特集」、八号「特集・源氏物語への郷愁」と四九年六月までつづけられることになり、いずれこれらの各巻について詳細をみてゆかねばならないと考えている。というのも以前「婦人文化」と「望郷」のバックナンバーをそろえて駒場の近代文学館に寄贈したとき、誌名は知っていたが実物を見るのははじめてだと感謝されたことがあり、戦後まもない混乱期の、発行を季刊と称していてもそれを固守するのが困難だった、しろうとの個人によるかなり恣意的な文芸誌がひろく一般に知られていたとは思われないからである。近代文学館の担当者が誌名を記憶していたのは、たとえば折口信夫のような執筆者がかれの全集にその論考を収録するにあたって、初出誌として誌名を記載していたからだろう。詩歌の結社雑誌ではなく、「婦人文化」「望郷」のような綜合誌あるいは文芸誌が、特集の企画、執筆者の選定などの面で、たとえ池田亀鑑とその一門のひとびとのような強力な協力者がいたと想定して

も、ひとりの女歌人の手によって発行されたという事実は、いま思うと不思議な感がする。（文学辞典、事典の類の「川上小夜子」の項目中、「望郷」の発行にふれているのは、私の知るところでは前田透執筆による近代文学館編の『近代文学辞典』以外にはない。）

病を得て退職し沖縄に帰った青年のあと、きまって出版に関する諸事雑務をひきうけていたひとはいなかった。小夜子自身あるいは家族がそれらの任にあたっていたのだろうか。編輯後記に「前号発行以来、各種の事情の為大変遅刊しましたが、今後は季刊制を厳守すると共に内容も御期待に副ふべく充実したものとして行きたいと思ひます。」とある。しかし改題して最初の四号の発行日ははじめ四七年九月だったのに、表紙、裏表紙ともにそのうえに十二月発行という紙片を貼って変更している。本文中に組み込まれている次号の予告が十二月になったままということは、表紙をふくめてすべて印刷済みだったと思われるが、どのような事情だったのだろう。商業雑誌発行の困難さがみえてくる。

「望郷」四号、日本文芸作家評論特集の目次を記しておく。

（巻頭評論）現代文学の一つの課題／片岡良一

（特集）日本文芸作家概論／岡崎義恵、山上憶良論／久松潜一、清少納言論／池田亀鑑、世阿彌論／能勢朝次、西鶴論／片岡良一、与謝蕪村論／暉峻康隆、坪内逍遙論／斎藤清衛、樋口一葉論／塩田良平、与謝野晶子論／吉田精一

（詩）　おっとせい／神保光太郎

（俳句）髪／山口誓子、今昔／長谷川かな女

（短歌）蓮の花／前田夕暮、花の束／木俣修、奈良の春／北見志保子、露／川上小夜子
（創作）花を咲かせる／武者小路実篤

これをみると戦前から戦後にかけて、ある意味で当代一流の大家ともいえる専門家、大学教授の書き手をそろえているものの、そのためにかえって一歩先を見る視線を欠いているようにもみえる。人麻呂ではなく憶良、芭蕉ではなく蕪村、あるいはまた「一代男」の遊女の物語に解放された自由人のすがたとその勝利を描いて、悲劇的事件をも喜劇に転化する逞しい肯定精神と人間的な力への信頼をもつ作家としての西鶴像を提示している「西鶴論」あたりに、戦後をみることができるかもしれない。小夜子自身の短歌「露」は、十首のうち五首が形をかえて『光る樹木』に収録されている。

「望郷」五号（四八年二月発行）外国文学評論特集にあらためて目をとおす。四号はすくなくとも日本文学の特集だった。編集者の小夜子自身も彼女をバックアップしていたひとたちも日本文学については専門家かそれに近いところに在ったと思われるから、概略的ではあっても時代を追って作家を選んだ意図はみえてくるが、この号の特集はどこに焦点をおこうとしたのか、見定めがたい仕上がりである。英、米、独、仏、露、中の各国を列挙して全体を俯瞰しようとする意図は納得できるが、それ以上のことはわからない。いささか無謀な企画ではなかったか。執筆依頼のときの事情をロシア文学の中村白葉が冒頭こんなふうに書いている。「ロシヤ文学に就いて何か、といふ甚だ漠然たる、併し気楽な編輯者の依頼なので、別にテーマも定めず、思ひつくまに何か書いてみようと思ふ」と。白葉はまず『クロイツェル・ソナタ』によるトルストイの音

楽観を検討するところからはじめ、発表当時のチェーホフ作品にたいする批評、そして翻訳の問題へと気ままに筆をすすめている。白葉はすでにロシア文学翻訳の大家であったが、中国文学の武田泰淳は四六年四月中国から引揚船で帰国して間もないころで、四三年に『司馬遷』を刊行しているものの、「望郷」の原稿依頼が四七年九月以前とすれば、帰国した年に「才子佳人」を発表、「蝮のすえ」は連載がはじまったばかりで、小説における戦後文学の旗手としては出発点に在った時期である。むしろ中国文学の専門家としてみとめられていたのだろう。「望郷」掲載の「中国文学と人間学」は『紅楼夢』から魯迅まで、さらにそのあとにつづく新しい作家まで中国文学に描かれてきた多面的な人間像の在りようを、ヨーロッパあるいは日本の近代文学における「私」と比較しながら論述している。そのままのかたちで『武田泰淳全集』一二巻評論2に収められているが、この巻の解題者古林尚によると、評論集『人間・文学・歴史』(五四年厚文社)『みる・きく・かんがえる』(五七年平凡社)などに再録。なお解題者はここで初出の「望郷」にも触れて、この号が〈外国文学評論〉特集号であった、と記している。

イギリス現代文学の上田勤とアメリカ文学の西川正身はともに新進の大学教授であったように記憶している。上田勤はオルダス・ハックスレイに多くの部分を割いているが、後年私自身大学でやはりハックスレイについて上田の講義をうけ、ハックスレイの『ガザに盲いて』の解説を漠然と聴きながしていたことを残念に思っている。当時イギリスの植民地であったガザをこの作家がどのような視点で描いていたか、今になって読んでみたいと思っている作品である。西川正身も私は親しく教えをうけた教授である。アメリカ文学というジャンルが、ドイツやフランス文学などのように市民権を得はじめたころではなかったか。私たちは第一次大戦後のロースジェネレーションであったヘミングウェイやコールドウェルらについて教えられたが、「望郷」掲載のアメリカ文学は一般性を考慮してか、マーク・トウェインである。このように見てくると、かならずしもすでに評価のさだまった大家にかぎられることなく、むしろ新進の執筆陣による論考に充実の感がうかがわれる。五号の目次を引用しておく。

（巻頭評論）近代美術の性格／富永惣一
（特集）ゲーテとドイツ文学精神／片山敏彦、現代英文学とヒューマニズム／上田勤、マーク・トウェインとその時代／西川正身、ジョルジュ・サンドの小説／杉捷夫、フランス文学流行／河盛好藏、中国文学と人間学／武田泰淳、ロシヤ文学者の耄語／中村白葉
（詩）　未亡人／大木惇夫、この世の幸／クリストフ・プランタン、山内義雄訳、彼女は来り又行きぬ／ジェームズ・ラッセル・ローウェル、大和資雄訳
（短歌）会議の灯／岡野直七郎、風のなか／五島美代子、斑雪／川上小夜子
（創作）岡山から松山へ―日記より―長与善郎

小夜子の短歌「斑雪」はそのタイトルとなった最初の歌、

ほろ（滅）びたる夢の絵巻も冬ざ（曝）れて廃墟の街にはだれ（斑雪）は残（のこ）る
（カッコ内は『光る樹木』）

のみが歌集の昭和二十年の章に「斑雪」として組みこまれているが、他は「逃避」の題のもとに昭和二十三年の章にある。

ひたすらに真実つくすわが行《ぎやう》は昏迷の世の希望に似たり
明日の日につながる昏き幻影をからくも消して今日はすぎにき
いつよりかひとりのわれをたのしむに似たる逃避もゆるさるるべし
ひとりきてしみじみ見るは野の川の澄みてひそかに氷（凍）りたるさま
かそかそと冬野の篠の鳴る音もきけばうちなるなげきにひびく

（初出「望郷」より）

終りの二首、これは私自身の個人的な好みにすぎないかもしれないが、このような冬野の景に自身の心象、孤の姿をかさねあわせて詠われた歌には、そこに立つ作者の姿とともにその心情も汲みとることができるように思う。このような景のとらえかた、言葉の組みたてかたに小夜子の歌の特色がみられると言ってよいのかもしれないが、いっぽうでそのなめらかな調べは気になるところだ。ストレートに共感を得ることのできるこの二首と異なって「明日の日に」の歌は不思議な歌である。戦争の日々の終った戦後のこの時期「明日の日」と「昏き幻影」というふたつの言葉のもつイメージが、一般的な意味ではつながらないのである。しかも幻影という語には日常性を超えたところにみえてくるものというひびきがあって、「昏き幻影」は日々の生活や人間関係のなかで生じる嘆きや悩みとはちがう。「からくも消して」生きのびてゆかねばならないような「幻影」とは何だったのだろう。冬野で彼女がみつめていたものともかさなってくるのではないか。後年『光る樹木』所収にあたってこの歌は「明日にまたつぐ世の昏き幻影を辛くも消してありといはむか」と改作されている。「世の」という修飾語によって幻影の内容はいちおう限定されてわかりやすくなったようにみえるが、一般化され客観的な視点をあたえられたことで初出の歌のもっていた不思議な感じ、あえて言えば、かたちに為しえない、生きていることの虞れのようなもの、作者自身の孤のうちに潜む何かという相は消えてしまったように思う。ほかに大きく改稿されているのは冒頭の歌の上句で、「真実を尽せる日日は行にして」となっている。

このころ小夜子の歌には娘たちをうたった作が目につく。かつて病床にあって幼い子どもたちをうたったものとはちがい、思春期にさしかかった娘たちに対する思いである。

つくづくと吾子らの顔をみることも年若きものの清さにひかれ
（『光る樹木』逃避・初出「望郷」五号）

仏蘭西には母と離《か》れてもゆくといふを愉しときけば落花しきりに
（光る樹木『光る樹木』・昭和二十五年）

母親の嘆きあるいは内奥にかかえている不安などとは無関係に自身のことにかまけている、子どもとはそんなものだろう。一方でそのことが母親としての救いにもなっていたのかもしれない。当時の小夜子の年齢をはるかにこえたいまになって、母親の内面を辿ってみたいと思う。悩みごとの多い日々、四八年三月の次女の大学合格に心を癒されているというような歌もあり、その次女が女学校の卒業時に答辞をよむことになった。そのときのエピソードを。たしか卒業式の前日、学校で思いつくままに形式的にならない文章を書き、教師もそれでよいとしたはずだったが、家にもって帰ると小夜子が許さない。奉書紙を用意し、墨をすらせ、形式のととのった小夜子自身の答辞文を奉書紙に書きあげたのである。停電になって蝋燭の明かりのもと、私はその奉書を文字どおり下敷きにして答辞を仕上げた。その下書きはまだどこかに蔵ってあるはずだ。

38　抒情の検証

「望郷」六号は「特集・近代の抒情」（四八年一〇月一日発行）である。前号が二月発行であるから、季刊という目標はかなりはずれているが、そのあたりの事情についてはもう問わないことにしよう。だが二月発行の五号にすでに「特集・近代の抒情」の予告が掲載されていて、内容と執筆者に多少の変更はみられるものの、予告に近いかたちで出来上っているところをみると、前号の発行時にはすでにその企画もすすめられていたと考えてよかろう。六号の目次を記しておく。

（特集評論）抒情詩の展開／折口信夫、抒情思慕／池田亀鑑、土井晩翠／中野好夫、子規と「一年有半」／山口誓子、正岡子規の発展性／五味保義、藤村の詩風／岡崎義恵、回想の北原白秋／前田夕暮、白秋論／吉田一穂、北原白秋論序説／中村正爾、宮沢賢治の詩に就て／竹下数馬

（随想）小説とセンチメンタリズム／中島健蔵、花のリヅム／深尾須磨子

（訳詞）ボオドレエル詩鈔／鈴木信太郎

（短歌）若き日の夢／窪田空穂、夜／水町京子、秋風の音／川上小夜子

（文芸時評）原理／原田義人

（小説）多武の峰／長野右京

このなかで五号掲載の予告と異なっているのは、晩翠論の加藤周一、藤村論の山本栄吉、白秋論の吉井勇がそれぞれ欠けていること、森鴎外論を予定していた中島健蔵と深尾須磨子が随想になり、神西清の小説のかわりに、たしか若手国文学者だった長野の創作となったような記憶がある。

抒情のもともとの意味は自分の感情をのべあらわすということだから、その意味で俳諧を抒情詩のなかに分類してしまうことにはなんとなく抵抗感もあるが、叙事詩、劇詩との区別において「作者自身の感動や情緒を表現した韻文」（広辞苑）という意味で近代の短歌、俳句、詩などの短詩型文学における抒情論と考えておこう。厳密にいえば近代という規定自体にも問題がのこるが、あえて問わないことにする。

折口信夫の論考はいかにも折口信夫である。近代などという時代はかれの視野にはいってこないのだろうか、記紀の歌謡にはじまる（あるいは万葉集も）日本における抒情歌の起源から説きおこしてゆく。歌曲の呪力をともなった伝承歌のなかから特に天田振《あまたぶり》をあげ「記紀の歌謡に、真の抒情詩らしい表現と、背景のあるものゝ出て来るのは、やはり『天田振』からと見るのが本当だと思ふからである。作物その物ばかりではない。其を聴いて恋のあはれに思ひしむやうになつたのも、此物語や歌が初めに近いものではないかと言ふ気がする。（中略）世の人が、其にしみぐ\と打たれ、唆られ、ひとごとならぬあはれを思ひ知る心が、まづ社会に現れなければならぬ。さうした地盤の上に、文学が形をとつて来るのである。」と指摘し、やがては挽歌にいれられるべき招魂法《たまごひ》が、男女間の恋愛呪術となり、「こひうた」となったと締めくくる。（天田振は「天飛む」――あまだむ――が起源とか。）

土井晩翠と島崎藤村は明治の対照的な位置にある詩人としてとりあげられたものであろう。しかし論者の中野好夫は晩翠について、憂国志人的詩人、男性的詩人、あるいは瞑想の詩人などと一般化されているが、かならずしもそのように断定できない。表現されている思想もかれ自身の思索の果てに到達したものではないが、「晩翠が一種の思索的章句に対して深い魅惑を感じる詩人」であること、漢文調といわれるものも手垢のついた漢文調ではなく「独特な嘈々清新の響きを発するのである」と記して、「星落秋風五丈原」のような「叙情的史詩類」を高く評価している。五味保義の子規はむろん短歌論である。

前田夕暮にはすでに四八年三月刊の『白秋追憶』があって、その巻末記（四七年一一月）に「尚追憶に就いて書き残した事、書きたいことはなかなかに多く、くめどもつきざる感があり、ましで『日光』以後晩年に到る約十五年間の思ひ出は殆んど書いてゐないので、若し続白秋追憶でも書く場合があるとすれば、筆をあらためて書きたいと思ふ」とあるが、「望郷」六号の「回想の北原白秋」は大方その続編と考えてもよいだろう。白秋の詩については詩人の吉田一穂と、白秋門下の中村正爾が論じている。吉田一穂は、この論の冒頭に鎌倉書房版の『北原白秋詩集』で書誌的にではあるが白秋について自身の見解を書いたと記している。「望郷」掲載の論評からも、詩人としての自身の立場と詩の原理、その視点からの白秋（あるいは日本の近代詩全体）に対する批判はかなり読みとれよう。吉田は、日本の近代詩が西欧詩の刺戟をうけて和歌、俳句的なものからの脱皮を企てながら、それが歌うという韻文概念のもとになされたので、五七あるいは七五調の音律と古語と雅文脈との調和性において、「本質的な革新もなく、単に歴史的に」出現したとし、「国語の短調な音律組織、文学史的に西欧の古典主義的骨格を抜いて直ちに浪漫主義に解放されたこと、更に幾何学的精神の高次元に欠けて造型的な抵抗面を避け、滔々たる主情的な感傷主義に流れてくらげのごとき自由詩となつた」という。大岡信は、吉田一穂の詩についてその魅力は「詩句のひとつひとつが、泡沫のごとく浮かんでは消えてゆく感覚的偶然性を排除し、厳密な意味の世界を形成する一個の客観的実在となっている点にある」とし、「『言語によって垂直に立つ、自我系宇宙』としての詩人」と明言している（『現代詩人論』）。白秋論のなかの「くらげのごとき自由詩」という表現以外にも「日本語は匍ひ居ざつてゆくナメクジ語である」（『黒潮回帰』——大岡信『現代詩人論』に拠る）というようなフレーズもあって、吉田自身ナメクジ語たる日本語と格闘してきた稀有な詩人であったという。吉田は「白秋こそ血に於て最も日本的な伝統詩人である。日本語韻の自在な駆使は殆ど音楽的でさへある。……『桐の花』は彼の全芸術のオリヂンを成した」としながら、『おもひで』も『邪宗門』も開かれた時代の風物詩だが、その「流麗な諧音のキイ・ノートは小唄調である」と記し、白秋が近代詩人であることは疑いないが「この生来の楽天的バッカスには、近代性としての特質としての分裂がない。……平面的な拡がりに於て、その姿が大きく見えた」のであり、「白秋的なる詩からは何等の発展性の曙光も認め難い」としめくくっている。この白秋論を、小夜子自身はどのように読んだのだろう。詩の問題に限定して受けとめたのか、短歌自体の抒情性の問題として考えるに至ったのか。この問題はいまなお私たちがひきずっているテーマかもしれない。

小夜子自身の作品「秋風の音」は一〇首。このうちの六首が『光る樹木』昭和二十三年の章の「こけしと秋風」の後半に収められている。「こけし」の連作についてはあとで触れることになるので、まず「秋風の音」の六首を引用する。

梧桐《あをぎり》のさやぐ葉ごみにきらきらと月光《かげ》遊ぶ風の音して
夜の壁にこゑをたどりて見つけたる馬追（ひ）はなほ位置かへて啼く
道ゆけば（焼跡の）きびの葉に鳴る雨細し秋めくものは身にとほるなり
流さるるまゝにも荒《すさ》ぶ（荒ぶまま世に流さるる）我ならむ優しきのみの母ならなくに
揉まれ押され引きずられなほ堪へてゆく姿誰ならず我影にして
す（澄）みいりし空には弱（淡）き余光あり遠き世のこゑか蜩《ひぐらし》ひとつ
（　）内は『光る樹木』所収の改訂、ふりがなは初出のみ。

「遠き世のこゑ」のような概念的な表現もあるとはいえ、叙景のうちにその心情の読みとれる歌と、「流さるる」や「揉まれ押され」の歌のようにむきだしのなまの言葉による歌があって、私はどちらかといえば前者のほうに惹かれるが、このころから、このような表現が多くみられるようになったのではないかと思っている。それには「婦人文化」「望郷」の発行、講演会などの主催、日本女子専門学校短歌部への出講、東大文学部研究室の池田亀鑑指導による平安朝文学研究会への参加（五月以降、週一回）など、歌に関すること以外にも活動範囲がひろがっていって、外の世界に接し、多くのひとと関わらざるをえなくなったことが要因としてあったのか、それとも自然に託して自分の内面とむきあう、あるいは内部に沈潜することにある種の限界を感じはじめていたからだろうか。それは自然の景と接する機会が少なくなったこととかかわっているかもしれない。

「こけしと秋風」の前半を占めている「こけし」の連作の初出がいつどこに発表されたものであるか、いま私の手もとにある資料からはわからない。しかしこの連作をはじめて読んだときから、私には気になるところがあって好きになれなかったという記憶がある。連作九首のうちから引く。

みちのくはいかなる国か木を彫りしこけしの肌の生きてつやめく
はるばると持てたびにける木のこけし童女さびして女の肌もつ
時にわが机に置きてきく如しをとめの嘆きをこけしが泣くや
生きながら冷き肌よ泣く時も笑まひくづさぬ童女、女、こけし
もてあそぶこけしの肌も身にひびき愁ひとぞなる秋は何ぞも

これらの歌からまず感じとられるのは、情緒というより女の情念のようなもの、それも表現としてかなり言いふるされたものではないか、というのがそのときの私の直観的感想であった。こけしを擬人化し、そこにみずからの思いをかさねてゆくことのうちにどのような抒情が芽生えてくると小夜子は感じていたのだろうか。ある意味で後退ではなかったか。私はかなり後になって折口信夫がこれらの歌を批判している文章を知ったのである。折口は引用歌のはじめの三首をあげ、

こういふ歌は抒情性におぼれた悪い例で歌としてはそこまでいつてはいけないといふ程に溺れ流れてゐる。（勿論この歌題材としては川上式の独立性も、個性色も出てゐる。又、こんな方へ入つてゐて、ます〳〵川上氏の老境の歌心が熟して来るのだらうが、この上にかゝつてゐる抒情味についていふのだ）この限度も溺れることなく川上さんの力で超してゆく時、女性といふことを超えた大きな力が出て来るのではないか。川上さんはこの年になつても、まだあちこつち彷徨してゐる所だと思ふ。其が今の川上氏のとりえである。

と記し「つまりどう言ふ風に横溢する抒情味を処理するかと、いふ所にこの人の将来がかゝつてゐる。」と結んでいる。この「女人短歌序説」はむろん全集に収録されているが、私の引用は初出の「女人短歌」六号（五〇年一二月）によっているから、小夜子自身も当然身にしみて読んだはずだ。

39　多くのひととの出会いのなかで

「望郷」七号（四八年一一月）の特集は和泉式部である。前述したように、小夜子が東大文学部研究室でおこなわれていた池田亀鑑指導の平安朝文学研究会に参加するようになったのは四八年五月以降だが、終戦の年から毎週一回ずつ集って、その頃すでに二百数十回になっていたというから、五二年四月没の小夜子にしてみれば、おそらくその半ば以上は出席していたはずである。「望郷」の特集号がその研究会の結実であったことは当然だろう。

学生と机ならべて討論するまで再び成長すこのよはひにて
快適に乗りゐて何も考へず省電の窓に迫るニコライ堂の春の屋根
（この齢にて『光る樹木』昭和二十四年）

小夜子にとってこの研究会への出席がどれほど心のよりどころとなり、楽しみとなっていたかはこれらの歌から伝わってくる。「望郷」の特集号には小夜子の「和泉式部集観賞」という一文があって、これ以前にも和泉式部の歌について書かれたものがあるのではないかと調べてみたが、いまのところみつかっていない。「月光」などにみられるエッセイ、歌の観賞は白秋、古泉千樫、川田順、今井邦子、若山喜志子ら近現代の歌と、古典は大伴坂上郎女をはじめ主として「万葉」「古今」「新古今集」などの作品が多い。和泉式部について書いたのはこのときがはじめてだったのかもしれない。「望郷」特集の詳細についてはあとで検討することにして、今回はそのころの小夜子自身の歌の周辺をみてゆきたいと考えている。ただこの集中の「和泉式部集観賞」に小夜子が、「式部の歌は純粋に四季自然の歌といふはまことに少い。佳作をとるならばすべて恋愛の感情が含まれたものばかりでむしろ恋の部に入れねばならぬと思はれるものが多いのである」と記していることは、記憶にとどめておきたいと思う。前回でも触れたように、自然の景に託して自分の内面とむきあってゆく抒情のありかたになんらかの変化をもたらそうとしているかにみえる小夜子の歌に、この和泉式部の歌に対する視点を考慮にいれることはできるのだろうか。

雑誌の編輯をとおしてその執筆者を訪ね、研究会で若い学徒と出会い、また歌の講師として女生徒とむきあうなどという日々の歌を、『光る樹木』のなかからひろってみたい。

幾ならび海彼《かいひ》の書を積みあげてなほ置かれたりモナリザの絵は
モナリザの笑みがかすかに溶けてくるとも思ふ夕ぐれの部屋
絵の瞳たまゆらをふとゆらぐかとこころさやげり青葉のいろか

（ある部屋・昭和二十五年）

水玻璃のなかに光れる針のごと熱帯魚は生れて夏を育てり
産卵より幼魚に孵へるプロセスも硝子の水の藻の草のかげ

（成育・同前）

これらの歌は人事ではない、どちらかというと叙景の部類に入れられるかもしれない。しかしそれぞれの部屋の主人の存在をぬきにしてこれらの歌は生れなかったかもしれないと考えている。熱帯魚の連作は「林間」追悼号の冒頭、佐々木信綱が心ひかれた歌としてとりあげていて、伊東市の浄の池の歌ではないかと推察しているが、前にもそのことに触れたので記憶されているひともあろうかと思うが、事実は、結婚したばかりの中村眞一郎を、寄偶先の大森に在ったその岳父佐々木好母医院宅に訪ねたときの歌なのである。玄関の間に設置されていた大型水槽の熱帯魚の面倒を黙々と見てまわっていた佐々木好母は、かつて小夜子が第一次「詩歌」に所属していたころ同誌の主要詩人のひとりで、たぶん毎号のようにその作品に接していたと思われる。そのころのことについて特に挨拶をかわしていたような記憶はないが、その穏やかな後姿をながめながら、同行していた私に「かれは詩人だったのよ」と耳うちしてくれたのである。

　モナリザの部屋は、庭に面する縁側につづく和室の片山敏彦の書斎である。客室もかねていたのかもしれない。片山敏彦は「望郷」七号に詩篇「夜と暁」を寄稿、たぶんその依頼のために片山宅を訪ねたときの印象であろう。そのころ私は小夜子の鞄持のようにしてよく連れて歩かれたが、このときは同行していない。小夜子の没後にひとりでその部屋に坐していたような記憶がある。天井にとどくほどの書棚にかこまれたその部屋には、画集でしか見ることのなかったモナリザの、かなりおおきくて上質な複製の絵がガラスいりの額縁におさめられて書棚にたてかけられていた。その部屋の主とむきあって話のつづく間もモナリザはそこに在り、ときには庭の樹々の緑も絵のガラスに映って豊かな時間がながれていったのであろう。

　若い学徒を家にむかえて、こんな歌もある。

　沈丁花匂へる床を背に据ゑしまろうど君の端麗にして
　六条の御息所《みやすどころ》の執心もつきぬ話題なり春おぼろ夜の　（春夜・昭和二十四年）

ひとと対することで傷ついて帰宅するようなことも多々あったようだが、また一方でこんな外向きの表情もある。

　染め抜きの野簾《ママ》など吊す家並抜けこの界隈に棲む友が意図をする
　衆のなかにおのれ飛び入り楽々と泳ぐに似たる君と羨まし　（友と吾・同前）
　わが側をすり抜けしは一人の男なりき階段の距離をはるかに引きはなす　（成育・同前）

この最後の歌は発表時あまり評判がよくなかったようだ。体力の衰えや自分の無力さを感じとっての表現のようにもみえるが、あるいは反対に諧謔をこめた一種の対抗心をかきたてられての心情と解釈できないこともない。不評だった理由は私にはわからない。それよりもなぜこのような歌を、という連作がある。花山信勝という名を聞いても知るひとはもうあまりいないだろう。『小学館・日本百科全書』によると、浄土真宗の僧、一九四六年より三年半、巣鴨プリズン教誨師。A級七戦犯、BC級戦犯の教誨にあたり、処刑に立ちあった人物である。当時は時の人だったが、小夜子がなぜ花山師に会おうとしていたのか、その意図についてはまったく不明である。『光る樹木』昭和二十三年の章の四頁を占める連作からその会見における作者自身の感動がつたわってこないのは、「未曾有なる刑の衝撃も一時の興奮のごと過ぎたり今は」と小夜子がその冒頭の歌で述べているとおりなのだろうか。

　瞑目のしばしばありて光景の浮びくるらし語りつぐ師は
　死ぬことが最高の忠義なりし道徳の最後の命刑に断たれつ
（平和の導師・昭和二十三年、初出「珊瑚礁」）

それにしても私には意図をはかりかねる作品群である。
和泉式部の歌の大部分は恋の部にいれてもよいのではないかとした小夜子自身に恋の歌はほとんど見あたらない。「アララギ」の最盛期に作歌の時期をむかえ、しかも九州の儒学者の父親のもとに育った小夜子の心底にはある種の道徳感があって、奔放な感情を表現に呈することは控えられていたのかもしれない。小夜子自身の現実はそういうことを超えてしまっていたのだが。歌をつくること、そして多方面にわたる彼女の仕事に協力的な夫や順調に成長していた子どもたちにかこまれ、小夜子を中心に家庭が成りたっていたようにみえ、飼猫までが彼女のあとについてきたと言ったひともいる。明るくて、誰にでもやさしく接していた小夜子を訪ねてきて、その生活ぶりを垣間見た若いひとたちにとって、彼女の家庭は理想的なものに感じとられていたようである。

朝覚めて思ふおのれの境涯にならはむといひし若き人のこゑ
みな人のふむ道ならぬわが道を死にするまでに来し境涯ぞ
知らざるは知るよしもなし命すらかけて宿命をたどり来し身を
二十年を世の褒貶とたたかひし跡かへりみるよはひか今は
（境涯・昭和二十三年、初出「短歌季刊」V）

小夜子自身が恋の歌を残していなければ、若いひとたちが彼女の過ぎてきた生の在りようを知るよしもないし、なんらかの情報源でその一端を聞き知っていたとすれば、
いかばかりの世の転換か在りがてのわが生きざまにならはむといふは　（同前）
ということになる。このような歌を作りながら小夜子はその当時の事情を、当事者である娘たちにさえまだ伝えていなかった。伝えるべき時期をみはからっていたのだろう。

子らにまだ語らぬ哀楽の思ひ出もよみがへり来る若葉もゆれば
父ははの過ぎたるかたに興味もつ娘の問ひもおろそかならず
過ぎし日に還りしと思ふ昨夜のゆめ朝の鏡が面はゆく照る　（この齢にて・昭和二十四年）

このころの歌に「この齢にて」という表現が目につく。まだ五〇歳を過ぎたばかりで、現在ならば働きざかりというところだろうが、かつての常識だったのか、みずからの晩年あるいは恐れながらも死を考えはじめていたのか。そのまえに娘たちには正確に伝えなければならないと悩みながら、ついに果さぬままに逝ってしまったのである。しかしそのときの往来信などが文箱いっぱいに残されていたのはなんらかの資料とする心構えだったと思われる。私は、13「出会い」から、16「あたらしい生活へ」でこれらの資料をもとに小夜子の恋愛から再婚までの詳細を記したが、もう一度ここで整理しておく。

小夜子は一九二〇年三井物産の社員だった小西憲三と最初の結婚をしている。「詩歌」「覇王樹」「草の実」とすでに多くのひとと交わりながら歌を作っていて、自由な生活を望んでいた彼女と、芝居を観にゆくことさえ贅沢という憲三とのあいだにしだいに齟齬が生じていったのは当然だったろう。三井物産から法政大学に転じたのも、「覇王樹」の橋田東声のもとで小夜子が識っていた森田草平を通してと思われるし、憲三が「覇王樹」に参加したのも小夜子の先導によるものだろう。そういうなかで十歳年下の大学生久城修一郎と出会い、ふたりの娘を産むことになる。結婚して一〇年、子どもにめぐまれることもなかったから、小夜子としては当然この愛の結果と考えたと思う。第二子誕生が憲三に疑惑を生じさせたのだが、女子にのみ姦通罪の適用される時代、三一年から、三二年九月に離婚が成立し翌年新生活に入るまでの日々がどれほど悲惨であったか。水町京子は「なまやさしいものではなかつた。俗なるものに対する純なるものの抗戦」と記している。しかも旧戸籍法のために、小夜子自身は三七年入籍、娘たちは小西姓のままであった。一般にロマンティックな意味合いでうたわれる北見志保子の「平城山」の歌とはまったく状況がちがっていたと言えるだろう。

40 「望郷」七号の発行・和泉式部

「望郷」七号は一九四八年一一月一五日発行、和泉式部の特集号であるが、その名のまえにわざわざ「恋愛歌人」と付しているのはあえて一般の読者を意識してのことだったのだろうか。六号「近代の抒情」の発行は四八年一〇月一日、そのまえが二月で、季刊と称してそれに近づけようと努力していた事情は理解できるが、いまになって考えるとやはり商業ベースにはのりきれなかった素人の仕事だったのだろうという思いがつよい。しかも六号と七号は一か月半の間隔しかあいていない。東大国文学研究室で池田亀鑑の指導のもとに戦後まもない時期から毎週一回「和泉式部集」の評釈をつづけていたことには前節でも触れたが、特集号がこの研究会を中心にかなりはやくから企画されていただろうことは、執筆者の紹介欄をみても推測できる。七号の目次を記す。

(随筆) 和泉式部について……新六歌仙の一人/佐々木信綱、和泉式部/吉沢義則、和泉式部の歌/岡崎義恵、『和泉式部』を書いた頃/森三千代、貴船の蛍/新村出

（和泉式部の研究）和泉式部と勅撰集／窪田空穂、和泉式部の環境／佐山済、和泉式部の恋愛／早坂礼吾、恋愛詩人・和泉式部／竹下数馬*、和泉式部（創作）／長野甞一*、和泉式部と伝説／今井源衛*、歌人としての和泉式部／森本元子*、和泉式部集観賞／川上小夜子*、和泉式部研究資料と文献／藤岡忠美*（＊印は研究会のメンバーであったと記憶している。大半が研究室の助手または研究員であったと思う。）

（詩・短歌）秋のこころ／吉井勇、うかれめの扇／土岐善麿、夜と暁／片山敏彦

随想・言葉寸感／亀井勝一郎、小説・雨宿り／網野菊

研究会を主催していた池田亀鑑の論考あるいはエッセイの類はない。研究会のメンバーに、発表の場を与えるため、企画者と思われる池田自身の配慮だったかもしれない。竹下数馬が共著ながら『和泉式部日記・和泉式部歌集』（校訂・附註）を刊行したのは二年後の五〇年であり、藤岡忠美には後年『日本古典文学全集』（小学館）「和泉式部日記」の解説と注解がある。また森本元子の『私家集の女流たち』には和泉式部が多くとりあげられている。

　ところで私自身日本文学科に籍をおきながら平安朝期の日本文学は傍目で眺めていた程度で、和泉式部の経歴や歌についても知ることはごくわずかなものだった。ただ小学校に入るまえから親しんでいた歌かるた「百人一首」のなかでもっともはやく覚えたのが小式部内侍の「大江山」の歌であり、子どものころおはこの札であった。やがてこの歌のエピソードとともに和泉式部の名と「あらざらむ」の歌も教えられたように思う。そのほかに私が記憶し親しんでいた歌といえば、「つれづれと空ぞみらるる思ふ人あま降《くだ》りこむものならなくに」「暗きよりくらきみちにぞい

りぬべき遥かにてらせ山のはの月」「物思へば沢の蛍も我が身よりあくがれ出づる魂かとぞ見る」（和泉式部集による）くらいだった。「つれづれと」の歌は、この特集号のために平井康三郎に作曲を依頼したものらしく、表紙と扉のあいだにガリ版刷りの楽譜がはさみこまれている。最近、連歌「紫野千句」中の「咲きぬるか火よりも赤き岩つつじ」という句にであい、「岩つつじ」をたんなる山地に自生するつつじの一種かと解しながら、『新国歌大観』にその作例をさがしていて驚かされたことがあった。『万葉集』以来、晩春の風景として、鮮やかな花の色として、襲《かさね》の色目《いろめ》として、さらに「言は（岩）で、言はねば、など」の語の序詞としてどれほど多くの歌のなかにとりいれられてきたか。この「岩つつじ」の作例に和泉式部の、それぞれの用法の歌二首があった。「いはつつじをりもてぞみるせこがきし紅ぞめのきぬににたれば」（和泉式部集・第一・春、「後拾遺和歌集」では「きぬ」が「いろ」となっている。）「いはつつじいはねばうとしかけていへばもの思ひまさる物をこそ思へ」（和泉式部集・第四「人しれずおもふ事あるを、はらからにかくなんいふとて」の詞書あり）ここであえてこの二首をとりあげたのは、まったく偶然のことながら、小夜子が「和泉式部集観賞」の冒頭でとりあげているのがこの最初の歌だったからである。（この場を借りて訂正しておかねばならないのは、その出典を小夜子が「後拾遺集春下」としていることである。その次行のはじめには「後拾遺集では結句が『色に似たれば』と……」と書いているにもかかわらずの間違である。初出及びそれを収録した遺稿集『草紅葉』も同様で、本人またその校正者の責であったと詫びておく。）

「後拾遺集」では式部のこの歌につづいて「わぎもこがくれなゐぞめのいろとみてなづさはれ

ぬるいはつつじかな」という藤原義孝の歌があり、「せこ」に対する「わぎもこ」をとりあげなんらかの関係があったのだろうかと小夜子は疑いを呈しながら、式部の「折りもてぞみる」の句が、「行動を描写して歌に生命を与えている」と義孝の歌にくらべはるかによいとする。また「いはつつじいはねばうとし」の歌も、ここにとりあげられていたのである。ついで「思ふことみな尽きねとて麻の葉を切りに切りてもはらひつるかな」（夏）（「後拾遺集」には「水無月はらへをよめる」とある）について、「『切りに切りても』が非常に強く大胆にきこえて、恋に対する満足感、充実感でなく、反対に失望から来る虚無感とでもいふべきものである」、「『思ふことみな尽きねとて』といつて、胸中の思ひもズタズタに切り刻んでサツパリと祓ひ捨てて仕舞ひ度いといふのであらう」と解釈している。このあと秋の歌として「ひと日だにやすみやはする棚機《たなばた》にかしてもおなじ恋こそはすれ」、冬「背子が来て臥ししかたはら寒き夜はわが手枕を我ぞして寝《ぬ》る」と四季それぞれの歌をあげ、前節で指摘したように四季自然の歌よりも「佳作をとるならすべて恋愛の感情が含まれたものばかり」と記している。

そのあとには『和泉式部日記』中の敦道親王との贈答歌をふくむ十数首の恋の歌をとりあげている。まず五年にわたるもっともはげしい恋の相手といわれている敦道親王薨去後（与謝野晶子の指摘による）の歌「つれづれと空ぞ見らるる思ふ人天降り来むものならなくに」、最初の夫だった橘道貞が対象ではないかと想像される「黒髪の乱れも知らずうち伏せばまず掻きやりし人ぞ恋しき」と続き、「しのぶべき人もなき身はある時にあはれあはれといひやおかまし」にはむしろ式部の自分自身にたいする強い執着心が感じられると評している。「あらざらむ」の歌は「心地悪しき頃、人に」という詞書が付されていることによって深い嘆きの実感と必然をもつことになると記し、和泉式部の恋の歌が深いところでおそれや悲しみ、あるいはまた虚無感に支えられているような印象を、私自身小夜子の評釈からも感じとれたような気がしている。小式部内侍の死にあって「とどめ置きて誰をあはれと思ふらむ子はまさりけり子はまさるらむ」や「もろともに苔の下には朽ちずして埋もれぬ名を見るぞかなしき」などは母親としての小夜子がとりあげたのも当然といえよう。和泉式部の歌を小夜子自身どのように読んできたかを考えたいとここまで書いてきて長くなってしまった。雑誌の発行から半世紀以上を経て、現在は資料もそろい研究もさらにすすんだことと思うが、私にとっては、この特集の全編を通して読んだのははじめてではなかったかと思うほど教えられることが多かった。

小夜子もとりあげている「もの思へば沢の蛍も」の歌には貴布禰（船）明神の社殿の奥から「奥山にたぎりて落つる滝つ瀬の玉ちるばかり物な思ひそ」と明神の答えがかえってきた、というような伝説が和泉式部の歌の周辺には多々あること、小野小町同様に謡曲の素材になっていることも、今井源衛「和泉式部と伝説」で教えられたことであった。また佐山済は、彼女の出自について父は越前守大江雅致、母もまた越中守保衡《やすひら》女で太皇太后宮昌子の乳母をつとめていたとし、式部自身和泉守橘道貞の妻となり、この時代の女流作家のほとんどが受領階級の娘また妻であったと指摘している。佐山によれば平安中期ごろになると、地方の長としての受領のなかには財力をたくわえ武力をもち、やがては一大勢力として院政を支える基盤となっていったという。そのためか除目《じもく》をめぐる騒ぎについてはたしか『枕草子』で読んだ記憶がある。受領階級は「平安中期社会におけるひとつの社会的タイプをなしており、これらの階級の息女たちが、新興勢力の波に乗つて、学才を磨き、何かの手づるを摑んで、宮廷に進出していつた。そういう新興勢力であつたればこそ、身分や地位においては低くても、ひとつの批判精神を一面において持つていたことは理解される」と佐山らしい分析をしている。そういう意味でかれらの頂点に立っていたのが和泉式部であり、紫式部であった。たしかに和泉式部の歌は和歌の歴史のなかでも変動の時代を生きていたのかもしれない。(その生きかた自体のはげしさの反映としても。)

窪田空穂は、かつて自著『中世和歌研究』のなかで和泉式部の秀歌と思われる歌一一〇首をえらんで評釈を加えたところ、勅撰集十七代集のなかでは、女歌人としてもっとも多い二三八首の和泉式部の歌から、空穂のえらんだ歌のうち四六首がとられていなかったと記している。勅撰集の選者の意に沿わなかったのか。それでも彼女の生存中の『拾遺集』ではわずか一首にすぎなかったのが、次の『後拾遺集』では一挙に六七首となり、やがて逸することのできない歌人としての地位を築いていった、とある。空穂は式部の恋の歌について「豊潤な外形を持つてゐるが、中核を成してゐるものはむしろ素朴で、心としては沈痛なひびきを多量に持つてゐる。……相手を恨んだものではなく、自身の失望を嘆いてゐるものであることが、この間の消息を語つてゐる」とし、「疑はじ又恨みじと思へども心に心叶はざりけり」という敦道親王の歌に、「恨むらむ心は絶ゆな限りなく頼む世を憂く我を疑ふ」との返歌を例にあげている。身分の隔たりをつねに意識しての熱い思いが表現をいっそう複雑にしているともみられるのではないか。寺田透は、七一年刊の『和泉式部』(新潮社・日本詩人選)で、やはりこの歌をとりあげ、「怨みは、おぼろげな思いの反対で、きわめて明白な真の恋慕のしるしであると、和泉には思われていたのだ。自分はかぎりなくあなたの真実にたよっているが、それでいて、あなたを疑い、怨むことがある。それはあなたを本心から慕っていればこそ起こる気持で、あなたにもそういう意味での怨みは絶えてくれるな」とその意味を解きほぐしている。寺田としてはこのような解釈を付することは避けたかったようだが、式部の歌のように「措辞が自由奔放でしばしば意表に出る場合」の解釈の必要性をみとめている。当時の一般的な語法の無視、あるいはそれを超えて用いられた措辞、区切れの用法などに作者の屈折した精神や知性、また抽象性への傾斜をよみとることもできるが、式部の場合、それが「情緒的、肉的な動機を待たずには発動しな」かったことも同時に指摘し、式部のそのような方向を、寺田は「抽象性がもつ官能性」として西欧の近代詩また古代ギリシャ詩に比している。

いま私は和泉式部の歌とそれにともなう評釈を読みながら、変動する、ある時代のただなかを生きていたひとりの女と直にむきあった感がつよい。

41 「望郷」八号発行のまえに

四八年一二月、小夜子一家は今川町から阿佐ヶ谷に移転する。戦後の極度に住宅難の時代、どのような事情であれ、家主の申出には従わざるをえなかったのだろう。おぼろげな記憶をたどってみると、家主の長男の結婚が理由であったような気もする。敗戦の年の一一月に疎開先からかなり強引に移ってきた旧市河邸を「約束といふをば楯に家なきにここをば出よとまたあるじいふ」（四六年『光る樹木』）と、杉並区今川町に転居してきて、そこを拠点にして「婦人文化」「望郷」の発行など戦後の活動を広げてきた小夜子だったが、おおよそ二年半ほどでまたしても居を変えねばならなくなっている。不動産屋のようなものもあまり見かけることがなかったように思うし、自家の土地でなければ新しい家を建てることもできず、友人や縁者をたよっての家探しだったと思う。しかもそういう点では夫の修一郎はあまりあてにできなかったのではないか。どのような経緯があってか、阿佐ヶ谷にあった小夜子のいちばん下の兄の家の一階を借りることになる。あるいはすでに仕事を離れていた小夜子の兄の家に家賃をはらって借りうけるというようなことだったかもしれないが、そのあたりの事情を子どもたちは知る由もなかった。庭に面した八畳の間が客間兼小夜子の仕事部屋であり寝室にもなり、縁つづきの隣室の六畳は箪笥や本箱をおいて、子どもたちの部屋になっていた。北側には茶の間、納戸、台所、風呂場とつづき、玄関脇には女中部屋。小夜子の兄夫婦と復員直後の息子夫婦は二階暮らしで、台所と風呂場は共有であった。この兄の妻は小夜子にとって従姉妹にあたり、しかも小夜子の「覇王樹」時代から歌をつくりはじめ、川口千香枝の本名で「草の実」の同人として作歌その他の活動も共にし、やがて水町京子、北見志保子、小夜子が脱会したあとの「草の実」発行の責をその廃刊までつづけていた。「女人短歌」の創刊発起人にもなっている。さらに小夜子再婚後の長男出産にあたって、次女鏡子をあずかって面倒をみていたこともあった。私にとって従兄弟にあたる息子はやがて仕事の関係上夫婦ともども千葉県興津に移転することになったが、この仮住まいもけっして気楽なものではなかった。いま想像するにおそらく両家にとってもそれなりの苦労があったことと思う。

何げなきわが一言にたかぶりし兄に思へばまだもつ封建制
肉親にもつあきらめも寂しくて黄楊に咲きたる花押しにじる
肉親に甘へてならぬ現実にさいなまるる日の雨も小暗し
さしのぞくれんじ格子の外にぬれて黄楊は花咲く花にしてかそか

（黄楊の花・昭和二十五年『光る樹木』）

「まだもつ封建制」という概念的フレーズがいまとなってはなにを意味しているのか判然とせず、どのような軋轢がこの兄妹のあいだにあったかわからないが、鬱々とした気分を「かそか」な黄楊の花を押しつぶしてみることで耐えている姿にはどこかいじましい思いがのこる。

今川町の仮住居の周辺には、当時はまだ観泉寺の裏にひろがる林、うねりながらつづく麦畑や野菜畑があって、武蔵野の風物と景に心を移すゆとりもあったと思うが、阿佐ヶ谷の家は、昭和初年の建造で手入れもゆきとどいておらず、南側はあまり広くない庭の立木越しに隣家の庭に接し、北側は縦長の三角形の庭地の奥に栗の木があった。もっとも長い西側の隣接地は小学校の校庭で朝礼の校長先生の訓話や、子どもたちの遊び声もよく響いていた。八重桜の老木が、傾きかけていた石の門を覆っていて、後日のことになるが、小夜子の死の日も満開であったことは記憶から抜け落ちることはない。中央線阿佐ヶ谷の駅から数分の住宅地のなかで、自然の景に心を託することの多かった小夜子にとって、ここでの日々が彼女の歌にどのような変化をあたえていったかを考える必要もあるのだろうと、いま私は考えている。

この阿佐ヶ谷の家に小夜子はその最晩年の二年半を過したのである。忙しい毎日であった。最後の半年ほどは手伝いのひとをたのむこともできたが、私たち子どもにとっては、在宅のときはかならず客人があり、来客のないときはかならず外出中というのがあたりまえであった。いまになって考えるとこの二年半というのは短すぎる時間である。そのころの時間感覚では日々の生活や関心が先にあり、私たちはそれらの日々が終わることなく続くという錯覚を生きていたのだろう。東京歌話会の創設（四六年三月）と「短歌季刊」の創刊についてはすでに詳述したが、『女歌人小論』（八七年一月・短歌新聞社）の「女人短歌と折口信夫——発刊のころまで——」（長沢美津）によると、このころすでに「女人短歌が醸成される機運」があったという。そして四七年七月、今井邦子急逝、一〇月一三日の追悼会の帰途、若山喜志子と小夜子が今後「『ひさぎ会』をどうするかとしきりに心配」していたともある。「ひさぎ会」のような集まりがあるといいのにと話しあったという小夜子自身の文章を私はかつてどこかで読んだ記憶があり、今回探してみたがいまのところ見つけるところまでいっていない。そのときの小夜子の相手を私は長いあいだ今井邦子のように信じてきたが、それは私の記憶ちがいにすぎなかったようだ。四九年三月付の趣意書の配布と総会の準備、また九月の「女人短歌」創刊までには多くの女歌人のみならず男歌人たちとの繁雑な接触、種々雑多な仕事をこなさなければならなかったはずだ。北見志保子との長い長い電話。女人短歌の幹事、編集委員のような人々が小夜子の家に集まってなんらかの作業をしていた記憶は、私にはなかったが、長沢美津のこの一文には「川上宅で校正」と記されている。女人短歌主催の土曜講座なども企画されていて「望郷」の執筆者の名もあるところをみると、そのために小夜子が努力していたことも考えられよう。

この年、四九年一月から小夜子は歌誌「珊瑚礁」に参加している。私の手もとに一巻一号は欠本になっているが、二号の再開記念一月歌会の記念写真には北見志保子、水町京子らとともに写っている。「珊瑚礁」がどういういわれの結社雑誌だったか私は知らないが、再刊となっているところをみると、戦前から発行されていたのだろうか。主催者は森園天涙、主要執筆者と思われる歌人には先にあげた三人のほかに飯田莫哀、今井規清、中西悟堂らがいる。再開記念歌会には三八名の参加者と後記にあり、四〇頁ほどの歌誌ながら同人、社友あわせてかなりの人が参加していたようにみえる。中西悟堂は日本野鳥の会の創設者であり、白秋健在のころ「多磨」の人々をつれて富士山麓などにたびたび野鳥を見に出かけていた。『鳥影抄』（四九年刊）というかれの著書がわが家の本棚にあるのは「珊瑚礁」のころに頂戴したものか。

これまでに引用した歌をふくめて『光る樹木』所収の作品に「珊瑚礁」初出の歌も多い。たとえば39「多くのひととの出会いのなかで」の「この齢にて」（一巻六号）、また「平和の導師」（一巻五号）。ほかに一巻二号の「瞳」は「瞳」と「残菊」に二分して『光る樹木』に採録され、一二月号の「夜霞《ママ》」（歌の内容からみて「夜霧」の誤植ではないか）の後半は『光る樹木』の「推移」の一部に、「大阪にて」（二巻一号）は『光る樹木』「鹿の瞳」の終りの部分、というふうに。「大阪にて」は女人短歌の大阪秋季総会出席のときの歌であろう。

「珊瑚礁」一巻二号（四九年二月）には小夜子の「和泉式部の歌の近代性」と題された小文がある。「望郷」の和泉式部特集号の発刊をふまえたうえで、ここでは式部の歌を高く評価していた与謝野晶子の歌との比較において並べ、その類似性をのべている。

思ふことみな尽きねとて麻の葉を切りに切りても祓ひつるかな　（和泉式部）
忘れぬと罪うるここちするものを今日のみそぎに祓ひすててむ　（同）
変らじとすれど心のうごく時みそぎしにゆく手枕の上　（与謝野晶子）
とどめおきて誰をあはれと思ふらむ子は増《まさ》りけり子は増るらむ　（式部）
何れぞやわがかたはらに子の無きと子のかたはらに母のあらぬと　（晶子）

「望郷」特集号で彼女は式部の歌の観賞を手がけているが、その終りのほうに「私らは式部の様な歌の形で歌を作ることは忌まれた時代の子である」と記している。それはただたんに戦争の時代という意味にはとどまらず、「珊瑚礁」の小文では「正岡子規が短歌革新を叫んで、古今集以下の勅撰集を認めず、写生主義を主張して以来の流れにあつた歌壇は万葉集の尊重と同時に極端に平安朝といふ小《ママ》時代を軽蔑してしまつた。そしてその時代のみならず、歌史を通じて最も巨いなる存在であるところの和泉式部をかへり見なかつたのである」と、自身の歌作においてたどってきた途に対する自戒あるいは批判の意をこめて記している。和泉式部を高く評価してきた窪田空穂を紹介しながら「土岐善麿氏に於てすら」と述べているところなど、戦後のこの時代の趨勢を感じさせられよう。時代の趨勢とともに、池田亀鑑の指導のもとに和泉式部集の輪講（平安朝文学研究会）に参加していたことが、小夜子をこのような方向にむかわせたことは確かだ。このころ与謝野晶子について「蟷螂の斧」（「冬柏」特集・晶子と近代抒情・五〇年二月）をはじめとして小文ながらエッセイを諸処に書きはじめていたことに気付く。和泉式部や与謝野晶子の歌、あるいは『源氏物語』などの古典の研究をとおして、自身の歌になんらかの変化を生じさせようと内心意識しはじめていたのかもしれない。いつまで「珊瑚礁」に参加していたか不明、二巻一号までの冊子のみが残されている。

「望郷」八号は特集「源氏物語への郷愁」として四九年六月発行。表紙裏と裏表紙の表裏の三面に東京堂、要書房、日本評論社、日本古典全書などの広告を載せ、一五六頁にわたる、これまででもっとも大部の雑誌である。かなりの期待をこめて発行部数もふやしたようでもあった。次号の予告（主題・世界の古典）が記されているところをみると、九号の発行も考えていたと思うが、結局この八号が「望郷」の最終号となったのである。詳細は次節で述べるが、特集の目次を記載しておく。

（巻頭論文）源氏物語に於ける美の諸相／岡崎義惠
源氏物語と外国に於ける日本文学の研究（英文）／フランク・ホーレー、源氏物語と女性／エリザベス・マッキンノン、源氏物語を読んで／ヴァン・グーリック
（源氏物語によすることば・その一）阿部秋生、井本農一、岡一男、大津有一、小沢正夫、清田正喜、佐藤幹二、竹村義一、玉上琢弥
（創作長詩）まぼろし源氏／釋迢空

（短歌）源氏物語を読む／吉井勇、宇治宿木／川上小夜子
（源氏物語によすることば・その二）多屋頼俊、寺本直彦、長野嘗一、西下経一、西尾光雄、早坂礼吾、松村緑、松尾聡、安田章生
（長篇論考）源氏物語の構成とその技法（二五〇枚）／池田亀鑑

42 「望郷」の最終号、そして「女人短歌」へ

「女人短歌」の創刊号は四九年九月の発行だが、三月には設立の趣意書が配布され、四月二五日に総会がひらかれていて、女人短歌会の活動はすでにはじまっている。したがって時期的には「望郷」の最終号となった六月発行の「特集号・源氏物語への郷愁」のほうがあとになるのかもしれないが、企画、執筆依頼などがそれよりかなり前であるのは当然であろうから、この最終号のことから先に見てゆく。

「望郷」八号は前節で記したように、池田亀鑑の長編論考をはじめとして、岡崎義惠の文芸論、釋迢空の長詩、吉井勇の短歌など、それまでの「望郷」の頁数をはるかにこえ、国宝の源氏物語絵巻（横笛）の色刷版を口絵にし、朝日新聞社の『日本古典全書』、東京堂の『日本文学全史』、日本評論社、光文社等の広告もとって、これまでにない力のいれようであった。たしかな部数は

不明だが、企画者らの意向としてもかなり部数を増やしたのではないだろうか。そのころには小夜子自身も「紫式部学会」の会員となっていたように思う。紫式部学会は現在、鶴見大学文学部日本文学科にその事務局をおいているが、一九三二年に設立、戦後のその当時はたぶん久松潜一、池田亀鑑を中心に、東大の国文学科が拠点になっていたのではなかろうか。講演会などの催事は東大の教室がつかわれ、私も小夜子につれられて何回か参加した記憶がある。

船橋聖一脚本による歌舞伎「源氏物語」（光源氏・海老蔵、藤壺・梅幸。五一年三月）の上演にもこの学会はかかわっていて、会員として小夜子自身「女人短歌」のひとたちのためにその切符の手配をしていたらしい（長沢美津「女人短歌と折口信夫」）。総見とまではいかなかっただろうが、小夜子没直後におこなわれ、「女人短歌」八号掲載の池田亀鑑をかこむ座談会で、『源氏物語』のなかに用いられている紫式部の歌とあわせて、この芝居に関する参加会員各人の批評や感想がのべられている。もともとこの座談会の企画自体、小夜子がきめたもので、その死の直後に座談会をおこなうことについては異見もあったらしいが、追悼号となった八号に掲載したほうが彼女のためにもよかろうという折口信夫の意向もあって実施されたという。

「望郷」八号「特集源氏物語への郷愁」にもどる。

巻頭の岡崎義恵「源氏物語の美の諸相」は、自身の文芸論の立場から「あはれ」や「をかし」などの語の分析、たとえば「あはれ」における崇高の美から優美そして憂鬱や悲哀にいたる暗さの表現まで、また「をかし」においては興趣がある、おもしろい、というような客観的な感じ方から滑稽まであり、官能的な美や魅力にもあはれにかたむく語は「なまめかし」であり、をかしに傾く語は「えん」であるというような語の表現から物語の分析をすすめる。主人公たちについても「平安時代の貴族の類型を出ない」ようだとしたうえで、男性は光源氏と頭中将、夕霧と柏木、匂宮と薫というふうに対照的に描かれているが、女性は登場人物が多く、「対照と系列も無数に交錯し」、それも「絵画の線や音楽の旋律」のようだと論じている。論考としての圧巻は池田亀鑑の「源氏物語の構成とその技法」で、筆者自身の言として「この物語の生成を、動きつつ進展する作家の内面の歴史として実証しようとこころみ、『源氏物語構想論』といふ一論考をなした。それはこの物語の成立と環境とを客観的な立場から考証した」一千枚をこえる論考で、そのなかの一部をここに抄出したとある。この論考の全体が一冊の本としてどのようなかたちにまとめられたか、不勉強にして私は未見であったが、当時国文学研究室の一員であった秋山虔からの、その後の来信によって、池田亀鑑「源氏物語の構成とその技法」は秋山虔自身の改題を付して島津久基、山岸徳平の研究と併せて有精堂から復刻されていた（七〇年）ことを教えられた。池田亀鑑は、「桐壷」から「幻」までを前編、「匂宮」以下を後編とする説がもっとも有力であるが、この論考では前編を「若菜上」のまえで区切って三部作とすることもできるとしたうえで、（一）序説—源氏物語各巻の孤立性と相関性、（二）長編的性格と短編的性格、（三）短編中編および長編説話群の解体、（四）短編および中編各説話の諸相とその成立、（五）長編的各説話の諸相とその成立、（六）物語構成の技術とその効果、（七）結語—源氏物語的構成はいかにしてなされたかと項目をたて、（四）では「空蝉」「夕顔」「末摘花」物語などの十編をとりあげ、（五）では「葵の上」「六条御息所」から「藤壺」「紫の上」「女三の宮」「浮舟」の物語までの九編について、説話の引用やモデルなどにもふれながら論考をすすめ、長編的諸巻を短編的諸巻のなかにとりいれるだけではなく、逆に短編のなかに長編の筋と人物を組み入れるなどして、緊密な関連性のある物語をつくりあげていると結論する。長編の要素は後半になってしだいに大きくなっているというから、宇治十帖がまとまりのある近代小説に近づいているといわれたり、また小夜子が「宿木」を素材として歌を作ろうとしたのもある意味で当然かもしれない。彼女の「宿木」の歌についてはあとでふれることにして、今回この特集を読んでいて私がもっとも心惹かれた、釋迢空の長詩「まぼろし源氏」のはじめの部分を引く。

　開口
町をうたひて来るをんな／勿《ナ》よろぼひそ。をんなゆゑ――／ちりゝりゝとぞ　来る女／くるりくる〳〵　舞へ。女／もの狂ひ　くるひて見せよ。／　この門《カド》に
　源氏
あはれまた　門をわたるらむ。／五条あたりの　もの狂ひ――／　くるはば狂へ。／　狂ふとも　など　然《サ》は　人の嗤《ワラ》ふべき。／われも思へば　もの狂ひ／然《シカ》　おもしろく舞はぬほど／たゞ　沁《シ》めぐ〴〵となげきする／物狂ひ
　夕顔の女
春過ぎ花散つて、花なごりなし。／夏来たる階《ハシ》の下《モト》。階《ハシ》を漂《タダヨハ》す雨。／　五条磧《ゴデウカハラ》の女咒師《ヲンナズシ》――／　磧の廬《イホ》に水溢《ツ》きて／　きのふ雨　今日も五月雨《サミダレ》／　明日もまた　雨にや明けむ――／都の殿のやり水に／蛙みだれて鳴く　卯月（以下略）。源氏と夕顔の連が交互につづき、脇歌一、

二をはさんで源氏と六条御息所、脇歌一、二、源氏と女三の宮、脇歌、紫の上一、二、三……、とあって最後は源氏の「なほ暫し　ここにねむりて、…」の連で終る。（全集二六巻所収、中公文庫では二三巻）

二〇〇八年、何をよりどころとしたのか知らないが、何年にもわたって書きつがれたであろう『源氏物語』の、その千年紀と称するお祭りが宇治や石山寺で盛大にくりひろげられていた。小夜子の歌に関連して「宇治十帖」を読みかえしながら、いっそのことこの際久しぶりに宇治川を見てこようと、たまたま宇治に住む娘一家と宇治川の周辺を歩くことになった。川のほとりに見事な宿木が一本だけあって、これは自然にあったものか、観光用なのかと首をかしげながらゆく。川の真中あたりの小さな岩のうえに、鋭い目とうつくしい立ちすがたの青鷺がただ一羽いて、餌の魚を狙っていた。私はなぜかこの鳥に薫の在りようをかさねてしばらく眺めていたのである。宿木のあるところから橋を渡って対岸のさわらびの道沿いに与謝野晶子の歌碑があった。晶子没後五〇年と宇治市制四〇周年を記念し、「源氏物語礼讃」五四首のなかから宇治十帖の歌を、自筆の書を写して建てられたという。彼女の「宿木」の歌は、

あふけなき大《おほ》みむすめを古の人に似よとも思ひけるかな

である。

このころ晶子の歌（あるいは彼女の為してきたこと全体もふくまれるか）に少なからぬ関心と敬意を寄せていた小夜子が、晶子の「源氏物語礼讃」を意識していたのは当然である。『光る樹

木』の第二部に、「源氏物語より」として「宿木」の連作を収めたときの「作者のことば」に、彼女はそのことに触れて「与謝野晶子女史がなされたやうに一巻に一首づつ総括的な歌もあるけれどそれは主題歌的なものである。私はむしろ一帖一帖を熟読してその中の人物の感情を抒情的に取扱つてみたいといふ念願をもつてかかつた」と記している。たしかに『源氏物語』の現代語訳を三度も書きなおしていたという晶子の歌が五四帖各巻ごとに一首ずつ、その巻の物語全体をおおうように、自身の思いをもこめて作られているのに対して、小夜子は物語の主人公たちの心情の動きに沿うようなかたちで「宿木」から「浮舟」の登場へとつないでいる。薫の、中君への恋慕と亡き大君への思慕、中君の、匂宮への嫉妬の心をおさえながらの恋情を主な素材に連作としているが、ときには薫と中君、中君と匂宮との対話とみえるようなところもある。いくらかの手直しはあったようだが、『光る樹木』にも、初出の八十余首がほとんどそのままのかたちで入っている。その「作者のことば」にはまた、千古の名品を歌にすることにはとかく異論もあるが、あえて手をつけてみて「短歌の形式の如何にかそかにして小なるものであるかがつくづくと感ぜられた。如何なる一小節を切りとつてもその中に短歌的材料はいくらも構成されてゐる。」と記しているが、一般に詳細な説明文が可とされている小説（物語）と説明を否とする詩とのあいだに在る距離を、小夜子自身もうすこし考えるべきだったのではないか、と私は今になって思っている。主人公三人の揺れうごく心情にこだわりすぎて、かえって全体の展開の相がみえなくなっているような感じをうける。薫と中君に、作者が近づきすぎているのかもしれない。一読者として私には冒頭の（一）薫。帝と薫の碁打ちの場面をうたったような作が好ましい。（一）の五首をあげてみる。

殿上に侍ふは誰《た》ぞ　源中納言　みかどの御意の浅からぬ君
しぐれにはまだうつろはぬ菊の花よき賭物《のりもの》の碁はうち給ふ
碁のひとつ負けてぞねたき、花一枝《し》この花ゆるす」と仰言なる
花一枝の仰言をも本意ならず過ぎにし人は今もくやしき
昔ありし香の煙につけてだに失ひし人見むよしもがな

帝の意向によって薫の結婚がきめられる場面だが、それでも薫の心は亡き大君をわすれがたい。「源氏物語の気分を殺がぬため用語はなるべくその文章を生かすことにつとめた」(望郷あとがき)とあるように、帝の言葉もとりいれたこれらの歌には、句切れの鮮やかさもふくめて、その場の景も見えるようである。心情のみにこだわっている歌よりも、そこに具象的ななにかがプラスされている歌に共感をおぼえるのは、私の偏見だろうか。「宿木」のなかから何首かをあげておく。

まどろまで明けたる霧のまぎれには朝顔の花はかなげに咲く　薫（中君）
蔓ひけば露ぞこぼるるはかなきは朝顔の花か我心なる　薫（中君）
宵すぎてゆかざる我を待つ方は置きてもおかむこのらうたさに　匂宮（中君）
置きて出る人のうしろで見送れば一人寝の枕浮きもしぬべき　中君（匂宮）
ねびまさる君にもあるかこころからよそ人にして音にさへ泣かゆ　薫（中君）
ひき結ひし帯のふくらみあはれなれふと匂ひたる彼の移り香よ　匂宮（中君）
長月も末なる風や水の音も宿守りとこそ宇治は秋更く　薫（姫君もゐぬ宇治をたづねて）

顔どりのこゑにしげみを分くとしも口ずさみたる君はききしや　　薫（浮舟）

引用歌は『光る樹木』に拠る。（　）内は相手を示す。

VI

43 「女人短歌会」設立のころ

女人短歌会とその会誌「女人短歌」について、いまさら部外者の私に書くことがあるのだろうかという疑問をかかえながらこの項を起こす。現在私の手もとにある女人短歌会に関する資料は、ひさぎ会、及びそれにつづく女人短歌会の記録をふくむ毛筆書きの和綴じノートのコピー（ひさぎ会の記録は、その都度幹事役の記述と推察されるが、女人短歌は一九四八年一一月から五八年一一月まで、おそらく事務方を引き受けていた長沢美津によるものと思われる）、女人短歌会編『女歌人小論』（短歌新聞社）、阿木津英・内野光子・小林とし子共著『扉を開く女たち』、九七年一二月の「女人短歌」終刊号、そして小夜子生前の「女人短歌」創刊号から没直後の八号まで（どういう経路か不明の六〇年代の数冊もあるが、これは除外）、である。今回これらの資料を読みかえしてみて、気になったことを中心に、当時の小夜子自身の位置、在りよう、できればそのころの心情までふみこめればと考えている。

たぶんこれまでにも触れたと思うが、長沢美津の「女人短歌と折口信夫」（『女歌人小論』）によれば、ひさぎ会の代表であった今井邦子が四八年七月長野の疎開先で急逝、その追悼会（一〇月一〇日）の帰途、若山喜志子が「ひさぎ会をどうするかとしきりに心配」していて、その相手をしていた小夜子が「次第に熱をおびてくるのをききながら歩いた」と、同道していた長沢の記述にある。ひさぎ会は二八年北見志保子、水町京子、小夜子ら「草の実」の同人が中心になって作られていった面もあるが、小夜子自身は恋愛、出産、離婚、大阪への転居など個人的な変転の時期とかさなり、三八年までの記録のうち前半のほうにのみその名がみられるだけなので、彼女としては心残りの気持も多々あったのではなかろうか。この話合い直後の東京歌話会の帰途、五島美代子、長沢、小夜子のあいだで若山喜志子の意向が話題になったと思われる。ひさぎ会の会員ではなかった五島は「いまさらひさぎ会ではなく新出発を」と主張し、小夜子と意気投合した、とある。ひさぎ会が研究会や歌集の出版なども意図しながら結局それらのことは中止になり、女歌人たちの親睦会におわったことなどの反省も女人短歌会結成の基盤になっていたかもしれない。その後におこなわれた第一回総会にいたるまでの準備会を順次、先述の記録をもとに記しておく。

第一回、四八年一一月五日、若山、五島、北見、川上、川口千香枝、長沢。会名決定、目的は親睦向上。

第二回、同一二月四日、発起人会、前記六名に四賀光子、水町京子らも加わって一〇名。幹事および常任幹事決定。

第三回（新年幹事会）、四九年一月二二日、新会員推薦の事、総会について、東京歌話会世話人の人達との懇談会の件。

二月六日、懇談会、於事務所（石橋しづ子方）、出席者は男歌人木俣修以下八名、女歌人北見以下六名。（この会合の場を近藤芳美は川上宅ではないかとしているが、推測ちがい。）

三月五日、常任幹事会。三友（石橋）家、大阪転居のため事務所を長沢宅に変更。会誌「女人短歌」（季刊）発行について七月創刊とし、資金および発行事務に関する相談。

四月九日、幹事会、出席者七名。総会、会誌編集の件など。

四月二五日、第一回総会。司会　生方、開会の辞　栗原潔子、経過報告　川上、会計報告　長沢。議長に阿部静枝を選出し議事に入る。常任幹事六名、うち北見、阿部、五島、川上、生方を「女人短歌」編集委員とし、発行責任者を北見、庶務会計長沢と決定。

議事内容、決定事項などについては、長沢美津の前記文章に詳しいので、私としては以下は省略する。


以上の記載事項のなかから気になったことをあげてゆく。まず東京歌話会世話人との懇談会。このことについては、阿木津英も現在の時点からみると「目を剝くような思い」（「女人短歌」終刊号）と記しているが、男歌人たちの同意のもとに女人短歌会という組織がつくられたことには私自身いささか驚かされた。しかし東京歌話会にしても私のみるところ男女差のある集まりとは思えなかったし、結社誌も同様で、たがいの往き来も結構あったから同意が必要だったのかとも思っていたが、あらためてジェンダーの視点でみると、阿木津らの指摘は納得できる。一方で土岐善麿をはじめ反対論もあったらしいが、歌壇とはかくも閉鎖的な社会集団であったのかという思いもつよい。八〇年代に一〇年と期間を区切ってはじめられた、新川和江、吉原幸子編集による女性のための詩誌「ラ・メール」の発刊に際してそのような準備がなされたとは考えられない。もっとも私が「ラ・メール」に参加するようになったのはかなり後のことで、何をいまさら、という思いがあったのはかつて「女人短歌」の成立と経過を傍らで眺めていたせいかもしれない。「ラ・メール」終刊後、女詩人たちの、場と書き手がかぎられていったことは確かだと思うが、「女人短歌」の場合はどうなのだろうか。

「女人短歌」の編集について、前記の和綴じノートの記録（創刊号の編集準備にはいったころ、六月一九日）によると各号ごとに編集委員を変更、次号から人数を多くするなどの記述がみられるが、これらのことは実施されなかったのではないか。また創刊号に編集兼発行人を北見志保子として、発行所に北見の住所が記載されているのも奇異である。二号から発行所は女人短歌会となり事務所の住所が記されているものの、編集発行人名とその住所はそのままである。四賀光子、若山喜志子の両人が年齢を理由に幹事を辞退したとすれば、北見が最年長で、歌歴ももっとも長かったことは確かだが、北見家の事情を考慮にいれても、つねに中心的存在、指導的立場でありたいという彼女の本質的な性格が如実にあらわれているとも推測できる。またこの記録によれば、八月四日創刊号の初校を川上宅でおこない、その場で女人短歌会文化講座の案が提出され、二一日の幹事会で決定。その主たる責任者を川上小夜子氏とす、とある。長沢の『女歌人小論』には「そのころ『望郷』という雑誌に関係していた」（傍点筆者）と小夜子について記してあるが、「望郷」はこれまで詳述してきたように、バックアップする人々はあっても小夜子自身が主催する文芸誌であった。したがってこの文化講座の内容と講師名をいまあらためて眺めたとき、私はこれは小夜子に依拠するところが大ではなかったかと感じたが、あまり間違いでもなさそうである。「婦人文化」「望郷」の発行、講演会や音楽会の主催、後援など、いまの私自身とくらべてみて、彼女の外の世界にむけての行動力あるいは組織力みたいなものはどこから生じたのだろうと思わざるをえない。女人短歌会にしても、その経過をみてゆくと、いうところの、一種の「言い出しっぺ」であり、推進力ではなかったか。「お人好しで、頼まれればどのように面倒なことでも引きうける」というような人物像が、小夜子について語られる文章のなかの随所にみられる。殊に女人短歌の会員たちのあいだではそのように見られていたようで、そのことが期せずして組織力となったのだろうか。訪ねてくる若いひとたちには母親のような気配りで接していたように思う。しかしそのために生ずる人間関係や種々のやりとりのなかで傷つくことも多かったのではないか、しかもその痛みを自身の内側に抱えこんでしまう。そのころの歌のなかから拾ってみる。

針ねずみのごと心をなして帰りしかほとほと崩ほれて門のベル押す
（『光る樹木』昭和二十四年・秋のこゑ）

背後《うしろ》より嘲《わら》はるる声もきこゆかと身の置所なきがに走る
（同右・鳥影）

いさかひの側に疲れゐてとぼとぼと帰るゆく手を狭霧がつつむ
（同右・さぎり）

率直すぎる心情の吐露である。外にむかって切りかえしてゆく力、せめて歌のなかに虚構の世界を築きあげることで対峙してゆくというような方法を見いだすことはできなかったのかと思うが、斎藤史や杉浦翠子あるいは五島美代子のようにある意味でモダニズムの洗礼を受けたり、山田あきのようなプロレタリア文学の思想に触れるような機会もなかった小夜子に、そのようなことを求めるのは無理だろうか。プロレタリア文学あるいはマルクス主義（共産主義）的思想にたいしては非常に用心深く、むしろ忌避感をもっていたようなふしがあった。しかし阿部静枝が社会党から区議に立候補したときには、友人だからとはいえ応援演説もしたらしいし、たぶん阿部の縁で「ＬＰ（女性と政治）」という雑誌に寄稿もしている（四六年八月）。しごくあたりまえの、意識のうえではけっして尖鋭ではない、ひとりの女歌人にすぎなかったといえよう。そのあたりが、「女人短歌」設立後の比較的早いころに没したこととあわせて（もう少し長生きしていたら彼女の歌の質も変化していたかもしれないが）、戦後の女歌人としての位置をあたえられる機会もなかったのだろう。先にあげた阿木津英と共著の『扉を開く女たち』のなかで、内野光子の「女性歌人たちの敗戦前後」中の第二表はどのような基準で女歌人を選んだかわからないが、この表に記載されている四六年七月と、四八年一二月の「日本短歌」、四七年一一月「八雲」、四八年四月「短歌研究」には小夜子の作品も掲載されている。（「日本短歌」には尾崎孝子の歌もある。）「八雲」「短歌研究」「日本短歌（四八年）」は私の手もとにあったが、それ以外の小夜子の戦後を知るためにはプランゲ文庫に負うところが多かった。前述の内野の表もプランゲ文庫に拠る部分もあるが、内野の使用したプランゲ文庫の資料はかなり以前のもので、現在はそのほとんどのマイクロフィッシェ化が終了し、早稲田大学と国会図書館で閲覧することができる。「短歌研究」は九、一〇月号ともに収録されているし、一一月号には検閲削除された小夜子の歌もある（このことについては33「戦後はどのように始まったのだろう」に詳述）。新しい資料をもとに加筆、訂正されることを期待している。

「短歌創作の中に人間性を探究し、女性の自由と文化を確立しよう」——女人短歌宣言の巻頭に掲げられている文章である。小夜子は四六年婦人文化社を起し、九月「婦人文化」を創刊するが、その創刊号の後記に「文化日本として発足する新日本の婦人に、高い教養と豊な趣味とを与へ、知識、趣味の点で世界の婦人に伍し、而も日本独特の短歌書道の修養によつて人格の向上を期し」とあり、女人短歌宣言と共通するところもみえる。小夜子はなぜそれほど女性（婦人）の自由や教養にこだわったのだろうか。子育てや洗濯をしながらでも歌は作れるのよ、というのが小夜子のもとに来ていた若い女性たちへの口癖だったし、彼女自身そうやって歌も作ってきたことは確かだ。夫の両親のたまの逗留時にはそれぞれよく仕え気配りも欠かさなかったが、いわゆる核家族で、病身の小夜子はむしろいたわられる立場にあることが多かった。手伝の人のいた時期もあり、また、成長した娘たちが手伝うこともあり、裁縫も料理も苦手であった。それでも家にいるものがしなければならないことは多いが、わが家で婦人雑誌や料理の本など見たこともなかった。主婦という意識がどれほどあっただろうか。だからこそ、の視点といえるかもしれない。

44　ふたたび「月光」のころを

一九四九年六月、「望郷」の最終号となった「源氏物語」の特集号を発行。四月に第一回の総会を開催した女人短歌会の機関誌「女人短歌」の創刊は九月である。「望郷」については九号の発行も予定していたらしいことが、次号予告「主題・世界の古典」として八号の誌面からわかる。

そこには随想／辰野隆、世界古典の復興／亀井勝一郎、対談・古典の生命／折口信夫、池田亀鑑とあり、個々の作家作品論にはゲーテ、ダンテ、シェイクスピアなどから杜甫や芭蕉まで、執筆者には高橋健二、中野好夫、神西清、片山敏彦、武田泰淳など当時として錚々たる名がならんでいる。最後に括弧内に交渉中とあるが、どのあたりまで進行していたのか不明。結局実現することなく、主として「源氏」の特集号が廊下の一隅に山のように積まれていた記憶がある。そのころ、あまりさえない年配の人が広告会社の博報堂を名乗ってくるたびに、子どもたちが居留守をつかわさせられたものである。その役割を私たちはなかば楽しんで引き受けていたような記憶がある。資金のうえでも、また女人短歌会などの仕事のうえでも（あるいは体力的にも）続刊は無理になっていたのだろう。

すこし時代を溯ってみたい。このように書きつづけていると、事が思わぬふうに展開したり、思いがけない方々とのつながりが生じたりして、ひとは、さまざまな多くのひととの関係、連鎖のなかで生きていることをいまさらのように痛感させられている。最近、村岡嘉子「近代短歌の中の埋もれた女性歌人たち（十一）川上小夜子」の掲載誌「韻」を頂戴した。村岡編輯の「韻」は「詩歌」系の歌誌とか。ということで第一次「詩歌」の会員であった川端千枝らにつづく女流歌人論のうちの一編で、簡略ながら「詩歌」の時代から遺稿集『草紅葉』にいたるまでの作品に目を通したうえでの論考であった。その文中に「詩歌」の「廃刊記念合同歌集」と銘された『あをぞら』が刊行され、小夜子も八首収載されている、とある。小夜子が参加するようになった前後から休刊までの第一次「詩歌」の全巻と「日光」にも目を通したが、『あをぞら』の存在にはまったく気付かなかった。不勉強というべきか。小夜子自身「詩歌」のころのこと、前田夕暮のことなど諸処に書いているが、『あをぞら』に触れた文章は見たことがない。「会員七百名中主要作家八十二名（女性は五人）を夕暮が選出、作品を『詩歌』の中から選んだもの」とあり、入会二年にしかならないのに小夜子の八首は川端千枝の二八首に次ぐ作品数とのことである。「韻」とあわせてそのコピーも頂戴した。

やはり「詩歌」の時期に関連する事をもうひとつ。「月光」は三九年七月から四四年五月までほぼ四年間つづけられた歌誌だが、その前半の時期のものは数冊を除いて私の手もとにはなかった。「月光」の掲載歌については小夜子自身の書写によるノートがあり、「季節の秀歌」「大伴坂上郎女の歌」「万葉集女流の月の歌」などの論考、白秋『黒檜』などの書評、「月光創刊に際して」など、遺稿集『草紅葉』に収録した文章は小夜子が切り抜いて保存していたものである。

しかし私としてはそのような主要な論評だけではなく、後記や消息欄、あるいは保存されなかったような小文の端々に当時の小夜子の姿を読みとりたいという気持がつよかった。昨秋、突然、その願いがかなえられることになった。かつて小夜子に昭和女子大時代に歌の手ほどきを受けた野々山三枝が創刊号をのぞく前半のほとんどの号を所有しているとの連絡をうけ、未見の巻を借用することが、できたのである。おそらく古本屋を経て手にいれられたのであろう、戦時下の粗悪な紙質に加えて保存状態もよくなかったらしく、頁を繰るだけでばらばらになるものもあった。そのなかの書評欄に「『火の山』に就いて」（四一年一〇月号）という一文があって、そこに引用されている歌と小夜子の評を読み、私はまず評者の眼の新鮮さみたいなものを感じたのである。引用されている歌にはなにかに抗うような屹立する強さと荒削りなおおらかさがあって、当時の小夜子の歌とは異質と言ってもいい魅力があった。著者の満岡照子について、小夜子は「歌集を送るからぜひ読んで頂きたい」という消息があったが、名前に記憶がなくそのままにしていたところ、贈られてきた本の包装をとくうちに閃くものがあり、彼女が二十数年まえの第一次「詩歌」に「彗星の如く現れて前田夕暮氏の激賞と推薦とをかち得た」北海道アイヌの村、白老村の蒲原照子であることを尾山篤二郎の序文で確認し、「その情熱的な寂寥の歌は今もなほ私の記憶にまざまざと残つてゐる」と記し、また「火の山」は樽前山、その山の「噴煙を朝夕にみて、長い間抑へてゐた念ひは今やその噴煙の如く天にむかつて詠ひあげられてゐる」と評している。アイヌの村と特記してあるのには何らかの意味があるのだろうか。小夜子の本棚に金田一京助によるアイヌ叙事詩『虎杖丸の曲』(訳)があって、長いあいだ私はその所以を知りたいと思っていたが、目を通すこともなくそれっきりになって本自体も見失ってしまっていた。なにか関連することがあるのだろうかと、今回図書館から借りて一見したところ「虎杖丸」は石狩地方につたわる叙事詩で、白老は太平洋側の室蘭と苫小牧の中間ぐらいに位置する白老川の河口にあり、アイヌにゆかりの地であるらしいことだけは地図で確認することができた。この歌集は「火の山」「胆振野」、「詩歌」時代の「愛憎」の三部から成っているようで、「愛憎」と「火の山」から十数首を引用している。そのなかから孫引をしてみる。

怒らせし人をかたへに佇たしめて何の驕ぞ髪結ひてゐぬ

なみだなど見せぬ女の如くにも髪をきりりと櫛巻にゆふ
ふところ手しみじみ空の雲を見る秋は男も淋しからまし
火の山は雪を被ぎて静かなり我にも堪ふる念あるとき
天上の星には星の軌道ありとおのれに答へ嘆かざるべし
雲一片薄れて消えてゆきしとは誰か見てゐし冬の蒼空
（「愛憎」）
さやるもの在りてこそいへ風さへや曠野を吹かば空しかるべし
（「火の山」）。

日支事変勃発に刺激されてふたたび作歌をはじめた、という作者の言を引いて、小夜子は、いま歌壇は写実に行きづまって新しい浪漫主義、抒情主義に向きを変えようとしている時期で、それにもっともふさわしい作者の登場と述べているが、私自身は短歌の歴史に疎く、それがどのような状況を指しているのか理解しかねるところだが、「日支事変勃発」（太平洋戦争前夜）とのかかわりのなかでの見解とすれば、気になるところである。

『火の山』についての小夜子の小文を読んだあと、今回前述した「詩歌」解散後の合同歌集『あをぞら』に触れた村岡嘉子の文章により、『火の山』の著者は、小夜子とともに八首選歌された蒲原照子であったことを教えられたのである。

「月光」記載の記事からもうひとつ。評論家として私の敬する佐々木基一が永井善次郎の本名で「月光」に「『風雅』について」を連載していたことはすでに述べたが、そのときはまだ連載のうちの（四）のみを読んだにすぎず、何回にわたって書きつがれたものか、また全体の主旨がどのようなものであったか、確かではなかった。この論考は「月光」創刊号にはじまり、間をおきながら翌四〇年八月の（六）で終わっている。創刊号は未見のままなので、なお言い難いところもあるが、（二）は芭蕉が水道工事によって功をなし遂げながらなぜ仕官の道を捨てたかという問題提起からはじめ、一般的な無常観とは異なる、なんらかの人間性を追求せんがために生じた無常観と、近世における現実主義との「二重の関係」のなかで芭蕉の風雅をとらえなければならないことを、（三）では、談林の俳諧、西鶴の浮世草子また俳諧を例に引き、わが国にあっては、未成熟な町人階級は武士階級とまともにたたかうことなく、中途半端な現実主義、人間主義と自慰的な遊びの世界のうちに町人芸術を熟させていったとその限界を指摘し、（五）（六）で論者佐々木は、（三）で指摘した「批判と闘争のかわりに、自慰的な遊びと単なる風俗描写が支配的」となった近世初期の状況を再確認したうえで、浮世絵の始祖菱川師宣をとりあげ、その絵に見られる「哀愁」「情緒的はかなさ」を、芭蕉の風雅、「さび」などにみられる「深刻な象徴」と対比させせようと試みている。

ところで私があえてここに書いておきたかったのは、小夜子が佐々木基一と会っていたということである。四〇年四月東京にもどってきた小夜子は、まだ病床を離れたばかりで外出も家（上京当初は板橋）の周辺にかぎられていたころの五月一九日、北見夫妻が突然たずねてきて駕籠町の月光社（北見宅）まで、「自動車で十五分位の処を無理に連れて」きたと「月光」（二巻六号）の北見の後記にあり、小夜子の記によると、それは佐々木基一に会わせるためだったらしい。「そこで『風雅について』を書いて下すつた永井氏にお目にかかり」とあるが、それ以上の記述はない。私の身勝手かもしれないが、そのときの話題や印象など記してあればと今更のように思っている。八月号が連載の最終回になっているので、その直前か。佐々木基一を北見志保子に紹介した仲賢礼（筆名、木崎龍）については、小夜子の縁戚にあたるということもふくめてすでに本編（29）で詳述したのでここでは省略するが、「月光」八月号には、木崎龍の「満洲雑記」も掲載されている。「母が危篤といふので、満洲へ発つたのは、支那事変勃発の直前、昭和十二年の五月であつた」とはじまるこのエッセイには、奉天（現在の瀋陽）の家の庭のライラックの花の香り、降るように散ってくるアカシヤの花と柳絮の舞う景などが描かれ、「かうして、私は満洲に住まうと思ひ、さうしていま、私は満洲に住んでゐる」（筆者註記・七月には弘報処に勤務）とある。また「酷寒の十二月に黒河への出張を命ぜられ」凍りついた黒竜江（アムール川）河畔に立って、かつてシベリア出兵のとき軍医の父親が病院長をしていた国境の町ブラゴエシチエンスクを対岸に眺め、さまざまに思いをめぐらせる。戦地の父から送られてきた絵葉書や写真、それらを見ていた幼いころの自分、そして「赤一色と化した」対岸の町の人々にも。（かつてマルクス主義の一端に触れてもいた木崎龍にしてみれば、このときどのような感慨をもって眺めていたのだろうと思わずにはいられない。）

シベリア出兵には、小夜子の次兄、丁次郎も陸軍の薬剤官として同行していたが、勤務地がおなじであったか否かは不明である。

（木崎龍及び満洲文学については、当時満洲で活躍していた詩人の横田文子を母にもち、詩誌

「索」を主宰する坂井信夫に資料などについて教えられることが多々あった。)

この日、小夜子は、四年ぶりに訪れた駕籠町の北見家で、永井善次郎に会い、志保子手づくりの夕食を客人らとともにし、「佳き日、佳き夜」をおおいに楽しんでいる。

45　光る樹木

女人短歌会が発足し、「望郷」が終刊になった一九四九年、『光る樹木』の昭和二十四年の章は「瞳」「鳥影」「春夜」「友と吾」「この齢にて」「憶琉球」「秋立つ」「秋のこゑ」「推移」「鶉鳴く」「残菊」「鹿の瞳」「さぎり」とあり、それぞれ「日本短歌」「短歌研究」「女人短歌」「珊瑚礁」「新日光」が初出誌となっている。このなかのいくつかの作についてはすでに引用したので、ここでは省略する。

『光る樹木』は、一九五〇年一〇月、女人短歌叢書の一部として五冊めに刊行された歌集の書名である。しかしこの章のタイトルから書名の記号『　』をあえてはずしたのは、光る樹木そのものについて書いておきたかったからである。歌集の「昭和二十五年」の章にその連作が収録されている。初出は「女人短歌」no.4、大方をそのなかから採り、そのタイトルをそのまま書名としているところをみると、その木に寄せる思いはかなり深かったのではないかと推測できる。歌集に収録するにあたっていくらか修正されているので、歌集から引用する。

水浅黄空匂はしく巨木あり風にただよふ若葉の光り
晩春の雲淡々と流るればゆりの木の表情異国めきつつ
浅みどり匂ひたつばかりのゆりの木の高き梢に風も鳴らうよ
ゆりの木の巨木一本ある故に新宿御苑の春秋を恋ふ
不浄なき樹木の生に憧れて巨木と生きむ空想もよし
掃きよすれば落花もごみとうづ高し風の後にして深き春なり

この最後の歌にある落花はゆりの木の花ではないと思う。ゆりの木の花の季節は五月から六月、晩春というより初夏に近い。それにうず高くつもるほどの落花にはならない。桜、それも八重桜の落花ではないかと私は思っている。小夜子が新宿御苑でゆりの木にはじめて出会ったとき、ゆりの木に花は咲いていたのだろうか。ゆりの木は木肌こそ異なるがその大きな葉はプラタナスに似ていて、たとえその木の名称が記してあっても花がなければ「ゆりの木の表情異国めきつつ」という表現は生まれてこなかったのではないか。原産地北米東部、百合の花に似たチューリップのようなかたちの、中心のほうがオレンジ色の大型の白い花で、密集して咲くことはない。たしかに日本の山野で見かける木の花とはちがう風情がある。小夜子はこの花についてまったく触れていない、ただ「異国めきつつ」という表現のうちにわずかに花の存在を予想させているだけである。なぜだろう。草稿のなかではあれこれ試みていたのだろうか。それとも「異国めく」花よりも、高々と空にむかって立ち、あかるい春の陽をあびて光りかがやく若葉におおわれた木そのものに、自身の思いのすべてを託して歌いあげたかったのだろうか。光る樹木に寄託して心とからだ、精神のすべてを、少々大仰な言いかたをすれば、広大な宇宙に解き放っているようにみえる。人間関係のわずらわしさに内へ内へとむかいがちな心情などがきれいに捨象されていて、私の好きな連作である。

以前、私は「ゆりの木の由来」（『声、青く青く』所収、花神社・八四年）という散文詩を書き、そのなかに「浅みどり……」と「晩春の雲……」の二首を引用している。「はじめに歌がありそれからゆりの木のすべての季節がはじまる。あるいははじめにゆりの木があったと書くべきなのだろうか。／はじめに歌があり、／はじめにゆりの木があり、……」と書きおこしたこの散文詩は、ただそのなかに歌を引用したというより、ひとりの死者を介在させたゆりの木の風景、現実の、実在する諸処のゆりの木を訪ねながら、夢と幻影を紡いで一編の物語に仕立てたものである。この死者を実在のひとととるか架空の人物と読むかは読者の自由だが、物語の発端に光る樹木の影像が私のなかにあったとだけは言えよう。

『光る樹木』昭和二十五年の章は「早春」にはじまり、つづいて「光る樹木」になるが、「早春」のなかに、

陽に立ちて秀さへ幹さへきらめけり冬を湛《たた》ゆる樹木のいのち

孤高とはおのれに言ひてなぐさむる言葉にてあれ言ひて見たきを

という歌があり、ゆりの木の歌と関連させて読むとどのような心情を汲みとることになるだろう。ほかに木を詠んだ歌もあり、

老木の椎が沓けき冬の日の前にぞ翳す嫌はれ乍ら

と平板な景のようでもあるが、また一種の心象風景、比喩と読みとることもできよう。またこんな歌も。

魔女らしきものの姿も夢に見きおびゆるわれの心のかげか

ゆりの木の連作ののびやかさの裏面、あるいはその底に潜んでいる屈折した気分をこれらの歌から感じとってしまうのは、のちにそれが死の前年の作であったことを念頭にいれて読んでいる故かもしれない。

二十五年の章は「早春」「光る樹木」のあと「梅雨づく風景」「黄楊の花」「ある部屋」「高処の廃墟」「お茶の水」「育成」「十国峠」「美しき死」とつづいている。「黄楊の花」「ある部屋」「成育」については、うたわれた状況とあわせ、それぞれ幾首かを引いてすでに記したのであえて触れない。「美しき死」はたしか五島美代子の長女の衝撃的な死去に接して詠んだ連作一一首で、そのうちから。

闇黒の無窮無限に羽ばたきしをとめの霊のこよなきひろごり

智を湛へをとめ浄らに昇天すここに見る死屍がうたかたの美にて

はらはらと枯芝に降る淡き雪はてぬ嘆きがうつし身を噛む　（初出「短歌雑誌」四巻五号）

昭和二五年、一九五〇年は小夜子にとって多忙な年になっていったようだ。年表によると、六月「歌人クラブ」の創刊に際し、福田栄一とともに編集発行の責任者となり、七月木村捨録らと林間短歌会を創立、とある。「歌人クラブ」はタブロイド版四頁（ときに二頁）の新聞で、四号（五一年一月）までは題字の下に日本歌人クラブ機関紙とあるが五号以降は「綜合短歌新聞」となっている。その事情については五号に社告として「この度、日本歌人クラブ幹事会の議決に依り……歌壇の報道紙として刊行」、したがって発行所を合資会社歌人クラブ社と改称するが、業務はそのまま引き継いだかたちになっていたようだ。福田栄一が代表社員となっているが発行所の住所、電話番号は小夜子の自宅である（小夜子没後の六号以降は福田の自宅に変更）。日本歌人クラブは四八年結社をこえた全国的な歌人の親睦団体として設立され、毎年定時総会、全国短歌大会を開催するなど、今日にいたっている。ただ機関紙としてはじめられたこの「歌人クラブ」がいつまでつづけられていたかはまったく不明である。二号から七号まではいま手もとに残されているが一号は見当たらないので、創刊の経緯は不明だが、全国的組織の日本歌人クラブの機関紙として刊行されている以上、各地方の状況なども記され、二号の巻頭は「短歌白書１９５０年歌壇（上半期）の回顧と展望」である（Nの署名のみ）。池田亀鑑の小論、窪田空穂、斎藤史らの随想、斎藤茂吉、橋本徳寿、阿部静枝、五島茂らの歌など。小夜子は「時の人」の囲み欄で土岐善麿をとりあげている。

46 「林間」という歌誌

歌誌「林間」は木村捨録を中心に水町京子、村磯象外人、川上小夜子らが結成した林間短歌会の結社誌である。雑誌と会のどちらの構想が先んじていたか、曖昧な感じが私の記憶にある。創刊の前年、四四年一一、一二月合併号の「日本短歌」に木村自身が書いているように、彼は「僕の本職は染料を販売する小会社（京山商会）の主人であるが、……本業の傍ら歌を詠む人間であると同時に綜合雑誌の経営者であり、時に編輯者であり、また結社雑誌『覇王樹』の指導者」（「実業と虚業」）でもあって、かつて「覇王樹」に所属していた歌人を中心にあたらしい結社を作ろうとしたのではないかと思われるふしがないでもない。木村は三二年に「日本短歌社」を興し「日本短歌」を、その後「短歌研究」もあわせて二種の月刊綜合誌を発行している。「短歌研究」については、それまでは改造社から発行されていたが、改造社が中央公論社とともに弾圧をうけて廃刊となり、四四年九月、同誌の権利を木村の日本短歌社が買い取って一一月から発行したという（三枝昂之『昭和短歌の精神史』などによる）。このようにみてくると木村は一方でかなりの事業家とみてもよさそうだ。「林間」一巻三号（九月号）の後記に「本誌の発行権は七月廿一日附で『覇王樹』を『林間』と改題し且つ発行所を変更する件が認可された旨内閣新聞出版用紙割当局から通知があった。また第三種郵便物は七月五日に、六月三十日附業業《ママ》乙第三二〇号で旧題号覇王樹を新題号林間に変更を許可する旨、東京郵政局長から認可書が送致された」とある。当時は第三種郵便の認可以外にもこんなに面倒な手続きが必要だったのだろうか。そして次号からの編集実務を川上小夜子を中心に矢口（巳之松）矢吹（源二）石川（まき子）らがおこなうことも記されている。林間短歌会の発行所は上荻窪の峰岸方となっているが、木村の自宅近く、たぶん長女の嫁ぎ先ではないかと思う。発行人木村捨録、編輯人久城慶子と小夜子の本名になっている。顧問として吉井勇、池田亀鑑、亀井勝一郎の名があり、池田亀鑑はむろん、亀井勝一郎も小夜子の「望郷」以来のライターとして縁があったと思われる。顧問各氏の作品と論考は、創刊号（七月）に吉井勇の巻頭歌「酔消息」、池田亀鑑「一学究者の自戒の書」、九月号に吉井勇「祇園会のころ」、一一月号に池田亀鑑の随想「猿まはし」、一二月号に亀井勝一郎の随想「古典旅行」をそれぞれ掲載しているが、顧問以外にも片山敏彦の詩「見なれない花環」「輝きと声」の二編（創刊号）、絵と文「ばら色の壁と蜻蛉」（九月号）。エッセイ、土岐善麿「清忙発語」と中村眞一郎「暑い日の感想」（八月号）など創刊年にかぎっても外部からの寄稿をもとめているところがある。

　水町京子は「覇王樹」との直接的なつながりはなかったようだが、主宰していた「遠つびと」の存続が経営上困難になっていたところへ、たぶん小夜子に誘われ、同人一七人をつれて参加、「遠つびと」の会自体は存続させ、歌会もつづけている。しかし小夜子没後の翌年、なんらかのトラブルもあったらしく、「遠つびと」の同人ともども「林間」を退会している（以上『生誕百年・水町京子文集』を参照)。

「林間」と「歌人クラブ」の編集にかかわって、木村捨録と福田栄一が小夜子の家を頻繁に訪ねてきていた。荻窪と阿佐ヶ谷で家が近かったこともあるが、居心地もよかったのだろうか。その縁でふたりの青年がくるようになった、仕事上の用だったり、そうでなかったり。ひとりは四九年一月から日本短歌社に勤めることになった中井英夫、もうひとりの斎藤正二も日本短歌社の仕事をしていたと私は思っていたが、中井英夫の『黒衣の短歌史』(くろご、と読めば影の編集者、こくい、と読めばいかにも中井らしい)によればそうでもないらしい。このときのひとりの青年がのちの『虚無への供物』の作家、詩人であることに私が気付いたのはずっと後、八〇年代にはいってからではなかったろうか。日比谷図書館の棚で何気なく手にとったかれの本の巻頭の写真を見て、アッと思ったのである、このひとは知っていると。私の記憶のなかからは完全に抜け落ちていた。というより、日本短歌社の中井さんと、作家の中井英夫が同一人であることに気付いていなかったのである。その後、小夜子宛ての手紙類を整理していて、中井英夫からの葉書をみつけたように思う。「本日は大へん長いこと御邪魔致しまして相済みません。いつもながら手厚い御もてなしに預り恐縮です」にはじまり「日本短歌」への原稿依頼(「私の作歌ノート」「新人今昔譚」、前者が四月二五日、後者が五月十日の締切)と、亀井勝一郎に「短歌研究」への原稿依頼の段取りをつけて欲しいとのこと。最後に「お嬢様方に何卒よろしく」とあった。この葉書の日付は四月一八日(五一年の消印)。その後偶然矢川澄子と話す機会があったとき、中井はすでに病床にあって、「お嬢様」としては如何ともしがたかった。この中井英夫が神崎澄夫の筆名で「林間」にかなり辛口の歌壇展望や時評、評論を書き、同人に名をつらねている。

神崎澄夫が中井英夫のペンネームのひとつで「林間」の同人に名をつらねていたことは、これまで私の知るところではなかった。今回『黒衣の短歌史』をはじめに読んだときにも気付かなかった。「林間」の主催者木村捨録が日本短歌社の経営者として「日本短歌」と「短歌研究」を発行し、中井英夫が当時ほとんどひとりでこの二冊の月刊誌を編集していたことを考えればあり得ないことではなかったが、初心者むけの「日本短歌」にはさまざまな随想や囲みの記事があり、そのうちの「とらんぷ」という時評欄の連載が『黒衣の短歌史』に再録されていたのである。読みかえしてみるとそこには「神崎澄夫の名で」と中井自身書いてもいるが、「林間」に歌の作品はなく時評のみで、そのかなり過激な文章から歌人のものでないことは推察され、「林間」の創刊号を読みながら筆者について疑問をもっていたところだった。時評は「詩が貧困を極めてゐること」「貧困を極めるべき時代にあること」を詩人も歌人自身も認識していないことを指摘し、当時の短歌に対する批判は「貧困＝衰退」につきるとして、歌人の「強烈な自覚と自負」をうながす。ここまではともかくとして、返す刃で、短歌は「意識して作らない丈《ママ》」（短歌研究）と広言した中村眞一郎・加藤周一を批判、中村の『死の蔭《ママ》の下に』はプルースト・ジョイスの手法などとんでもない、たんなるブルジョワ小説にすぎないと手厳しく、この小説の弊が現在の短歌の弊と同根であるとしている。「抒情への回帰と離脱の相剋」を述べるあたりは当然の論か（帰りゆく蕩児）。「林間」の次号に、「詩は言葉で書き、小説は内容で書くもの」というマラルメの言を最後に引いて、中村眞一郎が「新しい詩語を作るために」歌人は努力し「どんどん短歌を書くことによって日本の詩の黎明が近づくことになる」（暑い日の感想）と論じているのは、前号の時評未見のうちだったろう。この号の後記に、木村捨録は「土岐先生へ神崎澄夫君が、また川上小夜子さんが中村眞一郎先生をお訪ねして本号の筆記二編を頂いた」と記している。土岐善麿は「林間」の創刊について、「『短歌研究』はもちろん商業的だが『林間』などはもつとのんびりと誰でも気楽に集まれるサロンのような仕組みにして」と提言している。中井は神崎名でその後も何回か時評や展望を書いているが、いつまで「林間」に所属していたか、小夜子没後の事情については知る由もない。歌好きの母親の影響で三歳から歌をつくりはじめ、それも中学生のころまでで詩へ移ったというが、「日本短歌」（四九年一一・一二月）の読者詠草コンクール作品欄に神崎澄夫（東京）として「橋のうへ」と題する歌五首をのせているのは埋め草としてのご愛嬌だろう。はじめの二首を。「トラックは砂塵をあげてゆき交へり生きゆくことのうとましき日に」「まんまんと水は流れて橋の上にしばし都会のかなしみをする」

同人としての名はないが、斎藤正二もまた「林間」に何編かのエッセイや詩を載せている。中井によれば、斎藤正二とは、かれが「東北大の学生だった二十四年（昭和）からのつき合いで、文章の旨さは絶妙だったし、そのころから次のような短歌を発表していた」と、「掌《て》にのせて薔薇《うばら》の木《こ》の果《み》息づける見れば智慧ゆゑの悲しみ」「オルガンが地下の部屋より湧くときにしみじみ世界と共に老いたし」など三首をあげている。またかれは塩田荘司の名でもすぐれたエッセイを書き、のちに「日本短歌」の編集、さらに「短歌」（角川書店）の編集長を昭和三一年の九月号までつとめるなど歌壇での活躍もつづいたが（「短歌」の編集長をひきついだのは、斎藤にさそれた中井自身だった由)、ともかく「二十七年当時には、私の無二の相棒だった」とのことである(『黒衣の短歌史』による)。中井は新聞の募集広告によって日本短歌社に入社しているが、斎藤正二と木村捨録とのはじめの接点については不明である。小夜子の家を頻繁に訪ねてきていたのは中井よりも斎藤のほうで、私などを相手に「原稿はこんなふうに書くものだよ」とまじめな顔で、四百字詰め原稿用紙の最後の一枚の最後の升目まで埋めてみせて、「こうすればまだ続きがあると思うよね」などとからかったりしていた。創刊の年の一〇月号は、次号と合併号の予定で、形ばかりの号とし、作品も水町京子をはじめ主要同人一四人の各人二首ずつのみ、そこに斎藤正二の論説「行為と観照の時差」を「短歌研究」の八月号から転載している。この論文について木村の後記には「同君としては相当苦心して執筆した研究で味読をお願ひしたい」とあるが、いかにも若書きの抽象的論考で、「林間」の同人のうちどれほどのひとが読みこなしただろう。ほかにエドガア・A・ポオの文章を引用したエッセイ「機知の偶像」(五〇年九月号)、「短歌的リアリティをめぐって」と題する時評(五一年五月)など。私の手もとにある「日本短歌」(二〇巻二号)には「母のゐる厨」の題で歌五首が香川進、生方たつゑらとならんで掲載されている。そのなかの二首。

「甘草は月夜《つくよ》のために用意せる匂ひかぐはし墓地に来たれば」「家族《うから》集《つど》ふ祈りの文《ぶん》の終わらぬに厨べなれば母眠くなる」。

ロザリオのくさりを友がポケットより出せしことを夜半におもへり
いのりへといざなふ言葉が耳元へ残るごとくに雨音をきく

(苔『草紅葉』)

この二首の歌は彼女の家を訪ねてきた斎藤を、小夜子がうたったものだったように記憶している。

私にはこれまで木村捨録の歌や論考、エッセイの類も意識して読んだ記憶がない。ほとんど読んでいなかったかもしれない。ただ小夜子の歌仲間の客人としてその人柄に接していたのみだから、商業的短歌雑誌「短歌研究」「日本短歌」の編集意図や方向づけなどについて（また歌そのものの在りようについても）、どのような意識をもっていたか、考えたこともなかった。だが中井、斎藤のような青年に編集や批評の仕事を負わせていたところには、木村の商業人として、先を見るジャーナリスティックな視線が感じられる。『黒衣の短歌史』によると、掲載作品の人選だけは木村自身がきめたが、探訪記事、時評、埋草の雑文、投稿歌の選歌からその批評も任され、歌人の似顔絵まで描かされ（よく似ている）、それらはすべて原稿料の節約によるものだったという。はじめのうちは中井も木村の意図に沿うようにしていたらしいが、やがて「もっと自分のやりたいようにやれば」というようなことを言われ、その後、中城ふみ子や寺山修司を送りだしたことは有名である。

小夜子没後、水町京子は「林間」の小夜子追悼号の出費などを尋ねる、小夜子の夫修一郎あての私信に、「林間」を退会することについて「やはり私対木村氏ではうまくゆきませんので」と書いている。それがどのような状況を指していたのかまったくわからないが、それでは小夜子対木村の関係はどうだったのだろう、木村捨録とはどういう人物で、どのような意図のもとに各種の歌誌を作り、また歌を作っていたのだろう、といまさらのように考えざるをえない。

今回、戦後占領期のＧＨＱによる検閲に関する資料を読む必要があり、木村捨録「私の中の昭和短歌史」（林間・七七年一月〜七八年七月）のうちの一部、主として昭和二十年前後の編と、「戦後歌壇の出発」上、中（短歌・七四年一、二月）にも目を通すことになった。それによると割当て用紙の欠配や印刷屋の焼失などをなんとかくぐりぬけて、敗戦の四五年にも、五月〜八月を除くそれぞれ八冊の「短歌研究」（四月号は八月発行）と「日本短歌」をそれなりのかたちで発行したという。三枝昂之は、大日本帝国の内務省と占領軍の両者からつづけて検閲をうけた珍しい例として木村の出版業務をとりあげている（『昭和短歌の精神史』）。短歌雑誌出版に対するこの情熱は何に由来していたのだろう。その後歌人たち自身による自己規制がすすんでいった面もあったようだが、特に短歌に対する検閲の厳しさを経験していた木村が勝手に語句を書き直した例もあったらしい（それを編輯部員であった中井の責としたこともあるという）。戦争中には戦意高揚の道具としてもてはやされた短歌であり、敗戦直後には活字に飢えていたひとびとが競って雑誌類をもとめたために二万部以上売れたというから、出版業としても成り立っていた面もあろう。しかしそれだけではない何か。

福田栄一は木村の歌について新しい「西鶴的世界」を感じると評し、「木村自身の説く『造型』……手法的な美学を捨て、もっと人生観的なもの、世界観的なもの」をめざすべきだと述べている（林間・五一年一月号、寄稿）。

小夜子は創刊号に「解決されない問題」と題する時評で、木俣修の「譏のこゑなにするものぞと微笑してカメラの前にゆるやかにたつ」などの男歌と、中河幹子の「わがつひの柩車もとほるこれの道さくらの吹雪くぐりてをゆけ」などの女歌を対比し、現実にたいして挑戦的で明日の必要はないという男歌に対し、女歌は五感で感じとる表現によって「永遠なる生命へのつながり」を願っているのではないか、と記している。『光る樹木』昭和二五年の章の「高処の廃墟」「お茶の水」「成育」「十国峠」がその年の「林間」に発表された作品である。

この年の一一月『光る樹木』をふくむ女人短歌叢書の合同出版記念会が明治記念館でおこなわれたが、小夜子自身は風邪で欠席し、次女の鏡子が代理で出席。当時「声の缶詰」と称して病床で録音された小夜子の挨拶が披露された。

一一月二五日にはラジオ番組「婦人の時間」に「放送三番歌合」(〔題〕風、愛、歓喜〔判者折口信夫、執筆　北見志保子〕)が放送され、「愛」の題で、小夜子(右)は佐藤佐太郎(左)と対している。「風」は松村英一と阿部静枝、「歓喜」は宮柊二と長沢美津で、出席者による相互批評のあとで判定がくだされる形式をとっている。佐太郎「初めての妻の言葉を思ふときうつつの如く我に聞ゆる」、小夜子「愛憎の激しく過ぎし命二つあたため合はん夫も老けたり」。折口信夫は彼女の歌について「非常に暖かい心を以て過去のことを振返って」いて、下句は七、七と切らず「あたため合はん夫も」と続けると今の彼女の気持にもあっているが、「命二つ」という言葉の古典性が邪魔をしていて、古典性を捨てるか、持ち続けるかの別れ道に、いま彼女は立っていると指摘し、ここまで言った(褒めた、の意か)のだからいいでしょうと、佐藤を勝ちと判定している（女人短歌六号）。手慣れた方法からの脱皮、転換は指摘どおりと思うが、歌の心は当時の小夜子の衷心からの願望だったのではないだろうか。

47　終りの年に

一九五一年は小夜子にとって最後の年である。その最後の年は宮中歌会始陪席の件からはじめることになると考えていたが、「林間」追悼号の年表には、そのまえに「一月十七日ＪＯＡＫ（ＮＨＫ）婦人の時間に新年放送歌会を阿部静枝、長沢美津、生方たつゑ等と放送」とある。放送歌会なるものはどのようなかたちでおこなわれ、放送されたのだろうか。前回に記した「放送三番歌合」は「女人短歌」六号の記録によっているが、この歌会については消息欄の記事のみ（七号）。出席者が女歌人にかぎられているようなので、女人短歌会主催の歌会で、歌合ではなかったと推察できる。「歌人クラブ」の記事に拠ると、このほかにも新春歌会（朝空四番歌合）が一月二日にＡＫ（ＮＨＫ）から全国放送され、またサン写真新聞主催の五番歌合が前年の一二月二二日北見邸でおこなわれた、とある。一月二日放送の歌合に小夜子は参加していない。（以下少々繁雑な感もあるが参加者を記しておく。）判者折口信夫、披露松村英一、一番木村捨録、水町京子、二番鹿児島寿蔵、北見志保子、三番福田栄一、長沢美津、四番窪田章一郎、五島美代子。サン写真新聞の五番歌合は、判者折口信夫、披露北見志保子、一番岡山巌、川上小夜子、二番長谷川銀作、生方たつゑ、三番木俣修、五島美代子、四番福田栄一、阿部静枝、五番木村捨録、長沢美津、「当日は古式に依り打掛姿の女人に対し、男子側は和服であった」とある。かなり遊びごころの趣向のようだが、小夜子は娘の派手な着物を打掛けに見立てたような記憶がある。敗戦の日から数年を経てようやく生活も歌人としての仕事も順調にうごきはじめ、遊びを楽しもうとするゆとりが生まれてきていたのかもしれない。当時唯一の放送ジャーナリズムであったNHKが歌会や歌合の後押しをしていたことにはどのような意味合いがあったのだろう。歌合の判者がつねに折口信夫であったことは古来の作法を熟知していて、公平な判断をくだし得る立場にあったからと思われるが、参加者はおおかたが戦前、戦中からすでに歌人としてみとめられていた中堅の人々で、かれらが当時いわゆる歌壇の中心的存在だったのだろう。

歌合はもともと遊びではない。むしろ真剣勝負に近かったのではないだろうか。しかしこの頃につづけておこなわれた歌合の会が男歌人と女歌人との真剣勝負などではなく、相対して同じ題で歌を作るといういくらかの真剣味はあったかもしれないが、親睦をかねた遊びごとであったと考えたい。

宮中歌会始の件にうつる。「歌人クラブ」五号の記事によると、一月二六日皇居内においておこなわれた歌会始の御題は「朝空」(ということは新年の歌合の題はこれに従ったものと思われる)。歌壇関係の入選者は五島茂、中西悟堂その他。「岡山巖、中村正爾、山下陸奥、北見志保子、川上小夜子、中河幹子、福田栄一、小田観蛍、近藤芳美(写真の順)の諸氏は御儀の当日陪聴の栄を賜り、同二十九日には、尾上柴舟、折口信夫二選者と共に、皇居内にて御慰労の賜餐を辱くし……」とある。一般歌人の陪聴ができるようになったのがたしか前年の歌会始からだったと、どこかで読んだ記憶がある。出席者の人選がどのような基準でなされたのかなど、私の知るところではない。ただこのころから宮中の歌の在りようがすこしずつ変化してきたことはまったくの部外者にも見えていた。かつてプロレタリア系の結社に属していた五島茂がのちに宮中の歌の師となったときにはすくなからず驚かされたが、たしかに歌の質も変わったことはみとめられる。「歌人クラブ」の記事の文章からも推察できるように、歌会始に参加したおおかたの歌人が光栄とも名誉とも感じ、かれらにとって晴れがましい日であったことは容易に想像できよう。そのころ文化勲章の受賞者がきまって写真をとる場所があって、そこで一同そろって撮ったのが前述の写真である。その日のことを詠んだ小夜子の歌、五首のうちから。

この朝のわが盛装は浄らにて冴えたる空の青さがそそぐ

講頌に展くる王朝の幻想かうつつにはわがみ前に列す

（一月廿六日宮中お歌始に陪席をゆるさる『草紅葉』）

歌として特におもしろいということもないし、その感動に共感することも無理だが、「王朝の幻想か」と表現したところに小夜子のそのころの心情を、素直に汲みとるべきだろう。

「女人短歌」「林間」「歌人クラブ」の編集と会合、平安朝文学研究会（東大・池田亀鑑研究室）、紫式部学会への参加、日本女子専門学校（昭和女子大）短歌研究会の講師。表立ったところをあげてみただけでも以上のようになる。それぞれの会などにかかわる個人的な折衝、客人たちの応対。「なんでも引き受ける」「一番のお人好し」というのが女人短歌会のなかでの評定だったらしい。たしかにひととの関係のなかを巧みにくぐりぬけてゆくような術はもっていなかったし、いったんこうと決めたら逡巡することなくすすんで事をはこぶところもあり、それは将来の見通しに対するあまさともいえるが、同時に彼女の必死な生きざまの一面だったのではないか。このころには住込みの若いお手伝いさんもいて、家事労働からいくらか手をぬくこともできたと思うが、田舎から出てきたばかりの娘《こ》に家事の手ほどきをするのは別の意味で大変だったろう。長女の珠子はこの年の三月大学を卒業し、仕事につくことになっていたし、次女の私もそろそろ専攻の課程にすすむ時期にあって、母娘ともにそれぞれの生活を大事に生きていたころなので、外出がちで、しかも客人の多かった小夜子とどのような暮らしのなかで日を送っていたかあまりさだかな記憶がない。それなりに各々充実した生活だったのだろう。夫の修一郎も会社勤めの日々で帰宅も遅くなりがちであった。前節の最後に引用した三番歌合の歌「愛憎の激しく過ぎし命二つあたため合はん夫も老けたり」について、私は「歌の心は当時の小夜子の衷心からの願望だったのではないだろうか」と記したが、困難な恋愛の結果、生活をともにすることになった年下の修一郎は実際にはまだ「老けたり」というほどの年齢ではない。この歌は、仮構の状況の設定のうちに、すれちがうことの多い、多忙な日々のなかで気のやすまる穏やかな時間を夫とともに過ごしたいという切な気持を踏まえているように私には感じられたのである。

『草紅葉』所収のこの歌は「愛憎のはげしくすぎしいのちをばあたためあはむ夫としづかに」(「林間」五〇年一一月号)と初出のままになっている。初出のままであるのは『草紅葉』の編者には「女人短歌」六号の歌合の記事まで気を配る余裕がなかったからだろう。一一月一日発行の号だから二五日放送の歌合のためにあらためられたと考えるのが自然だが、書きなおされた「命二つ」「夫も老けたり」という表現が批評の対象になっている。作者としては改稿によって初出の歌の平板さに変化を与えたかったのだろうか。

「林間」五月号に発表された連作五首「歌舞伎座に船橋源氏を見る」は、この年の三月に『源氏物語』が歌舞伎として上演されたときの作である。小夜子自身、女人短歌の各人を観劇に誘い「池田亀鑑氏を囲み源氏物語を中心にして語る」という研究座談会を四月二八日に企画していた。小夜子没直後にあえて（むしろそれ故に、という意向もあった）おこなわれたこの座談会では、そのできばえや批判をまじえた感想が長沢、五島、北見、生方、阿部らのほか森本元子、真鍋美恵子など多くの会員によって語られている（「女人短歌」八号。小夜子の追悼号を併載）。

「船橋源氏を見る」から。

　紫がもとの作には追ひ及《し》かねほのほの見する王朝の世を

たしか紫式部学会が、この上演の後援をしていたように記憶しているが、学会の機関誌「むらさき」に拠ると、戦前の三四年、番匠谷英一脚色（帚木～須磨）によって芝居の上演が企画され、配役も決っていたらしいが、「上つ方」の人物の数人の女性に対する恋愛小説であること、現在の社会情勢下、悪影響を及ぼすなどを理由に上演禁止となっている。

船橋源氏が歌舞伎座で上演されていた同じ三月の一八日に、女人短歌会は大阪毎日新聞の後援のもとに関西短歌祭を主催している。会場は大阪毎日の講堂で「男女の歌人で溢れる程の盛況」だったとのこと。この短歌祭に引きつづいて同所で女人短歌春季総会開催。東京からの出席者は常任幹事の阿部、生方、川上、北見、五島、長沢の六人。常任幹事のうち清水千代、初井しづ枝は関西在住（「女人短歌」七号、八号による）。翌一九日夜には「林間」の大阪支社同人の有志（今中楓溪、大坪純、新居滋子ら一一名）による歓迎会があり、「その二三日後、今度は『林間』の井ノ本勇象氏と私とで、川上さんを苔寺に案内した。一歩寺内に入つてからの川上さんを私は忘れる事が出来ない」と清水千代は書いている（「女人短歌」八号、追悼記）。まあ素晴らしいと言いつづけ、ある所でしゃがみこんで苔に手を触れている姿に「生まれながらの童女」を見た、と。その苔寺の歌を。

敷きつめて一色ならずかすかにも芽をふきてゐる春の苔なり

（苔『草紅葉』、初出「短歌雑誌」五一年六月）

雨庭に赤き椿はひとつにてみつめてをれば心は決る

つづくこの歌が苔寺の歌か否か、私は苔寺の景ととりたい。

二〇一〇年の一月二三日、東大寺の長老、第二一二代東大寺管長でもあった筒井寛秀師が亡くなられた。私にとって大事な人でもあったが、本書を書きつづけてこられたのは師あっての事である。東大寺の塔頭龍松院の筒井家と小夜子との関係は、北見志保子が生涯の転機となった時期に龍松院にしばらく滞在していたことにはじまる。それ以来、浜・北見夫妻と近しかった家族もまた龍松院との縁を深めるようになった。このあたりの事情については本編12「鷗会のこと、奈良旅行」に詳述したが、小夜子は一九二七年にはじめて龍松院を訪ね、寛秀師の父君である、のちの二〇二代管長筒井英俊師に出会っている。すぐれた学僧であり俳人（盧佛）でもあった英俊師は「月光」に「万葉歌人と大仏供養会」を連載。最近寛秀師の編纂による句集『東大寺』も刊行された。三四年秋、小夜子一家は英俊師、北見夫妻らとともに嵐山に遊んでいる。私はまだ三歳、そのときが私にとって龍松院との最初のご縁であった。寛秀師とは、三九年から四三年までの大正大学在学中、北見宅に在って、そのころ何度かお目にかかっていたらしいのだが、私にはほとんどその記憶がなかった。四〇年に帰京して本郷曙町に住み、月光社の北見宅も近かったので、「月光」の仕事でも小夜子は子ども連れでたびたび北見宅を訪れていた。五二年、大学卒業まえの奈良京都旅行に際して、美術史の教授の紹介先がたまたま筒井寛秀師で「大きくなったね」と言われたのは北見宅のころを思い出されてのことだったろう。まだ若く元気な僧侶のころで、私たちは大仏の台座の上まであがらせてもらうなど、たのしい案内だった。それからながいながいご無沙汰があり、大仏殿の裏手の龍松院の門に「筒井」の表札を見て「筒井さんはお元気ですか」と三月堂の社務所で尋ねたのは、たしか九九年九月だった。機会を得、〇二年の賀状からはじまって、六月にそれこそ五〇年ぶりの再会となった。七十、八十になって「鏡子ちゃん」などと言えるのは昔があるからだとは寛秀師の言。小夜子生前の手紙、東大寺拝観時の私の礼状まで保存されていた。我家に残されていなかった「月光」誌のうち後半二年分は龍松院の蔵から探しだされたもので、寛秀師との出会いがなかったら、この連載も欠ける部分が多くなったはずだ。

教えられたことも多く、北見宅のことをはじめとして共通の経験をもっていたことなど、それらの故か、仏教徒でもない私だが、師の前にいると心の安まるところがあった。本書の連載（「あまだむ」）を送るとかならずお返事があり、それ以外にもたくさんの手紙や写真をいただいた。

48 『草紅葉』

『草紅葉』は小夜子の一周忌のために家族が編集した遺稿集である。歌集としては『朝こころ』『光る樹木』につぐ三冊目となるが、後記にあるように、小夜子自身が数年前から企画し原稿の整理をしてあった散文を主にし、歌は『光る樹木』以降に発表された作品を収めてある。書名の「草紅葉」は、未刊に終わった「草の実」時代に予告していた歌集名だったという水町京子の談話もある。一九一六年「詩歌」に入社して、以後「覇王樹」「草の実」「多磨」「月光」そして戦後へとつづく三十余年の歌歴からみると、歌集の刊行は多くなかったと思う。しかも第一歌集の『朝こころ』は、きびしかった恋愛を経て東京から大阪へ居を移し、新しい生活に入った「河内野集」から始めている。「草の実」前半時代までの歌をあえて採らなかったのは、歌の未熟さを慮ってのことだけではなかったと私は考えている。この時期に発表された歌を小夜子自身の書き写したノートがあり、前の結婚相手にかかわるような歌はその記載からいっさい削除されていた。

このノートの存在はいずれそれらの作品による歌集を編むつもりだったことを証していよう。

『草紅葉』の目次を列記する。

短歌　昭和二十五年八月〜昭和二十六年四月

（小夜子自身の編纂による歌集に準じ短歌は逆年順）

苔　（初出・「短歌雑誌」五一年六月号）

歌舞伎座に船橋源氏を見る　（「林間」五一年五月号）

高影　（「女人短歌」七号・五一年四月）

五月五日の歌　（初出不詳）

一夜雪荒れき　（「短歌研究」五一年四月号）

浮舟　（初出不詳）

氷れる青　（「日本短歌」五一年三月号）

一月二十六日宮中お歌始に陪席をゆるさる　（「林間」五一年三月号）

病日詠　（「林間」五一年一月号）

愁　（「歌人クラブ」四号・五一年一月）

花の視角　（「短歌研究」五〇年一二月号）

秋の蝶　（「林間」五〇年一二月号）

静夜　（「林間」五〇年一〇、一一月号）

喫煙の間　（「女人短歌」五号・五〇年九月）

研究・鑑賞
昭和十四年六月～昭和二十五年十二月
季節の秀歌
（初出・「月光」四二年六月～四四年四月号）
大伴坂上郎女の歌
（初出、発表年月不詳）
万葉集女流の月の歌
（「月光」三九年八月～三九年一一月号）
邦子・不二子・喜志子の歌
（初出不詳、三九年六月）
古泉千樫の「屋上の土」
一（「月光」四〇年八月号）
二（「同」同年一〇月号）
（この文章、本来の一に当たる部分は未収録。一、二は初出ではそれぞれ二、三となっている。）
川田順の「鷲」
（「月光」四〇年九月号）
北原白秋の「黒檜」
（「月光」四一年一月号）
和泉式部集
（「望郷」七号・四八年一一月）
「不如帰」と「虞美人草」の死（「国文学・解釈と鑑賞」四九年二月号）
和泉式部と道長
（初出不詳、五〇年二月）
紫式部の歌
（「国文学・解釈と鑑賞」五〇年一〇月特集号）
阿佐緒・白蓮・喜志子・光子・京子・静枝の歌
（『近代短歌講座』三巻・新興出版社、五〇年一二月）
評論・随想
昭和十年十二月～昭和二十六年一月
感懐
（「多磨」三五年一二月号）

櫨の実取りに寄す　（「多磨」三六年六月号）
春待ちて　（「月光」四〇年三月号）
月光創刊に際して　（「月光」三九年七月創刊号）
月光の窓一～六　（「月光」四〇年七月～四一年八月）
春居雑記　（「月光」四三年四月号）
女性と短歌　（初出不詳、四五年以前か）
教養と一つの提案　（「女人短歌」一号・四九年九月）
日増しに　（初出不詳、四九年一一月）
蟷螂の斧　（「冬柏」晶子と近代抒情特集五〇年二月）
解決されない問題　（「林間」創刊号・五〇年七月）
批評の魅力　（初出不詳、五〇年一〇月）
むかしの女と扇　（初出不詳、五〇年一一月）
古典の再認識　（「林間」五一年一月号）

初出については筆者記。散文において初出不詳というのは現在私の手もとになく、資料に当れないということで、編纂時には当然わかっていた文章もあろう。しかも見落とされているものがあると同時に、読みかえすと収録しなくてもよかったのではないかと思われる短文もある。研究・鑑賞、評論・随想という項目立てと分け方もあまり適切ではないようだ。小夜子自身が整理していたというが、どの程度まで整理していたのか。「草の実」全巻を通して批評面の役を引き受けて「矢面に立た」されるようなこともあったのは、小夜子が「その器であつたからで、拾ひ読みしてみても卓見が随処に見られる」と水町京子は追悼記のなかで触れている。その「草の実」時代の批評文はここに収録されていない。

散文についていえば主として古典に関するものと、同時代の、また師と仰ぐ歌人の作品をとりあげた文章に大別できよう。古典に関する文章のうち「月光」時代、すなわち四五年以前にとりあげられている歌が『万葉集』に拠り、戦後のそれらが主として和泉式部と紫式部に関する文章であるのは、そのころ小夜子が池田亀鑑の研究会（東京大学国文学研究室）に参加し、紫式部学会の会員にもなったという事情もあろうが、それ以前に「平安朝の宮廷女流文学者」を賞賛する一文もあり（女性と短歌）、あるいは時代の潮流の反映があったかもしれない。「季節の秀歌」と「万葉集女流の月の歌」については、本編26「外にむかって歩きだすこと」、27「季節の秀歌」などで詳述したので省略する。「大伴坂上郎女」は『草紅葉』収録の論考のうちもっとも長く、その出自身分ゆえに「環境閲歴がゆたかで、人生経験も複雑であるだけに、その歌材の範囲も、外の女流の殆ど恋愛の世界のみに止つてゐるに反して、坂上郎女は、恋愛の外に神祇の歌、自然観照の歌、思想的なる歌、母性愛の歌、その他異国の尼僧の死を弔ふ歌などもあつて八十四首の多きを数へ、内長歌六首、旋頭歌一首と各方面にわたつて」「男子の歌人にも劣らぬ歌人」と記し、「佐保河の小石践み渡りぬばたまの黒馬の来る夜は年にもあらぬか」「来むいふも来ぬ時あるを来じといふ来むとは待たじ来じといふものを」（巻四）（『万葉集総釈』第二、楽浪書院三五年刊に拠る）など、前半には恋の歌を主に、多くの例歌をあげて解説し、郎女の全体像をうかびあがらせようとしている。この論考は初出未詳だが、「万葉集女流の月の歌」などと同様、歌を作りはじめた若い女性に古典に触れる場、なかでも古典におけるすぐれた女歌人たちの歌を知ってほしいという思いもあったのではないかと思われる。後年小夜子自身の研究対象となった和泉式部、また歌の素材ともなった『源氏物語』への傾倒と没入、自身の作歌の展開と転換の方向の手はじめに、「宇治十帖」を選んだことの源流はすでにこのあたりにあったとも考えられる。和泉式部について書かれた文章は「和泉式部の歌の近代性」（珊瑚礁一巻二月号）「和泉式部と其女友達」（女人短歌三号）など『草紅葉』未収録のものもある。「和泉式部集」については、40「『望郷』七号の発行・和泉式部」に詳述。「解決されない問題」のなかで小夜子は男歌と女歌の違いを指摘し（46「『林間』という歌誌」）、同時に自身の「わがそばをすり抜けしは一人の男なりき階段の距離をはるかに引き離す」の歌を引いて、「女身の力の差を己れにむけた眼である」と記している。歌壇という男社会にあって困難な事態に直面することがあったのかもしれない。

最晩年の短歌作品のそれぞれから幾首かを引用する。「苔」「歌舞伎座に……」「宮中お歌始めに……」についてはその時々に触れてきた。「浮舟」は『光る樹木』所収の『源氏物語・宇治十帖』「宿木」につづく作で、匂宮と薫とのあいだで苦しみ入水を決意する浮舟の心情を詠みこむ。

こころをば分けてえ耐えじ中空の鐘のひびきのともに消ぬべく
汝が生くる世はここならじ来よといふいづらの声に引かるる水辺
（浮舟）

スパークの閃光が青く染めいだす夜の天つちのかぎりなき吹雪
吹きたつる雪のさなかにわれひとりたてり凄まじき夜《よる》の點景
（一夜雪荒れき）

手にもてパラフィン紙を透《す》く冬の百合白さが青しビル陰に来て
ひしひしと波のかたちに寄せてくる人のこころが今宵あたたかし　（氷れる青）
短日の陽のうつろひに散りこぼす光よ風よ冬青き樫
病日のまどろみ覚めてしばらくの放心に冬の雲白う見ゆ
憎しみの歌は作らずわが魂《たま》を安らに保たむ病みて幾にち　（病日詠）
かさなりてわが憂愁となるもののすがたしらじら見えくる如し
有明の月とはかかる淡さかとガラスを透し身に浴びてをり　（愁）

この「有明の」の歌は晩年の代表作としても採られているが（『現代短歌大事典』三省堂、雨宮雅子による）、「放送歌会のとき土岐先生のほめて下さった歌なのよ」と言って色紙にこの歌を書いて下さった、と清水千代の追悼文にあるから（「女人短歌」八号）、前節で触れた一月一七日の放送歌会の折の歌とみるべきだろう。

昏みきてしぐるるなかに石蕗の花媚態なく黄のいろ明し
視野くもる今朝のわが身の現象をおそれつつ明暗にしきりに試《ため》す　（花の視角）
昼の陽をしたひていでし秋の蝶黄のひるがへるゆくへ淡々し
秋いまだ生きてゐしよとひとりごつ黄の蝶々を我身にたとへ　（秋の蝶）
容赦なき父のことばが娘にむくをうけとめてゐる母親あはれ
子らのため十年のいのち欲りせしが十年すぎても願ひは同じ　（静夜）

46「『林間』という歌誌」でとりあげた歌合のときの歌「愛憎のはげしく……」も「静夜」の

連作中にある。「子らのため」は「珠子よ」「鏡子よ」「育夫よ」とそれぞれの名を初句においた連作の詞書として「後十年われに命のたまはらばただ有りがたしこの子らがため」（『朝こころ』「再び病む」）と書かれた歌に拠る。

こだはらず命ひとつが自由にてわれは厨に野菜をきざむ
炎天の坂を苦しくのぼるさへうたがへば何の意義なき如く
（喫煙の間）

小夜子の一周忌は『草紅葉』出版記念会をかねて「光る樹木」ゆかりの新宿御苑で行われた。そのときの詳細な記事が「日本短歌」五二年六月号にある（矢吹源治）。それによると発起人は木村捨録、北見志保子、木俣修、五島美代子、長沢美津、宮柊二、福田栄一ら。参会者は「一番乗り」の若山喜志子をはじめ約六〇名。各人の小夜子評がおもしろい。

49 歌のわかれ――母と娘の物語

古いノート類を整理していたら、私の五一年の手帳がでてきたのである。小夜子の死の年である。死の前日、四月二三日（月）の記述は「クモリ後晴、夕立。母トトモニ区ギ選挙ニ行ク。後、斎藤氏トトモニ荻窪文化デ〝無防備都市〟〝雲ノ中ノ散歩〟ヲ見ル」となっている。二十歳になったばかりの私にとって最初の選挙だった。斎藤氏とは「(昭和)二十七年当時、私の無二の相棒だった」と中井英夫が書き、そのころ日本短歌社の編集などにかかわっていたと思われる斎藤正二である。『無防備都市』はロッセリーニ監督のイタリア映画。この映画を小夜子とともに見た記憶はないから、私ひとりがかれに同行したのだろう。映画全盛の時代で私たち姉妹はよく映画を見にいった。翌二四日、小夜子が北見志保子宅で、木俣修、長谷川銀作とともに歌人クラブの事務上の仕事中に倒れたときも、私たちは日比谷映画劇場で『レベッカ』を見ていた。日比谷で映画を見ていたことだけは鮮烈な記憶として残っていたが、今回この手帳を見るまでそれがどんな映画だったか、記憶からまったく抜け落ちていた。おそらくすでに小説を読んでいて楽しみにしていたものと思う。長女の「珠子を呼んで」という意識を失うまえの小夜子の言をうけて、志保子が劇場に電話をいれたが上映中は呼び出せないということで、姉妹は母親の「死に目に会えなかった」のである。この映画の招待券を、私たちは斎藤正二からもらったような記憶がある。かれはそのために私たちに対する責任感、というより罪の意識めいたものを負わされていたように私には感じられた、事はまったくの偶然にすぎなかったのに。

三月下旬から四月にかけて「家ニテ歌会」「木村氏宅マデ使ヒニ行ク」「母ノオ供デ宮内庁秘書課長高尾氏宅ヲ訪ネル」「歌人クラブノ仕事」「歌人クラブ発送」「出版協会ヘオ使ヒ」などの記述が大学の行事や読書記録の合間にみられる。

「朝顔のあす咲くつぼみ二つとり二階にのぼり母に見せたり」「野の道を赤い日傘をさしながら

子供が行くよあつぃまひるを」この二首がはじめて活字になって残されている私の処女作である。「月光」一巻四号（三九年一〇月）、八歳のときの作品である。同巻六号には「床の間に色とりどりの菊の花電気の光に浮き出て見える」「家の前朝々見れば稲刈られ霧が白々ながれてゐるも」とあり、そのあと三巻四号に「垣ごしに見ゆるとなりの猫柳春の光にきらきらするも」「わが家の玄関に置く浜木綿は葉もかれずして冬をこしたり」、同六号には「日あたりの隣の庭に咲きみだるるむらさき色の都忘れ草」「雨あがりはれし大空に鯉のぼりゆつたりおよぐ端午の節句」がある。母親小夜子の手がはいっていたことはたしかだろう。この頃の結社歌誌には家族や縁戚の者をさそう習慣があったのだろう。「月光」のような小さな歌誌の場合、子どもまで動員せざるをえなかったのか、娘たちに早くから歌の世界にふれさせたかったのか。長女の珠子のほうが発表作品も多く、長期間にわたっていたようである。

三巻（四一年）のころはすでに帰京して本郷曙町の町住まいという環境の変化もあり、子どもごころにも周辺の自然の景の相違にとまどっていたようにみえる。しかし同時に私はそのころ歌よりも小説の世界の深みにはまりこんでしまっていて、母親の本棚にあった『芥川龍之介全集』の小説を隅からすみまで、くりかえしくりかえし読む日々であったように思う。小学生だから当然吉屋信子の少女小説や山中峯太郎らの冒険小説も読んでいたが、それらは友達からの借りもので学校の行き帰りに歩きながら読んでいた記憶がある。芥川の小説のなかでも私のお気に入りの作品はまず「河童」、それから「アグニの神」「南京の基督」「地獄変」「歯車」など。「トロッコ」「鼻」「蜘蛛の糸」のような教訓的な意味あいをふくむ作品ではなかった。戦時下の学校教育に対するささやかな抵抗、というかそこからの逃避だったかもしれない。劇の台本や少女小説めいたものを書いたこともあった。百人一首の歌かるただけは大好きで多分休むことなく続いていた。

私が意識的に歌を作りはじめたのは戦後、十五歳のころ、たとえば旅行先のめずらしい景などにふれていくらでも歌のかたち、五七五・七七にまとめることができた。しかしそれらの歌を小夜子に見せると、たんなる叙景歌では意味がないというようなことを指摘されたのである。「歌なんか作らない！」と小夜子にむかって宣言したのはその直後だったか。それでも文学の仕事をひきついでくれるのは、三人の子どもたちのうち次女の私だけと想定していたのか、小夜子の鞄持のように、東京歌話会にも紫式部学会にも、女人短歌会の講演会にも同行させられたし、雑誌「望郷」の執筆依頼に同行し、原稿の受けとりに出向いたことも、講演会の待合室で円地文子に引きあわされたこともあった。『女人短歌叢書』の合同出版記念会に病床の小夜子の代理で参加させられたことは先述したが、五一年の手帳の記述のように何かと小夜子の仕事の手伝いをさせられていた。

あいかわらず歌をつくることはなかったが、小夜子の留守中など、机のうえにひろげられたままになっていた、若い方たちの草稿をみて、添削したほうがよいと考えた箇所に傍線を、これと思う歌には丸印をつけたりしたこともあった。その選歌を、小夜子はあまり間違いがないとみとめて、ときには事前にたのまれたこともあった。叙景歌を否定されたころは十代なかば、自身の内面を親に知られたくないという気持があったかもしれない。短歌の在りようのこわさみたいなものに気付くようになったのはいつごろだったろう。螺旋状に内側へ内側へと錐揉みするように下降してゆき、その深みの底から飛びたつことも身動きすることもできなくなるのではないかという恐怖感がどうして生じたか、先人のすぐれた歌集も種々かたわらにありながら、あえて読もうとした記憶もないから、ひそかに自分なりに習作していて、五七五・七七のかたちが必然的にもたらすものと直観的に私自身が思いこんでいたのかもしれない。小夜子の生前、たしか一首のみを見せたことがある。その一首だけ作ったのか、いくつかのうちの一首だったのか。その歌はむしろ叙景歌で、深みにはまりこむようなものではなかった。「東京は台風の圏外にありといふ視角の果を雲の走り過ぐ」——どこが、どのようにいいのかという説明もなかったが、いちおうの評価はあった。気をよくして歌をつくっていた大学の級友に見せたところ、短歌部の指導をしていた藤森朋夫教授（アララギ）の目にとまり、短歌部にはいらないかと勧誘されたこともあった。小夜子の没後、長女の珠子は「林間」に、次女の私は福田栄一の「古今」にと声がかかったが、ともに加入することなく終った。遺稿集『草紅葉』の出版記念会が一周忌をかねておこなわれたことについては前節に記したが、その後いわゆる歌壇人との関係はしだいに稀薄になり、二、三の個人的なつながりが残ったのみであった。

没後一年『草紅葉』の編集はした。しかしそれ以前の小夜子の歌集『朝こころ』『光る樹木』を読むことはなかった。読むことができなかったのである。本書のはじめに私は短歌のもつある一面として、「三十一文字の言葉のむこうに、作者自身の身体そのものともいうべき姿を浮き彫りにしてしまうこと」の意味について書いているが、突然の死に直面して耐えられなかったのだろう。一周忌から半年あまりして父親の再婚をきっかけに、姉妹は家をはなれるが、小夜子の歌集を読むようになったのはそのころからだったように思う。あふれてくる涙をおさえるすべもなく読んでいた記憶がある。殊に『朝こころ』には、病床にあって子どもたちをうたった歌も多く、母親としての心情が身に沁みたのかもしれない。そのころまったく歌を作っていなかったわけではなかった。先述した手帳といっしょにみつかったメモ用のノートに五一年一〇月から五二年一二月までの日付で短歌と俳句の習作が書きつけてあったのである。その一〇月のページの冒頭に、小夜子にほめられた前記の歌を記してあるのは、その歌を以後一年余の作歌の起点としたかったのだろうと思う。「はや一年と人は言ひしか耐へて来しこの一年の長き歩みを」「満たされぬものありてただ生くることにあせりゐる栗の花の頃」。

たしか口語体の歌を習作したノートがあったはずだと探してみたのだが見つからなかった。あまりの不様さに、たぶん破りすててしまったのだろう。

玉城徹氏が亡くなられた。私も何度かお会いしたことがあり、本書の連載をはじめるずっとまえ、発表するあてもなかったがとにかく書き始めようとしていたころにいくつか示唆をいただいた。北見志保子の葬儀の折にもお目にかかったが、志保子の「花宴」の編集を手伝っていたという縁で氏を知ったわけではない。玉城氏と仙台の旧制二高以来の親しい友人であった針生一郎氏の紹介によるもので、小夜子の没後のことである。玉城氏の健康上のこと経済的な事情など、針生氏は最後まで気にかけていらしたが、針生氏のほうが先んじて、二〇一〇年五月二六日に急逝された。針生氏とは、小夜子没後の五二年、リアリズムを卒業論文に選んだ私は主任教授の紹介によって、それ以来の先達、知己となった。目指す方向は必ずしも同一ではなかったが、よき理解者として私の最初の詩集の序文、評論集の帯文をいただき、最近は連載についてもよく感想を書き送ってくださった。小夜子の死の前後のことに触れているとき大事な人を亡くして、つらい思いで擱筆する。

50　山梨県立文学館へ——番外編

二〇一〇年一〇月一五日、歌誌「あまだむ」の阿木津さんを誘って、というかどちらかというと阿木津さんを頼みにして、甲府の山梨県立文学館まではるばる出かけた。暑さはすこし柔いでいたものの、甲府はみごとに晴れあがって、秋の日射しは少々つれないくらい。甲府の駅に降りたのははじめてだった。

文学館は美術館と同じ敷地内にあり、門をはいるとまずヘンリー・ムアの彫刻に目を惹かれるような手入れのゆきとどいた芝生と甃の通路をはさんで、右側の奥に美術館、左の奥に文学館と相対しておなじような煉瓦作りの瀟洒な建物である。駒場の近代文学館に、あるいは横浜のそれにくらべてさえも、その外観は美しいといわざるをえないだろう。美術館ができた当時（一九七八年開館）、館長をしていた美術史家の千沢楨治氏がミレーの「種まく人」を、あまり豊かでもない県の財源のうちからかなりの高額で購入したと、県民のあいだでは物議をかもしたらしい話も聞いたが、いまになってみればミレーを中心とするバルビゾン派の多くの絵が展示されている美術館は観光の拠点になっているようにも見うけられた。その美術館にあわせて同じ敷地内に文学館も作られたのであろう。それにしてもなぜ山梨の文学館なのか。

この稿を「あまだむ」に連載中、川上小夜子が北見志保子とともに創刊した結社誌「月光」について書こうとしたとき、私の手もとにはその後半の巻号と前半の一部分のコピーしかなかった。小夜子の掲載歌は自身で書き写したノートがあり、主な散文は遺稿集『草紅葉』に収められていたので、どうにか書きついでゆくことができた。その後、前半期の大方を貸してくださる方があって全体に目を通すこともできたが、創刊号だけは欠本になったままで連載を終えることになった。ところがその創刊号が山梨県立文学館に所蔵されていることを教えられたのである。私自身資料集めの段階で国会図書館をはじめ近在の文学館を調べたが（主要同人の遺族の方にも連絡してみた）、「月光」という歌誌を所蔵してるところはみつからなかった。今回山梨の文学館に所蔵されていることがわかったのは、「月光」という歌誌自体に対する関心からではなく、本名の永井善次郎で「月光」に発表された佐々木基一の論考「風雅について」（二〜六）を連載のなかでとりあげたことに始まる。「月光」などという小さな歌誌に本名で発表されていたこの論考については、評論家佐々木基一の仕事について詳細な年譜を作り、小説『停れる時の合間に』の解説でモデルとなった北見志保子との関係にも触れていながら、これまで年譜作成者、研究者のあいだでも知るところではなかった。あえて言わせてもらえば私が発掘したようなことになるのかもしれない。佐々木基一の全集を作る企画が現在進行中で、膨大な評論、翻訳、小説のすべてをおさめることは不可能らしいが、ごく初期の論考「風雅について」はぜひ収録したいという意向があり、その連載が「月光」の創刊号からはじまっていることから、創刊号を探しだす必要があった。全集の編集委員のうちのひとりの方が日本中の図書館、文学館にあたっての調査の結果、山梨の文学館にたどりついたというわけである。

「風雅について」（一）を、要約しておく。

芭蕉の『卯辰紀行』の序文の一節、「西行の和歌における、宗祇の連歌における、雪舟の絵における、利休が茶における、その貫道する物は一なり。しかも風雅におけるもの、造化にしたがひて四時を友とす。」の引用からはじまるこの論考は、芭蕉が「単なる滑稽詩にすぎなかつた俳諧」を「純粋な抒情詩にまで高めたとすれば」、「風雅」と「造化」をその支柱として規定すべきであるとしたうえで、ここにあげられている四人の芸術家がそれぞれの時代による差はあるにしても、いずれも「現実の世の圧迫に耐へかね」「自己の純粋さを保たう」とした人々であったと記し、特に近世に至っては「近世的な現実主義に対する反抗として、伝統の精神が保持されてゐる」ことを前提に、蕉風の「風雅」の境地を解き明かしてゆく。「造化にかへれ」という教えも「あるがまゝの自然から受取られる主観的情緒の豊かさ、自由、充実」ではないと指摘している。そして最後に、芭蕉が対立していたのは功利主義の町人の世界のみならず、封建的官僚支配そのものに対しても否定的関係にあったことを理解しなければ、その風雅の本質を見究めることはできないと述べ、次回に続けてゆく。

むろん私自身、創刊号にはぜひとも目をとおしておきたかったが、なかば諦めていたところなきにしもあらずだった。今回「月光」の創刊号にであって照合したところ、小夜子の「月光創刊に際して」という文章はそのままのかたちで『草紅葉』に収められているが、掲載歌については自身でノートに筆写してあった歌において改稿され、『朝こころ』でさらに書き換えられている。たとえば先に『朝こころ』にしたがって引用した「天地の春の明るさは長かりし病床を離れし身に眩しき如し」は、下句が「病床をはなれ身に沁む如し」とあり、「家にゐて想ふ桜は散りしならむわが視野には犬がひとつ走れる」はやはり下句「犬がゆく道白々と照りて」が初出であった。この歌についていえば、ノートの改稿を経て、歌集収録歌は作者の位置と景の映像がその心情とともにより鮮明にうかびあがってきているようにみえる。

北見志保子の「創刊の辞」には、創刊の意図、誌名の由来に触れたところは見当らず、むしろ唖然とさせられた。「青葉が地上で燃え上つてゐる時、私達の深く極りない芸術へのひたむきの心も燃えてゐる。天地悠久の限り計り知られぬ神秘、それは哲学であり芸術である」とはじまる文言はなんとも大仰な感じで、次のパラグラフでは「今や聖戦年を重ねて大八州の威力を世界に輝かしてゐる時、私達は銃後国民として唯一途に日本精神の目覚しき躍動の波に乗つてゐる」と述べ、さらに「最も大切な日本精神の上にたつ『道義』を大根大元として……立派な人格の樹立にも努めたい」と続く。一九三九年七月、日中戦争三年めとはいえ、ここまで時流に乗らなければならなかったのだろうか。仲賢礼、佐々木基一らマルクス主義の洗礼を多少ともうけてきた若い学徒たちの集りを援助し、「大正時代の女性解放の空気を吸って」「体質的に寛容な自由主義者」と『停れる時の合間に』のモデルとして描かれている志保子にもかかわらず、である。小夜子の「月光創刊に際して」はむしろ個人的な感懐に近い。

「創刊の辞」にはじまる主な目次をあげておく。「月光に寄す」武田祐吉、「藤原宮」足立康、「大仏供養会と万葉集」筒井英俊、「月光創刊に際して」川上小夜子、「紫式部（一）」吉田精一、『風雅』について（一）」永井善次郎、「短歌的伝統（一）」高田瑞穂。随筆として今井邦子、小寺菊子、生田花世、長谷川時雨の諸氏が寄稿。主要な評論もおおかたが依頼原稿である。同人および会員の短歌作品は一、二、三の各部に分けられ、館山一子が観賞の頁で「明日香路」をとりあげ、小夜子が歌壇時評を、志保子が短歌初歩講座をはじめている。歌誌の内容をみてゆくと、あの大仰な宣言文は何だったのだろう、時流に乗った、擬態だったと言いきれるだろうか。

閉館間近く、閲覧室はふたりだけになった。門までの道には甃の両側に低い街灯がつづき、ほかにはだれもいない。なんとも贅沢な時間の感じであった。待ちかまえていたタクシーで駅前のほうとう屋さんへ。甲府への小さな旅は終わった。

51　番外編をもうひとつ

今ごろになって、「月光」の四四年四月号が手もとに舞い込んだ。

東大寺の筒井寛秀師が龍松院の蔵から探しだして、送られてきたのは四二年六月から四四年三月までの「月光」であった。したがって私の手もとには四四年三月号までの「月光」があり、そのあと創刊号をのぞく前半のぶんを借りることができたことでほぼ全容を眺めることができたのである。創刊号については、前節番外編で触れたようなかたちで決着している。しかし四四年四月以降の「月光」が発行されていたことについては、曖昧にしたままであった。「月光」に連載されて、遺稿集『草紅葉』に収められた「季節の秀歌」（のちに「季節の歌」と改題）について記したとき、四四年の四月、五月（執筆時三月、四月）に発表された文章に触れながら、この歌誌の最後を見とどけようとしなかったのは、なんと迂闊なことであったか。私自身の迂闊さと怠慢を棚上げして、その所以をここで述べざるをえないのは身の縮む思いであるが、「日本短歌」四四年一〇月号掲載の北見志保子と山形義男の歌誌の統廃合に関する記述に安易に依拠してしまったところに問題があったと思われる。（そのことについては「季節の歌」の最終回に触れた28「『季節の歌』とふたたび『曙雲抄』のころを」に記してあるが）、山形は「一般歌誌は四月号を以て一応発行を打切り」「七月号あたりには何とか覍がついて」と目標をたててみたが、それでもなお統合誌の七月発行は困難らしいと書き、北見も統合された「女性歌誌も八月創刊の予定が未だに出ない」としている。北見のいう女性歌誌は「芸苑」であるが、現在近代文学館に所蔵されている「芸苑」は九月発行の二号からである。ということは八月に創刊されていたことになる。この両氏の記事の内容と、掲載された「日本短歌」の発行時がすでに大きくずれていることは認めざるをえないだろう。このような混乱の時期、四月号をもって打切り、という文面から「月光」もなしくずしに廃刊されたのだろうという思いこみが私のなかにあったのではないか。

いま手もとに届いた四四年四月号について記す。目次の頁もなく、かなり逼迫した状況にあったようにみうけられる。「季節の歌」一五は、むろん『草紅葉』収載のものと同一である。小夜子は『朝こころ』出版を記念して鷹見芝香の書（色紙）による屏風を贈られた日の連作、「昨日一人今日また一人と舟の上の戦友の骸も水に葬るか」のような歌をふくむ「漂流」と題する戦場の歌、心情表現の「夜の憂」など一四首が巻頭におかれている。北見志保子は三首のみ。後記に「月光は五月川上さんの『朝こころ』の批評号を最後に、一先づ廃刊します」とある。批評号とすれば、同人、会員だけではなく、外部の評者への依頼もあったのではないか、すでに歌歴も長くなっていた小夜子の第一歌集がどのように評価されたか、発行されていたとしたら目を通さなければならない最終号、なしくずしに廃刊に至ったなどと推測してはならなかったのである。北見の後記には、つづけて「大病をして」とあり、見舞いをうけた会員へ謝辞を述べているが、そこに桑原（滝口）雅子の名があり、作品も掲載されている。すでに「詩と詩人」の同人になっていたが、なお「月光」にもかかわっていたのだろうか。この号には「むらさき」に統合されても歌は送ること、五月号は遅れているが出るから待っていてほしい、というような記事もみられる。

さてこの最終号をどのような方法で探しだすか。「月光」の創刊号は、『佐々木基一全集』の編集委員のひとりが日本中の文学館をあたってみて、山梨県立文学館にたどりついたということだったので（たぶんコンピューターによる検索で）、私もその手段によるほかないだろうと覚悟をしていたところ、私の現住地の調布市図書館で司書の方がその労を代行。おかげで高知県立文学館にただちに連絡がとれて、コピーを入手することができたのである。至便といえばまさに便利な時代になったというべきか。

「月光」の最終号を見る。

同人の短歌は、川上小夜子「深大寺拾遺」七首、北見志保子「神風隊」九首、大河内由芙「日記より」一二首、館山一子「戦局は移る」九首。会員の作品は第二、第三その一、その二にわけて掲載、そして予告通り小夜子の『朝こころ』の批評特集が組まれているが、『草紅葉』に収録した「季節の歌」最終回一六の掲載はない。

まず冒頭の四人の歌から見てゆく。神風隊とは神風特攻隊を指し「飛びたてばすでに神なるあはれさや勇心といふに泣きやまぬなり」「これの世の外なるいさをしに死してゆく勇心ぞ愛しいまだ幼く」（北見）「その御魂とどまりまさむサイパンの夜々を照れるや南十字星」（大河内）。館山は序歌として「玉砕の悲報に奮ふ魂もあれわが方の補給つづかずしてつひにとあるを」と詠い、

「玉砕の鬼神にして徹するもの皇国護持の誓言をあはれ」「内南洋に敵侵冠すしかもあれたかだかと終にあげむかちどき」と、それぞれに館山のタイトル「戦局は移る」の悲劇的状況、サイパン島の玉砕を「それでも」という心情をこめて作歌している。ただ小夜子のみが、この状況にいっさい触れず深大寺探訪の作品に終始しているのはなぜだろう。むろん大河内もおおかたの歌が「君去てはや一年は経ぬ……」のような人事、日常詠だが。小夜子の歌を。

一本の大き胡桃を庭にもつ古寺の秋しづけく闌けぬ

くらきまで茂る木下のしめり道わが師白秋の踏まし し思ふ

あえてこのような歌を巻頭におくことによってこの時期の歌誌の印象をやわらげようとする意図のようにもみえる。

『朝こころ』の批評特集は歌集贈呈の礼状をかねた池田亀鑑の文章をはじめに、逗子八郎のやはり返信、鈴木杏村の「『朝こころ』寸感」とつづく。池田亀鑑は「湖はこの夜の山のいづちかとおのづからなる寂しさに問ふ」をあげ、「人間の心の深奥にある大いなる閑寂と寂寥との象徴を感じ」、初期の歌に溯って見てゆくと「大河に添うてその岸を溯るやうな楽しさを感」ずると記している。鈴木杏村は「みなどれも皆ソツがなく器用で、良くまとまつてゐる、一脈詩情がある。行儀の悪い歌がない。それだけにとても批評がしにくい」とし、「多磨」時代をともにしていた鈴木は、「多磨」をはなれた「曙雲抄」のころの歌のなかから、「敗かされてゆくおのれかと思ふとき椎の花の香はいとはしく来ぬ」「出でてまだ光ながら月あれば森もやさしく夜の相なす」などをとりあげ、これらの歌が発表されたころ、その新しい発展を期待していた、と記している。

ただ歌数が多く雑多な感があると指摘しているところ、古都奈良、野の自然、子どもの歌、戦争歌などなど、はじめての、それも戦時下の歌集であったことを考慮すべきか。そのあと水町京子『朝こころ』より」、阿部静枝、川島園子、奥村さき子、川口千香枝、大河内由芙、北見志保子と、近しい女歌人、同人の評がつづいている。水町京子は河内野集から「愛誦措きがたい佳作」として「下庭に遊べるこゑの幼さよ……」「みづ児の瞳……」また白鷺の歌などをとりあげ、「草の実」の初期のころの「銀の彫」に比して「陶器の肌の匂ひ、色合ひのよさ」と記し、さらに「をみなごは人を恋ひたる嘆きさへ千年の史にかなしくのこる」「いのちさへ灼かむ炎に身を投げて生き来し方も振りかへらるる」をとりあげ、「まつしぐらに、自分の道を歩み続けて来た一人の女性の相がここに見える」とその生の在りようにも触れてゆく。

「月光」という小さな歌誌について、小さな歌誌だからこそというべきだろうか、奇しくも創刊号と最終号について番外編を書くはめになった。連載中に果たさなければならなかった作業であったのにと自責の思いがつよい。いっぽうで間に合ってよかったとも思っている。

あとがき

この本は「ある女歌人の生涯——川上小夜子」というタイトルで二〇〇二年七月から、隔月、年六回おおよそ八年にわたって、歌誌「あまだむ」に連載してきたのをまとめたものである。発表するあてもなく書きはじめたのはそれよりさらに何年かまえ、書くための資料をあつめはじめたのは、さらにさらに溯ってもういつのことだったか、さだかな記憶をたどることもむずかしい。書いておかなければならないという義務の思いよりも、書いておきたいという気持と言うか、書くことによってしか私のなかで決着のつかない何か、それはたとえば表現の問題とか、私自身の生の在りようにかかわることなどと言えなくもないが、書き終わってみて、その何かに決着がついて、そこから解きはなたれたという感はない。当然のことかもしれない。ひとが生きているあいだに、かれ自身の内部で決着のつけられることなどほとんどないにちがいないから。

私は歌について、また歌の歴史についてまったくの素人である。たんなる門前の小僧にすぎなかった。書きはじめるまえに、いくつかの課題を立てておいたのだが、そのために果たすことのできなかったことは多々ある。そのうちには、この女歌人川上小夜子が当時の短歌の状況のなかでどのような位置にあったか、せめて周辺の歌人たちの歌と引きくらべながらその差異を見究めたうえで彼女の歌を読んでゆくことも必要だったのではないか、と同時に言葉（措辞）の問題を詩の領域にまでひろげて深めてゆきたい思いもあった。いずれも私の力不足のため書き得なかったことである。彼女の歩んだ道を避けて通るようにしてきた私が、いまさらその足跡を辿ろうとすること自体困難だったのかもしれない。

しかし一方で思いもかけない方向に事が展開していって、傍道に入りこみ新しい発見、新しい関係にであうことになったのは、むしろよろこばしい経験と言えるだろう。そのような新しい関係との出会いもふくめて、ひとが生きてゆくということは、どれほど多くの人々とのかかわりのうえに築かれているものかを、今回私は身にしみて知らされたといっても過言ではない。また本人が意識的であろうとなかろうと、ひとは時代（社会）の現実と無縁に生きることはできないということも見えてきたように思う。

時代を画するような仕事を残したわけではないが、生きることと歌を作ることがきりはなすことのできない一体のものとして在った、大正から昭和前半の時代を生きたひとりの抒情歌人、そして妻であり、母であったひとりの女性の姿がこの本のなかから見えてくることを願っている。

八年にわたる連載のあいだには、多くの方々からの示唆、助言、多大な援助をいただいた。その方々にはその都度誌面にご登場いただきましたが、ここであらためて深い感謝を、そして長期にわたってかなり身勝手な拙文のために大切な誌面を提供してくださった阿木津英さんと「あまだむ」の皆さん、ありがとうございました。出版にあたっては友人の玉井五一さんにお力添えをいただきました。またこの本の出版をこころよく引きうけて懇切なご教示をくださった長年にわたる知己、影書房の松本昌次さん、ありがとうございました。

（本文のなかで追悼の記を書かざるをえなくなった、筒井寛秀師、針生一郎氏のほかにも、懇切な読者として多くの助言をいただいた詩人の島朝夫氏も連載終了直後に亡くなられ、大事な先達の方々にこの本をお届けできなくなったことが心残りであったことを追悼の思いをこめて付記しておきます。）

古谷　鏡子

二〇一一年一〇月

古谷　鏡子（ふるや　きょうこ）

東京生。東京女子大学日本文学科卒。

日本現代詩人会会員。

著書に詩集『声、青く青く』、『眠らない鳥』、『発語の光景』（以上花神社）、『入らずの森』（砂子屋書房）、評論集『詩と小説のコスモロジィ――戦後を読む』（創樹社）

命《いのち》ひとつが自由《じゆう》にて
――歌人《かじん》・川上小夜子《かわかみさよこ》の生涯《しょうがい》

二〇一二年二月一三日　初版第一刷

著　者　古谷《ふるや》　鏡子《きょうこ》
発行所　株式会社　影書房
発行者　松本昌次
〒114-0015　東京都北区中里三―四―五
ヒルサイドハウス一〇一
電　話　〇三（五九〇七）六七五五
ＦＡＸ　〇三（五九〇七）六七五六
E-mail=kageshobo@ac.auone-net.jp
URL=http://www.kageshobo.co.jp/
〒振替　〇〇一七〇―四―八五〇七八

本文印刷＝スキルプリネット
装本印刷＝ミサトメディアミックス
製本＝協栄製本

定価　二、四〇〇円＋税

ISBN 978-4-87714-423-4